Never Regret
Kerrin Gossow & Daphne Bühner

Impressum

Never Regret
Roman
1. Auflage
Copyright: Kerrin Gossow & Daphne Bühner, 2023, Deutschland

Covergestaltung: Cover Up - Buchcoverdesign
Buchsatz: XOXO - Dress up your Books
Lektorat: Denise Barta (Lektorat Zeilenzauber)
Korrektoren: WondaVersum: Crystal May

Sämtliche Texte, Illustrationen sowie das Cover dieses Buches
sind urheberrechtlich geschützt.

D.K. Alphia
Horsatal 2
25996 Wenningstedt/Sylt

d.k.alphia@hotmail.com

Herstellung und Druck über tolino media GmbH & Co. KG,
Albrechtstr. 14, 80636 München. Printed in Germany.
Fragen zu Produktsicherheit an: gpsr@tolino.media.

NEVER

REGRET

DIE GLÜCKLICHEN SIND DIE NEUGIERIGEN.

Friedrich Nietzsche

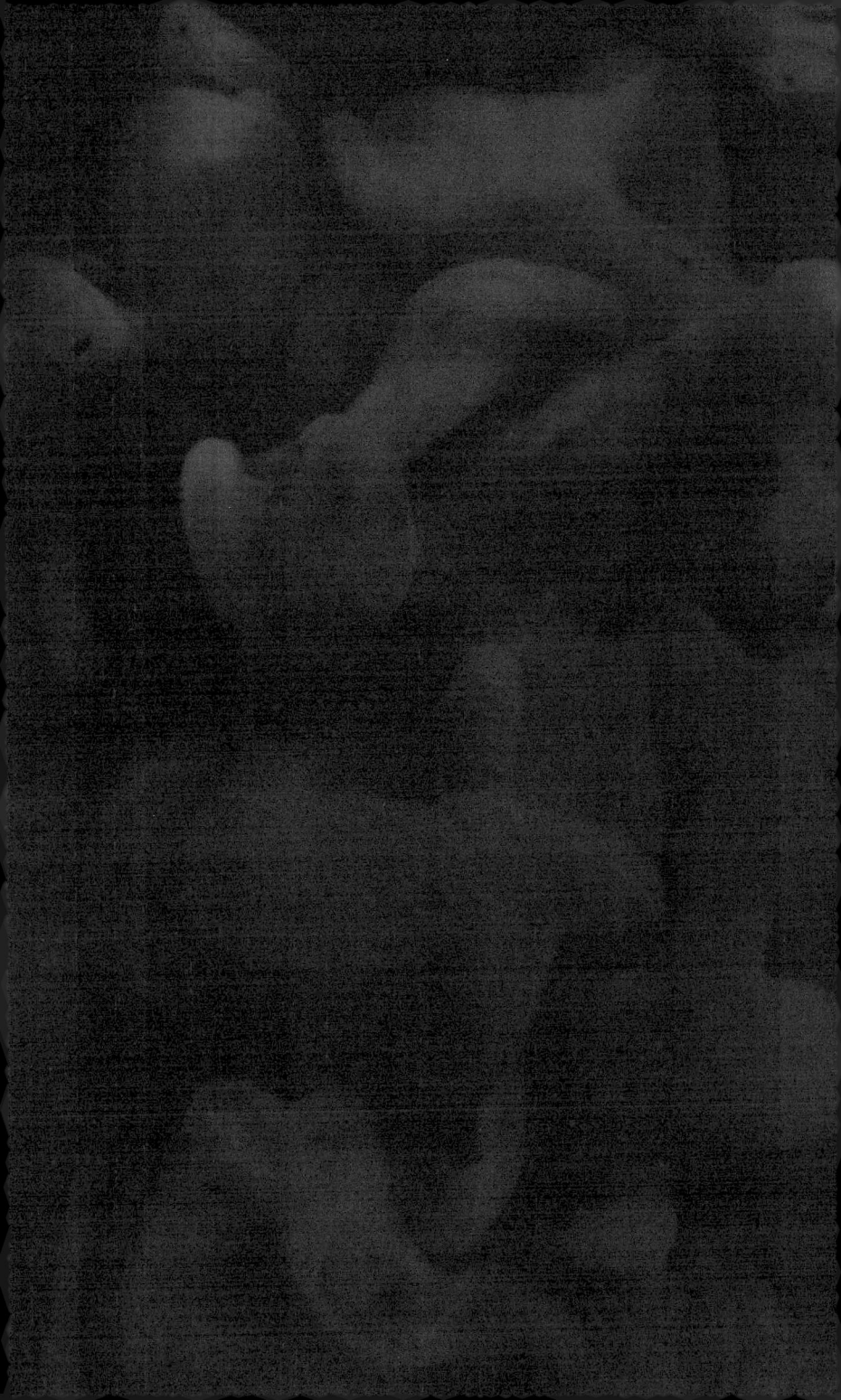

THE BEGINNING OF THE END - CAT PIERCE

PYROKINESIS - 7CHARIOT

POISON - MEG MYERS

DANCE IN THE DARK - AU/RA

IN FLAMES - DIGITAL DAGGERS

TWO WAVES - THE PRAMS

MONSTER - MEG MYERS

GIVER - K.FLAY

VOLLSTÄNDIGE PLAYLIST AUF SPOTIFY UNTER:
NEVER REGRET
VON KERRIN GOSSOW + DAPHNE BÜHNER

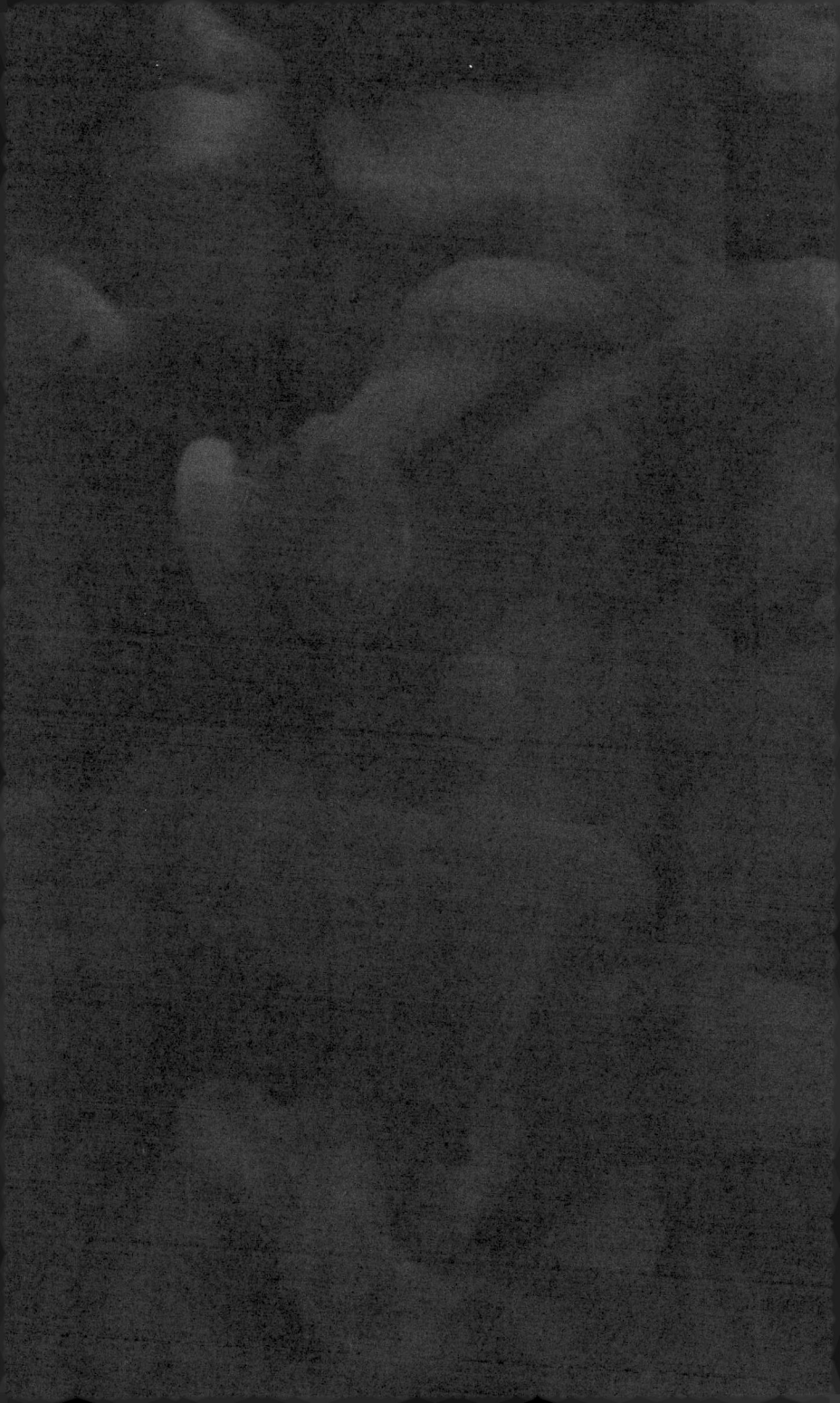

Vorwort

HALLO, IHR LESER DA DRAUSSEN.

MEIN BUDDY, ER IST SPEZIELL UND DENKT WIRKLICH, ICH BIN EINFACH NUR SEIN HAUSTIER, DOCH DEM IST NICHT SO. ICH HÖRE IHM ZU, SEHE UND NEHME WAHR, WIE ER IST. UND DESHALB IST ES MEINE PFLICHT, EUCH VORZUWARNEN. IHR ERLEBT EINE DIREKTE AUSSPRA-CHE, VIEL GEFLUCHE, DROGENKONSUM UND ES WIRD HEISS.DA FLUTSCHT MIR GLATT MEIN PANZER WEG. WENN DU ALSO EINE GESCHICHTE ERWARTEST, DIE ZUM GRAS FRESSEN AUF DER WIESE EINLÄDT, MUSS ICH DICH ENTTÄUSCHEN. HIER WIRD ES SPICY, ES WIRD WILD UND SOLLTEST DU IN EINEM TERRARIUM LEBEN, WIE ICH, STELL DICH AUF BESCHLAGENE SCHEIBEN EIN. NICKST DU NUN IMMER NOCH VOLLKOMMEN EUPHO-RISCH UND MÖCHTEST ENDLICH BEGINNEN, DANN LEG LOS. ICH HALTE DICH NICHT AUF.

VIEL SPASS.

CREEDS BUDDY, DIE SCHILDKRÖTE

Prolog

Tief sauge ich den Duft nach Weiblichkeit, gepaart mit Wildblumen ein. Einige Millisekunden halte ich den Atem an, automatisch schließen sich meine Lider. Ich genieße die Wirkung des Duftes auf mich. *Sie riecht so gut.*

Vorsichtig lasse ich die Luft aus meinen Lungen, meine Augen öffnen sich wieder. Alles in mir verzehrt sich danach, meine Lippen auf ihre zu legen. Sie zu kosten, zu schmecken und zu liebkosen, doch ich versage es mir. Gestatte mir nur eine kurze Berührung. Mit dem Finger streiche ich zart über ihre weiche Wange. Spüre die feinen Härchen unter meiner Kuppe.

Mehr. Ich will so viel mehr. Dennoch wieder einmal reiße ich mich zusammen, ziehe meine Hand weg und gehe einen Schritt zurück. Beobachte sie stattdessen im sanften Schein des Mondes. Präge sie mir ein, wie sie da liegt.

Die Wimpern auf den Wangen ruhend, die Lippen einladend leicht geöffnet, ihr Gesicht vollkommen entspannt, die Haare um ihren Kopf auf dem Kissen fächert und das Laken über ihre Brüste gezogen. Sie sieht aus wie ein Engel. Ein Engel, den man besitzen möchte, aber niemals kann.

»Bis bald, meine Schöne«, flüstere ich die Stille der Nacht, lächle die schlafende Frau ein letztes Mal sanft an, bevor ich mich umdrehe und das Zimmer verlasse. Augenblicklich vermisse ich ihren Geruch, ihre Anwesenheit. Es kostet mich alles an Kraft, nicht umzudrehen, sondern weiter durch die Wohnung nach draußen zu schleichen.

KAPITEL

1

Creed

Willst du was erreichen, dann lass dich niemals von deinem Ziel abbringen. Ein typischer Kalenderspruch und doch ist an jedem noch so verrückten Zitat etwas Wahres dran. Also werde ich mich definitiv nicht davon abhalten lassen, meinem Kumpel seinen Blowjob zu versauen. Da ich jedoch kein Unmensch bin, sondern ein guter Bro und Geschäftspartner, verzichte ich darauf, diesem sehr ansehnlichen Arsch, der sich vor meine Linse geschoben hat, einen Tritt zu verpassen. Stattdessen lehne ich mich mit verschränkten Armen vor der Brust an den Türrahmen, räuspere mich und fixiere das Schauspiel.

Doch als Reid noch immer keine Anstalten macht, seinen scheißverdammten Kopf zu heben und das Blasemädchen des Tages wegzuschicken, muss ich härtere Geschütze auffahren. »Ich bin enttäuscht, Mann. Sie kann ihn ja nicht mal ganz in sich aufnehmen.«

Sofort zuckt sein Körper hoch und endlich fixiert mich der Bastard.

Na bitte, geht doch.

»Willst du ihr zeigen, wie's richtig geht?« Herausfordernd grinst er mich an.

»Schwul mich nicht an und komm zum Schuss.«

Das arme Ding unter dem Schreibtisch nuschelt etwas. Tatsächlich kann ich mir vorstellen, dass sie seinen Schwanz bereits seit gefühlten Stunden im Mund hat.

Reid hat viel und gerne Sex. Eigentlich wir beide. Nur kennt er kein Ende, zögert es heraus, wenn er vor dem Höhepunkt steht, indem er an etwas anderes denkt. Er ist eine andere Art von Sadist, liebt es, wenn Frauen alles geben, sich verzweifelt winden und betteln, endlich erlöst zu werden. Denn erst, wenn er gekommen ist, erlaubt er es auch ihr. Darin sieht er seinen Reiz, anders als ich.

Und nein, es ist nicht das erste Mal, dass ich ihm beim Sex oder anderem zuschaue.

Normalerweise gönne ich ihm ja auch den Spaß, würde mir beim Zusehen eine Zigarette anzünden und irgendwann dazustoßen, doch heute brennt die E-Mail in meinem Handy förmlich ein Loch in den Stoff meiner Jeans. Ich muss ihm dringend davon berichten und das kann ich nicht, wenn das Ding unter dem massiven Eichentisch nicht langsam mal Gas gibt.

»Reid, tu was. Kann sich ja keiner anschauen, dieses Drama.« Gelangweilt stoße ich die Luft aus und kneife mir in den Nasenrücken.

»Fuck«, flucht er und ein Seufzen bricht aus ihm heraus. Er stößt sie von sich und schließt angewidert die Hose samt Gürtel, bevor er sich aus dem schwarzen Lederstuhl erhebt, eine Zigarette vom Beistelltisch neben der Couch schnappt und sie anzündet.

Die Schnalle kommt auf allen vieren hervorgekrabbelt und rappelt sich auf, total derangiert, die Lippen geschwollen. Mit glitzernden Tränen in den Augen sieht sie erst mich, dann meinen besten Freund an.

»Du kannst gehen.« Er wedelt mit der Hand Richtung Tür und lehnt sich mit dem Arsch an die Holzplatte. Ich mache einen Schritt in unser Büro und lasse sie durch.

Erst nachdem ich die Tür hinter mir schließe, stecke auch ich mir eine Kippe an, setze mich auf die Couch und lege meine Arme ausgestreckt auf der Lehne ab.

»Musste das sein?«, nuschelt er, während der Rauch durch seine Lippen strömt. Ich nehme den Filter zwischen die Finger und reibe mit der Fingerkuppe die Umrandung entlang.

»Ich kann nichts dafür. Und ich muss mit dir reden.« Ich zucke gelangweilt mit den Schultern und beobachte die Glut meines Glimmstängels, wie sie hinunterbrennt.

»Aha? Was ist so wichtig?« Nun habe ich seine Aufmerksamkeit.

Geheimnisvoll lecke ich mir über die Lippen, lasse Reid nicht aus den Augen und spanne ihn etwas auf die Folter.

»Creed!« Da knurrt das Tier in ihm und ich bin versucht, es zu ignorieren und vielleicht doch nochmal an der Zigarette zu ziehen, bevor ich spreche.

Okay, okay, lassen wir das.

»Was würdest du sagen, wenn mich heute eine Nachricht erreicht hätte, die uns unserem Traum ein Stück näherbringt?« Auffordernd und mit hochgezogener Augenbraue beobachte ich Reids Gesicht genau, während der Rauch durch meine Lunge strömt und ich ihn aus meiner Nase entweichen lasse.

Asche purzelt von Reids Kippe auf den guten dunkelgrauen Teppich, den ich erst vor zwei Monaten habe verlegen lassen.

Na toll. Stehe ich ja voll drauf.

Missbilligend lehne ich mich vor, asche in den dafür vorgesehenen Behälter und signalisiere Reid, wie es richtig geht. Selbstverständlich erhalte ich nur ein Augenrollen.

Mein bester Freund konnte noch nie gut mit Ordnung umgehen, doch für mich ist es wichtig. Ich hasse es, wenn es in unserem Club nicht sauber und strukturiert zugeht. Dazu gehört auch diese verfickte Asche auf dem Fußboden, über die der Wichser absichtlich festtritt, bevor er sich über den Couchtisch vor mir beugt und die Kippe ausdrückt.

»Wow, ich dachte schon, die landet auch noch auf dem neuen Teppich.«

»Du solltest mehr Sex haben, Kollege. Du bist wieder so eine Dramaqueen.«

Ich beiße die Zähne aufeinander und ignoriere seinen Einwand. Er hat nicht mal unrecht, mein letztes Mal ist drei Tage her. Das ist ein neuer Rekord.

»Willst du mir endlich erzählen, worum es in der Nachricht geht?«

»Wir haben die Möglichkeit, uns bezüglich des zweiten Clubs mit einem Inhaber zu treffen. Und zwar ...« Ich schaue auf meine Breitling am Handgelenk. »In drei Stunden und vierundvierzig Minuten. Wo du ins Spiel kommst. Ich habe gleich noch einen Termin mit dem Lieferanten des neuen Wodkas, den wir vor einer Woche auf die Karte gesetzt haben. Also, Partner, wirst du dort hinfahren und alles geben. Zeig dich von deiner besten Seite.«

Reids Augen werden groß und ein Kribbeln durchflutet auch mich. Nach den zwei Jahren, in denen wir das *Never Regret* zu *dem* Hotspot überhaupt gemacht haben, ist es unser großer Traum, einen weiteren Club zu eröffnen. Bisher fehlte uns jedoch die perfekte Location. Dass sich diese Möglichkeit aufgetan hat, ist großes Glück und wir dürfen das nicht vermasseln.

»Echt jetzt?« Ein Ruck geht durch ihn und er zieht sein Smartphone heraus. »Schick mir die Daten und ich mache alles klar. Du kriegst das alleine hin heute Abend?«

Ich drücke meine Kippe im Aschenbecher aus und lehne mich wieder zurück. »Nein, Sweetheart. Ich werde ohne dich aufgeschmissen sein. Mich nach dir verzehren. O, soll ich nur in Unterwäsche in diesem Büro auf dich warten?« Versonnen streiche ich mit dem Zeigefinger über das kühle, schwarze Leder. Wäre ich eine Tussi, würde ich mit den Wimpern klimpern.

Sarkasmus fließt aus jeder meiner Poren. Was glaubt er denn, was passiert, wenn er mal nicht da ist?

»Hör auf, so ein Vollpfosten zu sein. Hast du eigentlich nichts zu tun?«

Ich fische mein Handy aus der Hosentasche, scrolle durch meine Mails und leite ihm die besagte Nachricht weiter. Erst, als ich den Sperrbildschirm betätige und es zurückstecke, antworte ich ihm. »Nope, aber ich sollte dich allein lassen. Du willst bestimmt noch Druck ablassen. Nicht, dass du mit blauen Eiern Geschäftsgespräche führen musst.«

»Ja, das ist eine ausgezeichnete Idee. Schick doch Kimberly wieder rein.«

»Sehe ich aus wie deine Sekretärin, oder was?« Sein Gemurmel blende ich aus, als ich aufstehe und mich zur Tür begebe. Mit der Klinke in der Hand drehe ich den Kopf allerdings zurück zu meinem besten Freund, der wie ein Gott in seinem Stuhl thront.

»Wir sind unserem Ziel ein Stück näher, Reid.« Meine Faust um das kühle Metall verkrampft sich, das Adrenalin, die Aufregung, das Gefühl, die nächste Stufe in unserem Business erreichen zu können, beflügeln mich.

»Das sind wir. Und wir lassen uns die endgeile Location nicht durch die Lappen gehen. Egal, was es kostet. Never regret.«

»Never regret«, murmle ich, öffne endlich die Tür und verschwinde aus unserem Reich.

Nicht umsonst haben wir den Club nach unserem Motto benannt: Never regret – niemals bereuen. So viele Situationen, in denen wir es nicht getan haben, verbinden uns. Miteinander, aber auch mit den Besuchern dieses Clubs, mit den Mädchen, die bei uns angestellt sind. Niemand bereut. Nie.

Bereuen bedeutet Schwäche. Und wenn du schwach bist, wenn du Schwächen zulässt, fickt dich das Leben gnadenlos. Wer will das? Richtig, keiner.

Also schließt du einen Pakt mit dem Teufel, mit dir selbst. Machst dich frei von den Regeln der Gesellschaft, hörst auf, dich einengen zu lassen. Gestaltest dein Leben so, dass es passt. Dass du es genießen kannst. In jeder Minute, jeder Sekunde und nichts davon bereust.

Ich gehe den langen schlauchartigen Flur entlang, vorbei am Tresorraum, der kleinen Küche und unserem Fickzimmer. Dieser Bereich ist privat, gesichert durch einen Zahlencode, den nur Reid und ich kennen. Die Beleuchtung ist gedimmt, die schwarzen Wände durch in den Boden eingelassene Strahler in einen dezenten warmweißen Ton getaucht.

Je näher ich der schweren Eisentür am Ende des Ganges komme, desto lauter wird die Musik.

Hinter ihr, im oberen Teil des Clubs, findet man alles, was die verruchte Seele begehrt – und die kleinen Schäfchen unten haben keinen blassen Schimmer. Das Publikum hier oben ist exquisit und das soll es auch bleiben, deshalb ist der Treppenaufgang bewacht. Kein Zutritt ohne Karte.

Unser Konzept haben wir intensiv ausgetüftelt. Was wollen wir den Kunden bieten? Worauf soll es hinauslaufen? Auf Sex natürlich.

Wir lieben das Spiel mit dem Körperkontakt. Wenn nackte Haut aufeinandertrifft, wenn Leder auf Haut trifft, wenn Federn die harten Nippel streicheln. Leidenschaftliche Blicke, der einmalige Geruch nach Sex und die knisternde Erotik, die in der Luft liegen. Wenn vorher getrunken, gefeiert und getanzt wird, perfekt. Also haben wir nur die besten DJs engagiert, die der Meute ordentlich einheizen.

Der Bass durchflutet mich, als ich die Lounge betrete. An der Bar finde ich Kimberly, deren Arsch unter ihrem knappen Minirock hervorblitzt.

»Baby, zurück zu Reid. Und bevor du deine Schicht beginnst, zieh dich um, wir sind kein billiger Puff.« Ich nicke zum Durchgang, den ich für sie offengelassen habe. »Mach die Tür hinter dir zu.«

Ein verdächtiges Funkeln geht durch ihren Blick, doch sie erwidert nichts, weiß genau, dass ich sie auf dem Kieker habe. Weil Reid einen Narren an ihrem Mund und ihrer Pussy gefressen hat, fühlt sie sich viel zu wichtig. Seitdem sie diese Schiene fährt, gibt es öfter Zickenkrieg und den bin ich nicht bereit zu dulden. *Hasse ich wie die Pest.* Also lasse ich sie spüren, dass ich sie im Auge habe.

Ich schlendere zu Bruce, unserem Security an der Empore, der das Partyvolk vom Sexclub fernhält, und lege ihm kumpelhaft die Hand auf die Schulter. »Alles klar hier?«

»Keine Auffälligkeiten, Boss.« Er nickt hoheitsvoll und ich zwinkere ihm zu. Bruce ist ein glatzköpfiger, breit gebauter ehemaliger Biker. Sieht dementsprechend furchteinflößend aus und kann anpacken. Er ist ein Garant für Diskretion und wertvoller als jedes Sicherheitssystem der Welt.

»Perfekt. Ich bin noch mal außer Haus. Wenn was sein sollte, ruf mich an. Reid ist auch gleich weg.«

Er zieht einen imaginären Hut und ich gehe kopfschüttelnd die Treppen hinunter. Manchmal frage ich mich, ob die tanzenden Menschen wissen, dass sich über ihren Köpfen alles um Sex dreht. Ob sie jemals ihren Blick nach oben richten, den Spiegel sehen? Im Erdgeschoss angekommen, fällt mein Augenmerk auf den schwarzen Boden. Er glänzt, die eingelassenen Spots bieten die perfekte Mischung an Beleuchtung, sodass die Gäste nicht vollkommen im Dunkeln tanzen, sich aber dennoch wohlfühlen.

Gemächlich gehe ich nach draußen, vorbei an unserem heutigen Türsteher am Einlass. Bis auf Bruce herrscht unter unserer Security eine hohe Fluktuation. Wir wollen vermeiden, dass die Männer bestochen werden und falls doch, dass es nicht allzu oft passiert. Also arbeiten wir mit einer Agentur zusammen, die uns immer neue schickt.

Mein schwarzer Mercedes-AMG GT Coupé wartet schon auf mich und ich steige ein.

Austins Innenstadt an mir vorbei, als ich mit mehr Meilen pro Stunde als erlaubt durch die Straßen fege.

Zum Glück ist mein Apartment nicht weit vom Club entfernt, sodass ich öfter mal einen Zwischenstopp zu Hause einlegen kann.

Ich fahre in die Tiefgarage des Komplexes im Stadtzentrum und parke meinen Wagen auf meinem Stellplatz, steige aus und verriegle ihn. Bis der Fahrstuhl kommt, lasse ich den Schlüsselring um meinen Finger rotieren und warte auf das erlösende *Ping*.

In der verspiegelten Kabine mustere ich mich von Kopf bis Fuß, streiche mir einmal über meine dunkelbraunen Haare und realisiere, wie müde ich eigentlich wirke und dennoch ignoriere ich diese Tatsache.

Der Aufzug stoppt und ich schlendere zu meiner Wohnungstür, während der hochwertige Teppich meine Schritte vollständig dämpft.

Erst, als ich sie hinter mir schließe, fällt alles von mir ab. Es sind diese Momente, wenn ich in meinen vier Wänden bin, in denen ich am liebsten ins Bett fallen und stundenlang schlafen würde. Leider ist das dank der Verantwortung, die mein 24/7-Job mit sich bringt, Mangelware.

Mein Weg führt mich zuerst ins Schlafzimmer, wo ich mich aufs Bett setze. Die Matratze gibt unter mir nach, doch mein Blick bleibt bei meinem Mitbewohner hängen. »Hey, Kumpel. Wie war dein Tag?« Ich klopfe mit dem Fingerknochen gegen das Glas des kleinen Terrariums auf der Kommode neben meinem Bett. »Verstehe.«

Selbstverständlich kann mein Buddy nicht reden, er ist ja auch eine Schildkröte. Ein Geschenk von Reid zu meinem Geburtstag vor zwei Jahren. Weil ich ja so einsam bin und jemanden brauche, zu dem ich nach Hause gehen kann.

So ein Schwachmat.

Und doch hat es dieser kleine grüne Knilch vor mir geschafft, dass ich öfter mit ihm rede,

Seufzend stehe ich wieder auf und gehe ins Wohnzimmer, wo ich mir erstmal einen Joint aus dem Etui ziehe und anzünde. Mit geschlossenen Augen lasse ich mich auf das kühle Leder fallen, lehne mich zurück, als das Gras mir in den Kopf und der süße Geruch in meine Nase steigt.

Viel Zeit bleibt mir nicht, bis die Realität ihre Klauen ausstreckt, doch für den Moment ist es okay so, wie es ist. Also ziehe ich nochmal an der Tüte, spüre die Wirkung der Droge, wie sie mich in Watte packt. Wie sie mich von innen vernebelt und mir diese kleine Weile Ruhe gibt.

Manchmal muss man einfach einen Augenblick entspannen, jeder auf seine Weise. Reid, zum Beispiel, kompensiert den Stress und seine Anspannung über Sex. Ich rauche mal einen und lasse mir dabei gern einen blasen. Oder ich vögle mir die Seele aus dem Leib. Auch solche Tage gibt es.

Aber hey, wer hat gesagt, dass wir nette Männer sind? Sucht eine Frau ihren Traumprinzen, ist sie bei uns definitiv an der falschen Adresse. Romantik ist etwas für Weichspüler. Romantisch ist es für mich, wenn sie gekommen ist. Das ist das Höchste der Gefühle, was eine Lady von mir bekommen kann.

Ich puste gegen die Glut und ziehe ein letztes Mal, bevor ich den Joint ausdrücke. Genug innerer Monolog, die Arbeit ruft.

Also stütze ich mich auf den Oberschenkeln ab und stemme mich hoch.

Neue Nacht, neues Glück.

KAPITEL 2

Lexie

»Komm schon ...!« Mit flehenden Augen sieht mich meine Arbeitskollegin Sam an. »Lehne nicht gleich von Anfang an ab.«

»Aber ich kenne sie doch gar nicht wirklich.«

»Wie willst du neue Leute kennenlernen, wenn du wie ein Einsiedlerkrebs nur an deinem Schreibtisch hockst?«

»Na ja, irgendwie muss ich ja meine Arbeit erledigen.«

»Es gibt Pausen. Pausen, in denen du in die Gemeinschaftsküche gehen und dich mit deinen Kollegen unterhalten kannst. Mit ihnen Kaffee trinkst, quatschst und die Zeit überziehst. Das sind Dinge, die man mit Kollegen macht.« Gespielt verzweifelt wirft sie ihre Hände in die Höhe. »Aber nein, du bringst sogar deinen eigenen Tee in einem Thermosbecher mit.«

»Doch nur, weil es praktisch ist.«

»Ich höre immer nur ›aber dies ... aber das ... aber, aber, aber ...‹.« Sie rollt mit ihrem Bürostuhl näher zu mir. »Jetzt ist Schluss. Du kommst mit. Basta!«

Bis eben mochte ich Sam. Wirklich. Als ich vor vier Wochen in dieser Firma angefangen habe, hat sie sich direkt meiner angenommen. Hat geschaut, dass ich mich schnell zurechtfinde und es mir an nichts mangelt. Aber wieso muss sie mir nun andere Menschen aufdrängen?

»Dresscode ist Hollywood. Du hast doch bestimmt ein sexy Kleid in deinem Schrank.«

»Sam, ich glaube, es ist keine gute Idee, wenn ich uneingeladen zu Annabells Junggesellinnenabschied komme. Wir kennen uns nicht, nur vom Hallo sagen. Das gibt mir noch lange nicht das Recht, bei so etwas Besonderem dabei zu sein.«

»Keine Sorge, sie wird sich freuen. Außerdem sind fast alle Kolleginnen aus dieser Abteilung dabei. Da wäre es doch schade, wenn du es nicht bist.«

Ich schwöre, es sind ihre traurigen Emoji-Augen, die mich langsam mürbe machen. »Was ist denn geplant? Nicht, dass wir nachher zu viele sind.«

Sams Miene hellt sich auf, ein schelmisches Lächeln legt sich auf ihre Lippen. »Mit dir sind wir wieder vollzählig. Eine aus der anderen Abteilung ist abgesprungen und so ist jetzt Platz für dich. Was mir auch wesentlich besser gefällt. Dich mag ich wenigstens.« Sie greift nach einer Strähne meines wasserstoffblonden Haares. »Und was deine erste Frage betrifft: Lass dich überraschen. Annabells Verlobter hat uns ein No Limit-Budget gegeben und das haben wir voll ausgenutzt. Es wird die Nacht der Nächte, die wir niemals vergessen werden.« Sie lässt mein langes Haar durch ihre Finger gleiten. Sanft landen sie auf meiner Brust.

Trotzdem bin ich mir noch unsicher. Ich frage mich, ob sie mich nur aus Pflichtbewusstsein dabeihaben will, weil ich sonst die Einzige aus der Abteilung wäre, die nicht mitkommt. Oder ob es wirklich ein nett gemeintes Angebot ist, weil Sam möchte, dass ich Anschluss finde.

»Angenommen, ich komme mit. Wann müsste ich wohin?«

»Wir holen dich ab. Du musst dich also nur dem Motto entsprechend anziehen und schminken.«

»Hollywood, sagtest du?«

»Richtig.« Eifrig nickt sie. »Übertrieben aufgetakelt. Viel Make-up und vergiss nicht: je knapper, desto besser.« Zwinkernd rollt sie mit ihrem Bürostuhl zurück zu ihrem Schreibtisch, der genau neben meinem ist. »Ach, und weiß sollte dein Outfit sein. Ist so ein umgekehrtes Brautdings.« Sie wendet sich ihrem PC zu und lässt mich mit meinen Gedanken allein.

Wunderbar. Das hat man nun davon, wenn man mit Frauen zusammenarbeitet. Bei der Army war es anders. Da haben die Jungs mich nirgends mit hingeschleppt oder eingeladen. Jeder wusste einfach zu welcher Kneipe man musste, wenn man feiern wollte. Und jetzt habe ich das volle Programm Frauenpower um mich herum. Nur zwei Männer sind in der Marketingabteilung vertreten.

Ob ich das heil überstehen werde?

Die Arbeit macht mir Spaß. Es ist ruhig hier und ich bin keinen Gefahren mehr ausgesetzt. Doch ist da eine andere Dynamik unter den Mitarbeitern, die ich erstmal verstehen und erlernen muss.

Bevor ich endgültig zu- oder absage, schreibe ich meinem Bruder eine WhatsApp-Nachricht. Nicht, dass er nachher etwas für uns geplant hat. Wobei ich das weniger glaube, da er bestimmt wie jede Nacht in seinem Club sein wird.

Die Antwort folgt prompt. Und wieder einmal hatte ich recht. Er wird zwar nicht direkt im Club, aber deswegen auf Reisen sein. Also würde mir bloß ein einsamer Abend mit Eiscreme vor dem Fernseher bevorstehen.

Ich drehe mich zu Sam. »Ich komme mit.« In meiner Stimme schwingt eine Stärke mit, die mich selbst endgültig von meinen Vorhaben überzeugt.

Kein Rückzieher mehr, Lexie. Du wirst feiern, deinen Spaß haben und morgen wieder Netflix schauen.

***

Ein ungewohntes Bild zeigt sich mir im Spiegel. Meine beinahe weiße Mähne fällt mir in großen Korkenzieherlocken über die linke Schulter. Die Augen wirken durch die Smokey Eyes verführerisch, das helle Blau kommt dadurch noch besser zur Geltung. Kirschrote Lippen, Glitzer an den Schläfen und eine übertriebene Ladung Highlighter vollenden das Make-up.

Ich fahre mit der Hand in den Ausschnitt des Kleides, der mir beinahe bis zum Bauchnabel reicht, hebe meine rechte Brust etwas an und fixiere den Stoff mit einem doppelseitigen Klebestreifen an der Haut. Auf der linken Seite wiederhole ich die Prozedur. Mir kommen jetzt schon die Tränen, wenn ich an den Schmerz denke, den ich später beim Abreißen des Tapes haben werde. Da ich aber schlecht einen BH darunter anziehen kann und keinen Nippelblitzer riskieren will, muss ich es auf diesem Wege befestigen. Sicher ist sicher. Zudem sagt man doch immer so schön: Wer schön sein will, muss leiden.

Zufrieden schaue ich nochmals in den Spiegel. Das weiße langärmelige Kleid schmiegt sich wie eine zweite Haut an mich. Betont meine sportliche Figur und hebt meine etwas kleinen Brüste dank des Ausschnitts perfekt hervor. Kurz oberhalb der Knie endet der Stoff und präsentiert meine langen Beine, die in einer transparenten Seidenstrumpfhose stecken. *Beinahe perfekt.*

Ich greife nach der Dose mit dem Glitzer, schraube sie auf und pudere mir mit dem Buffer etwas aufs Dekolleté. Anschließend lege ich mir meine silberne Uhr und das dazu passende Armkettchen um, die Ohrhänger folgen.

Mit meinen kirschrot lackierten Fingernägeln zupfe ich einige Haarsträhnen zurecht und fixiere sie mit Spray. *Perfekt. Hollywood kann kommen!*

Gerade schlüpfe ich in meine silbernen High Heels, da klingelt schon der Wecker auf meinem Handy, den ich mir extra gestellt habe. Ich schnappe mir die ebenfalls silberne Clutch von der Kommode, lege mir den schwarzen Mantel über den Arm und verlasse das Loft. Mit dem alten Lastenaufzug fahre ich nach unten. Ich liebe das Flair der umgebauten Lagerhalle und bin jedes Mal aufs Neue davon geflasht, wie mein Bruder es geschafft hat, an so ein Schmuckstück zu kommen.

Vor der Tür wartet eine Limousine. Eine knallpinkfarbene Stretch-Limo!

What the fuck ...!

Und schon kreischen drei Köpfe aus dem Dachfenster heraus. »Woohoo! Steig ein, Lexie!«

Der Fahrer kommt um das pinkfarbene Monster gelaufen und hält mir die Tür auf. Freundlich nickt er mir zu, ich erwidere die Geste und klettere hinein. Sofort umhüllen mich laute Musik, der Geruch von zehn verschiedenen Parfümsorten, gemischt mit Alkohol.

Puh ... krasse Mischung.

Die Tür wird geschlossen und ich bin gefangen. Und als die Limo losfährt, gibt es endgültig kein Zurück mehr.

Was habe ich mir nur dabei gedacht?

»Es ist sooo schön, dass du da bist, Lexie«, freut sich Annabell ehrlich über den Bass hinweg, was mir ein wenig die Restzweifel nimmt, die ich noch besessen habe. Eine weitere Kollegin reicht mir ein Glas Champagner, das ich lächelnd entgegennehme, bevor sie die restlichen Flöten wieder auffüllt.

Sam streckt ihr Getränk in die Höhe. »Auf eine unvergessliche Party.«

Wir tun es ihr gleich, prosten ihr zu und sprechen ihr im Chor nach.

Da die anderen schon etwas mehr intus haben, trinke ich auf ex und fülle mir direkt nach.

Mit jedem weiteren Glas passt sich meine Stimmung an. Wir lachen viel, scheppern uns weg und feiern, soweit es im Sitzen möglich ist. Meine Hemmungen sind längst abhandengekommen.

Sam stößt mich mit der Schulter an und ich blicke fragend zu ihr. »So schlimm sind wir gar nicht, oder?«

Ich lache. Herzhaft und angetrunken. »Nein.«

»Perfekt, denn das, was jetzt kommt, darfst du nicht verpassen.« Verheißungsvoll wackelt sie mit den Augenbrauen.

Wie auf Kommando bleibt die Limo stehen und kurz darauf öffnet sich die Tür, ich werde mehr oder weniger von den anderen rausgedrückt. Stolpernd komme ich auf die Beine, halte mich am Arm des Chauffeurs fest. Die anderen klettern ebenfalls aus dem Inneren. Wir lachen uns gegenseitig aus, haken uns unter und torkeln zum Eingang.

Einige Männer aus der Warteschlange pfeifen uns hinterher. Die Braut, die einzige in einem schwarzen Glitzerkleid, das nichts der Fantasie überlässt, streckt den Mittelfinger in die Höhe und ruft: »Sorry, verlobt.« Doch das hält die Idioten nicht auf, stattdessen spornt es sie noch weiter an.

Beim Türsteher angekommen, hakt Annabell sich bei mir aus und geht zu ihm. Die beiden besprechen etwas, das ich wegen der Lautstärke nicht verstehen kann, also nutze ich die Gelegenheit und schaue mich um.

Es ist eine schöne Gegend hier. Industrieflair meets Partymeile. Ringsherum stehen alte Fabrikgebäude oder Hallen, alle mit viel Abstand zueinander. Einige wurden zweckentfremdet und in Läden oder Clubs umgebaut. Andere stehen leer und beginnen zu zerfallen. Vereinzelt parken Foodtrucks am Straßenrand, um die Partygänger zu verpflegen.

Mein Blick streift über die alten, verfärbten Backsteine des Nebengebäudes, weiter zu dem dunkelgrauen Blech, das die Halle vor mir ziert, wandert höher und bleibt abrupt an dem schlichten goldenen Schriftzug hängen, der von Strahlern beleuchtet wird.

»Never Regret«, hauche ich den Namen des Clubs. Sämtliche Warnleuchten springen in meinem Kopf an. »Niemals bereuen«, flüstere ich und plötzlich dämmert es mir. *Fuck! Wieso ausgerechnet der Laden?* Ich taumle zwei Schritte zurück, greife nach Sams Arm und beuge mich zu ihr. »Niemals komme ich da rein.«

»Klar, das ist alles geregelt und angemeldet.«

»Nein, du verstehst mich nicht. Ich darf da nicht rein.« Nun habe ich ihre volle Aufmerksamkeit.

»Warum nicht?«

»Weil der Inhaber es nicht möchte. Er will nicht, dass ich auch nur einen Fuß in die Location setze.«

»Wieso?« Verwirrt runzelt sie die Stirn.

In mir bricht die Panik aus. In der Stadt gibt es unzählig viele Möglichkeiten, einen Junggesellinnenabschied zu feiern. Warum müssen wir ausgerechnet zum Never Regret fahren?

»Mein …«

»Dann kommt alle mal rein, Ladys!« Die tiefe und raue Stimme des glatzköpfigen und breit gebauten Türstehers unterbricht mich. Mit geweiteten Augen schaue ich ihn an.

Keine Frage nach dem Ausweis? Keine Namensabgleich? Wir kommen einfach so rein?

»Ha! Ist doch alles gut gegangen.«

»Scheinbar«, murmle ich und folge den anderen. Bevor wir allerdings eintreten dürfen, wird uns ein rotes Bändchen ums Handgelenk gebunden.

Aufmerksam sehe ich mich um. Der lange Gang bis zur Garderobe ist schwarz gehalten. Unzählig viele winzige LED-Spots hellen ihn auf, lassen ihn wie ein Sternenmeer wirken. Es ist wunderschön.

An der Garderobe geben wir unsere Mäntel ab. Statt eines kleinen Zettels mit Nummer gibt es einen Stempel mit Zahlen auf den Handrücken.

Den kann man wenigstens nicht verlieren. Gut mitgedacht, großer Bruder.

Wir gehen weiter hinein, gelangen in einen riesigen Raum, der von der Tanzfläche in der Mitte beherrscht wird. Links neben uns befindet sich ein großer Tresen, der sich beinahe über die komplette Wand erstreckt. Mehrere Frauen und Männer stehen dahinter und schenken Alkohol aus. Stroboskoplicht spiegelt sich in den Flaschen.

Ich lasse meinen Blick weitergleiten.

Gegenüber vom Eingang ist das DJ-Pult, links und rechts daneben jeweils ein Podest, auf denen sich zwei Frauen an einer Stange räkeln. Meine Mundwinkel zucken nach oben. *Typisch mein Bruder.*

Rechts geht es weiter mit Separees, in denen man es sich gemütlich machen und sich vom Tanzen erholen kann. Entlang der Tanzfläche befinden sich vereinzelt Stehtische mit Barhockern, wo man bequem mit mehreren sitzen kann. Alles ist im Industry-Look gehalten.

So ganz verstehe ich nicht, wieso mein Bruder nicht möchte, dass ich ins Never Regret gehe. Hier sieht es wie in einem stinknormalen Club aus.

»Lexie, komm.« Sam reißt mich aus meinen Beobachtungen und zieht mich am Arm mit sich. Die sinnlichen Beats lullen mich ein, meine Hüften schwingen fast von selbst, als wir den Mädels zu einer der Nischen folgen, die scheinbar extra für uns geblockt wurde. Kaum setzen wir uns auf die schwarze mit Leder bezogene Bank, die sich in U-Form um den Tisch windet, als auch schon ein Kellner mit einem Tablett voller Champagnerflöten kommt.

»Lasst uns die Nacht des niemals Bereuens beginnen.« Wir jubeln in den Toast der Braut hinein – und ab dem Punkt fallen sämtliche Hemmungen von uns ab. Alkohol fließt in Strömen, Annabell und Vicky tanzen auf dem Tisch. Als der Vorhang zum Separee zur Seite gezogen wird und ein Cowboy eintritt, gibt es kein Halten mehr. Die beiden Mädels machen ihm Platz, damit er uns mit seiner heißen Show um den Finger wickeln kann.

Sam pfeift laut, Vicky wedelt mit der Hand vor dem Gesicht, um sich abzukühlen. Ich hole Dollarscheine aus meiner Clutch und stecke sie ihm nach und nach in den Bund seines Strings. Annabell sieht aus, als würde sie jeden Moment zurück auf den Tisch klettern und den Stripper bespringen. Kathleen dagegen ist so rot im Gesicht, dass man meinen könnte, sie hat noch nie einen halbnackten Mann gesehen und doch beißt sie sich auf die Unterlippe, weil es ihr gefällt. Der Tänzer heizt uns ordentlich ein und wir kommen kaum aus dem Kreischen heraus.

Zu unserem Bedauern überschreitet er nicht den letzten Schritt. Egal, mit wie viel Geld und obszönen Gefälligkeiten wir ihn locken, der String bleibt an. Und als er sich dann auch noch seine Habseligkeiten unter dem Arm steckt und das Separee verlässt, sind wir ziemlich enttäuscht. Dennoch lassen wir uns die Laune nicht verderben, begeben uns auf die Tanzfläche und lassen uns treiben. Unser Pegel ist mittlerweile so hoch, dass wir uns nicht darum scheren, was andere von uns denken. Wir reiben uns aneinander, schwingen sexy unsere Hüften. Kommt ein Kerl an, wird auch er mit eingebunden. Keine Tabus in dieser Nacht.

Ein großer, schlaksiger Typ tanzt mich an und ich gebe ihm die Show seines Lebens. Oder doch eher den Ständer seines Lebens? Er kommt meinem Rhythmus kaum nach, versucht mich immer in einen anderen zu drängen.

Nee, mein Lieber, ohne mich.

Ich schiebe ihn von mir, wende mich Vicky zu, die mich angewidert anschaut und dann in schallendes Gelächter ausbricht.

»Was war das denn?«

Sie zuckt mit den Achseln und zieht mich zu sich heran zum Tanzen.

Etliche Lieder später rast mein Herz und meine Zunge ist wie ausgedörrt. An der Bar ordere ich mir einen Gin Tonic, ein Kontrast zu dem süßen Champagner, den die anderen so lieben. Mit geschlossenen Augen lasse ich den kalten Alkohol meine Kehle hinunterrinnen. Koste das brennende Gefühl aus.

Mit meiner neuen Errungenschaft begebe ich mich in Richtung unseres Separees, bleibe dort am Rand stehen, um den anderen zuschauen zu können. So schön es mit ihnen ist, die kleine Pause tut mir verdammt gut.

Gerade, als ich an meinem Strohhalm sauge, werde ich von jemandem angerempelt. Das Glas fällt mir aus der Hand und zerspringt in zig Einzelteile. Ehe ich ungewollt meinem Getränk folge und den harten Beton küsse, fangen mich zwei Arme auf.

Der Mann, zu dem die gehören, stellt mich sicher hin. »Sorry.« Etwas gehetzt schaut er mich an. Seine Augen blitzen auf, als sie auf meine treffen. Sein Tausendwatt-Lächeln trifft mich unvorbereitet, weshalb ich wie ein Dummchen zurückgrinse.

Jemand irgendwo neben uns meckert über etwas, ein Stimmengewirr wird lauter und kommt näher.

Der Mann vor mir schielt hinüber, das Lächeln fällt in sich zusammen. Er lässt mich los. »Nochmals sorry.« Ein letztes Mal sieht er zu mir, bevor er fluchtartig davoneilt.

Eine Meute von bestimmt dreißig Frauen stürmt an mir vorbei und ihm hinterher. Mit den Augen folge ich ihm und der Schar. Sehe, wie er hinter dem letzten Separee durch eine dunkle Tür gelassen wird, die so versteckt liegt, dass sie mir zuvor nicht aufgefallen ist. Die Mädels müssen davor stehenbleiben.

Automatisch gehe ich einen Schritt auf sie zu, woraufhin es unter meinen Füßen knirscht. Mir fällt das zerbrochene Glas wieder ein und ich schaue zu Boden, entdecke neben den Scherben eine schwarze Karte. In goldener Schrift steht ›Never Regret‹ auf ihr geschrieben.

Die Neugierde packt mich. Ist es eine VIP-Karte oder ist der Typ eben ein Angestellter und das sein Arbeitsausweis? Ganz gleich, was es letztendlich ist, er hat es verloren.

Umständlich gehe ich in die Hocke und hebe die Karte auf, drehe und wende sie in meiner Hand. Mehr, als dass sie zu diesem Club gehört, gibt sie nicht preis.

Darauf bedacht, dass niemand meinen nackten Hintern zu sehen bekommt, stehe ich auf und schreite, mit meinem Fund zwischen den Fingern, selbstbewusst zur versteckten Tür.

Zu meinem Erstaunen wird sie mir von dem bulligen Mann im schwarzen Anzug geöffnet und ich trete hindurch.

Eine Wendeltreppe, die ebenfalls dunkel gehalten ist und von unzähligen Spots erhellt wird, führt nach oben. Meine Neugierde siegt erneut und ich folge ihr. Stufe um Stufe nähere ich mich dem Obergeschoss und meine Aufregung steigt ins Unermessliche. In meinem Magen beginnt es zu kribbeln, erst nur ein wenig, dann immer mehr.

Ein tiefer holziger Duft von Vetiver, einem asiatischen Süßgras, legt sich über meine Sinne, benebelt sie. Lässt meine Gedanken zum Erliegen kommen. Ich spüre, wie mein Herzschlag sich beschleunigt, mein Brustkorb sich kräftig hebt und senkt, gegen den weichen Stoff meines Kleides drückt.

Oben angekommen, stehe ich vor zwei Türen, eine geschlossene und eine, vor der ein weiterer bulliger Typ steht. Freundlich lächelnd öffnet er sie. »Auf sinnliche Stunden.«

Auch hier ist meine Neugierde mal wieder stark genug, sodass ich über die Schwelle trete und seine Worte keineswegs hinterfrage.

Ich finde mich in einem Raum wieder, der lichtarm gehalten ist. Nur gut platzierte Spots setzen die Bar rechts, die kleine Bühne links und die Sofalounge gegenüber von mir in Szene. Die Clublichter von unten blitzen hin und wieder durch eine Glasfront hinein. Gold und Schwarz dominieren die Einrichtung, die Wände sind mit dunklem Samt überzogen.

Wie angewurzelt bleibe ich stehen, meine Augen fest auf das Paar auf einem der Sofas gerichtet. *Heilige Scheiße!*

Jetzt verstehe ich auch, wieso mein Bruder nicht will, dass ich das Never Regret betrete!

KAPITEL

3

Creed

»Boss, da ist Frischfleisch im Anflug«, raunt mir Ted über die Theke zu und reicht mir das Bier, bevor er in Richtung Eingang nickt und abdampft.

Pff, was interessiert es mich, was da reinspaziert kommt? Jede Frau, die diese Schwelle übertritt, gehört sehr wahrscheinlich zu einem der gierigen Wichser um mich herum. Wir haben nämlich genau genommen nur eine Handvoll Frauen, die unsere Exklusiv-Karte wie einen Schatz hüten. Ich muss nicht mal von meinen Unterlagen aufsehen, um das zu wissen.

Zahlen. Wie ich sie hasse! Doch ohne mein geschultes Auge wäre der Club dem Untergang geweiht. Klar, ich könnte auch in meinem Büro arbeiten, aber hin und wieder brauche ich die Atmosphäre in diesem Teil des Ladens, um nicht durchzudrehen. Abwechslung und Locationwechsel hat noch keinem geschadet.

Allerdings lasse ich nun doch den Blick vom Laptop nach oben wandern.

Eine gigantische Glaskuppel erstreckt sich über der Empore des Clubs. Das partywütige Volk unter uns sieht sie nicht. Die haben ja auch keinen blassen Schimmer, dass dieser Teil überhaupt existiert. Und das ist gut so. Nichts ist schlimmer als schwanzwedelnde Welpen und Typen, die nicht zu schätzen wissen, was Lust bedeutet.

Ober- und Untergeschoss sind auf besondere Weise voneinander getrennt. Von oben eine begehbare Glasfläche, durch die wir nach unten schauen können. Von unten nicht mehr als eine verspiegelte Oberfläche, die das Licht der Spots reflektiert.

Die Sterne strahlen heute Nacht so hell wie lange nicht mehr und in mir beginnt es zu prickeln. Ich spüre ihn schon wieder, diesen Kitzel. Meine Fingerkuppen kribbeln, wenn ich daran denke, über einen weiblichen Körper zu streichen, ihr das Hirn rauszuvögeln, während sie sich in der Schönheit des Kosmos verliert. Doch nein! Ich muss mich zusammenreißen. Erst die Arbeit und vielleicht dann das Vergnügen.

Mein Problem: Ich bin wählerisch. Unfassbar gelangweilt von dem Trend, dem sich mittlerweile die Hälfte der Frauen unter mir beugen. Sie wollen alle gleich aussehen, gleich riechen, gleich schlank sein und am besten auch noch vorher beim Chirurgen vorbeigeschaut haben. Oder sie träumen von einer OP, können sie sich aber nicht leisten und suchen von daher nach einem reichen Typen, der sie mit Schmuck, teuren Klamotten und dem Aufspritzen mit Botox pimpt.

Wann habe ich das letzte Mal eine echte Frau, die nicht nur wie ein armseliges, hüllenloses Wesen Ja und Amen schreit, erlebt?

Versteht mich nicht falsch, ich liebe Sex und mir ist es auch egal, ob sie kellnert oder einen Ehemann zu Hause sitzen hat. Doch der Reiz geht flöten, wenn eine Barbie der anderen gleicht und ihrer Namensvertreterin in puncto Hohlsein in nichts nachsteht. Reid hat erst gestern betont, dass ich mal wieder vögeln müsste. Gut, dem stimme ich vielleicht sogar zu.

Angepisst, weil ich mir eigentlich vorgenommen habe, nicht in Gedanken abzudriften, lasse ich nun von der Kuppel ab, lehne mich auf meinem Sessel zurück und hole eine Kippe aus dem Etui meiner Hosentasche. Die Flamme des Zippos erhellt mein Gesicht, als ich mir die Fluppe anzünde, der Rauch vermischt sich mit den Lichtern der Spots.

Fokussiert blicke ich auf den Bildschirm vor mir und stöhne frustriert auf.

»Boss?«

»Was?« Ich knirsche mit den Zähnen, weil Ted mir heute ziemlich auf den Sack geht.

»Sid ist wieder da.« Das ist tatsächlich eine Information, die meinen Gemütszustand noch weiter in die Tiefe zieht.

Sid Wichskopf Kendall. Schauspieler, Mister Sunshine, Hollywoods Darling – und würde er nicht ein sehr gut zahlender Kunde sein, hätte ich ihn schon lange rausgekickt. Er und ich haben ein paar unschöne Momente miteinander erlebt. Und jedes Mal, wenn er in meinem Reich wildert, ist mir danach, meine Waffe aus dem Büro zu holen und ihm die Mündung in seine stinkende Schnauze zu stecken, damit er die Fresse hält.

Gepresst atme ich durch die Nase aus. Meine Finger drücken den Filter der Zigarette zusammen, sodass ich fluche, als ich wieder an ihr ziehe und kaum noch Nikotin in meine Lungen strömt.

Ich schaue in die Richtung des Bastards und erstarre. Nicht wegen ihm, sondern wegen seiner Begleitung. Pure Schönheit strahlt mir entgegen.

Ich kneife die Augen zusammen, als ich sehe, wie er ihr mit dem Finger sanft den Arm entlangstreicht.

Irgendetwas nervt mich an dieser Szene.

Leicht neige ich meinen Kopf zur Seite und beobachte, zwirble den Filter über meine Fingerkuppen.

Ihr weißblondes, langes Haar ist stark gelockt, die dunkel geschminkten Augen lassen sie geheimnisvoll wirken und dieser Kirschmund ... Ich will ihn öffnen und meinen Schwanz zwischen diese Lippen stecken. In meiner Hose regt es sich und drückt unangenehm gegen den Reißverschluss, also setze ich mich etwas um.

Dieser Körper, leicht kurvig und einladend, steckt in einem hautengen weißen Kleid mit langen Ärmeln. Was mir aber komplett den Atem raubt, ist der Ausschnitt, der ihr bis zum Bauchnabel reicht. Mir fallen jede Menge Ideen ein, was ich mit diesen ansehnlichen Titten anstellen könnte.

Ich lecke mir über die Lippen, will das Dürregefühl in meinem Mund loswerden und drücke die Zigarette im Aschenbecher aus, bevor ich nach meinem Bier greife. Gierig trinke ich von dem kühlen Getränk, behalte die Frau allerdings im Auge. Irgendetwas sagt mir, ich sollte Kendall die Tour vermasseln. Das dumpfe Pochen in meinem Brustkorb signalisiert mir, dass die kleine Schönheit gleich unter mir liegen wird.

Denn eins ist klar: Meine Durststrecke ist hiermit vorbei. Beauty wird heute Nacht stöhnen. Für mich.

Ich klappe den Laptop zu, winke Ted heran und lasse ihn das Teil im Fach hinter der Bar einschließen. Erst danach stehe ich auf, stecke meine Hände in die Hosentaschen und schlendere auf die zwei zu.

Dann wollen wir mal etwas spielen.

Ich pirsche mich von hinten an sie heran, umfange ihre Taille und streiche hauchzart mit dem Daumen ihre Seite entlang. »Da bist du ja«, murmle ich in ihren Nacken und küsse ihre Haut. Ein Zittern durchfährt sie und Genugtuung beflügelt mich. »Kendall, so schnell sieht man sich wieder.«

Ich löse meine Hand von dieser Hammerfrau und schlage mit ihm ein. Sehe jedoch die Abneigung in seinen Augen blitzen.

Er presst die Zähne zusammen und versucht wohl, sich zusammenzureißen, um mir keine reinzuhauen, weil ich ihm die Tour vermassle. »Ihr kennt euch?«

Wir lösen unsere Hände und ich lege direkt den Arm um Beautys Körpermitte, drücke sie an mich und ernte ein Keuchen.

Soso.

»Ja, wir kennen uns«, murmelt nun das hübsche Wesen neben mir und ich vergrabe mein Gesicht in ihrem Haar, um mein Lachen zu verstecken.

Hätte nicht gedacht, dass sie so schnell mitspielt. Plötzlich durchzuckt mich ein Schmerz, der sich von meinem Fuß hoch in meine Eier zieht. *FUCK!*

Hat sie mir gerade ihren Absatz in den Schuh gerammt? Echt jetzt? O, ich werde sie später sowas von bestrafen.

Ich knurre in ihren Nacken, beiße hinein und bemerke, wie sie sich versteift. *Gut so. Spüre. Fühle mich.*

Mein harter Schwanz presst sich an ihren Arsch.

»Ach wirklich? Das ist ja … überraschend«, murmelt das Weichei, sieht dabei aber nicht allzu überrascht aus. Eher so, als hätte er verstanden, dass dieses Schauspiel ein Vorspiel ist.

»Wir haben auch noch was vor, also ...« Ich greife ihre Hand und führe sie mit mir. Flüchtig nicke ich Sid zu und ignoriere die Blicke, die uns begleiten.

An einem Sessel setze mich hin und ziehe die Schönheit einfach seitlich auf meinen Schoß. Widerwille durchzuckt ihren Körper und sie wird steif wie eine Puppe. Endlich kann ich sie mir von Nahem anschauen, doch ihr Gesichtsausdruck ist alles andere als begeistert.

»Du bist ganz schön unverschämt, weißt du das?«

»Sag mir was Neues, Babe.«

»Zieht das etwa bei anderen Frauen, was du von dir gibst?« Sie zeigt auf meinen Mund und hebt eine Augenbraue.

»Für gewöhnlich, ja.«

»Unverschämt. Ich sag's ja.« Sie zuckt unbeteiligt mit den Achseln und sieht sich im Club um.

»Wie bist du hier reingekommen?« Nachdenklich streiche ich ihren Oberschenkel entlang, wo das Kleid endet. Gänsehaut bildet sich an der Stelle und ich kann mir ein Grinsen nicht verkneifen.

»O, Sid, oder wie der Kerl heißt, hat seine Karte unten im Club verloren und ich bin ihm hinterher, um sie ihm zurückzugeben. Ich hatte ja keine Ahnung ...« Sie murmelt die letzten Worte und wirkt in sich gekehrt.

»Hey.« Ich greife ihren Kiefer mit zwei Fingern und drehe den Kopf zu mir.

»Was ist das hier?« Ihre Augen wirken neugierig und aufgeschlossen. Glasig durch vermutlich zu viel Alkohol und glühend vor ... Erregung.

»Begehrst du etwas?«, stelle ich ihr eine Gegenfrage. Fragend mustert sie mich. »Wie fühlt sich das an, wenn ich ...« Meine Hand schlüpft ein Stück unter ihr Kleid, streicht sich weiter empor und ich beobachte jede Regung in ihrem hübschen Gesicht. Nun glühen ihre Wangen. Die Augen werden groß, als ich mich noch weiter vorwage, ihrer Pussy immer näher komme. Plötzlich stoppt sie mich, indem sie ihre Hand auf meine legt. »Nicht.«

Ich durchbohre sie mit meinem Blick, keiner sagt etwas. Die Musik im Club gerät in den Hintergrund, alles, was ich wahrnehme, ist sie. Ihre Mimik, ihr erhitztes Gesicht, der schnelle Atem, wie sich ihr Brustkorb hebt und senkt.

Würde sie es nicht wollen, hätte sie meine Hand unter ihrem Kleid hervorgezogen. Das hier ist kein *Nein* im Sinne von ›Ich will nicht‹, sondern ein *Nein*, das aus moralischen Gründen gesagt wurde. Vielleicht fühlt sie sich auch nur unwohl.

Von daher nehme ich sie einfach auf die Arme, stehe auf und gehe mit ihr in einen etwas zurückgezogenen Ort der Empore. Eine kleine Nische zwischen Eingangstür und Clubinnerem. Ich lasse sie herunter und drehe sie zu den Spiegeln, presse mich wieder von hinten an sie.

»Wow.« Sie legt ihre Hände an die Scheibe und lässt den Blick unter sich schweifen.

»Was begehrst du, Babe?«, stelle ich die Frage erneut, fahre mit meiner flachen Hand ihren Bauch hinunter. Fühle, wie ihr Unbehagen bröckelt. Ein Stöhnen entweicht ihr, als sie sich in meine Arme fallen lässt.

»Ich weiß nicht«, stottert sie, als ich wieder unter ihr Kleid schlüpfe, aber dieses Mal halte ich mich nicht mit Belanglosigkeiten auf. Meine Hand umfasst ihre Pussy, übt Druck aus und ein Ruck geht durch sie. Ihr Arsch presst sich an meinen Schwanz und ich reagiere, schiebe sie gegen die verspiegelte Front.

»Noch ein Versuch.« Wieder drücke ich gegen ihre Seidenstrumpfhose, die ihren Slip bedeckt. Meine Handfläche wird nass, ihr Höschen wird geflutet.

»Oh Gott«, keucht sie, legt ihren Hinterkopf an meine Schulter. Meine Geduld wird auf eine wirklich harte Probe gestellt. Erst recht, als ich meinen Griff löse.

Fassungslos schaut sie mich von der Seite an. »Was tust du?«

»Antworte mir.«

Ihr Gesichtsausdruck wirkt entrückt und ein Fünkchen Widerwille wallt durch ihre Züge.

Faszinierend. Ich kenne sie erst seit etwa einer Viertelstunde und kann in ihr lesen wie in einem Buch.

»Und dann machst du weiter?«

Leise lachend lasse ich meine Nase an ihrem Hinterrohr entlang und durch ihr Haar gleiten. »Dann werde ich dich belohnen, ja.«

Sie atmet schwer aus und sieht zurück auf die Feiermeute unter uns. »Das begehre ich. Abenteuer. Lust. Dich.«

Ich wusste es. Vom ersten Moment an, als sie mitgespielt und mir ihren Absatz in den Fuß gerammt hat, wusste ich, dass sie im Feuer lebt und nicht im Wasser. Sie entzündet es, liebt es, mit den Flammen zu spielen und fürchtet sich nicht davor zu verbrennen.

»Aber du kennst mich nicht«, antworte ich weiter.

»Nein und das ist so verrückt.« Verrückt? Nein, das ist Anziehung. Begehren. Lust. Und so fasse ich einen Entschluss. Sie wird es sein. Jetzt und hier. Keine Spielchen mehr.

»Stütz dich mit beiden Händen am Glas ab.« Zögerlich gehorcht sie. Ihre Hand rutscht einmal ab, weil sie feucht ist, doch sofort legt sie sie zurück.

Braves Mädchen.

Ich gehe in die Hocke, fahre mit beiden Händen ihre Schenkel entlang und hake meine Zeigefinger in ihre Strumpfhose und das Höschen, ziehe sie mit einem Ruck herunter. Dabei reißt die Seide.

»Ups«, entfährt es mir lächelnd. Ich kann nicht anders, als das Kleid hochzuschieben und in ihren saftigen Arsch zu beißen.

Sie keucht auf, lehnt ihre Stirn an die Scheibe. Ich richte mich wieder auf, öffne meinen Gürtel und greife in meine Arschtasche, um ein Kondom herauszuholen. Ich ziehe die Hose etwas hinunter, befreie meinen Schwanz und stülpe mir das Gummi über.

Ihr Blick gleitet über die Schulter und ich schnalze mit der Zunge. »Schau nach vorne, Beauty.«

Wieder ist da ein Stück Widerwille, und vielleicht ist es genau das, was mich so an ihr reizt.

Meine Hand umschließt erneut ihre Mitte, drückt zu und ich kneife leicht in ihren Kitzler.

»Fuck«, murmelt sie völlig verzückt und ich spüre die Nässe an ihren Schamlippen, streiche durch ihre Hitze. Lasse erst einen, dann den zweiten Finger in sie gleiten. »O Gott, o Gott!«

»Nein, Babe. Der hat damit absolut nichts zu tun.« Mein heißer Atem fegt über ihre Ohrmuschel und ich beiße hinein, lecke einmal die Wölbung entlang, während ich meine Finger in ihr bewege und mein Becken gegen ihren Arsch knallt.

Als ich ihren G-Punkt berühre, erzittert sie in meinem Halt und doch ist es nicht genug. Ich muss in ihr sein, sofort! Ich ziehe sie enger an mich heran, ihr Hintern streckt sich mir noch mehr entgegen.

Ich nehme meine Finger aus ihr heraus und drücke auf ihre Klit, bevor ich mein bestes Stück in die Hand nehme, einmal, zweimal daran entlangfahre und mich an ihr positioniere. Meine Hände lege ich auf ihre an der Spiegelfront.

Ich stoße zu.

Der Ruck ist so heftig, dass sie frontal gegen die Scheibe gepresst wird und ich ersticke ihren Schrei, indem ich unsere verschlungenen Hände auf ihren Mund presse.

Ich spanne meinen Kiefer an, warte, bis sie sich bemerkbar macht und sich an meine Größe gewöhnt hat. Als sie ihren hübschen Arsch minimal an mir reibt, ist das mein Signal. Ich ramme mich in sie, nehme die Hände wieder von ihren Lippen und lege sie zurück an die Front vor uns.

Die Welle kommt hart. Und schnell. Normalerweise ist das nicht meine Art und ich bin noch nicht bereit, auf ihr zu surfen. »Schau. Sie. Dir. An.« Mit jedem Stoß lasse ich ein Wort an ihrem Ohr und über die Musik hinwegfegen. Gemeinsam sehen wir auf die Leute, während ich sie vögle.

»Niemand da unten sieht uns. Sie leben in einer anderen Welt als wir. Niemals werden sie das erleben, was du erlebst. Das ist, was es ist. Du fragst, was wir hier tun? Genau das. Wir begehren. Ohne Reue.«

Ihr Atem prallt an der Scheibe ab, lässt sie beschlagen. Immer wieder entkommt ihr ein Laut, der mir in die Eier schießt und nicht gerade förderlich dafür ist, dass ich mich nicht in den nächsten Sekunden in ihr ergieße.

»Ich komme gleich«, murmelt sie selbstvergessen. Noch ein Punkt, der mich an ihr anzieht. Sie sagt, was sie denkt, was sie will. Vielleicht musste ich das nur aus ihr herauskitzeln.

Ich verändere den Winkel, stoße gegen ihren G-Punkt. Stetig treibe ich der Welle entgegen, doch ich wage noch immer nicht den Absprung. Ich löse unsere Hände voneinander, lege einen Arm um sie, ziehe sie noch enger an mich, damit sie mich vollständig in sich spürt. Mit der anderen drücke ich ihren Brustkorb an meinen. Halte sie an Ort und Stelle und stoße von unten zu, bewege meine Hüfte kreisend und weiß ganz genau, dass ich mal ihren G-Punkt streiche und mal nicht, was sie bestimmt wahnsinnig macht.

»Ich kann ... ich kann ...«

Doch. Sie kann. Ihre Wände ziehen sich um meinen Schwanz zusammen und das ist er. Der Moment, kurz bevor sie zum Orgasmus kommt.

Ich ziehe mich aus ihr heraus.

Eins. Zwei. Drei.

Meine Atmung wird regelmäßig, der Schweiß steht mir auf der Stirn und im Nacken, doch das lasse ich mir nicht anmerken, als ich das Kondom abziehe und das Pulsieren meiner Eier ignoriere. Ich packe meinen Schwanz ein und stopfe das Gummi in meine Hosentasche.

Ihre Augen sind zusammengekniffen, die Kirschlippen aufeinandergepresst. Angepisst zieht sie ihr Kleid wieder an die richtigen Stellen.

Ich mache einen Schritt auf sie zu, streiche ihre Haare mit gespreizten Fingern zurecht. Spiele mit den seidigen Strähnen und betrachte sie nun genauer.

Beauty reicht mir bis zur Brust, die sie nun betrachtet. Ihre Hände ballen sich zu Fäusten.

O, nicht doch. Ich hebe ihr Kinn an, sehe förmlich, wie Blitze aus ihren strahlend blauen Iriden zischen. Mit dem Daumen verfolge ich ihre Lippen und kann nicht anders.

Ich halte ihren Kiefer fest, ziehe sie an mich und presse meine Lippen auf ihren Mundwinkel. Verweile dort ein paar Sekunden und ein eigenartiges Gefühl durchströmt mich. Lässt mich für einen Moment vergessen.

Ich lasse mich für diesen Augenblick von ihren Flammen umzingeln. Doch in Brand stecken werde *ich* sie. Sie mag der Brennstoff sein, aber ich werde ihn entzünden.

»Du weißt, wofür das war.« Vielsagend trete ich ein paar Schritte zurück, unterbreche den Körperkontakt.

Sie folgt mir lächelnd, was sehr creepy wirkt und irgendwie eine unangenehme Gänsehaut auf meiner Haut hinterlässt, als sie nun ihre Hand hebt und meinen Hals seitlich entlangstreicht. Argwöhnisch lasse ich sie gewähren.

»Ja, weiß ich«, murmelt sie wie in Gedanken und dann passiert es. Ein wohlbekannter Schmerz schlängelt sich wie eine Schlange meinen Körper hinauf. Zähneknirschend atme ich das Gefühl weg, doch als ich die Augen wieder öffne, ist das Biest verschwunden.

Ich lehne mich mit dem Rücken an die Scheibe und verfolge sie mit meinem Blick. Und tatsächlich, sie sieht einmal hinauf, hebt ihre Hand und schickt einen Mittelfinger. Und aus einem mir unerfindlichen Grund muss ich lachen.

Dann bestrafe ich sie halt beim nächsten Mal. Denn, dass es ein nächstes Mal geben wird, steht außer Frage.

Sie wird kommen. Und ich werde sie finden.

Herausforderung angenommen, Babe.

KAPITEL

4

Lexie

»Verdammt, verdammt, verdammt!« Wütend pfeffere ich die Strumpfhose in die Ecke. »Ich kann doch nicht so doof sein und meine Clutch im Club vergessen haben!« Das Kleid folgt der Strumpfhose. »Fuck!« Ich fahre mir über das Gesicht.

Da ist alles drin. Mein komplettes Leben. Ohne mein Handy bin ich aufgeschmissen. All die Karten, die ich neu beantragen muss, das Geld … Was das kostet! So eine Scheiße! Zum Glück liegt der einzige Haustürschlüssel immer unter der Fußmatte. Kaum auszudenken, wie viel mich noch ein neues Schloss kosten würde, zudem wäre ich gestern niemals ins Loft gekommen und hätte den Schlüsseldienst rufen müssen.

Da geht man einmal aus und dann sowas. Wo war ich nur mit meinem Kopf, dass ich ausgerechnet das Wichtigste vergesse?

Mein Mantel? Okay, kein Ding, wäre nicht tragisch gewesen.

Meine Heels? Schade drum, aber wäre zu verkraften.

Meinen Slip? No Problemo, hab zig andere in der Schublade.

Aber nein, es muss meine Clutch sein. Der Worst Case der Katastrophen. Doch alles Jammern hilft nichts, bringt mir mein Hab und Gut keineswegs zurück. Außer ... Mir kommt ein Gedanke.

Schnell rapple ich mich auf, verlasse das Bad und stürme ins Wohnzimmer. Mein Weg führt mich direkt zum Festnetztelefon. Und ich Depp habe meinen Bruder noch ausgelacht, dafür, dass er so etwas Antiquiertes besitzt, wo doch Smartphones die Welt regieren.

Ohne darüber nachzudenken, tippe ich die Nummer vom Büro ein. Mit Glück erwische ich jemanden, der an einem Samstag Überstunden schiebt, weil er mit der Arbeit hinterherhinkt.

»Adams & Evan, Marketingabteilung, Sie sprechen mit Stevens«, rattert die glockenhelle Stimme gelangweilt herunter.

»Hey Stevens, ich bin's, Alexandra Brooks.«

»Howdy Lexie, was gibt's?«

»Ist Sam zufällig da? Oder Anabell?«

»Sorry, bin die Einzige hier.«

»Shit!«

»Kann ich dir vielleicht weiterhelfen?«

»Hast du die Privatnummer von einer der beiden da? Ich hab mein Handy gestern beim Junggesellinnenabschied im Club vergessen und eventuell hat eine der anderen es mitgenommen.«

»O warte, ich schaue kurz im System nach.« Das Klappern einer Tastatur ist zu hören.

Angespannt verlagere ich mein Gewicht von einem Bein aufs andere. Nach endlos erscheinenden Minuten gibt Stevens mir die Nummer von Sam durch, die ich auf einem Block neben dem Telefon notiere.

»Danke, Stevens, du bist meine Rettung.«

»Immer gern, Lexie.«

Wir verabschieden uns und ich wähle sofort Sams Nummer. Es tutet und tutet. Keiner geht ran.

Mist. Ich lege den Hörer auf, nur um von vorn zu beginnen. Nach dem fünften Versuch nimmt endlich jemand ab.

»Ja?« Sams schläfrige Stimme dringt durch den Lautsprecher.

»Hey Sam, hier ist Lexie.«

»Lexie?« Es raschelt im Hintergrund, jemand stöhnt auf. »Geht's dir gut? Ist alles okay bei dir?«

»Fast. Bitte sag mir, ihr habt meine Clutch gestern mitgenommen.«

»Sorry, Süße, leider nicht. Hast du sie liegenlassen? Und wo warst du eigentlich so plötzlich? Wir haben dich noch gesucht.«

Zerknirscht verziehe ich das Gesicht. »Sorry, bin nach Hause gegangen. Die Heels haben mich umgebracht.«

»Und dann hast du deine Clutch vergessen?«

»Anscheinend, jedenfalls kann ich sie nirgends finden. Hab schon alles durchsucht.«

»Mist. Aber als wir los sind, lag sie nicht mehr in der Nische. Bist du dir sicher, dass du sie nicht doch mitgenommen und unterwegs irgendwo verloren hast?«

Im Kopf gehe ich nochmals die Route durch, die ich genommen habe. Aus dem oberen Teil des Clubs bin ich direkt zur Garderobe und habe meinen Mantel geholt. Danach führte mich der Weg raus aus dem Never Regret. Ich bin gelaufen.

Vom Club bis zur Wohnung meines Bruders ist es keine halbe Stunde zu Fuß. Und ich brauchte unbedingt die Abkühlung der Nacht, um wieder runterzukommen.

»Nein, ich hab sie auf dem Rückweg definitiv nicht dabei gehabt.«

»Hmm ... Sorry, Süße, aber dann habe ich keinen Plan, wo du sie gelassen hast. Wir haben sie jedenfalls nicht gesehen oder mitgenommen. Vielleicht ist sie zwischen die Bänke gerutscht und ein Angestellter hat sie gefunden.«

Mein Herz beginnt zu rasen. Wieso habe ich die Möglichkeit nicht in Betracht gezogen? Wieso ist das mir nicht sofort eingefallen?

»Danke, Sam. Ich werde da gleich hinfahren und nachfragen.«

»Gib Bescheid, wenn du sie hast. Ach, und das nächste Mal sagst du was, bevor du von jetzt auf gleich verschwindest. Wir haben uns Sorgen gemacht, nachdem du plötzlich weg warst. Dachten, dass du nur kurz was trinken wolltest.«

»Tut mir leid, so war das eigentlich auch, aber dann haben sich meine Füße gemeldet. Ich gebe aber Bescheid, wenn es nochmal vorkommen sollte.«

»Braves Mädchen.«

»Befehlen konnte ich schon immer Folge leisten.«

»Ja, ja, Miss Military.« Sie lacht rau auf. »Und nun ab zum Club mit dir. Ich muss jedenfalls wieder ins Bett zu meiner überaus reizenden Begleitung.«

Nun liegt es an mir, zu lachen. »Viel Spaß noch.«

»Danke, den werde ich haben.«

Schmunzelnd lege ich auf. Nachdem Sam mir den Tipp mit dem Never Regret gegeben hat, lasse ich keine Zeit verstreichen. Noch müsste mein Bruder unterwegs sein und somit nicht im Club rumlungern. Sprich, ich hätte eine Chance, meine Clutch abzuholen, bevor er Wind davon bekommt, dass ich gestern verbotenerweise dort war.

Ich schlüpfe in meine Schuhe, schnappe mir die Autoschlüssel von meinem Chevrolet Captiva und fahre mit dem Lastenaufzug nach unten. Auf der gegenüberliegenden Seite der Straße steige ich in meinen SUV ein und starte den Motor. Es ist ein komisches Gefühl, Radio während der Fahrt zu hören. Sonst ist mein Handy mit dem Auto verbunden und meine Spotify-Playlist läuft.

Schnell bin ich an meinem Ziel angelangt und parke direkt vor dem Gebäude. Mit der Faust hämmere ich gegen die verschlossene schwarze Metalltür. *Hoffentlich ist wer da.*

Zu meinem Glück öffnet sich nach ein paar Minuten die Tür. Ein zentnerschwerer Brocken fällt von mir ab, als ich in die dunklen Augen des glatzköpfigen Türstehers von gestern schaue. Für viele mag der Mann furchteinflößend sein, aber wenn man wie ich beim Militär gewesen ist und ständig mit solchen Typen abgehangen hat, verliert man die Angst.

Grimmig sieht er mich an. Ich stelle mich automatisch etwas breitbeiniger hin und baue mich zur vollen Größe auf. »Was willst du, Mädchen? Der Club öffnet erst in sieben Stunden.«

»Ich weiß. Aber vielleicht kannst du dich an mich erinnern. Ich bin eine der Mädels vom Junggesellinnenabschied und habe gestern doch glatt meine Clutch hier vergessen.«

Er beäugt mich skeptisch. Sein Blick wandert von oben nach unten, scannt mich. Freundlich lächle ich ihn an, was er keineswegs erwidert. Stattdessen nickt er, tritt ein Schritt beiseite und signalisiert mir, dass ich reinkommen darf. »Vielleicht hat eine der Putzfrauen etwas gefunden.«

»Hoffentlich.« Ich folge ihm durch den langen Gang ins Innere.

»Warte kurz hier, ich frage eben rum.« Mit den Worten verschwindet der Türsteher und lässt mich allein vor der Tanzfläche stehen.

Im Hellen sieht der Club unspektakulär aus. Die bunten Lichter und der Nebel, in denen sie sich verfangen, fehlen. Auch die Menschenmasse, die ihn lebendig sein lässt. Alles wirkt so groß und leer.

Mein Blick gleitet über die Einrichtung, bis zu der versteckten Tür. Erinnerungen fluten mein Gehirn, Bilder vom Abend überschwemmen mich. Gänsehaut bereitet sich auf meinem gesamten Körper aus, in meinem Unterleib zieht es verdächtig.

Diese Tür ist der Grund, weshalb mein Bruder mich vom Club fernhalten will. Von dem, was er vor den Augen aller verbirgt und im Geheimen mit seinem Kumpel führt.

Sorry Brüderchen, ich habe den Teil deines Lebens entdeckt und ich bereue es keine Sekunde. Nur die Wahl des Mannes, der mich ficken durfte, vielleicht.

Er ist ein Wichser. Einer, der eine Frau ködert und es nicht zu Ende bringt. Die Frustration, die ich gestern gespürt habe, kommt mit voller Wucht zurück. Wie magisch zieht mich die verbotene Frucht an und alles in mir verzerrt sich danach, nochmals zu kosten. Einfach durch die Tür zu marschieren, mir zu nehmen, was mein Körper verlangt, und dann? Ach keine Ahnung, was danach kommt. Hauptsache, es wird beendet, was gestern in Gang gesetzt wurde. Die Lust befriedigt, die entfacht wurde.

Der irrwitzige Gedanke kommt mir, dass der Typ noch da sein könnte. Dass ich ihn mir krallen und ihn zwingen könnte, es zu Ende zu bringen. Oder dazu, noch viel mehr

Dinge mit mir anzustellen. Dass ich seinen Dreitagebart zwischen meinen Schenkel reiben spüre, während er mit seiner geschickten Zunge durch meine Spalte fährt. Mich mit seinem festen Griff gepackt hält, während ich vor Lust vergehe. Ich nochmals in den Genuss seines Schwanzes komme. Ihn koste und anschließend bis zu den Eiern in mir stecken habe. Ich spüre förmlich seinen muskulösen Körper an meinem, seine dunkelbraunen Haare zwischen meinen Fingern, während ich sie dort haltsuchend vergrabe. Wie er mich mit seinen grünen Augen genauestens beobachtet, jede meiner Regungen in sich aufnimmt.

Angezogen von dem Wunsch, diese Empfindungen zu spüren, setze ich einen Fuß vor den anderen. Begebe mich auf den Weg zu der verbotenen Frucht, die mich mit ihrer rauen verheißungsvollen Stimme anlockt. Mir Versprechungen zuflüstert. Mich all die Konsequenzen vergessen lässt.

Meine Schenkel reiben aneinander und ich spüre, wie feucht ich allein von den Gedanken geworden bin. Der Jeansstoff meiner Hose ist dabei keine Hilfe. Dessen Reibung reizt mich weiter.

Ich strecke meine Hand aus. Mein Herz rast vor Aufregung.

Ich berühre die kühle Klinke, die ein Kontrast zu der Hitze in meinem Inneren ist. Mein Unterleib zieht sich vorfreudig zusammen, prickelt.

Ich drücke den Türgriff hinunter. Mein Atem kommt stoßweise.

Ich ziehe die Tür auf.

Eine Hand schlägt gegen das Metall. Laut knallt es, als sie mit Wucht zurück ins Schloss fällt. Ich kreische auf. Wirbele herum und stehe dem breit gebauten Mann gegenüber.

»Du hast da nichts zu suchen, Mädchen!« Tief und gefährlich peitscht seine Stimme über mich hinweg. Wie ein Eimer eiskaltes Wasser fegt sie meine vorherigen Gedanken beiseite. Löscht meine Lust.

Ich fröstele bei seinem wütenden Blick, doch ich halte ihm stand, lasse mich auf keinen Fall kleinkriegen. Stattdessen hebe ich mein Kinn an. »Vielleicht ist meine Clutch dort.«

Er lacht. Polternd und laut lacht er mich aus. »Das glaube ich weniger.«

»Wieso?«

»Der Bereich ist nur für VIPs und, sorry Schätzchen, wenn ich das so sage, aber du bist keiner von ihnen. Ergo kann deine Tasche dort nicht liegen.«

Ein Grinsen legt sich auf meine Lippen. »Ich enttäusche dich nur ungern, doch dank eines Kerls namens Sid habe ich sehr wohl ein paar nette Stunden dort verbringen dürfen.« Vielsagend zwinkere ich ihm zu. Sid ist der erste Name, der mir auf die Schnelle eingefallen ist. Hat sich der Pisser, der mich erst gefickt und dann kurz vor dem Orgasmus im Regen stehen lassen hat, überhaupt vorgestellt?

Die Augen des Securitys weiten sich minimal. Jedem anderen würde es entgehen, aber nicht mir. Ich habe in meiner Ausbildung gelernt, auf so etwas zu achten. Ich habe ihn überrumpelt und das ist gut so. Alles ist mir lieb, wenn es bedeutet, dass ich in den anderen Teil des Never Regrets komme.

Zu meinem Bedauern fängt er sich schnell.

»Schätzchen, selbst wenn du gestern dort gewesen bist, heißt es nicht, dass du es jetzt auch darfst. Und ich kann dir mit Sicherheit sagen, dass deine Tasche oben nicht ist. Der Bereich wurde bereits gründlich gereinigt.« Er schiebt seine Masse an Körper zwischen mich und die Tür. Ich lasse es zu. »Zwar wurde keine Tasche gefunden, aber ein Handy lag in dem Separee des Junggesellenabschieds. Ist das vielleicht deins?« Er kramt es aus seiner Hosentasche und hält es mir vor die Nase. Sofort erkenne ich mein Smartphone an der Tarnfleckhülle. Ich greife danach, doch der Wichser zieht es schnell weg. »Welchen Startbildschirm hat es?«

Sein Ernst?

Haargenau beschreibe ich das Gruppenfoto meiner alten Einheit. Zufrieden nickt er und reicht mir endlich mein Handy.

Auch wenn ich nicht alles wiederhabe, so hat das Smartphone am meisten Wert für mich. Wie einen unbezahlbaren Schatz presse ich es an meine Brust. »Danke.«

Sofort entriegele ich es und sehe, dass mehrere Nachrichten eingegangen sind. Ich rufe WhatsApp auf und klicke auf die von meinem Bruder.

Hey Sis, bin auf dem Heimweg. Wollen wir uns um drei bei Starbucks treffen, bevor ich in den Club muss? Ich gebe dir auch deinen überteuerten Kaffee aus.

Pennst du noch? Wir haben gleich zwei Uhr. Warst du feiern oder wieso bist du noch nicht wach? Das ist ziemlich untypisch für dich.

Hallo? Lebst du noch?
Oder bist du krank?

Sag einfach, wenn du keinen
Bock hast, dann fahre ich ins NR.

Ich checke die Zeitanzeige auf dem Startbildschirm. Fuck, es ist kurz vor drei Uhr. *Bitte lass ihn nicht gleich hier ankommen.* Auf den Stress, den es geben würde, habe ich keine Lust. Mir wäre es lieber, wenn er niemals davon erfährt, dass ich mehr weiß, als ihm lieb ist.

In einem rasenden Tempo tippe ich eine Antwort.

Bin wach. Gib mir fünfzehn Minuten und ich bin bei Starbucks. Fahre jetzt bei Sam los, haben uns verquatscht.

KAPITEL

5

Creed

Erinnere mich daran, dass ich meiner kleinen Schwester einen Peilsender unter ihre High Heels klebe. Die Frau macht mich wahnsinnig. P.S.: Bin wieder im Lande, du Lutscher.

Reids Nachricht lässt den Bourbon an meinen Lippen stocken. Er ist also zurück, das bedeutet, ich bekomme die heiß ersehnten Infos. Der Sack wollte das ja bloß nicht am Telefon besprechen. Warum auch immer. Wahrscheinlich, um mich zu ficken. Macht er gerne.

Augenrollend sende ich ihm Mittelfinger-Emojis und schließe die App.

Seine Schwester soll ein ganz schöner Wirbelwind sein und ihm mächtig auf der Nase herumtanzen. Ich habe sie das letzte Mal als kleines Mädchen auf Fotos gesehen und da hat man den Teufel in ihren Augen bereits erahnt.

»Sir?« Ich trinke einen Schluck meines eiskalten Getränks und fahre mit dem Zeigefinger den Glasrand entlang.

Nachdenklich betrachte ich die Frau vor mir. Unterwürfig schaut sie auf den Boden, steht wie ein Zinnsoldat da und erwartet Anweisungen. Ich könnte sie natürlich meinen Schwanz lutschen lassen, ihr befehlen, meine Wohnung zu putzen – obwohl das Lucinda, meine Haushälterin, perfekt macht – oder ich lege das braunhaarige Geschöpf übers Knie.

Doch in meiner Hose regt sich rein gar nichts. Und das nervt mich maßlos. Es ist gerade mal acht Uhr morgens. Morgenlattezeit, wenn man es so nennen will.

Wisst ihr, was einen Mann wie mich richtig glücklich macht? Ein heißer Frauenkörper, mein Schwanz noch in ihr steckend, während wir aus dem Schlaf gerissen werden. So, dass ich direkt loslegen kann. Ihr Lust bereiten, mir den perfekten Morgen erschaffen kann.

Aber nein, alles, was ich getan habe, nachdem ich aus dem Club nach Hause gefahren bin, war, nach meiner Schildkröte zu schauen und ins Bett zu fallen.

»Kann ich etwas für Sie tun?«

Ich schüttle meine Gedanken aus dem Kopf, verbarrikadiere dieses Gefühl, das sich mir wie eine eiserne Faust ums Herz legt, und fokussiere mich auf Bella, ein italienisches Supermodel, mit der ich hin und wieder Sessions im Club abhalte. Sie habe ich heute Morgen nach einem Frustrationsanfall angerufen und natürlich ist sie sofort zu mir gefahren. Sie leckt sich über ihre Botoxlippen und augenblicklich rieselt ein unangenehmer Schauer über meinen Rücken.

»Hör auf damit«, fahre ich Miss September 2017 an. So etwas Unerotisches habe ich schon lange nicht mehr gesehen. Da nützt auch die weiße Spitze nichts, die sie trägt.

Okay, das reicht. Ich habe die Kontrolle! Ich sage, wo es langgeht! Und die Kleine von gestern Abend wird das noch zu spüren bekommen. Was ich mit ihr getan habe, war ein Vorgeschmack von dem, wie es sein kann. Wie es sein wird. Sie wird süchtig nach mir werden. Nicht mehr genug von dem Nervenkitzel kriegen und ich bin sehr großzügig mit meiner Geduld.

Auch eine Premiere. Normalerweise nehme ich mir, was ich will. Es ist scheißegal, ob die Frau verheiratet, Mutter oder in einer Beziehung ist. Single passt mir natürlich besser, so brauche ich mir keine Gedanken um eifersüchtige Trottel machen. Gefällt mir eine, dann nehme ich sie mir, sofern sie auch mich will. Bin ja kein Unmensch.

Oftmals muss man die Grenzen sprengen, sie über den Schatten springen und erkennen lassen, wie gut es sich anfühlt. Wie sehr ihnen etwas im Leben fehlt.

Isabella ist so eine Person. Immer muss sie hübsch und perfekt sein, sich dieses fette Grinsen ins Gesicht tackern. Dicke Schichten Make-up verschandeln ihr wahres Ich.

Ich sorge dafür, dass sie sich fallen lässt, dass sie weiß, sie benötigt die Schminke nicht. Sie ist eine bildschöne Frau. Samtige Haut, lange Beine und eine Hüfte, die förmlich dazu einlädt, sich in ihr zu vergraben, während ich sie von hinten vögle.

Die mysteriöse Frau von gestern hatte auch ihre Vorzüge und ich kann es kaum erwarten, sie erneut zu kosten. Ihr diesen Trotz aus den Zügen zu lecken oder sie in ungeahntes Terrain zu führen.

»Dreh dich um«, brumme ich, trinke noch einen Schluck meines Bourbons, bevor ich einen Eiswürfel aus ihm fische, das kühle Nass an meinen Fingern spüre. »Beug dich über die Anrichte.«

Ich nehme den Würfel in den Mund, halte ihn mit den Zähnen fest und kremple mir die Hemdärmel hoch. Mit selbstbewussten Schritten gehe ich auf Bella zu, fahre mit meinem Zeigefinger ihre Wirbelsäule entlang und genieße es, wie sie erschauert. Ich gehe in die Knie, schiebe ihren Tanga beiseite, spüre ihr Verlangen und reibe mit dem Daumen über ihre Klit. Ein Aufstöhnen ertönt und ich erteile ihr einen Klaps auf den Arsch.

Sofort verstummt das Ding, doch ihr Blick wandert über ihre Schulter, geradewegs in meine Augen. Warnend hebe ich eine Braue und sie gehorcht.

Wieder lasse ich einen Finger durch ihre Schamlippen gleiten, nehme das Eis aus meinem Mund und schiebe es ohne Ankündigung in ihre Mitte. Sie bäumt sich auf, doch ich drücke sie bestimmend zurück auf das Holz.

»Still.« Man könnte meinen, sie sei eine Anfängerin, das ist sie nicht. Ich kann ihr nichts durchgehen lassen und das wird sie gleich sehr deutlich zu spüren bekommen.

Blondie gestern jedoch …

Ich könnte Ausnahmen machen. Vor meinem inneren Auge tauchen diese blauen Iriden auf, die mich so fasziniert haben. Sie erinnern mich an Eiszapfen im Winter bei hellem Himmel und Sonnenschein. Strahlend, anmutig und spitz. Diese spitze Zunge …

Ich lecke mir über die Lippen, mein Schwanz zuckt und allmählich verstehe ich.

Geduld, Geduld. Schon bald kommt das Mäuschen zurück zur Schlange. Wie immer.

***

»Wie war es gestern?«, fragt mich mein bester Freund, als er sich theatralisch in den Sessel im Büro fallen lässt und sich die Schläfen massiert.

Ich lehne mich auf meinem Stuhl zurück, wippe etwas hin und her und spiele mit dem Kugelschreiber in meiner Hand. »Alles wie immer.« Ich mustere ihn mit stechendem Blick, hoffe, dass er endlich mal sein Maul aufmacht. Seit Stunden bin ich wie auf heißen Kohlen, warte sehnsüchtig. Man könnte fast denken, in unserer Beziehung bin ich die Schlampe und er der Big Boss. Die Vorstellung lässt mich grinsen, weil sie so absurd ist.

»Was ist so lustig?« Argwöhnisch betrachtet er mich und ich sammle mich.

»Nichts, nichts. Muss ich dich eigentlich erst fesseln und dir einen Plug in den Arsch schieben, damit du redest?«

»Haha, du und deine Spielchen.« Er schüttelt schief grinsend den Kopf.

Reid liebt wie ich den harten Sex, wir bevorzugen es ohne Herzchen und Glitzer. Doch mein Geschmack ist nochmal ein Stück exklusiver und intensiver. Mein Partner braucht nur seinen Schwanz und ich experimentiere nebenbei noch etwas.

Nein, ich bin kein Sadist und ich sehe mich auch nicht als Dom. Ich stehe einfach nur auf unterwürfige Frauen, mit denen ich spielen kann. Ich habe keinerlei Ambitionen, mir eine Sub zu halten. Wie langweilig wäre das bitte, ständig ein und dieselbe Frau zu ficken?

»Erde an Creed«, schnipst und fuchtelt er vor meinen Augen herum.

»Hör auf«, murre ich und werfe den Kugelschreiber auf den Tisch, lehne mich mit den Unterarmen auf die Platte und warte.

»Also, sie sind nicht abgeneigt, wollen allerdings noch mehr mit uns verhandeln.«

Ich atme gestresst aus. »Natürlich, es geht immer ums Geld.« Ich massiere mir die Nasenwurzel. »Wie viel?«

»Fünfzigtausend.«

Meine Bewegungen stocken, fassungslos schaue ich ihn an. »Was?«

»Ja, so habe ich auch geguckt.«

»Du hast ihn so angesehen? Fuck, dann denkt er doch, wir sind Verlierer. Reid, was ist nur los mit dir?« Ich platze gleich! Wie kann er einem Verkäufer offenbaren, dass das zu viel Geld für uns ist?

»Jetzt komm mal klar. Hey Mann, du weißt, ich mache meine Arbeit gut. Habe ich jemals mein Pokerface verloren, hm?«

Okay, da ist was dran. Gegen meinen besten Freund verliere selbst ich im Kartenspielen.

Nachdenklich streiche ich mir über den leichten Bartschatten. »Also, was tun wir? Fünfzig Riesen sind verdammt viel Schotter. Dann müssen wir den Eintritt erhöhen. Oder noch besser: die monatlichen Beiträge für die Empore.«

»Was uns aber die Kundschaft vergraulen könnte. Was ist, wenn wir mal ein Risiko eingehen, Creed?«

»Redest du gerade davon, dass wir zu den Sesselfurzern gehen und wie kleine Schlampen auf dem Boden rutschen sollen, um einen Kredit zu bekommen? Dieses Risiko?«

»Nun sei keine Dramabitch. Wir wollen den zweiten Club, wir müssen ihn irgendwie kriegen. Wie lange müssen wir noch nach einem geeigneten Objekt gucken? Wir suchen seit einem Jahr und endlich haben wir das perfekte Gebäude und du kackst dich ein?«

Ich verstehe mich gerade selbst nicht. Normalerweise würde ich es riskieren, gerne auch ins kalte Wasser springen, aber dieses Baby ist alles, was ich habe. Abgesehen von einer Schildkröte. Wenn wir uns verkalkulieren, kann das arge Folgen haben.

Zweifelnd betrachte ich meinen langjährigen Freund. »Bist du dir sicher, dass es bei den fünfzig bleibt?«

»Japp, definitiv. Das habe ich ihm auch gesagt, sonst suchen wir etwas anderes. Seinem Gesichtsausdruck zufolge wollte er mich, glaube ich, killen. Sein Partner hat ihn zurückgehalten.«

Na toll, auch das noch. Also wird ein weiteres Treffen der pure Spaß.

»Okay, machen wir es.« Schwer wie Blei kommen mir die Worte über die Lippen, doch es nützt nichts. Es ist unser Traum, seitdem wir festgestellt haben, wie unglaublich gut das Never Regret läuft.

»Mal was anderes, kennst du einen guten Detektiv?«

Verwirrt von dem Themenwechsel, runzle ich die Stirn. »Was?«

»Ja, ich muss meine kleine Sis im Auge behalten. Ich sag's dir, wegen ihr bekomme ich graue Haare!«

Ich kann nicht anders und schmunzle. »Alter, nun hör auf. Sie ist jetzt … wie alt? Lass sie Spaß haben, das Leben genießen und wenn irgendwas ist, weißt du doch, wie du es am besten handhabst. Damals hast du ihr die Barbiepuppen geklaut. Such ihr etwas, was ihr heute wichtig ist.«

Sein Gesicht erhellt sich. »O, du bist der Beste. Das ist es!« Er klatscht in die Hände und reibt sie anschließend aneinander.

Kopfschüttelnd verschränke ich die Arme vor der Brust und lehne mich wieder zurück.

»Warum ist es eigentlich so schwer mit ihr?«

»Ach, sie …« Das Klingeln seines Handys unterbricht ihn und er schaut stirnrunzelnd auf das Display. »Sorry, da muss ich rangehen. Lass uns doch gleich noch was rauchen, ja? Gib mir drei Minuten. Ach nee, mach fünf draus.« Er steht auf, legt das Telefon ans Ohr und ist weg.

Verwirrt sehe ich ihm hinterher. Drehen denn aktuell alle am Rad? Okay, gut. Dann rauchen wir halt was. Warum nicht? Ist doch schon Mittag.

KAPITEL

6

Lexie

Mit weit gespreizten Beinen liege ich auf dem Tisch, präsentiere ihm meine feuchte Spalte.

Hungrig schaut er auf meine Pussy, reibt sich die Hände, ehe er langsam auf mich zuschreitet. Seinen Blick keine Sekunde von mir nehmend.

Mit jedem Schritt schwillt die Anspannung in mir an. Lässt meine Nippel hart wie Diamanten werden. Treibt mir noch mehr Feuchtigkeit zwischen die Schenkel. In meinem Unterleib zieht und pocht es, mein ganzer Körper kribbelt, prickelt vor Lust. Ein Schauer erfasst mich, lässt mich erzittern.

Jede meiner Reaktionen scheint er zu bemerken, quittiert sie mit einem trägen schiefen Lächeln.

Ich schlucke kräftig. Die Sehnsucht nach ihm in mir wird stärker, baut sich mehr und mehr auf. Ich reibe meine Oberschenkel aneinander.

»Still!« Tief und rau kommt der Befehl über seine Lippen.

Augenblicklich gehorche ich. Lege meine Beine weit geöffnet auf das harte Holz unter mir, das von meiner Körperwärme erhitzt ist.

»So ist gut.« Er bleibt vor mir stehen, sieht mich nur durchdringend an.

Meine Atmung beschleunigt sich. Mit jedem Einatmen präsentiere ich ihm meine nackten Brüste. Sie fühlen sich geschwollen an.

Langsam hebt er seine Hand, legt sie auf meinen rechten Oberschenkel. Zart fährt er mit der Kuppe hoch, kommt meinem Zentrum näher, immer näher. Fest presse ich die Zähne zusammen, atme schwer durch die Nase ein und aus. Es kostet mich alles, nicht das Zepter in die Hand zu nehmen. Ihn mir zu krallen und zu verlangen, dass er schneller macht. Dass er mir endlich Erlösung verschafft. Mich nicht mehr weiter quält.

Aber er hat es mir verboten. Sein Befehl ist hart und unmissverständlich gewesen. Ich will zum Orgasmus kommen? Dann habe ich zu tun, was er sagt!

Seine Finger stoppen beim Übergang vom Oberschenkel zu meiner Pussy. Streichen dort auf und ab, senden Stromstöße durch meinen Unterleib. Keuchend strecke ich mich ihm entgegen. Es ist nicht genug. Mehr. Ich brauche so viel mehr!

Sofort entzieht er sich mir. Ich habe nicht gehorcht, habe seinen Befehl missachtet. Und das kriege ich auch augenblicklich zu spüren.

Hart saust seine flache Hand auf meine Haut, berührt sie nur kurz, dafür aber intensiv. Knapp verfehlt er meine geschwollenen Schamlippen.

Erschrocken keuche ich auf. Die Stelle, wo er mich getroffen hat, beginnt zu glühen und zu brennen. Doch der Schmerz ist angenehm, facht meine Lust weiter an. Ein Schlag und ich könnte sofort zerfließen.

Das scheint er auch zu sehen, denn er verschwindet aus meinem Blickfeld.

Ich scheiße auf seine Anweisung und erhebe meinen Oberkörper, um zu gucken, wo er ist. Auf den Ellenbogen gestützt, beobachte ich, wie er sich auf seine Knie sinken lässt.

Seinen Blick ist fest auf meinen Eingang gerichtet. Hitze durchfährt mich. Langsam beugt er sich vor, sein Gesicht kommt meiner Pussy immer näher. Angespannt halte ich die Luft an. Warte gespannt auf das, was als Nächstes passiert.

Laut und tief keuche ich auf, als seine Zunge meine Klit berührt. Mir wird kalt und warm zugleich. Seine Lippen legen sich über meinen Kitzler, saugen ihn ein. An meinem Eingang spüre ich seine Finger. Erst dringt er mit einem, dann mit einem zweiten in mich ein.

Stöhnend schließe ich die Augen, lasse die Empfindungen durch mich rauschen. Ich bewege mich ihm entgegen. Seine Finger dringen tiefer in mich ein, streifen meinen G-Punkt. Als er etwas kräftiger an meiner Klit saugt, peitscht ein süßer Schmerz durch mich hindurch, den ich keuchend in Empfang nehme.

Die intensive Lust kaum noch aushaltend, lehne ich mich zurück auf den Rücken. Die nun kühle Holzplatte ist ein erregender Kontrast zu der brennenden Hitze in mir.

Alles in mir sehnt sich nach Erlösung. Meine Nerven sind bis aufs Äußerste gespannt. Nur ein kleiner Schubs und ich fliege im freien Fall die Klippe hinunter.

Ich greife nach seinen Haaren, zerre an ihnen. Presse mich näher an ihn, dirigiere seinen Kopf.

Knurrend lässt er von mir ab. Ich sehe an mir herab, direkt in seine grünen Augen. Sie lodern gefährlich. Und ein Lächeln legt sich auf die von meiner Feuchtigkeit benetzten Lippen.

Meinen Fehler kriege ich keine Sekunde später zu spüren. Mit den Fingern schnippt er über meine Perle.

Einmal.

Zweimal.

Dreimal.

Ich schreie gegen den Schmerz und die dazugehörige Lust an. Winde mich unter seinen geschickten Händen. Hauchzart pustet er über den geschwollenen Kitzler.

Zu viel! Viel zu viel! Und dennoch nicht genug.

Er erhebt sich und richtet sich zu seiner vollen Größe auf. Die Dominanz, die er dabei ausstrahlt, reizt meine überstrapazierten Nerven noch mehr.

Das Ratschen des Reißverschlusses durchbricht mein Keuchen. Mein Herz hämmert in meiner Brust. Vorfreudig spreize ich meine Beine noch weiter.

Er entledigt sich seiner Jeans und Boxershorts, präsentiert mir seinen steinharten Schwanz, auf dessen Spitze sich ein Lusttropfen gebildet hat.

Ich lecke mir über die Lippen. Will ihn kosten. Ihn in mich aufnehmen.

Er streift sich ein Gummi über, welches er zuvor aus seiner Hosentasche genommen hat.

»Fick mich endlich!«, hauche ich.

»Zu Befehl, kleines Kätzchen!« Er positioniert sich an meinem Eingang und mit ...

»Lexie, bist du schon wach?«

Keuchend schrecke ich auf, sehe mich desorientiert um. Ich bin in meinem Zimmer und liege in meinem Bett. Kein Tisch. Kein Kerl, der mich verführt. *Fuck! Was war das?*

Noch ganz aufgewühlt von meinem Traum, realisiere ich erst, dass mein Bruder mich aus dem Schlaf geholt hat, als er plötzlich ohne Vorankündigung die Tür öffnet und in mein Zimmer tritt. Misstrauisch sieht er mich an. »Geht's dir gut?«

Eilig nicke ich und versuche, meine Atmung unter Kontrolle zu bekommen. Mein Puls sprengt noch alle Richtwerte, so sehr rast mein Blut durch die Venen.

»Sicher?«

Ich räuspere mich. »Ja!«

Skeptisch gleitet sein Blick über mich. Ich prüfe, ob auch alles bedeckt ist, was mein Bruder niemals zu Gesicht bekommen soll. Doch seine Augen wandern weiter, schauen sich im Zimmer um. »Hattest du eben Sex? Ist irgendein Kerl hier, von dem ich wissen sollte?«

»Was? Nein!« Ich setze mich auf, halte aber sicherheitshalber die Bettdecke an meinen Brüsten fest.

Er schnuppert in die Luft. »Doch! Ich rieche es. Diese Spannung, der Geruch nach Erregung.« Er kommt einen weiteren Schritt in den Raum rein.

Kräftig schlucke ich und fixiere den Dummkopf vor mir. »Hier ist niemand, Reid.«

Seine Miene erhellt sich. Schelmisch grinst er. »Hat meine Schwester etwa masturbiert?« Er geht noch ein Schritt auf mich zu. »Hast du es dir selbst gemacht, kleine Lexie?«

»O Gott, Reid!« Ich schnappe das Kissen neben mir und pfeffere es ihm entgegen.

Lachend fängt er es auf. »Braucht dir nicht peinlich sein. Es ist das Natürlichste der Welt, Schwesterherz.«

Ich merke, wie meine Wangen zu glühen beginnen.

»Ich hole mir auch regelmäßig einen runter. Einen Samenstau kann niemand gebrauchen.«

Hastig halte ich mir die Ohren zu. »Hör auf Reid, bitte. Das sind Dinge, die ich niemals von dir erfahren will.«

Die Situation ist mir mehr als unangenehm. Dass ich einen Sextraum von dem Kerl aus dem Club hatte, ist die eine Sache, aber mit meinem Bruder über Selbstbefriedigung zu reden, eine ganz andere. Es geht zu weit. Viel zu weit!

Reid dagegen scheint es superlustig zu finden, denn er ergötzt sich an meiner Scham. Findet es zum Schießen, dass ich wie ein kleines Schulmädchen erröte. Fehlt nur noch, dass er sich vor Lachen auf dem Boden wälzt und gar nicht mehr auf sein Leben klarkommt.

Grimmig schaue ich ihn an. Beobachte, wie er an mir vorbeigeht und das Fenster öffnet.

»Du braust eindeutig frische Luft. Vielleicht kühlt die ein wenig dein Gemüt ab.« Frech zwinkert der Arsch mir zu.

Wieso hat unsere Mom ihn damals nicht in eine Babyklappe gesteckt, als sie noch die Möglichkeit dazu hatte? Jetzt ist er zu groß und selbst mit einem kräftigen Tritt nicht mehr durch die kleine Öffnung zu bekommen. Super, und ich darf mich nun mit dem herumschlagen. Mit der verkorksten Ausgeburt des Teufels.

»Meinem Gemüt ging es prima, bis du, ohne zu klopfen in mein Zimmer gestürmt bist.« Ich sehe zu dem Wecker auf meinem Nachtisch. Sechs Uhr in der Früh. »Was machst du überhaupt schon hier?«

»Wir konnten eher schließen.«

»Aha.« Ich lehne mich mit dem Rücken an die Wand, an der mein Bett steht. »Und dann dachtest du dir, dass du in das Zimmer deiner Schwester eindringst und sie nervst?«

»So in der Art, ja.« Sein Grinsen wird breiter. »Oder ich hab dein unanständiges Stöhnen gehört und wollte den Wichser aus dem Haus werfen, der sich an meiner Schwester vergeht.«

»Fick dich!« Ich zeige ihm den Mittelfinger.

Erneut schenkt er mir das nervige Lachen. »Spaß beiseite. Du warst echt still wie ein Mäuschen. Kein Ton drang durch die Tür.«

»Und wieso bist du dann hier und weckst mich, obwohl ich erst in einer Stunde hätte aufstehen müssen?«

»Ich habe mir Sorgen um dich gemacht.« Nun ist jeglicher Schalk aus seinen Augen gewichen.

Da wir unterschiedliche Väter haben, sieht man kaum eine Ähnlichkeit zwischen uns. Sein Teint ist gebräunt, ich dagegen bin die reinste Kalkwand. Seine Haare sind braun, wobei ich straßenköterblond bin, sie aber seit Jahren schon wasserstoffblond färbe. Nicht mal unsere Augen haben die gleiche Farbe. Er ist durch und durch sein Vater, während ich eine Mischung aus unserer zarten Mutter und meinem Vater bin.

»Warum? Sonst stolperst du nach der Arbeit doch auch ins Bett, ohne dir vorher Sorgen um mich zu machen.«

»Ich habe deine Handtasche vor der Tür gefunden.« Verlegen kratzt er sich am Hinterkopf. Seine ohnehin schon wuscheligen und lockigen Haare werden noch zerzauster. »Und als ich dich hier vorgefunden habe, errötet und mit diesem Sexgeruch in der Luft, da war ich einfach nur erleichtert, dass es dir gut geht.«

»Pff … Das hast du mir ja wunderbar gezeigt.« Ich verdrehe die Augen. »Du hast dich über mich lustig gemacht und mir Dinge unterstellt, die dich nichts angehen, selbst wenn ich sie wirklich getan hätte.«

»Sei mal nicht so prüde, Lexie. Ich habe schon weitaus schlimmere *Dinge* als Selbstbefriedigung gesehen.«

»Glaube ich gern«, flüstere ich.

»Was?«

»Nichts, nichts.«

»Okay.« Er runzelt die Stirn.

»Von welcher Handtasche hast du überhaupt eben gesprochen?«

»Dieses silberne kleine Teil, dass du immer dabeihast, wenn du schick ausgehst. Das, welches Mom dir geschenkt hat, bevor du zum Militär gegangen bist.«

Meine Augen weiten sich. »Meine Clutch?«

»Ja, genau so heißt das Teil.« Eifrig nickt er.

»Wo hast du sie gefunden?«

»Im Flur, etwas neben der Wohnungstür, wieso?«

»Merkwürdig. Weshalb ist sie mir gestern nicht aufgefallen?« Dort habe ich doch geschaut, oder?

»Wieso? Hast du sie gesucht?«

»Ja, ich dachte, ich hatte sie in dem Club vergessen, wo ich am Samstag mit den Mädels war. Aber anscheinend habe ich sie doch mitgenommen. Warum hab ich sie denn vor der Tür zurückgelassen?«

Reid zuckt mit den Schultern. »Passiert mal, wenn man besoffen ist. Da tut man Dinge, die man sonst nie tun würde.«

»Wie wahr«, murmle ich gedankenverloren.

»So, ich muss pennen«, faselt Reid und verschwindet dann aus meinem Zimmer, was ich nur nebenbei registriere.

Habe ich die Clutch echt aus der Hand verloren? Oder vielleicht sogar dort hingelegt, als ich die Tür aufgeschlossen habe?

Nein, das kann nicht sein. Ich habe doch extra den Haustürschlüssel unter die Fußmatte gelegt, falls Reid eher von seiner Reise zurückkehrt. Er hat momentan nur einen Schlüssel, den wir uns teilen müssen, also bleibt er dort immer liegen.

Aber wie zur Hölle kommt dann meine Clutch dorthin? Und warum ist sie mir gestern nicht aufgefallen? Ich bin daran vorbeigegangen. Sie hätte mir auffallen müssen. Ich habe nach ihr gesucht! Sonst entgeht mir doch auch kein Detail.

War ich so sehr in Gedanken, dass ich alles um mich herum vergessen habe? Selbst meine militärische Ausbildung, in der man beigebracht kriegt, auf alles zu achten?

KAPITEL

7

Creed

Schwer liegt das kühle Metall in meiner Hand, die Muskeln meines ausgestreckten Arms protestieren so langsam. Doch es ist noch nicht vorbei. Ein letztes Mal visiere ich das Ziel an, schließe ein Auge und atme flach.

Einatmen – Schuss.

Der Rückstoß der Waffe lässt mich die Zähne zusammenbeißen.

Ausatmen – entspannen.

Ich trete zur Scheibe und reiße das Blatt vom Block.

Shit! Nur acht Punkte.

Das geht eindeutig besser, doch für heute langt es.

Ich befinde mich an meinem zweitliebsten Platz neben dem Club. Auf dem Schießstand. Ich besitze eine eigene Waffe, kann mit ihr umgehen und das zusätzliche Training damit macht obendrein Spaß, wurde zu einem Hobby.

»Creed! Was war das denn?« Nick, ein Sportschütze aus dem Verein, kommt zu mir, klopft mir auf die Schulter und runzelt die Stirn, als er die Scheibe in meiner Hand anstarrt.

»Ach, frag lieber nicht. Bin heute nicht bei der Sache.«

»Das sehe ich«, murmelt er in seinen dunklen, langen Bart und streicht an ihm entlang.

»Ja, für heute ist gut. Bis nächste Woche.« Ich verabschiede mich mit einem Handschlag von ihm, sichere meine Beretta und nehme das Magazin heraus, bevor ich alles in meinem Koffer verstaue und ihn verriegle.

Noch immer protestiert mein Arm. Ich habe es eindeutig übertrieben, aber das war es mir wert. Die Ablenkung hatte ich bitter nötig. Die ganze Zeit kreisen meine Gedanken umher und machen mich wahnsinnig.

Der Club ist mein Baby und gerade sind wir dabei, noch eins in die Welt zu setzen. Ja, ich klinge nach Waschweib und hysterischer Helikoptermutter, doch man darf einfach die Fakten nicht außer Acht lassen. Ich kann mich nicht kopflos in diese Sache stürzen.

Reid und ich haben uns damals geschworen, dass das *Never Regret* immer unsere Nummer eins sein wird. Was ist, wenn wir mit einem zweiten Laden alles kaputt machen?

Zerdenken ist meine Schwäche. Zweifel machen mich mürbe und ich bin es leid, ständig alles zu hinterfragen. Aber ich weiß auch, was ich will! Und das ist der neue Club.

Ich steige in meinen Mercedes, starte den Motor und spüre die Vibration unterm Arsch. Obwohl ich mich auf dem Schießstand total verausgabt habe, bin ich nach wie vor unruhig. Irgendetwas wirbelt meine Gedanken auf wie Staubkörner, die von der Sonne bestrahlt werden.

Irgendetwas. Pff, genau …

Ein Kribbeln setzt sich in meinen Fingerspitzen fest, mit denen ich das Lenkrad festhalte.

Das Problem ist, dass ich begonnen habe, mir eine ganz bestimmte Frau beim Vögeln auszumalen, was mir ganz und gar nicht passt. Ich bin gerne ungebunden, im Geist sowie beim Sex. Und dennoch, das Kätzchen mit ihren weißblonden Haaren hat es in meine Gedanken geschafft. Für mich ist sie Bestandteil vieler Sessions und Blowjobs.

Ich mahle mit den Zähnen, versuche verbissen, diese Gefühle loszuwerden. Und wie geht das am besten? Genau.

In einer Seitengasse wende ich und fahre zurück auf die Hauptstraße. Mein Ziel: Der Club. Und wenn ich den ganzen Laden ficken muss, um endlich wieder einen klaren Kopf zu bekommen. Es reicht!

Sie wird so oder so zu mir kommen. Und dann ist sie fällig. Dann ist der Zeitpunkt des Laufens vorbei. Dann ist sie mein und ich brenne mich so fest wie ein Feuermal in sie, ob sie will oder nicht.

***

»Bück dich.« Samtweich fegen meine Worte über sie hinweg. Rothaarig, kein blond. Von Beruf Sub und somit auch ganz anders.

Ja, langweilig, du Depp.

Die Stimme im Kopf ignoriere ich, denn zurzeit kommt da eh nichts Produktives raus, was meine Stimmung hebt.

Roxie – so ihr Name – befolgt meinen Befehl und streckt mir ihren Arsch entgegen. Zwei saftige Backen, auf denen ich liebend gern meine Hände verewigen will, bis sie schreit. Der Vibrator steckt schon bis zum Anschlag in ihr, es fehlt nur noch eine winzige Erschütterung und sie ist soweit.

»Soll ich dir zur Hand gehen?«

Blinzelnd komme ich aus meinen Gedanken und blicke links neben mir in Sid Hackfresse Kendalls Gesicht. *Was. Macht. Er. Hier im Officeroom?*

Ich hebe eine Augenbraue und beobachte, wie er Roxie mit seinen Augen fixiert, sich über die Lippen leckt.

»Sag mal, habe ich zum Gaffen eingeladen oder was? Verpiss dich.« Ich deute mit dem Kopf in Richtung Tür. Wut brodelt heiß in mir, verpestet all das Gute, was ich soeben mit ihr anstellen wollte, und macht Platz für das Gewitter. *So eine Drecksscheiße!* Ich habe Regeln und eine davon besagt, ich werde niemals Sessions abhalten, wenn ich angepisst bin.

Sid nuckelt an seinem verfickten Glas mit einer bernsteinfarbigen Flüssigkeit darin. Seine Augen glitzern in dem dämmrigen Raum.

»Hey, Arschloch. Ich habe etwas gesagt.« Völlig am Rand der Aggression tanzend, ziehe ich das Spielzeug aus der Sub heraus, packe ihren Arm und lasse sie sich wieder hinstellen. Ihre Wangen glühen, die Augen sind weit aufgerissen. Ich hebe ihr Kleid vom schwarzen Sessel auf, werfe es ihr zu. »Du kannst dich anziehen. Es ist vorbei.«

Nun formen sich ihre Augen zu Schlitzen, der Mund verzieht sich angepisst und doch stöckelt sie wortlos an uns vorbei. Nur das Klacken der ins Schloss fallenden Tür erfüllt den Raum.

Um mich nicht weiter mit dem Schwanzlurch befassen zu müssen, gehe ich ins Badezimmer, lege den Vibrator in die Schale neben dem Waschbecken, die gereinigt wird, sobald niemand mehr hier ist, und wasche mir die Hände. »Weißt du, ich verstehe es ja, dass dir einer abgeht, wenn du zusiehst, aber mir nicht. Also, such dir doch einfach einen anderen und lass mich endlich in Ruhe.« Ich marschiere an ihm vorbei, lasse ihn in diesem Raum stehen.

Sid und mich verbindet eine unschöne Vergangenheit. Wenn ich nur daran denke, was er damals mit ... Schluss jetzt! Es reicht! Nur Reid ist es zu verdanken, dass er erstens noch lebt und zweitens in unserem Club ficken darf.

»Du weißt, dass man die Vergangenheit ruhen lassen sollte«, höre ich den Schweinehund noch rufen, doch da bin ich schon weg.

Soll er denken und meinen, was er will. Solange er mir damit nicht auf die Nüsse geht.

Das Klingeln meines Handys lenkt mich von all den Mordgelüsten ab. Ich fische es aus der Hosentasche und nehme das Gespräch an.

»Mister Colemann?«

»Anwesend.«

»Hier spricht das Büro von Lighting Rooms. Wir würden gerne nochmal ein Vorortgespräch führen, damit der Kauf bald über die Bühne gebracht werden kann. Wie passt es Ihnen morgen?«

Sofort stoppe ich meinen Weg und lausche den Informationen. *Morgen?* Ich könnte Reid nochmal schicken, irgendwie gefällt es ihm dort, habe ich das Gefühl. »Ich melde mich in einer Stunde bei Ihnen.«

»Ist okay, bis dann, Mister Colemann.«

Beschwingt beende ich das Gespräch und schlendere direkt ins Büro, wo Reid bereits am Schreibtisch sitzt und etwas tippt. »Klopf, klopf.«

»Wer ist da?«, murmelt er abwesend zum Monitor.

»Dein Lieblingsmensch«, quietsche ich übertrieben wie ein Mädchen auf Ecstasy.

»O Gott, hier, geh shoppen. Ich muss arbeiten, Baby.« Er zieht sein Portemonnaie aus der Arschtasche und wirft es mir zu. Immer noch schaut er nicht von der Tastatur und dem Bildschirm auf.

Reid ist der einzige Mensch auf diesem Planeten, bei dem ich so etwas mitmache. Ich bin eher der ernste Typ, doch manchmal sind auch wir noch Jungs, die herumalbern – und was vor allem immer geht: Wir schaffen es gegenseitig, uns von Scheißlaunen runterzuholen. Immer. So auch jetzt.

Ich schiebe seinen Geldbeutel zurück auf den Schreibtisch und setze mich in einen Sessel, lehne mich zurück und verschränke die Hände ineinander.

»Okay, erst du, dann ich«, fordere ich.

»Was soll sein, Creed?«

»Du hast eine Laune wie mehr als untervögelt. Und du bist abgelenkt. Was ist los?«

Nun sieht er mich doch an. Der Mundwinkel geht hoch, doch das Glitzern seiner Iriden fehlt. »Ist derzeit ein bisschen viel. Keine Sorge, ich kriege das in den Griff.« Nun bekomme ich ein schlechtes Gewissen, weil ich ihn wieder nach Dallas schicken will. »Und bei dir? Welche Wurst hat dich angefickt?«

»Sid.« Ein Wort, ein Name und Reid rollt mit den Augen, atmet hart aus.

»Ich verstehe wirklich nicht, was du für ein Problem mit ihm hast. Er hat damals einen Fehler begangen, wir haben ihm befristetes Hausverbot erteilt, das hat er abgesessen. Und er kam mit viel Geld wieder, das wir brauchen, Creed. Bisher hat er sich keinerlei Fehltritte mehr erlaubt.«

»Er atmet, das ist schlimm genug. Gerade eben hat er mich in einer Session gestört! Du weißt, wie sehr ich es hasse, wenn jemand unerlaubt zuschaut. Ja, bei dir ist es was anderes, aber der Hampelmann doch nicht.« Ich bin wirklich angepisst, habe das Gefühl, das Schlangentattoo auf meiner Haut pulsiert rauf und runter, wird durch meinen Zorn zum Leben erweckt.

»Lass los, Mann.«

Ich greife mir Reids Zigaretten vom Tisch und zünde mir eine an. Nachdenklich schaue ich der Glut dabei zu, wie sie sich in Asche verwandelt. »Okay, ich versuch's. Ach so, warum ich dich eigentlich sprechen wollte ... Kannst du nochmal weg? Sie wollen ein Vorortgespräch. Ich würde hier die Stellung halten und du übernimmst das weitere Vorgehen?« Ich betrachte meinen besten Freund, wie er sich über seine kurzen Haare fährt.

»Klar, kriegen wir hin. Ich muss nur meiner Schwester Bescheid geben. Wann geht's los?«

»Morgen, Uhrzeit mache ich noch aus und schreib dir. Übrigens, wer hätte gedacht, dass du mal einer Frau gegenüber Rechenschaft ablegst, wo du bist.« Schmunzelnd ziehe ich an meiner Kippe und blase den Rauch an die Decke.

»Fick dich. Sie ist nun mal meine Mitbewohnerin und kleine Schwester. Ich möchte nicht, dass sie sich Sorgen macht.« Nun fällt auch Reid sein Gesagtes auf und er runzelt die Stirn, während er in seinem Handy herumtippt. »Ach, halt die Klappe.« Ein Kugelschreiber fliegt und verfehlt mich allerdings, da er blind geworfen hat.

»Okay, also, dann machen wir das so.«

»Gut.«

»Wollen wir gleich was essen gehen?« Noch einmal ziehe ich an der Fluppe, inhaliere den Rauch, bevor ich sie im Aschenbecher ausdrücke.

»Gute Idee, lass mich nur eben …« Er tippt etwas und klickt mit der Maus. »Ha. Kann losgehen.« Reid rollt mit dem Stuhl zurück, steht auf und ich tue es ihm gleich.

Gemeinsam gehen wir aus dem Büro, hinunter in den leeren Club. Der exklusive Teil oben ist 24/7 geöffnet, der Bereich für die Feiermenge wie in allen Clubs nur abends.

»Also, es wird allmählich ernst, ja? Dallas kann kommen?« Wir laufen die paar Meter zur Fastfoodkette um die Ecke. Nichts geht über einen Burger und Fritten.

»Jo, Bro. Es wird ernst und ich kann es kaum erwarten.«

O, ich auch nicht, mein Freund. Ich auch nicht.

KAPITEL

8

Lexie

»Pass auf dich auf, Schwesterchen und tu nichts, was ich nicht auch tun würde.«

Ich verdrehe die Augen. »Nein, nein, keine Sorge, Reid. Ich werde brav nach der Arbeit nach Hause gehen und mir mit einer Portion Eis einen Liebesfilm reinziehen.«

»Will ich auch hoffen.« Er wuschelt mir durch die Haare.

Aus Reflex ducke ich mich und schiebe seine Hand von mir. »Lass das!«

»Als kleines Mädchen hast du es geliebt, wenn ich das getan habe.«

»Niemals! Du hast es geliebt, mich schon damals in den Wahnsinn zu treiben. Und nun verschwinde endlich, damit ich das Loft ganz für mich allein habe.«

»Kein Herrenbesuch.« Er hebt einen Finger hoch. »Keine Partys.« Ein zweiter Finger folgt. »Und Hände weg von meinem Alkoholvorrat.« Der dritte gesellt sich zu den anderen beiden. »Sei nicht zu spät zuhause, Gefahren lauern in der Dunkelheit.« Nummer vier kommt hinzu. »Ach, und bevor ich es vergesse: Mein Gras ist tabu für dich.«

Abermals verdrehe ich die Augen. »Reid, du bist mein Bruder, nicht mein Vater. Ich bin erwachsen und wie du weißt, kann ich mich bestens selbst beschützen. Du brauchst dir keinerlei Sorgen um mich zu machen.«

»Jaja, das sagen sie alle und hinterher ist das Geschrei groß.«

»Geh einfach. Schnapp dir deinen Koffer und konzentriere dich auf dein Vorhaben. Oder hast du vergessen, dass du die Weltherrschaft an dich reißen willst? Wie soll das funktionieren, wenn du lieber deine kleine Schwester belehrst, statt endlich in deinen protzigen Wagen zu steigen und dich auf den Weg nach Wohin-auch-immer zu machen?« Ich stemme meine Hand in die Hüfte und sehe ihn mit einer gehobenen Augenbraue an. »Hab Spaß, Brüderchen, aber nicht zu viel. Vergiss nicht, dass du bereits einen Harem hast und jeder einzelnen Frau darin das Herz brechen würdest, wenn du dir eine Dallas-Maus schnappst.«

Schmunzelnd schüttelt Reid den Kopf. »Wer hat dir überhaupt erlaubt, so frech zu werden?«

Achselzuckend grinse ich ihn an. »Ich hatte nie wen, der es mir verboten hat.«

»Pff ... Als wenn du auch gehorcht hättest. Mir tut jetzt schon der Mann leid, den du dir irgendwann angeln wirst. Er muss Nerven aus Stahl besitzen, eine riesige Portion Geduld mitbringen und mehr als ein wenig Dominanz an den Tag legen, damit du ihm nicht auf der Nase herumtanzt.«

Augenblicklich schießen mir Bilder von dem Kerl in dem Club in den Kopf. Er war so einer. Dominant, herrisch und unglaublich sexy. Bestimmt könnte er es mit mir aufnehmen. Ganz sicher sogar.

»Igitt, mach den Gesichtsausdruck weg, das ist ja widerlich!« Angeekelt verzieht er sein Gesicht. »Sag mir nicht, du hast gerade vor meinen Augen von genau so einem Typen geträumt?«

»Ach Reid, irgendwann wirst auch du jemanden finden, der dich so gucken lässt. Wirst sehen.«

»Sicherlich nicht. Lieber habe ich viele Frauen um mich als eine fest an meiner Seite. Wieso nur bei einer Spaß haben, wenn ich's bei jeder kann?«

Warum muss ich ständig in seiner Nähe meine Augen verdrehen? Das wird noch zur Gewohnheit. »Du erkennst deine Meisterin, wenn du sie siehst. Und sobald das der Fall ist, werde ich vor dir stehen und dir überheblich an den Kopf schleudern, dass ich es dir ja gesagt habe.«

»Da können wir lange drauf warten. Und bei dir dauert es hoffentlich auch noch etwas. Ich will Mom nicht erzählen, dass du, kaum in Austin angekommen, dir gleich einen Mann ans Bein gebunden hast. Du bleibst schön Single, sauber und hältst dich vom männlichen Geschlecht fern.«

»Kein Problem, ich bevorzuge eh Frauen.«

Geschockt sieht er mich an. Sein Mund geht wie bei einem Fisch auf dem Trockenen auf und zu.

Da scheine ich wohl jemandem die Sprache verschlagen zu haben. Innerlich lache ich mir ins Fäustchen, gebe mir selbst High five und feiere den Sieg. *Eins zu null für mich, Brüderchen.*

Er räuspert sich. »Ähm ...« Voller Unbehagen fummelt er an seinem Hemd und richtet den gestärkten Kragen. »Ich meine, das ist ...« Verlegen kratzt er sich am Nacken. »Das ist gut oder nicht?«

»Hast du etwa ein Problem mit der gleichgeschlechtlichen Liebe?«

»Nein, nein, nein«, winkt er schnell ab. »Jedem das seine. Ich hätte nur nicht gedacht, dass meine Schwester auf Frauen steht.« Unsicher lächelt er mich an. »Aber wir kommen uns da nicht ins Gehege, oder?«

»Ich bevorzuge einen anderen Typ als du, Reid.« Ich bemühe mich, dabei meinen Gesichtsausdruck ernst zu halten. Mit jedem Nackenkratzen Reids wird es schwerer.

»Gut, das ist sehr gut. Ich werde auch darauf achten, ab sofort keine meiner Girls mehr mit nach Hause zu nehmen. Will dich ja nicht in Verlegenheit bringen.«

Nun platzt es endgültig aus mir heraus. Laut fange ich an zu lachen. »Du kannst tun und lassen, was du willst, solange ich es auch darf.«

»Ähm ... klar. Sicher kannst du das.« Er räuspert sich und greift nach seinem Koffer. »Ich sollte los, damit ich nicht zu spät komme.«

Ob ich ihn weiter in dem Glauben lassen soll, dass ich auf Frauen stehe? Oder bin ich nett zu ihm und erzähle ihm, dass ich ihn gerade sowas von verarscht habe?

Nach der Aktion in meinem Zimmer hätte er es verdient, noch etwas zu schmoren. Bestimmt wird er sich zig Gedanken über mich machen. Überlegen, wieso er die Anzeichen nicht gesehen hat. Dabei konnte er das auch nicht, da es nie welche gab.

Ich beschließe allerdings, ihn weiter in der Luft hängen zu lassen, gehe zu ihm und nehme ihn in die Arme. »Das ist kein Weltuntergang, Reid. Fahr vorsichtig und hab Spaß.« Das letzte Wort betone ich extra mit einem sinnlichen Unterton.

Der alte Reid kommt wieder zum Vorschein. In seinen Augen blitzt der Schalk auf. »Meine Regeln gelten trotzdem noch, streiche nur den Mann und tausche ihn gegen eine Frau aus.« Das Grinsen kehrt auf seine Lippen zurück. »Nur wenn ich dabei bin, darfst du deine Freundinnen zu uns einladen. Schließlich muss ich die ja abchecken.«

»Sicher doch«, antworte ich sarkastisch und trete einen Schritt von ihm weg. »Bestimmt wird dir die eine oder andere gefallen. Aber deine bescheuerte Regel ›Meine Jungs sind tabu für dich‹ von damals, zählt auch andersherum. Meine Mädels sind nichts für dich, immerhin will ich meine Freundinnen behalten.«

»Du verlangst viel von mir, Lexie.«

»Und du noch mehr von mir«, murmle ich. Er will, dass ich mich vom Never Regret fernhalte. Vermutlich, um seine dunkle Seite vor mir zu verstecken. Dabei wünsche ich mir nichts sehnlicher, als wieder dort zu sein. Nochmals von der verbotenen Frucht zu naschen.

»Ich bin froh, dass du in Austin bist, Schwesterchen. Wenn ich zurück bin, lade ich dich zu Starbucks ein.« Er öffnet die Tür. »Und melde dich jederzeit, wenn etwas ist. Ich bin bestimmt nur zwei, drei Tage weg, aber halte mich auf dem Laufenden.«

»Werde ich, Reid. Und nun zisch endlich ab.«

»Aye, aye, Ma'am.« Er salutiert und verschwindet dann aus dem Loft. Ich gehe ins Wohnzimmer und lasse mich dort auf das große u-förmige Sofa fallen.

Lachend über die Szene von eben, schüttle ich den Kopf. Es ist zu witzig. Reid hat mir wirklich abgekauft, dass ich auf Frauen stehe. Nur darf ich den Moment nicht verpassen, ihn nach der Reise über meinen Joke aufzuklären. Ich fahre auf sexy Typen ab.

Wieder ist es der Kerl aus dem Club, der mir in den Sinn kommt. Der separate Bereich, in dem ich ihn getroffen habe, die Möglichkeiten, die es dort zu geben scheint. Bisher habe ich nur einen kleinen Teil davon sehen können und allein dieser will mir nicht mehr aus dem Kopf gehen. Unbedingt will ich erneut hin, mehr von dem entdecken und hoffentlich *ihn* wiedersehen.

Nur an die Nacht zu denken, beschert mir ein feuchtes Höschen. Meine Mitte zieht sich zusammen, Verlangen keimt in mir auf und lässt mich erschaudern. Er hat mich unbefriedigt zurückgelassen. Hat mich für irgendetwas in der Luft hängen lassen und das ist es auch, was meine Lust nur noch mehr anfacht. Dieses unbefriedigte Zurücklassen, das Wissen, dass er es locker hätte zu Ende bringen können, nur nicht wollte. All das ist wie ein Aphrodisiakum.

Tief atme ich ein und aus. Versuche, meine Gedanken in eine andere Richtung zu lenken. Ich muss gleich zur Arbeit, da bringt es niemandem etwas, wenn ich mit einem nassen Höschen auftauche, nur weil ich an Mr. Brainfuck denke.

Denn genau das hat er getan. Meinen Kopf gefickt. Sich mit seiner Aktion unwiderruflich eingebrannt.

Seufzend stehe ich auf. Vielleicht sollte ich nochmals duschen gehen, mir eventuell selbst Erleichterung verschaffen. Ich wäre dann wieder fresh für die Arbeit und meine Gedanken auf Kurs.

***

Nichts hat geholfen. Rein gar nichts! Vor allem das Wissen, dass Reid nicht in der Stadt ist, verschlimmert das Ganze. Er würde niemals mitbekommen, wenn ich heute wieder ins Never Regret gehen würde. Es wäre mein schlüpfriges Geheimnis.

Aber was ist, wenn er es doch erfährt? Wenn ihm jemand aus dem Club davon erzählt? Beim Junggesellinnenabschied hatte ich Glück, da wir eine Gruppe waren. Da bin ich bestimmt untergegangen. Was wenn ich dort allein hingehe? Mich in der Schlange anstelle und wie jeder normale Mensch auf Einlass warte? Dann werde ich sicher nach meinem Ausweis gefragt, der genauestens begutachtet wird.

Es ist dieser innerliche Zwiespalt, der mich schafft, mich fertig macht. Erschöpft lehne ich mich im Bürostuhl zurück und fahre mir übers Gesicht.

Seit heute Morgen ist meine Konzentration sonst wo. Die Arbeit macht mir Spaß, ich liebe sie, doch gerade werde ich von etwas anderem beherrscht, sodass selbst das Vermarkten einer angesagten Party mich nervt. So kann es keineswegs weitergehen.

Ich muss das Never Regret, dessen Namen ich nun besser denn je verstehen kann, vergessen, es mir aus dem Kopf schlagen. Mich davon kurieren und immun dagegen werden. Und damit meine ich erst recht diesen verdammt heißen Kerl. Es gibt nur eine Lösung, wie man Abwehrkräfte gegen etwas entwickelt, richtig?

Ruckartig stehe ich vom Stuhl auf, weshalb dieser nach hinten rollt und gegen die dünne Trennwand poltert.

Sam, die neben mir ihren Schreibtisch hat, zuckt erschrocken zusammen und schaut zu mir herüber. »Alles klar bei dir?«

»Jaja.«

»Sieht aber nicht so aus, Schätzchen.« Sie rollt zu mir. »Kann ich dir bei irgendwas helfen?«

Es braucht ein Moment, bis ich verstehe, wovon sie redet. Natürlich denkt sie, dass ich wegen der Arbeit verzweifelt bin. Wie soll sie auch wissen, dass sie an meiner Misere schuld ist. Hätte sie mich letzte Woche nicht dazu gedrängt, beim Junggesellinnenabschied dabei zu sein, würde ich von der Empore keine Ahnung und hätte nicht von etwas kosten können, dass mir verboten ist.

Jetzt will ich alles noch einmal erleben. Immer und immer wieder.

»Ich glaube, dabei kannst du mir nicht helfen. Außer du hast Lust, nachher mit mir feiern zu gehen.«

»Lust hab ich, nur leider keine Zeit«, jammert sie. »Ich soll zu meinen Eltern, zum Geburtstag meines Opas.«

»Mist.«

»Es ist, wie es ist.« Sie zieht einen Schmollmund. »Ich werde vor Langeweile sterben, während du Spaß haben wirst.«

»Sieht ganz danach aus.«

Ihre Miene erhellt sich und aus dem Schmollmund wird ein breites Grinsen. »Wer hätte gedacht, dass Alexandra Brooks zu einer Partymaus mutiert. Haben wir dich etwa bekehrt?«

Eher eine lusthungrige Sexmaus, würde ich gern antworten, stattdessen sage ich: »Scheinbar, und nun lässt du mich im Regen stehen.«

»So ein Quatsch. Du wirst dich brav in ein sexy Kleid werfen, dich aufstylen, ordentlich deinen hammermäßigen Körper präsentieren und dir einen netten Kerl angeln. Das ist mein Rezept für dich heute. Lass es dir richtig gut gehen. Jede Frau braucht das mal. Und du, nachdem du letzte Woche so schnell schlapp gemacht hast, besonders dringend.«

»Du hast recht, ich hab's echt nötig.« *Wenn du nur wüsstest, Sam.*

»So ist es richtig, Schätzchen. Komm aus dir raus und kralle dir, was dir zusteht.«

Und genau das werde ich tun. Ich werde mein Rezept von Sam einlösen und mich gegen den Club und den Kerl immunisieren. Es wird mir helfen, damit abzuschließen und wieder klarzukommen. Ich brauche nur einen Orgasmus, eine Wiedergutmachung für das, was er mir verwehrt hat, und zack ist er raus aus meinem Kopf.

Mit meinem neuen Vorhaben verabschiede ich mich bei meiner Kollegin in den frühen Feierabend, düse auf direktem Weg zu Victoria's Secret, wo ich mir ein neues, unverschämt geiles Kleid gönne.

Zuhause unterziehe ich meinen Körper einer Generalüberholung und werfe all meine Bedenken wegen meines Bruders über Bord. Ich breche keine seiner irrsinnigen Regeln, nur ein Verbot. Und das ist dafür da, um übergangen zu werden. Außerdem befolge ich nur seinen Rat. Schließlich hat er vorhin noch zu mir gesagt, ich soll nichts tun, was er nicht auch tun würde.

Tja, Reid, das hättest du lieber niemals sagen sollen. Du liebst das Never Regret *und das, was man dort machen kann. Also werde ich nur tun, was du in meiner Situation ebenfalls getan hättest.*

KAPITEL

9

Creed

Wenn ich eines hasse wie die Pest, dann wenn jemand verdammt nochmal nicht das tut, was ich sage.

Ich sage zu Ted, er soll an einem Ladys-Abend im unteren Teil des Clubs pro Frau eine Flöte Champagner ausgeben. Und was macht er? Schenkt den billigen Sektfusel aus. Das merken sich diese Hyänen doch! Feierwütige *Woo-Girls* sind nachtragend. Die kommen nie wieder!

Nächster Punkt auf meiner ›Ich hasse diese Woche‹-Liste ist Reid. Der Typ grinst mir Whiskey trinkend über die Handycam ins Gesicht, woraufhin ich ihm den Mittelfinger zeige. Er soll Geschäfte führen und sich nicht amüsieren.

»Wie sieht's aus?«, frage ich also und verdrehe die Augen, als er sich abwendet und einer Frau nachschaut. »Du weißt schon, dass du zum Arbeiten da bist, oder?«

»Und du hast seit einer Woche keine mehr angefasst? Hab's genau gesehen.«

Fuck! Ich lasse mir nichts anmerken, denn er hat recht. Jegliche Session, jegliches Lutschen an meinem Schwanz hat mir keinerlei Befriedigung verschafft und allmählich mache ich mir ernsthafte Sorgen um mich und mein Genital.

»Der Club wird zum Cockblocker!« Ich zeige mit meiner Zigarette auf ihn im Display, bevor ich mein Smartphone auf dem Schreibtisch abstelle und mir den Glimmstängel anzünde. Die Flamme des Feuerzeugs erhellt mein Gesicht.

»Ein Sexclub turnt dich ab? Bist du high?«

Ich neige meinen Kopf von links nach rechts. »Schön wäre es. Und nein, natürlich nicht. Ich mache mir Gedanken um unsere Zukunft. Das Gedankenkarussell will einfach nicht stoppen.«

Mein bester Freund fixiert mich mit seinem Blick. »Seit wann hat der große Creed Colemann Schiss, hm?«

Ich inhaliere den Rauch meiner Kippe. »Reid? Fokus!« Ich puste aus und lege sie an den Aschenbecherrand.

»Okay, weißt du was? Ich werde jetzt zu diesem Tresen gehen, die Rothaarige poppen. Und du gehst gefälligst ebenfalls Druck abbauen, ist ja nicht zum Aushalten mit dir.« Er dreht während seiner Ansprache die Kamera und besagte Auserwählte nuckelt gelangweilt an einem Strohhalm, wie ich feststelle. Das Handy schwenkt wieder um und zeigt mir den Penner, mit einem fetten Grinsen im Gesicht.

»Gut.« Ich nicke ihm zu, greife mir einen Kugelschreiber und lasse ihn klicken.

»Gut.« Er imitiert meine Geste. »Ach, und Creed? Mach nicht mehr zu lange.« Sorge schwingt in seiner Stimme mit und eine tiefe Furche bildet sich auf seiner Stirn.

Ich zwinkere ihm zu. »Natürlich nicht, Schatz.«

Lauthals lachend beendet er das Gespräch.

So ein Idiot.

***

»Noch einen«, ordere ich bei Ted und halte mein Glas hoch. Er schenkt mir zweifingerbreit Bourbon ein, lässt mit der Zange einen Eiswürfel hineingleiten und ich reiße den Blick von dem Geschehen. Beobachte unsere Empore, wie die Luft immer dicker und sexlastiger wird. Die Stimmung wird aufgeheizter, die Musik pulsiert in den Adern und passt sich der Atmosphäre an. Sexuelle Anziehung wabert aus jeder Pore und steckt an.

Frustriert, weil ich von Sex und Erotik umgeben bin, jedoch keinerlei Lust verspüre, stehe ich auf und nehme mein Glas mit, schlendere zur Spiegelwand, die ich nun verfluche und feiere gleichzeitig.

Eine Woche ist es her, seit ich sie gesehen, gefühlt, geschmeckt habe. Und trotzdem geht sie mir nicht aus dem Kopf. Vielleicht ist es wie bei einem Drogensüchtigen, der seinen Schuss braucht. Ich verzehre mich tatsächlich nach ihr. Das Gefühl in ihr zu sein war unbeschreiblich.

Dieses sture Ding hat mich seit langem mal wieder gefordert. Für Sessions sind willige Weiber ein Genuss, doch wenn es wirklich um Spaß geht, um meinen Jagdtrieb, dann bevorzuge ich es abenteuerlustig.

Ein weißblonder Haarschopf lässt mich mit dem Glas an meinen Lippen stocken. Wölfisch biegen sich meine Mundwinkel nach oben. *Na, wen haben wir denn da?*

Als hätte sie mich gehört – was völliger Quatsch ist – wirft sie einen Blick nach oben. Geradewegs in meine Augen.

Ach, Babe. So naiv.

Ich beschließe, wieder etwas zu spielen. Sie wird mein Überraschungsei sein und ich derjenige, der sie zuerst enthüllt, dann den wunderbaren Kern knackt und zum Schluss mit dem Spielzeug spielt.

Meine Laune hebt sich merklich, als ich den Alkohol in einem Zug hinunterschütte, mein Glas auf einem Tisch abstelle und mich durch die Tür nach unten begebe.

Mit jedem Schritt, den ich die Treppen hinuntersteige, vibriert es in mir. Ein Vulkan, in dem die Lava brodelt.

Was macht sie nur, dass mein Blut sofort in Wallung gerät? Dass ich mir Dinge mit ihr ausmale? Und wird sie eines Tages zur Gefahr für mich? Könnte ich mich verbrennen?

Nicht, wenn ich immer die Oberhand behalte und das Feuer mit einem Schnipsen lösche. Solange das der Fall ist, kann mir nichts passieren.

Mein rasendes Herz ignoriere ich, dass ich unter Strom stehe, ebenfalls. Alles natürliche Reaktionen auf die Vorfreude. Mehr nicht.

»Guten Abend, Sir«, begrüßt mich der Typ vor der Tür und ich nicke ihm zu. Behalte meine Umgebung im Auge, als ich sie suche. Und finde.

Ich stecke meine Hände in die Hosentaschen, sehe, wie sich ihre Körperhaltung strafft. Fühle diese Spannung zwischen uns schon jetzt.

»Komm mit«, ordere ich an und wie ein braves Hündchen an der Leine folgt sie mir. Das war beinahe zu einfach, doch solange sie mithält, ist alles fein.

Wir gehen durch die Tür, die den Club von der Empore trennt, und steigen die Treppen hinauf. Ich spüre ihren Blick, wie er sich in meinen Nacken brennt, spüre die Fragen, die auf ihren Lippen ruhen. Jedoch ist jetzt nicht die Zeit, um zu quatschen.

Oben angekommen, lasse ich sie vorgehen, lege meine Hand an ihre Flanke und führe sie mit leichtem Druck in Richtung eines Raumes, von dem ich weiß, er wird perfekt zu ihr passen. Ich öffne die unscheinbare, schwarze Holztür, dirigiere sie hinein und schließe die Tür wieder.

»Hey ...« Weiter kommt das Kätzchen nicht, denn ich dränge sie geradewegs gegen die Gitterstäbe.

Wir befinden uns in einem der Spielzimmer, die es hier oben gibt. Genaugenommen sind wir im *Prison-Room*. Warum es so heißt, muss ich wohl nicht weiter erläutern.

In der rechten Ecke, in der wir derzeit stehen, haben Reid und ich eine Art Käfig einbauen lassen. Schwarze Stahlstäbe ragen bis zur Decke, nur ein winziges Schloss bietet dem Ungehorsamen die Möglichkeit, zu entkommen.

Rechts neben der Zelle befindet sich eine Pritsche mit ein paar Handschellen und jeder Menge hübschen Spielzeugen zum Foltern und Spaß haben.

Wände und Boden sind gekachelt, damit es authentisch wirkt und die Spielwütigen sich in ihrer Rolle wohlfühlen können. Das kaltweiße Licht betont nochmal extrem die realen Bedingungen des Raums.

Ich presse ihre Arme nach oben gegen die Stäbe. Mein Schwanz pulsiert, wölbt sich ihrem Arsch entgegen. Ihr Keuchen ist Musik in meinen Ohren und lässt die Lust in mir aufwallen.

»Beauty.« Ich beuge mich vor, vergrabe meine Nase in ihrem Nacken. Ihr Haar ist zu einem hohen Pferdeschwanz gebunden und bietet mir besten Zugang zu ihrer Haut.

Es ist wie eine Besessenheit, dass ich sie spüren will. Es ist, wie ich bereits sagte, eine Droge. Kaum angefangen und schon ein Junkie. Diese Knöpfe, die sie in mir und an meinem Körper drückt, hasse und liebe ich gleichzeitig.

Ich lasse sie los und gehe zielstrebig auf die Pritsche zu. Das Klirren der Fesseln hallt von den Wänden wider, als ich sie in die Hand nehme.

Beauty's Kopf ruckt über ihre Schulter und ich schnalze mit der Zunge. Ihre Iriden glühen, die Kirschlippen sind zusammengepresst. Frustriert nimmt sie die Arme vom Gitter, dreht sich zu mir und verschränkt sie nun vor der Brust.

Ich hebe eine Augenbraue. »Was wird das?« Ich beobachte das blonde Geschöpf vor mir.

»Das kann ich dich auch fragen. Warum überfällst du mich?« Fast muss ich lachen, weil ihre Aussage so urkomisch ist.

»Bist du feucht?«, komme ich direkt zum Punkt, was sie kurz stutzen lässt. Doch ihre Mimik bleibt weiterhin störrisch.

»Natürlich nicht«, plustert sie sich auf. »Ich könnte dich anzeigen. Das ist das zweite Mal, dass du über mich herfällst.«

Belustigt streiche ich mir über das frisch rasierte Kinn. »Soso. Okay, wenn das so ist ...« Ich lege die Handschellen zurück auf die Pritsche vor mir und trete zur Tür.

»Stopp!«

Unbeteiligt drehe ich mich um, warte ab, was sie zu sagen hat. »Ich höre?«

Sie kaut auf ihrem Daumennagel herum, betrachtet mein Gesicht. Frustriert schnaube ich auf, drücke die Klinke hinunter und ... sehe in meinem Blickwinkel, wie sie an mir vorbeizischt.

Ich kann gerade noch zurückspringen, um diese verschissene Tür nicht in die Fresse zu kriegen, weil Blondie sie mit einem Ruck zuknallt. Und zwar nicht von außen.

»What the fuck?« Schwungvoll wirble ich herum und spüre, wie meine Zündschnur angefeuert wird. Nun ist Feierabend. Schluss mit lustig.

Mit schnellen Schritten gehe ich auf sie zu, sie weicht zurück, doch es langt. Mit einem Stoß schubse ich sie auf das Gefängnisbett, stütze mich auf der mit Stroh gefüllten Matratze ab und komme ihrem Gesicht immer näher.

»Machst du das noch einmal, haben wir ein ernstes Problem, Beauty.« Ich knurre, mein Herz schlägt mir bis zum Hals, die Ader an meiner Schläfe pocht und meine Finger krallen sich fester an die Bettkante.

»Welches denn?« Völlig abgebrüht, aber auch gleichzeitig mit einem Hauch Zittrigkeit in der Stimme, lehnt sie sich zurück und legt ihre Beine übereinander.

Ist sie irre? Also, echt jetzt? »Du legst es darauf an, übers Knie gelegt zu werden, oder? Mach so weiter.«

»Nein, du legst es darauf an. Weil du das willst.« Sie schaut zu mir hoch und die Spannung lädt sich immer mehr auf. Es ist wie ein Gewitter ohne Ausgang. Wir könnten zusammen einen Blizzard entfachen oder ein stundenlanges Grollen erzeugen. Beides wäre welterschütternd.

»Steh auf.« Die Zeit zum Reden ist vorbei, Taten müssen sprechen.

Wieder muss ich ein paar Sekunden warten, ehe sie Folge leistet, und das setzt mir zu. Ich umrunde sie, setze mich nun auf das Bett und drehe meinen Zeigefinger im Kreis, um ihr zu bedeuten, dass sie sich umdrehen soll.

Dieses Mal tut sie, was ich sage.

»Bück dich.« Ihr Rock rutscht hoch, als sie meinem Befehl nachkommt, und ich kann ihr rotes Spitzenhöschen erkennen. »Näher.«

Sie tippelt ein paar Schritte zurück, bis ich ihren Arsch fast in meinem Gesicht habe.

Perfekt. Ganz langsam, ohne ein Geräusch von mir zu geben, greife ich hinter mich, hole die Handschellen hervor. Lasse zur Ablenkung meine Zunge über ihre durch einen Hauch von Nichts bedeckte Mitte gleiten. Sie stützt ihre Hände an ihren Oberschenkeln ab.

Ein Pulsieren erfüllt meine Eier, doch ich ignoriere es. Nun muss es schnell gehen.

Ohne, dass sie es realisiert, schnappe ich mir ihr Handgelenk und klinke die Schelle ein.

»Du Bastard. Mach mich los«, fährt sie mich an und versucht, ihren Arm aus der Acht zu ziehen.

»Aber, aber, Kätzchen. Warte doch erstmal ab, was als Nächstes kommt.« Mit einer Drehung meines Handgelenks lasse ich ihren Körper gegen meine Brust donnern, greife um sie herum und fixiere auch die andere Hand.

Ihre Augen weiten sich, ihre Atmung geht unregelmäßig und laut.

Mit Schwung drehe ich sie wieder zurück, positioniere meine Hand auf ihrem Rücken und dränge sie in eine vorgebeugte Position. Streiche einmal, nein, zweimal sanft über die zarte Haut ihrer nackten Arschbacke, ehe ich mit der flachen Hand draufschlage.

Ihr Schrei erfüllt den Raum, doch niemand wird sich dafür interessieren. Nicht hier oben.

Sofort reibe ich über die gerötete Stelle, und ziehe sie an ihrem Zopf wieder in eine aufrechte Position. »Ist es das, was du wolltest?«

Ihr Hinterkopf bewegt sich vor und zurück. »Du provozierst mich!«

Ich streiche erneut über ihren Arsch. »Du bist aufmüpfig!« Sie zuckt zusammen, als ich meinen Finger in den Steg ihres Höschens einhake. »Du tust selten, was ich dir sage.« Mit einem Ruck reiße ich das Stück Stoff entzwei, lasse es hinuntersegeln und sie steigt direkt hinaus. »Aber du hast meine Aufmerksamkeit, Kätzchen. Und das schaffen nicht viele.« Während ich noch rede, höre ich das Rasseln der Schellen, aus denen sie vehement versucht herauszukommen. Unbeteiligt öffne ich meine Hose, zerre den Reißverschluss hinunter und hole meinen steinharten Schwanz heraus. »Du hast noch eine Chance. Ja oder nein?«

Als kein Ton ihre zusammengepressten Lippen verlässt, ist dies das Okay für mich. Sie ist stur und wird mir niemals ins Gesicht sagen, dass ich sie ficken soll. Gut, ihr Körper verrät sie auch so und der Glanz in ihren Augen erst recht.

Ohne mich weiter mit Nichtigkeiten aufzuhalten, positioniere ich mich an ihrem Eingang und stoße in sie.

Wieder hallt ihr Schrei durch den Raum und ich lege den Kopf in den Nacken. Es tut so gut, sie zu vögeln. Es ist, als sei sie mein Lebenselixier, meine Inspiration. Ihr Po reibt an meinem Unterbauch und ich lasse meine Hand auf die andere Backe sausen.

»Wie heißt du?«, fragt sie keuchend, als ich mein Becken kreisen lasse, die Hand nach vorne und zwischen uns führe. Fest kneife ich in ihre Perle und sie reibt sich schamlos an mir.

»Keine Namen.« Mit dem Daumen reibe ich an ihren Schamlippen, berühre immer wieder ihren wunden Punkt. Meinen Schwanz bewege ich nicht in ihr. Das wird ihre Strafe sein. Das Wissen, dass sie mich spürt.

Ich ihre Wände um mich herum anspannen fühle, sie aber nicht zum Abschluss kommen wird. Erneut.

Es hat den Anschein, als würden wir uns stets begegnen und nie zum Ende gelangen. Als wäre das unser Kick. Unser Antrieb.

»Bitte«, bettelt sie nun.

Ich kann nicht mehr dagegenhalten und beiße in ihre Halsbeuge, nehme ihr Kinn in meine Handfläche und drücke ihren Kopf nach hinten.

»Was ist das nur mit dir?« Ich murmle es eher mir zu als ihr und erwarte auch keine Antwort. Meine Selbstbeherrschung wird mehr als auf die Probe gestellt.

Ich fühle sie überdeutlich, ihren rasenden Herzschlag, den Puls an meinen Lippen. Ihren schnellen Atem, wie er die Stille durchbricht. Ich versenke zusätzlich zwei Finger in ihrem Arsch, ziehe sie heraus und wiederhole das Spiel.

Ihre Bewegungen werden unkoordinierter, ein Schrei bricht aus ihr heraus, gefolgt von einem Stöhnen und dann passiert etwas, was ich nicht geplant habe: Sie kommt. Sie erzittert, bebt regelrecht in meinem Griff, meine Finger werden umschlungen, mein bestes Stück ist sich der Umklammerung deutlich bewusst und ich atme gepresst durch die Nase, um nicht ebenfalls zu kommen. Es ist zu viel. Zu intensiv.

Mit einem Ruck ziehe ich Finger und Schwanz aus ihr heraus, schließe die Hose und fahre mir durch die Haare.

Völlig neben der Spur dreht sich Beauty um, schaut auf mich hinunter, als ich mich auf die Bank niederlasse, und ein gewisser Glanz tritt in ihre Augen.

Befriedigt. Gesättigt. Ich kenne diesen Blick.

Doch der Druck auf meinem Herzen ist neu.

»Das war nicht geplant, oder?« Noch immer leicht außer Atem, ihre Wangen rosig, lächelt sie etwas.

»Natürlich war es das.« Ein bisschen verwirrt von allem, aber bemüht, mir nichts anmerken zu lassen, trete ich zu der kleinen Box unter der Pritsche, hole dort den Schlüssel heraus und bitte Beauty, sich umzudrehen. Es klackt und die Schellen landen polternd auf dem Boden.

Sich ihre Handgelenke reibend, überschaut sie mich, bevor sie ihr Kleid wieder runterzieht. »Ich wollte mich nur bedanken. Aber das war wohl die spektakulärste Dankesnummer, die ich je hatte.« Sie stellt sich auf die Zehenspitzen und ich sehe fassungslos dabei zu, wie sie mir einen Kuss auf die Wange haucht, bevor sie auf wackligen Beinen zur Tür geht und sie öffnet. »Mein Name ist übrigens Alexandra.«

»Creed.« Warum habe ich das getan?

Überrascht weiten sich ihre Augen, anscheinend hat sie nicht mit einer Erwiderung gerechnet.

Ich im Übrigen auch nicht.

Eilig, ja fast schon rennend, verschwindet sie aus meinem Blickfeld.

Diese Frau kann's. Sie verblüfft mich. Fordert mich. Und irgendwie stehe ich drauf.

Fuck.

KAPITEL

10

Lexie

»Spann mich nicht länger auf die Folter, Lexie!« Über den großen Starbucksbecher hinweg schaut Sam mich an. »Wie war deine Nacht gestern?« Erwartungsvoll blitzt es in ihren Augen auf. »Hast du wen gefunden zum ... du weißt schon was?« Ihre Brauen wackeln auf und ab und eine leichte Röte legt sich auf meine Wangen.

Kräftig ziehe ich an meinem Strohhalm, sauge den Caramel Frappuccino in meinen Mund, um Zeit zu schinden, während ich mir im Kopf eine Antwort zurechtlege.

Kann ich ihr wirklich erzählen, was dieser Creed mit mir getan hat? Wird es sie schocken, wenn ich ihr beichte, dass es mich angeturnt hat, wie er mit mir umgesprungen ist? Diese dominante Art, die Handschellen und dieser ominöse Raum, in dem ein Käfig verbaut ist?

Trotz der kühlen Atmosphäre, die das Zimmer ausgestrahlt hat, ist mir verdammt heiß geworden. Diese Spannung, die zwischen mir und Creed existiert, ist jenseits von Gut und Böse. Kaum eine Sekunde denke ich an den Kerl, da fängt es auch schon an in meiner Mitte zu ziehen. Sehnsucht überfällt mich. Die Lust, ihn erneut zwischen meinen Schenkeln zu spüren, breitet sich in mir aus. Es kribbelt und pocht in meinem Unterleib.

Es ist Fluch und Segen zugleich, ihn kennengelernt zu haben. Dabei haben wir kaum miteinander gesprochen. Nur wenige Worte haben wir gewechselt. Und doch ist es so, als würde mein Körper sich nach ihm verzehren. Sich wünschen, dass er sich meiner annimmt und zeigt, was wir bisher alles verpasst haben.

Finger schnippen vor meinem Gesicht. »Erde an Alexandra Brooks.«

Ich schüttle die Gedanken ab, sehe zu meiner Freundin und Kollegin. Eine ihrer Augenbrauen flippt in die Höhe, berührt beinahe ihr Haaransatz.

»Wo warst du gerade mit deinen Gedanken, hm? Bei mir jedenfalls nicht, da du offensichtlich nur körperlich anwesend bist.«

»Sorry.« Zerknirscht lächle ich sie an.

»Du brauchst dich nicht zu entschuldigen, wenn du noch bei einem sexy Kerl warst, der es dir ordentlich besorgt hat. Oder habe ich deinen verträumten Gesichtsausdruck falsch gedeutet?«

»Ganz und gar nicht.«

»Details, Schätzchen. Ich will alles unverblümt wissen. Alles. Gib deiner Freundin etwas zum neidisch werden.«

Langsam nicke ich. »Du musst mir aber versprechen, dass du niemandem davon erzählst.«

Sam streckt mir ihren kleinen Finger entgegen. Zuerst blicke ich ihn verwirrt an, dann fällt mir wieder ein, was es heißt, und ich verschränke meinen mit ihrem. »Pfadfinder-Ehrenwort!«, legt sie den Schwur ab, der durch die Geste besiegelt wird.

Das habe ich zuletzt im Kindergarten gemacht und da hat es noch eine Menge bedeutet, wenn man den kleinen Finger auf etwas gegeben hat. Also beginne ich, ihr von gestern zu erzählen. Wie Creed mich zielsicher aus all den vielen Menschen rausgefischt hat, mich mit nach oben genommen hat und wie wir anschließend Sex hatten.

»Er ist nicht gekommen?«

»Nope.«

»Du aber schon?«

Zufrieden grinsend nicke ich. »Und wie! Das erste Mal hat er mich im Regen stehen lassen, doch dieses Mal hat mich der Orgasmus schnell erwischt und er konnte es nicht verhindern.«

»Und du warst wirklich dabei gefesselt? So richtig mit Handschellen?«

»Nee, Sam, wir haben nur so getan als ob.« Ich verdrehe scheinbar genervt die Augen, ehe ich sie belustigt anfunkle. »Selbstverständlich waren es richtige Handschellen. Ich habe sogar versucht, mit einem Trick herauszukommen, weil ich dachte, dass es diese Billigschellen sind, aber keine Chance. Es waren diese blöden Bullendinger, die man ohne Schlüssel auf keinen Fall geöffnet bekommt.«

»Hach ... Wieso passiert mir so etwas eigentlich nicht? Ich möchte auch Mr. Perfect finden, der mir zeigt, wo es langgeht. Gern darf er auch meinen Arsch tätscheln, wenn er mich hinterher fesselt und fickt.« Schwärmerisch seufzt sie auf. »Alles dürfte er mit mir machen, solange er endlich die Spinnweben vor meiner Pussy beseitigt.«

Wir lachen beide auf. Die Menschen um uns herum mustern uns reserviert, es ist uns jedoch egal. Sollen sie schauen. Wir sind einfach nur ganz normale Mädels, die sich austauschen und Spaß dabei haben.

Niemals hätte ich gedacht, dass ich so schnell eine richtige Freundin in Austin finden würde. Doch Sam ist anders als die meisten Frauen. Sie nimmt sich meiner an, hilft mir bei meinem Neustart, egal ob beruflich oder privat. Ihre Art macht es mir leicht, ihr zu vertrauen. Ihr alle möglichen Dinge zu erzählen.

»Vielleicht finden wir noch so einen Typen. Komm das nächste Mal einfach mit ins Never Regret und wir halten Ausschau nach einem annehmbaren Fick für dich.«

»Da sage ich sicherlich nicht Nein. Dieses Mal werde ich dabei sein und dich als Wing Woman einsetzen. Wer weiß, eventuell bringst du als Flügel an meiner Seite Glück.«

»Bestimmt!«

»Da wir das geklärt haben, erzähl mir mehr von deinem Fund. Ich hab noch nie davon gehört oder gelesen, dass es im Never Regret noch eine Ebene gibt. Die Mädels sicher ebenso wenig, sonst wüsste ich darüber.«

»Du darfst es wirklich niemandem sagen. Ich glaube nämlich, dass es vor der Öffentlichkeit verborgen bleiben soll.«

»Logo behalte ich es für mich. Auch wenn ich ein bisschen enttäuscht bin, dass du in einen Sexschuppen gestolpert bist und mich dabei vollkommen vergessen hast.«

»Glaub mir, Sam. Ich hab keineswegs damit gerechnet, so etwas in dem Laden meines Bruders zu entdecken. Bisher habe ich nie verstanden, warum er mir verboten hat, in seinen Club zu gehen. Schließlich ist es nur ein normaler Nachtclub – dachte ich. Aber nach der Erfahrung sehe ich ihn irgendwie mit anderen Augen.

Ich wusste, dass er Sex liebt, ständig eine andere in der Kiste hat, doch ein Sexclub? Puh ... das ging selbst über meine Vorstellungskraft hinaus.«

»Mooooment mal.« Sie hält mich am Arm fest, zwingt mich stehen zu bleiben.

Ich drehe mich zu ihr. »Was?«

»Hast du wirklich gerade *Bruder* gesagt?«

»Ja?«

»Du meinst, deinem Bruder gehört das Never Regret?«

»Ähm ... genau das habe ich gesagt, ja.«

»Wieso erfahre ich erst jetzt davon? Warum sind wir vorher noch nie da gewesen, wenn du quasi Miteigentümerin bist?«

»Ich hab doch nichts damit zu tun. Es gehört ganz allein Reid und seinem Kumpel vom College. Außerdem: Hast du eben überhört, als ich gesagt habe, dass er es mir verboten hat, dort hinzugehen?«

»Verbote sind dazu da, um sie zu umgehen. Oder wofür stellt man die auf, wenn nicht für die Herausforderung, diese zu umschiffen?«

Belustigt schüttle ich den Kopf. »Reid wird es sicherlich anders sehen, sobald er erfährt, dass ich bereits zweimal dort gewesen bin. Und ganz bestimmt killt er mich, wenn er herauskriegt, dass ich von der oberen Ebene Wind bekommen habe. Zudem würde der sadistische Arsch dafür sorgen, dass mein Tod qualvoll sein wird, wenn er dann noch herausfindet, dass ich in genau dieser Ebene auf meine Kosten gekommen bin.«

»Wie nett du das ausdrückst, dass du gefickt wurdest. In einem Sexclub, dessen Zutritt dir verboten wurde. Lexie!«

»Wie war das mit dem Umschiffen?«

»Jaja ...«

Wir setzen uns wieder in Bewegung, passen uns dem Strom der Menschen an, die genauso wie wir durch die Altstadt von Austin schlendern.

»Aber mal ehrlich, wieso kann er dir nicht wenigstens erlauben, den Club unten zu besuchen? Da ist doch kein bisschen was dran.«

»Keine Ahnung. Wird schon seinen Sinn haben. Blöd nur, dass ich jetzt von allem weiß.«

»Sein Pech.«

Wir schweigen eine Zeit lang und lassen uns treiben. Hin und wieder sehe ich mich um, habe das Gefühl, beobachtet zu werden. Kann aber niemanden ausmachen, den ich kenne. Bestimmt liegt es nur an den vielen Menschen um uns herum, die uns zwischendurch hinterherschauen.

Wir stöbern durch einen der Klamottenläden, shoppen ein, zwei Teile und gehen dann weiter.

Beim Militär war es schwer, die Jungs dazu zu kriegen, einen H&M auch nur zu betreten. Doch Sam ist anders, eine Frau eben. Und mit ihr Mädelskram zu machen, bringt wirklich Spaß. Sie stiftet mich auch an, neue Unterwäsche zu kaufen. Nur für den Fall. Sollte ich mich nochmal in den Club verirren, beispielsweise.

Dass es mich noch immer dorthin lockt, behalte ich für mich. Es ist mein innerer Kampf, den ich ausfechten muss. Die beiden Male hatte ich Glück, da Reid unterwegs war, doch wer kann mir sagen, wann das wieder der Fall sein wird? Wenn ich mir jetzt zu viele Hoffnungen auf ein Wiedersehen mache, steigert sich meine Lust und wird dann nur schwer zu bändigen sein, wenn ich mir keine Abhilfe verschaffen kann.

Ich gebe zu, die obere Etage übt einen faszinierenden Reiz auf mich aus. Aber das tun andere Dinge ebenfalls und denen gebe ich keineswegs nach. Leider muss ich mich damit abfinden, dass es ein zweimaliges Abenteuer gewesen ist. Eines, von dem ich noch Wochen zehren werde.

Außerdem würde ich vor einer weiteren Hürde stehen, auch wenn Reid vielleicht wieder geschäftlich unterwegs sein sollte.

Beim ersten Mal bin ich nur durch eine riesige Portion Glück hineingelangt. Hätte dieser Typ die Karte nicht verloren, wäre ich vor verschlossener Tür geblieben. So, wie die anderen Frauen, die ihn angeschmachtet haben.

Und gestern war es Creed, der dafür sorgte, dass ich mit nach oben durfte. Doch er wird bestimmt nicht jeden Tag da sein und auf mich warten, so schön es auch klingt.

Ich muss der Realität ins Auge sehen. Ich bin am Arsch. Weil ich die verbotene Frucht gekostet habe und nun aus dem Garten Eden verbannt wurde. Weil ich keinen Freifahrtschein besitze.

Eingehakt treten wir den Rückweg zu meinem Auto an.

Auf dem Parkplatz stehe ich vor der nächsten Herausforderung. Die Pisser haben so kacke geparkt, dass ich Schwierigkeiten habe, überhaupt in mein Auto zu gelangen. Allein bei dem Gedanken, gleich ausparken zu müssen, wo doch alles so eng und dichtgeparkt ist, werden meine Hände feucht.

Autofahren ist ein notwendiges Übel, nicht mehr und nicht weniger. Ich tue es nur, weil ich sonst nirgends hinkommen würde, aber ich gebe auch zu, dass ich eine Vollkatastrophe darin bin. Mein Auto hat schon einige

Macken und Beulen. Jede Einzelne hat meinem Bruder beinahe körperliche Schmerzen zugefügt. Dabei habe ich mir selbst das Auto gekauft und nicht er.

Sam ist eine echte Freundin, bestärkt mich in meinem Vorhaben und schimpft gemeinsam mit mir über den Mist.

Sie ist keine dieser Personen die peinlich schweigend daneben sitzt und hofft, dass es bald ein Ende hat. Stattdessen hilft sie mir und spricht mir Mut zu.

Nach mehrmaligem Rangieren schaffe ich es, aus der beengten Lücke zu fahren. Das war vielleicht ein Akt. Zigmal hin und her, bis es endlich gelingt.

Schnell machen wir uns auf den Heimweg zum Loft, das wir glücklicherweise auch heil erreichen.

»Deinen Bruder stört es wirklich nicht, wenn ich heute hier penne?«

»Nee, wieso? Er ist doch so oder so in Dallas.«

»Okay, dachte nur, weil es ja seine Wohnung ist.« Sie zuckt mit den Achseln und steigt aus dem Wagen. Ich tue es ihr gleich, schaue vorher aber in den Rückspiegel, ob kein Auto kommt.

»Ich wohne doch auch da und du schläfst ja in meinem Zimmer, nicht in seinem.«

»Auch wieder wahr. Aber nicht jeder hat es gern, wenn Fremde bei einem in der Wohnung übernachten.«

»Reid ist da anders. Bei ihm muss man eher aufpassen, dass er einen nicht in sein Zimmer einlädt.«

»Verdammt, und wieso ist er dann in Dallas? Denk an meine Spinnenweben.«

»Urgs! Wirklich, Sam? Das ist mein Bruder.«

»Na und? Wenn er nur ein paar von deinen Genen hat, darf er mir auch gern Babys schenken.«

»Igitt ... hör bloß auf.« Lachend stupse ich sie mit dem Ellenbogen an. »Du willst gar nicht in sein verseuchtes Bett hüpfen. Da waren schon unzählige Weiber drin.«

»Und das soll schlimm sein? Ein Cowboy bezwingt auch nicht gleich seinen ersten Bullen. Zu Beginn lernt er reiten und dann trainiert er auf vielen kleinen Kälbern, bevor er sich einen richtigen Stier herauspickt und ihn bezwingen will. So ist dein Bruder auch. Er übt erst bei vielen Frauen, bevor er die eine findet, die er für sich haben will.«

»Und du willst eins dieser Kälber sein?«

Empört schaut sie mich an. »Pff ... Ich bin ja wohl der Bulle! Also bitte.« Lange kann sie den Blick nicht aufrechterhalten. Wir verfallen beide in Gelächter, beömmeln uns über den Scherz.

Bevor wir das Gebäude betreten, sehe ich mich ein letztes Mal um. Wieder ist es dieses unangenehme Gefühl, das mich beschleicht. So, als würde mich jemand beobachten. Nur sind dieses Mal kaum Menschen anwesend, denen ich es zuschieben könnte. Nur eine ältere Dame und drei Familien mit Kindern sind in Sichtweite unterwegs. Und keiner von ihnen nimmt Notiz von mir.

Achselzuckend verschwinde ich durch den Eingang. Der Lastenaufzug ist noch unten, weswegen wir sofort einsteigen. Sam krallt sich in meinen Arm, als er sich ratternd in Bewegung setzt, sieht mich ängstlich an.

»Keine Sorge, das Ding bringt uns sicher nach oben.«

»Dein Wort in Gottes Ohr.«

Ich soll recht behalten. Ohne eine Panne gelangen wir ans Ziel.

Fasziniert dreht meine Freundin sich im Kreis. »Ich war noch nie in einer umgebauten Lagerhalle.«

»Irgendwann ist immer das erste Mal«, kommentiere ich und zwinkere ihr zu.

Sams Augen huschen von einer Seite zur anderen, saugen die Umgebung förmlich in sich auf.

Von unserer Position aus können wir hinunter auf die erste Reihe der vermieteten Lagerräume schauen. Es ist eine Art Galerie, an der auch der Käfiglastenaufzug angebracht ist, auf der wir stehen. Mittlerweile dient sie eher als Entree.

Das Obergeschoss nimmt drei Viertel der Hallenlänge ein und wurde zu einem Loft umgebaut. Die alten Backsteine der Außenwände sind noch immer roh und unverputzt, was im Winter echt kacke ist, da sie die Kälte nicht abhalten.

Rostige Stahlträger verlaufen quer von der einen zur anderen Seite. Große Industriesprossenfenster, die oben abgerundet und mit Metallstreben unterteilt sind, erhellen die Halle. Für jemanden, der nie eine Lagerhalle von innen gesehen hat, kann es sehr imposant wirken.

Ich bin gespannt, was sie erst in dem Loft sagen wird. Reid hat echt ein Händchen für Interieur.

Als wir an der Wohnungstür ankommen, entdecke ich ein Päckchen, das am Türrahmen lehnt. Verwirrt runzle ich die Stirn. Normalerweise lassen die Paketdienstleister alles unten bei den Briefkästen stehen. Vielleicht war es ein neuer Auslieferer, der noch übereifrig dabei ist.

Ich hebe es hoch, inspiziere den unscheinbaren Karton. Mein Name steht drauf. Merkwürdig, ich erwarte nichts. Meine Bestellungen sind längst angekommen, waren auch vollständig. Kein Rückstand, nichts mehr offen.

Ein Absender ist nicht vermerkt.

Seltsam.

Ich reiche es Sam, damit ich den Schlüssel unter der Fußmatte hervorholen und uns aufschließen kann.

Mit einem Stoß öffne ich die Tür und winke meine Freundin vor. Wie erwartet ist sie begeistert von der Einrichtung, dabei sind wir nur im Flur. Ich ziehe mir die Schuhe aus und nehme ihr das Paket ab.

Sam entledigt sich ebenfalls ihrer Stiefel und folgt mir dann in die offene Küche. »Es sieht wahnsinnig schick hier aus. Ich liebe den Flair von den alten Backsteinwänden.«

»Ich auch«, murmle ich und suche in der Schublade nach einer Schere. Zu neugierig bin ich, was in dem Paket sein kann, um meiner Freundin meine ungeteilte Aufmerksamkeit zu schenken.

Vorsichtig durchtrenne ich das Paketband und klappe die Pappe um. Seidenpapier verhüllt den Inhalt.

»Oh, was ist das?« Ich merke, wie Sam sich neben mich stellt und ebenfalls in den Karton starrt.

»Keine Ahnung.« Mit gespitzten Fingern hebe ich das Papier an und lege es auf die Arbeitsfläche. Zum Vorschein kommt … *Mein zerrissenes Höschen von gestern?* Überrascht keuche ich auf, nehme es raus, will es vor den Augen meiner Freundin verbergen.

»War das gerade …«

Zu spät, Lexie. Selbstverständlich hat sie es gesehen. Ich richte meinen Blick auf Sam und nicke.

»O mein Gott! Jemand schickt dir einen zerrissenen Schlüppi?«, quiekt sie aufgeregt. Die Wohnung scheinbar völlig vergessen, steckt sie ihre Hand in das Paket und holt noch etwas heraus.

Sofort erkenne ich das schwarze Ding. Sie braucht es nicht mal umdrehen und ich weiß, was in goldenen Lettern darauf steht. *Never Regret.*

Es ist genau so eine Karte in Visitenform, wie die, die der Typ verloren hat. Und nun besitze ich auch so eine. Ein Stück Plastik, das mir Türen öffnet.

»Da ist noch mehr drin.« Sam hat sichtlich ihren Spaß daran, legt meine Eintrittskarte beiseite und zieht noch etwas hervor. Ein roter Umschlag, passend zu meinem Slip.

Wie konnte ich das Teil nur vergessen? Und woher weiß Creed, wo ich wohne? Fragen über Fragen, die mir einerseits ein mulmiges Gefühl bereiten, auf der anderen Seite aber auch ein aufgeregtes Kribbeln in den Unterleib jagen.

Vielleicht war es auch er, der mir letzte Woche die Handtasche zurückgebracht hat. Das würde erklären, wieso er meine Adresse kennt und wieso die Clutch wieder aufgetaucht ist. Ich bin nämlich noch immer der Überzeugung, dass sie nicht im Hausflur gelegen hat, als ich nach ihr gesucht habe.

Das Aufreißen von Papier erfüllt den Raum und holt mich aus meinen Überlegungen. Angespannt sehe ich dabei zu, wie Sam eine Karte herausholt und sie mir überreicht, ohne selbst zu lesen, was draufsteht.

Sie ist aus weißem, dickem Papier und etwas kleiner als der Umschlag, in dem sie steckte. Ich drehe sie um, da sie auf der Vorderseite blank ist.

Vier Wörter in schöner, schwarzer, geschwungener Handschrift – und mein kompletter Körper steht in Flammen.

Ich will dich wiedersehen.

Meine Hände zittern, mein Unterleib jubelt und mein Kopf ist out of order. Creed hat es wieder geschafft. Ein Höschen, eine Eintrittskarte und eine handgeschriebene Karte und er fickt meinen Kopf. Meine Gedanken. Meinen Körper. Mein komplettes Dasein in diesem Moment.

Wie zur Hölle soll ich da stark bleiben?

Mich an die Regeln halten?

Mich vom Never Regret fernhalten?

Fuck!

KAPITEL

11

Creed

Die Bäume rauschen im Wind, der durch die Äste fegt, die Möwen kreischen, bringen einen aus dem Takt und … mein bester Freund labert mich ständig von der Seite voll, seit wir unsere wöchentliche Joggingrunde angetreten haben. Zu allem Überfluss habe ich heute auch noch meine Kopfhörer vergessen, sodass er ungehinderten Zugang zu meinem Hörvermögen hat.

»Und dann habe ich sie genommen, die Flaschen weggefegt und …«

»Reid!«, blaffe ich ihn an, während ich mein Tempo drossele. Mein drohender Blick sticht ihn regelrecht ab.

»Was?« Er zuckt mit den Schultern und sein Augenmerk liegt wieder auf der Straße vor uns. »Ist das jetzt der Moment, in dem du mir sagst, dass du eifersüchtig bist und ich nicht mehr in deiner Gegenwart über andere Frauen reden darf? Aber Baby, du wirst für mich immer der Einzige bleiben.« *Er ist so ein Vollidiot.*

Ich kommentiere das nicht weiter, hänge lieber meinen Gedanken nach.

Zum Beispiel an Alexandra. Was für eine Frau. Und sie hört einfach nicht auf, in meinem Kopf herumzuschwirren.

Und warum fühlt es sich wie ein Herzinfarkt an? Ich kann nicht lieben, WILL niemanden lieben.

»Bro?« Reid stößt mich mit dem Ellenbogen an und nun spüre ich überdeutlich das Brennen meiner Muskeln und mein rasendes Herz. Schweiß rinnt meinen Nacken hinab und ein Windhauch lässt mich frösteln.

»Du bist abgezischt wie eine Rakete. Läufst du vor was weg?« Er grinst und wackelt mit den Augenbrauen. Natürlich laufe ich vor gar nichts weg. So weit kommt es noch.

»Okay, es reicht. Laufen wir nachhause«, keucht der unsportlichere Part von uns beiden und bleibt stehen. Wie ein Kettenraucher röchelt und kotzt er beinahe seine Lunge auf den Asphalt, während er seine Hände auf den Oberschenkeln abstützt. Damit ich nicht auch gleich einen Kreislaufkollaps hinlege, bleibe ich auf der Stelle joggend vor ihm und warte, bis er nicht mehr fast stirbt. »Das kommt davon, wenn man immer nur redet und redet. Du bist selbst schuld«, gebe ich mich altklug und grinse ihn teuflisch an, als mir ein Mittelfinger vor die Brust gehalten wird. »Nicht mal mehr das klappt? Zielen ist auch vorbei?«

»Ach, halt die ... Fre...« Er keucht und hustet.

Ich kann einfach nicht mehr und fange an, schallend zu lachen, als er sich aufrichtet. Reids ganzer Kopf ist so rot wie die Unterwäsche von Alexandra ... *BOAH FUCK! Warum muss ich ständig an sie denken?*

Das Lachen vergeht mir schlagartig und die Maske sitzt wieder perfekt auf dem Gesicht. Mein Atem hat sich normalisiert, die Brust senkt sich regelmäßig, so wie es sein soll, und die weißblonde Schönheit ist aus meinem Schädel verbannt.

»Können wir zurückgehen? Bitte? Und vielleicht auch noch bei Starbucks halten? Ich brauche Cookies!«

Das Gelaber ertrage ich nicht und jogge langsam los. *Kekse! Unfassbar!* Er stirbt fast weg und das einzige, woran er denkt, sind Kohlenhydrate. Ich will auch nochmal von Alexandras Cookies naschen, in ihr Döschen hinein und ... *ARGH!*

Völlig gestresst halte ich doch an. Ich bin es so leid!

Frustriert brülle ich mitten auf dem Gehweg des Waldstücks auf.

Reid blickt mich ernst an, als er zu mir aufgeschlossen hat, und deutet auf eine Bank. »Okay, was ist los?«

Wir setzen uns und mir behagt das Ganze nicht. So waren wir noch nie. Keine tratschenden Weiber, die sich über solche Themen austauschen. Und? Ich will das auch nicht. Ich will nicht, dass Reid von ihr erfährt. Denn dann müsste ich ebenfalls analysieren, wie und warum eine Frau es schafft, dass ich pausenlos an sie denke.

Bisher war es immer nur reines Vergnügen. Ich führe keine Beziehungen und Affären. Ich suche mir eine im Club, vögle sie nach allen Regeln der Kunst, vielleicht auch zwei- oder dreimal, je nachdem wie gut sie war, und danach geht jeder seines Weges. Doch mit Alexandra ... Ich könnte mir so viel vorstellen.

Grimmig schnipse ich einen Stein von der Sitzfläche, bevor ich mich zurücklehne. »Es ist nichts. Zurzeit stresst mich alles ein bisschen und dein Gerede bei unserer eigentlichen Entspannung trägt nicht dazu bei«, lüge ich ihn eiskalt an.

In meiner Hosentasche vibriert es, was mich zunächst irritiert, doch dann wird mir klar, dass es mein Smartphone ist. Ich hole es heraus und sehe eine Nachricht von Xena. Eine Frau, mit der ich hin und wieder im

Club Sex habe. Seit neuestem klammert sie aber extrem und ich habe absolut keinen Kopf für sie, also tippe ich eine Absage, entschuldige mich und packe das Handy zurück.

Neben mir hustet es total unauffällig und ich drehe mein Gesicht zu ihm. Neugierde blitzt in seinen braunen Augen auf. »Okay, jetzt bin ich wirklich extrem gespannt. Seit wann sagst du Nein zu Xena? Generell zu irgendeinem deiner Fickstücke?«

Nein, ich werde nicht mit ihm darüber reden.

»Boah, Creed! Nun sag doch was.«

»Ich habe aktuell keinen Bock auf sie, langt das als Antwort?« Ich kann nicht fassen, dass ich das gesagt habe. Schallend grunzt und lacht der Sack neben mir.

»Du? Hast keine Lust auf Sex? Was ist passiert?«

Als ich nicht reagiere und mein verschwitztes T-Shirt hochziehe, um mir durchs Gesicht zu wischen, kriegt er sich so langsam wieder ein.

»Jetzt mal im Ernst, irgendwas ist los mit dir. Du bist sehr unkonzentriert, seitdem ich aus Dallas zurück bin. Launisch obendrein und dein Humor war auch mal besser.«

Mist. Er hat recht und ich habe keine Ahnung, wie ich ihm das erklären soll. »Ich habe da vielleicht wen kennengelernt. Nein, kennenlernen ist das falsche Wort. Gefickt. Zweimal. Und sie geht mir nicht mehr aus dem Kopf.« Ich tippe an meine Schläfe und atme gestresst aus.

»Heilige Bullenscheiße.« Mehr sagt mein bester Freund nicht und das beunruhigt mich genauso. »Also ist es wahr ... Du besitzt ein Herz«, witzelt er und stößt seine Schulter an meine. Ich weiß zu schätzen, dass er die Situation auflockern will, aber das gelingt nicht.

»Können wir bitte das Thema wechseln? Ich will nicht mehr darüber nachdenken, vor allem nicht über sie und das, was da passiert. Reid, ich ficke. Ich liebe es zu spielen und keine Frau wird das mitmachen. Ja, bei ihr mag das derzeit Neugierde sein, aber auf Dauer? Irgendwann wird sie damit anfangen, dass ihr die Missionarsstellung doch besser gefällt und dann habe ich die Wichse am Dampfen.«

»Was ist denn, wenn du mit offenen Karten spielst? Lerne sie doch erstmal kennen, bevor du es von vornherein ausschließt. Es ist ja nicht so, als würdest du das Dominante im Alltag brauchen. Im Bett, auf dem Tresen, im Büro, Klo, wo auch immer, ja. Ganz vielleicht könnte mehr drin sein, als nur eine Schildkröte zuhause, und selbstverständlich dem weltbesten Freund.«

»Seit wann bist du so ... softiemäßig unterwegs?« Ich zwinkere ihm zu, um endlich dieses verfickte Thema loszuwerden.

»Gott, hör mir auf. Meine kleine Schwester bringt mich um den Verstand! Weißt du, wie alt die ist? Fünfundzwanzig! Und weißt du, was seit neuestem abgeht? Die geht feiern, brezelt sich auf wie die Weiber in unserem Club und scheiße, ich will der einen Peilsender an den Arsch kleben. Das ist eine ernste Sache, hör auf zu lachen.«

Ich kann einfach nicht mehr und ein Beben erschüttert meinen Körper. Wie er dasitzt, so völlig frustriert, sich immer wieder mit der Hand durch die Haare fahrend und am Verzweifeln, wie ein Dad. »Sie ist alt genug, Bro.«

»Aber so war sie nie! Meine süße Kleine lebt erst seit kurzem bei mir, war vorher beim Militär und ich habe einfach gehofft, dass dieses weibliche Zeug an ihr vorbeizieht. Barbies waren damals out, stattdessen hat sie mit Autos gespielt. Sie war wie ... wir. Du hast sie ja auch noch nicht gesehen, deshalb kannst du so große Töne spucken.«

Stimmt, ich erinnere mich nur an ein kleines Mädchen mit einem geflochtenen Zopf an der Seite, das auf unzähligen Bildern von Reid drauf ist.

»Und ich glaube, sie trifft sich mit jemandem.« Er steht von der Bank auf und tigert auf und ab.

»Woher willst du das wissen?«, frage ich neugierig. Es ist wirklich amüsant, wie er sich Sorgen um seine Halbschwester macht.

»Sie hat dieses Leuchten!«

»Leuchten?« Zweifelnd hebe ich eine Augenbraue.

»*Ja!* So sehen die Weiber auch immer aus, wenn wir sie durchgenommen haben. Oh Gott, mir wird schlecht!« Er fährt sich mit beiden Händen übers Gesicht.

»Bevor ich nach Dallas gefahren bin, wollte sie mir ernsthaft weismachen, auf Frauen zu stehen. Hey, ich bin ein sehr toleranter Mann, wenn also meine Schwester 'ne Pussy vorzieht, okay. Aber ich glaube, sie verarscht mich. Wenn man sie besser kennt, sieht man dieses spitzbübische Funkeln in ihren Augen. Und als sie mir vorgauckeln wollte, das andere Ufer zu beschwimmen, da funkelte das sehr, sehr stark. So weit ist es schon! Sie belügt mich!«

»Reid, nun mach 'nen Punkt. Sie ist fünfundzwanzig, keine zehn. Und wenn sie Spaß hat, so what? Lass sie. Du kannst immer noch für sie da sein, wenn der Scheißkerl oder auch das Scheißweib ihr das Herz bricht. Du hast sogar meinen persönlichen Segen, ihm oder ihr auf die Fresse zu hauen. Die Eier abzuschneiden ... was auch immer. Ich helfe.« Nun sieht er mich an, seine Augen voller Sorge und Mordlust auf den armen Lappen, der sich jemals an seine Halbschwester traut.

»Oh ja, der Typ wird leiden. Ich werde ihm erst einen Hoden wegschießen und dann den nächsten. Seinen Schwanz werde ich ihm in die Fresse stopfen und ...«

»Stopp, Stopp, es langt. Ist ja eklig, Mann. Meine Eier ziehen sich gerade schmerzhaft zusammen.« Angeekelt verziehe ich den Mund.

»Ich mach mir nur Sorgen um sie, denn dieses Draufgängerische ist so gar nicht ihr Ding. Dazu diese Ausstrahlung à la ›Ich bin frisch gevögelt‹. Creed, ich kann damit nicht umgehen.« Seine Fürsorge in allen Ehren, aber er kann sie nicht vor allem beschützen.

»Mach dich nicht verrückt. Lass sie ihr Leben leben und wenn du merkst, es geht ihr nicht gut, sei für sie da und suche den Kerl auf, um das zu tun, was du so kunstvoll beschrieben hast.«

»Was ist nur aus uns geworden?«

Neugierig stutze ich und schaue meinen besten Freund an. »Ja, sieh uns doch an. Bis vor kurzem waren wir noch rumfickende Typen, die nichts anderes als Pussys und den Club im Kopf hatten. Nun habe ich meine Halbschwester zuhause, mutiere zum Beschützer und du ... du hast eigentlich in die größere Scheiße von uns beiden gegriffen.« Danke auch, dass er das nochmal so episch dahersagen musste.

Okay, es langt jetzt, Schluss mit Süßholzraspeln und Mimimi-Stimmung. »Lass uns zu mir laufen und eine Runde zocken, bis wir in den Club müssen. Ich habe wirklich keine Lust mehr auf noch mehr Geheule.« Ich stehe auf, dehne meine Muskeln ein bisschen und sehe meinen Freund auffordernd an.

»Okay, okay. Aber ich hoffe, du hast Pizza im Haus. Und Dope. Boah, wehe, du hast kein Gras da.« Kopfschüttelnd joggen wir wieder los und dennoch ist da diese Stimme in meinem Kopf, die ständig ihren Namen wispert.

Ob ich will oder nicht.

KAPITEL

12

Lexie

Sport! Sport ist die beste Medizin, um sich unter Kontrolle zu bekommen. Reid hatte keine Zeit für mich, da er lieber mit seinem Kumpel joggen gehen wollte. Und ich durfte natürlich nicht mit. Arsch!

So langsam habe ich den Verdacht, dass er mich absichtlich von seinem Freund fernhält. Dabei kann ich es keineswegs verstehen. Sie führen einen Club zusammen, unternehmen fast jeden Tag etwas miteinander und er hat ihn mir seit meinem Umzug nicht einmal vorgestellt. Mittlerweile wohne ich schon zwei Monate in Austin.

Ich schiebe die Vermutung beiseite, dass mein Bruder mich unnötigerweise vor non existenten Gefahren beschützt und verlasse die Damenumkleide.

Während ich in den Fitnessbereich gehe, setze ich mir meine Kopfhörer auf und ignoriere die Idioten, die einem fast schon sabbernd hinterherschauen. Sie sind der Grund, wieso ich Eigengewichttraining in der Natur bevorzuge. Doch in Austin ist es kaum möglich, ein geeignetes Fleckchen zu finden, wo man seine Ruhe hat, also bleibt nur das Fitnessstudio.

Schnurstracks führt mich der Weg zu den Laufbändern, wo ich mir ein freies schnappe und einstelle. Auf meiner Smartwatch aktiviere ich den Trainingsmodus und drücke anschließend auf Play bei der Musik. Harter Elektrosound dröhnt mir in die Ohren.

Ich starte das Laufband. Zuerst langsam, dann jogge ich immer schneller, passe meine Schritte dem Beat an.

Nach kurzer Zeit bricht mir der Schweiß aus. Die Atmung geht abgehackter und mein Herz rast. Nur mein Kopf will nicht abschalten, läuft wie ein beschissener Kinofilm weiter. Ich versuche, mich auf meine Atmung zu konzentrieren, um den Fokus auf dem Training zu behalten. Aber auch das lässt die Bilder nicht stoppen.

Immerzu denke ich ans Never Regret, an das, was da geschehen ist. An Creed, wie er mich nimmt. Mich fesselt.

Seit dem Geschenk vor einigen Tagen ist es immer schlimmer geworden. Meine Libido fährt auf Vollspeed und verlangt permanent, dass ich Abhilfe schaffe.

Die Verlockung ist süß, sich die Karte zu schnappen und mir zu holen, was ich will. Nun ist es auch einfach, in den Club zu kommen, ohne Fragen gestellt zu bekommen.

Einzig mein Bruder ist ein Problem, das ich nicht zu lösen vermag. Und genau das ist es auch, was mich so arg beschäftigt. So sehr, dass es mir sogar bei der Arbeit schwerfällt, mich zu konzentrieren. Meine Gedanken bei der Sache zu behalten. Dabei ist es wichtig, exakt das zu tun. Wenn ich mehr in meinem Job erreichen will, dann muss ich hundert Prozent geben. Meinen Chefs zeigen, dass ich die Beste aus der Abteilung bin. Nur so kann ich irgendwann die Führung übernehmen und Karriere machen.

Ich erhöhe die Geschwindigkeit, renne beinahe schon. Schweiß rinnt mir meinen Rücken hinunter. Es sind kleine Anzeichen dafür, dass ich aus der Form geraten bin. In meiner aktiven Zeit hätte mich dieses bisschen Training noch lange nicht zum Schwitzen gebracht. Es ärgert mich, dass ich nachgelassen habe. Innerlich setze ich mir auf die To-do-Liste, wieder regelmäßig Sport zu treiben. Ebenfalls notiere ich mir, dass ich unbedingt zum Schießstand muss, damit mein Schätzchen keinen Rost ansetzt.

Vielleicht kann ich Reid dazu bringen, mich zu begleiten. Etwas mehr Geschwisterzeit würde uns keineswegs schaden. Eher im Gegenteil, es würde uns guttun. Zudem könnte ich die Gelegenheit nutzen und vorsichtig anfragen, ob er seine Meinung wegen des Clubs geändert hat. Eventuell kriege ich ihn ja dazu, dass er mich mitnimmt. Dann kann er ein Auge auf mich haben und ich ihm zeigen, dass ich artig sein kann.

Wenn ich erstmal sein Vertrauen diesbezüglich besitze, wird es höchstwahrscheinlich lockerer werden und ich brauche kein schlechtes Gewissen mehr zu haben, wenn ich ins Never Regret gehe. Einzig das mit dem Sexclub braucht er niemals zu erfahren.

Mehr und mehr gefällt mir der Gedanke, dass ich Reid einlulle. Bisher habe ich ihn immer dazu bekommen, dass er tut, was ich möchte. Schließlich bin ich seine kleine Schwester, der man kaum etwas abschlagen kann.

Plötzlich bereitet sich Gänsehaut auf meinem Körper aus, meine Härchen stellen sich auf. Automatisch spannen sich all meine Muskeln an. Ich gerate aus dem Takt und stolpere beinahe über das Band, kann mich gerade so halten.

Es ist wieder dieses ungute Gefühl, beobachtet zu werden.

Ich reduziere die Geschwindigkeit, laufe mich aus, ehe ich vom Laufband absteige. Es braucht einen Moment, um das Empfinden einer Bootsfahrt loszuwerden. Das passiert, wenn man zu schnell vom Band steigt. Ich halte mich an dem Gerät fest. Erst als ich sicher stehe, drehe ich mich um.

Mit den Augen scanne ich meine Umgebung ab. Husche von einem Kerl zum anderen. Vereinzelt werde ich angestarrt, aber das löst nicht dieses Kribbeln in mir aus, das mich in Habachtstellung versetzt.

Tastend suche ich nach dem Handtuch, welches ich über den Griff gehängt habe. Wische mir damit den Schweiß aus dem Gesicht und lege es mir anschließend um den Nacken, ehe ich meine Trinkflasche nehme und das Trainingsgerät wechsle.

Um mehr von meiner Umgebung wahrzunehmen, laufe ich alle Reihen ab. Betrachte die Mitglieder genauer, die sich in dem großen Raum befinden. Kurz schaue ich auch nach oben zur Galerie, wo noch weitere Geräte stehen. Doch nirgends kann ich jemanden ausmachen, der mich alarmiert.

Es ist nicht das erste Mal, dass mich dieses Gefühl heimsucht. Sondern als ich neulich mit Sam in der Stadt gewesen bin. Da habe ich es erstmalig so deutlich gespürt. Und seitdem passiert es immer wieder.

Ob ich es mir nur einbilde? Oder kann es sein, dass es erste Anzeichen einer posttraumatischen Belastungsstörung sind? Zwar kann ich mich an keinen Auslöser für so etwas erinnern, aber einige meiner Kameraden haben sie schon vom kleinsten Ereignis bekommen. Jeder empfindet anders und unser Unterbewusstsein spielt dabei ebenfalls eine Rolle. Etwas mag uns im ersten Moment harmlos erscheinen, doch unterbewusst ist es eine Horrorshow. Und allein das, was wir in der Ausbildung erleben mussten, kann auf manche verstörend wirken.

Beim Bauchmuskel-Trainingsgerät bleibe ich stehen, warte, bis der Typ vor mir fertig ist und die Bank desinfiziert hat. Erst dann lege ich mein eigenes Handtuch darauf und beginne damit, meine Muskeln zu strapazieren. Es lenkt mich von dem beklemmenden Gefühl ab, bis ich es schließlich komplett verdränge. Auch der Club und seine Faszination auf mich rückt in den Hintergrund.

Endlich kann ich mich auf das Training einlassen.

***

Tiefenentspannt schließe ich die Haustür auf und verstaue den Schlüssel wieder unter der Fußmatte. Es ist vollkommen ruhig im Loft, was ich sehr begrüße.

Da mir die Waschräume im Fitnessstudio zu voll gewesen sind, springe ich jetzt unter die Dusche. Reid hat beim Umbau kein bisschen mit dem Geld gegeizt. Das Bad ist reiner Luxus. Edle Metalle, rustikales Holz und eine Regendusche. Alles ebenfalls im Industrielook gehalten, den er so liebt.

Nach der Dusche schnappe ich mir meinen Laptop, mixe mir einen von Reids Shakes an und mache es mir auf dem Sofa gemütlich. Da wir bei der Arbeit keine festen Zeiten besitzen und uns unsere Aufträge selbst einteilen können, solange wir diese erledigen, beginne ich jetzt erst.

Normalerweise bevorzuge ich es ins Büro zu fahren, um dort zu arbeiten. Es ist ein Rhythmus, der Struktur in mein Leben bringt. Doch seit dem Päckchen, das Sam mitgeöffnet hat, versuche ich ihr aus dem Weg zu gehen.

Es ist lächerlich, ich weiß. Aber ihre ständige Fragerei, was ich nun vorhabe, ob ich die Einladung annehme und so weiter, nervt. Nein, es triggert mich eher. Ihre Begeisterung und Neugierde, fachen meine ebenfalls an. Und dann kann ich nicht mehr klar denken. Es fällt mir so schon schwer, da brauche ich keine Freundin, die mich noch dazu ermutigt.

Schnell schiebe ich die Gedanken daran wieder in die hinterste Ecke. Ich darf auf keinen Fall zulassen, dass es in den Vordergrund rückt, sonst war das Training für den Arsch.

Ich rufe mein Mailprogramm auf, bearbeite die Eingänge und springe dann hinüber in mein Arbeitsprogramm. Stunden verbringe ich mit Recherchen, damit, einen Pitch für die Werbung eines Events zu erstellen und eine Präsentation vorzubereiten. Es bringt unglaublichen Spaß, sodass ich voll in die Arbeit abtauche.

So sehr, dass ich mich erschrecke, als die Wohnungstür mit einem Knall zugeschlagen wird und mein Bruder im Wohnzimmer auftaucht.

Ich drehe mich zu ihm, begutachte ihn. Er sieht abgeschlagen und gereizt aus, so, als wäre er beinahe an der Sporteinheit krepiert. Schmunzelnd verkneife ich mir einen Kommentar.

Reid kommt mit einem grimmigen Gesichtsausdruck auf mich zu, umrundet das freistehende U-Sofa und lässt sich wie ein nasser Sack neben mich plumpsen. Stöhnend legt er seinen Kopf auf meiner Schulter ab.

»Colemann ist ein Wichser!«

Umständlich tätschle ich ihm sein Haar.

»War er so böse zu dir?«

»Mhmhm ...«, brummt er und nickt.

»Was hat er getan? Ist schneller gejoggt als du?«

»Pff ... Wenn es nur das wäre. Wobei er einen kurzen Aussetzer hatte und mir wirklich beinahe davongerannt ist.«

Der Duft nach Gras steigt mir in die Nase. Es ist ungewohnt. Reid achtet sehr darauf, dass er nicht danach stinkt, wenn er einen Joint geraucht hat. Was mich aber mehr verwirrt ist, dass mir dieser herbe und zugleich fruchtige Geruch bekannt vorkommt. So, als hätte ich ihn schon öfter gerochen. Ihn unterbewusst bei jemandem wahrgenommen. Ich komme allerdings nicht darauf, an wem.

»Viel schlimmer ist jedoch, dass er mich abgezogen hat. Eiskalt hat er mich im Regen stehen lassen und gewonnen. Es mir sogar unter die Nase gerieben. Fehlte nur noch, dass er so einen komischen Siegestanz vollführt, um meiner Blamage eins draufzusetzen.«

»Du bist angepisst wegen eines Konsolenspiels?«

»Sei nicht so verächtlich, Lexie. Du verstehst es eh nicht, was das mit deinem Ego anstellen kann.«

»Da hast du ausnahmsweise mal recht.« Um wenigstens etwas Interesse vorzutäuschen, frage ich noch: »Was habt ihr denn gezockt?«

»Battlefield.« Reid setzt sich auf. »Zwei Kills, mehr hat er nicht gehabt. Nur zwei mickrige Tötungen und er feiert sich dafür. Dabei war es pures Glück. Hätte so ein Pisskopf nicht zweimal an derselben Stelle gecampt, hätte er ihn niemals erwischt.«

»Puh ... zu euer beider Glück, war es nur ein Spiel und nicht die Realität, dann wärt ihr tot.«

Entrüstet sieht er mich an, aber ich würge ihn mit einer Handbewegung ab, ehe er etwas Falsches sagen kann.

»Lass es lieber, spar die dir Luft für Sinnvolleres.«

Und in der Tat hält er den Mund. Ganze zwei Sekunden. »Du wirst es niemals verstehen. Es ist so ein Bro-Ding. Man will besser als der andere sein. Alles ist ein Wettkampf, wenn es um Spiele geht.«

Ich verdrehe die Augen. »Aber da wir gerade bei Wettkämpfen sind, hättest du nicht Lust, mit mir zum Schießstand zu kommen? Wir könnten daraus so ein Geschwisterding machen. Ein- bis zweimal die Woche etwas Frust abbauen und wir verbringen mehr Zeit miteinander.«

Er neigt den Kopf zur Seite und sieht mich verständnislos an. »Ich soll eine Waffe abfeuern?«

»Ja?« Verwirrt runzle ich die Stirn. »Das tut man in der Regel auf einem Schießstand.«

»Können wir nicht etwas anderes zu unserem Ding machen?« *Ding* betont er mit in die Luft gesetzten Anführungszeichen.

»Ego-Shooter spielen und sich daran erfreuen, Leute abzuknallen, aber Schiss vor echten Waffen haben? Du bist mir ja einer.«

»Ich habe keine Angst davor, nur eine gehörige Portion Respekt. Außerdem stehe ich nicht so auf Waffen. Mein Geschäftspartner ist eher derjenige, der mit den Dingern herumhantiert. Dem Wichser geht regelrecht einer ab, wenn er auf dem Schießstand ist. Er ist da wie du.«

»Keine Ahnung, ich kenne deinen Kumpel nicht, kann es also nicht beurteilen.« Ich tue so, als würde mich die Neugierde nicht fest im Würgegriff haben. Es kommt selten vor, dass Reid mir solche Häppchen aus dem Leben seines Freundes vor die Füße wirft. Und dann noch eine Information, die mich wirklich interessiert.

Nenn es Berufskrankheit, aber ein Kerl, der mit einer Schusswaffe umzugehen weiß, ist verdammt heiß. *Ob Creed auch so ein Kerl ist?* Es würde ihn gleich noch viel geiler in meinen Augen machen.

Bilder, wie ein ziemlich attraktiver Mann mit freiem Oberkörper auf einem offenen Feld steht, eine Handfeuerwaffe fest vor sich ausgestreckt hält, das Ziel fest im Auge ... *Damn!*

Mir läuft das Wasser im Mund zusammen.

»Ist auch gut so. Er kann ein großer charmanter Arsch sein, der alles anbaggert, da ist es besser, wenn du so weit wie möglich von seinem Jagdgebiet weg bist. Er würde dich sofort erlegen, wenn er dich sieht.«

»Dir ist aber schon klar, dass du ihn mir dennoch irgendwann vorstellen musst? Er ist dein bester Kumpel, dein Geschäftspartner und ich deine Schwester. Spätestens bei deinem Geburtstag werden wir aufeinandertreffen. Wäre es dann nicht besser, wenn ich ihn bereits kenne und seinem Charme widerstehen kann?«

»Oh, was machst du da eigentlich?« Er zeigt auf meinen Laptop, wo noch immer der Pitch offen ist. Glaubt er wirklich, dass die ›Sieh mal, ein Fussel‹-Taktik bei mir wirkt?

»Lenk nicht vom Thema ab, Reid.«

»Tue ich nicht. Ich beende es einfach.«

»So, tust du das? Was ist, wenn ich noch nicht fertig war?«

Er zuckt mit den Achseln. »Dein Pech. Und nun erzähl mir von deiner Arbeit. Vielleicht werde ich deine Künste in naher Zukunft für den Club brauchen.«

»Du meinst wohl *ihr*.« Zuckersüß lächle ich meinen Bruder an, zeige ihm dann jedoch, was ich für einen Kunden vorbereitet habe.

Irgendwann wird die Zeit kommen und meine verdammte Neugier gestillt werden. *Pech, Reid, es wird kein Weg daran vorbeiführen, dass ich deinen Kumpel kennenlerne, und es wird mir ein Vergnügen sein, mehr von ihm zu erfahren. Sei es nur, um dich zu ärgern.*

KAPITEL

13

Creed

»Sag mal, wenn ich dir meine Schwester vorstelle, könntest du dann deine Wichsgriffel in Handschellen legen?«

Verwirrt lasse ich den Kugelschreiber fallen und sehe meinen besten Freund an. »Was?«

»Ja, so wie ich es sage. Am besten ich kette dich dann auch am Geländer fest. Ja, das ist eine wundervolle Idee.«

Er murmelt eine Scheiße in sich rein, das ist ja nicht auszuhalten. »Reid! Moment. Was für ein Problem hast du jetzt genau?«

»Sie will dich kennenlernen. Dieses neugierige Weib bei mir zuhause lässt einfach nicht locker. Und ich kenne dich.« Anklagend zeigt er mit dem Finger auf mich.

»Ooookay und was genau hat es jetzt mit der Acht auf sich? Steht sie auf Spielchen? Soll ich mich nebenbei auch ausziehen? Wobei, mit gefesselten Händen schwer, zwar machbar, aber sehr schwer.« Nachdenklich lehne ich mich im Bürostuhl zurück und reibe mir über das Kinn.

»Genau das sollst du eben nicht! Du hast wie ich diese Ausstrahlung, die Höschen fliegen lässt, und ich will ganz sicher nicht, dass das Höschen meiner Halbschwester vor dir zu Boden segelt.«

Ah, daher weht also der Wind. »Du hast Schiss, dass ich über sie herfalle? Ernsthaft?«

»Wäre nicht das erste Mal, dass du über wen herfällst.« Unheilvoll knurrt er.

»Alter! Du warst dabei. Sie hat den Dreier vorgeschlagen und du wolltest es genauso. Ich habe dich dreimal gefragt. Dreimal! Warum holst du diese alten Geschichten hervor?«

Er fährt sich gestresst durchs Gesicht und setzt sich mir gegenüber. »Weil ich nicht mehr weiß, wie lange ich dem Thema aus dem Weg gehen kann. Und meine Sis hat recht. Spätestens zu meinem Geburtstag trefft ihr aufeinander. Ich möchte doch nur, dass sie an einen netten Typen gerät. Von wegen sie ist lesbisch. Das kaufe ich ihr nicht ab.«

»Reid, hör mir gut zu. Ich habe nicht vor, deine Schwester anzubaggern. Mit all dem, was ich von ihr weiß und den ganzen Fotos von früher, ist es eher so, als wäre sie auch meine kleine Sis. Ich werde sie nicht anfassen, ich schwöre es.« Feierlich hebe ich eine Hand nach oben zum Schwur.

Noch immer zuckt sein Augenlid leicht, so als würde er mir nicht trauen, doch dann entweicht ihm ein langer Atemzug. »Okay. Dennoch werde ich es so weit wie möglich herauszögern. Sie muss auch mal lernen, dass es nicht hilft, wenn sie mit den Wimpern klimpert und ich ihr trotzdem nicht alles erlaube. In diesem Ratgeber stand drin, man darf sich nicht auf der Nase herumtanzen lassen.«

»Ratgeber?« So langsam zweifle ich an seiner psychischen Gesundheit. Er hat sich nicht wirklich eine Anleitung zum Umgang mit seiner Schwester gekauft? »Reid, sie ist fünfundzwanzig, Mann. Komm drüber weg. Du hast kein minderjähriges Mädchen zuhause sitzen, das eine helfende Hand benötigt. Sie scheint selbstständig zu sein, hat einen Job.« Ich schaue nebenbei auf die Uhr und sehe, dass ich noch zwei Stunden Zeit zum Schießen hätte, bevor es wieder in den Club geht. Also stehe ich auf, fahre den Rechner in den Ruhemodus und umrundet meinen Schreibtisch. »Kommst du mit zum Schießstand?«

»Willst du mich verarschen? Hast du mich jemals eine andere geladene Waffe halten sehen als meinen Schwanz?«

Mein Mundwinkel wandert nach oben. Nein, mein bester Freund ist nun wirklich kein Schießfanatiker. »Manchmal bist du eine ganz schöne Memme.«

»Fang du auch noch an. Noch etwas, was ihr zwei gemeinsam habt, du und meine Sis. Sie liebt das Ballern mit diesen Teilen. Und mir gefällt der Ausgang dieses Gesprächs immer noch nicht!« Den letzten Satz ruft er mir laut hinterher, da ich bereits aus der Tür gegangen bin.

***

Der Geruch von Metall, Schmauch und Schweiß vermischt sich in meiner Nase und sorgt dafür, dass mein Puls hochschnellt. Das ist mein Element, mein liebster Ort neben dem Never Regret.

Wenn das Adrenalin kickt, mein Blut vollkommen in Wallung bringt, jeder Nerv in meinem Körper vibriert, bis meine Muskeln vor Überanstrengung zittern – nur Sex ist aufregender.

Doch den hier zu haben, erscheint mir mehr als unmöglich. Erstens fehlt mir die Frau dazu und zweitens ... *die* Frau. Keine meiner sinnlosen Fickhasen würde jemals einen Fuß hier hineinsetzen und das sagt schon alles. Eine Leidenschaft teilen, das ist so ziemlich das Letzte, was sie wollen. Und eigentlich auch ich.

Die Waffe in meiner Hand zittert leicht, also muss ich mich fokussieren. Gut so. Wer will schon andauernd an Dinge denken, die er nie bekommen wird. Daran, dass er wie Hugh Hefner enden und im hohen Alter immer nur gesichtslose Frauen vögeln wird, während zuhause bloß eine Schildkröte auf einen wartet. Und seit wann stört mich dieser Gedanke überhaupt, verdammt?

»Colemann! Was war das denn?« Nick schreit von hinten und begutachtet meinen Schuss, der ... ins Leere ging?!

Fuck! Wutentbrannt verlasse ich den Raum, sichere meine Waffe und ziehe die Kopfhörer ab.

»Okay, irgendwas stimmt nicht mit dir.«

Ach was. So ein schlauer Typ. Ich rolle mit den Augen und beginne, die Munition herauszunehmen, bevor ich alles sorgfältig in den Koffer lege. Für heute langt es, ich bin eh nicht bei der Sache. »Nächste Woche wird besser«, prophezeie ich für uns beide und nehme das Case in die Hand.

»Okay, okay. Will ich doch hoffen. Du hast nämlich Konkurrenz bekommen.« Mein Kopf ruckt zu Nick, während wir den Flur ins Clubhaus gehen.

»Was? Wer?« Auf dem Schießstand ist nur er derjenige, der mir das Wasser reichen kann. Der Rest der Mitglieder sind Amateure, die wohl mal dorthin wollen, wo wir sind.

Ja, es mag arrogant klingen, aber ich war noch nie jemand, der sich mit weniger als dem Besten zufriedengegeben hat.

»Sie war heute zum ersten Mal hier. Und heilige Scheiße, die Süße kann nicht nur mit einer Waffe umgehen, sie ist auch eine. Was für ein Körper. Habe ihr direkt einen Anmeldebogen für den Club in die Hand gedrückt. Mal sehen, ob wir sie wiedersehen.«

Beeindruckt hebe ich eine Augenbraue, verstaue den Koffer mit meiner Waffe in meinem Schließfach und setze den Weg zur Bar fort, wo ich mich gemeinsam mit ihm hinsetze. »Eine Frau also ... Wer hätte das gedacht.« Das ist tatsächlich eine Information, die ich exquisit finde.

Nick wackelt freudig mit dem Kopf, klatscht in die Hände und dieses Glitzern in seinen Augen ... fehlt nur noch, dass er zu sabbern beginnt. »Sie war unglaublich. Hat in den drei Stunden nicht einmal schlapp gemacht. Und deinen Rekord gebrochen.«

Ich stocke dabei, mir die Erdnüsse in den Mund zu schieben, die in kleinen Schälchen auf der Theke stehen. Ein paar Sekunden später und ich wäre an einer Nuss verreckt.

»Jaja, so ging es mir auch, als ich es mit eigenen Augen gesehen habe. Junge, du steckst in Schwierigkeiten. Ach guck, da ist sie.«

Mit Schwung drehe ich mich auf dem Hocker um, doch alles, was ich sehe, ist ein weißblonder Pferdeschwanz, der durch die Tür verschwindet.

Merkwürdig. Diese Haarfarbe ... sie kommt mir sichtlich vertraut vor, aber ich kann es gerade nicht greifen, als mein Nacken zu prickeln beginnt und ein Ziehen in meine Eier schießt. *Ich sehe, wie sich meine Hand um diesen Zopf wickelt.* OH FUCK!

»Erde an Creed.« Vor mir schnippst ein Finger und das Bild vor meinem geistigen Auge verblasst.

»Schade, da hast du sie knapp verpasst. Wirklich nett, die Kleine.«

Noch immer leicht irritiert, drehe ich mich zurück, exe das Wasser, das vor mir steht. »Ich kann es echt nicht fassen, dass eine Frau besser schießen soll als ich. Wenn sie wiederkommt, rufst du mich an?« Ich muss das mit eigenen Augen sehen.

»Klar doch. Für dich mache ich alles.«

»Okay, ich muss dann auch los.« Ich klopfe einmal auf den Holztresen, stehe auf und marschiere zu meinem Mercedes.

Erst, als ich mein Handy mit der Anlage kopple und die Playlist laufen lasse, die ersten Takte von *The Art of Survival* von Ramsey durch die Boxen fließt, entspanne ich mich. Lasse mich tiefer ins Leder gleiten und den röhrenden Motor an.

Vielleicht sollte ich mir das Kätzchen einfach aus dem Kopf vögeln. Wahrscheinlich wird sie eh nicht wiederkommen. Und ich fange schon an, sie überall zu sehen – das ist definitiv nicht gesund.

An einer roten Ampel stoppe ich und lasse die Menschenmassen auf die andere Seite laufen.

Da! Schon wieder. So langsam habe ich das Gefühl, ich werde irre. Dieses Haar, dieser Pferdeschwanz, der da hin- und herschwingt und um die Ecke biegt.

Bei Grün gebe ich sofort Gas und folge der Richtung, in die sie verschwunden ist. Doch gerade, als ich denke, ich habe sie, meint eine alte Frau mit ihrem Rollator Schnecke spielen zu müssen, als sie den Zebrastreifen betritt.

Angepisst schlage ich auf mein Lenkrad. *So eine Scheiße!* Ungeduldig warte ich, als die Straße endlich frei ist, ist es vorbei. Sie ist weg.

Und während ich mehr als geladen, angefressen und extrem verstört von meinen ganzen Gedanken ihretwegen bin, fahre ich in den Club. Ablenkung. Und wenn ich drei Weiber gleichzeitig ficken muss!

Es langt endgültig! Ich bin nicht der Kater, der auf das Kätzchen wartet. Ich bin der Löwe, der die Gazelle erlegt. Und das wird sich auch nicht ändern. Und meinem Herzen, das Impulse an meinen Kopf sendet, mir Bilder vorgaukelt, die gar nicht existent sind, dem werde ich sie nun kategorisch austreiben.

***

»Weißt du, was du falsch gemacht hast?«

Die Brünette vor mir zittert, bebt förmlich und immer wieder klappern ihre Zähne aufeinander. Ich habe sie nicht mal angefasst, bin nur mit ihr in den Iceroom gegangen und schon hyperventiliert sie.

Die Wände sind schneeweiß, der Raum durch eine Klimaanlage auf den Gefrierpunkt heruntergekühlt. Das Stechen der Kälte auf der Haut, kombiniert mit dem Brennen des inneren Feuers, geschürt durch Adrenalin, ist es, was den Sex hier besonders macht.

»Ich möchte abbrechen.«

Angespannt öffne ich ihre Handschellen, gehe hinüber zum Sessel und werfe ihr den Bademantel zu, den sie sofort anzieht, ehe sie ihre Handgelenke reibt.

»Es tu-tut mir leid«, stottert sie, bevor sie aus dem Raum flüchtet.

Ich stütze mich mit ausgestreckten Armen am Bettende ab, lasse meinen Kopf hängen. *Was stimmt mit mir nicht? Was passiert hier?*

Egal, was ich mache. Egal, wie sehr ich spiele, es funktioniert einfach nicht. Entweder sind die Frauen zuerst neugierig und willig, dann aber so unterwürfig, dass ich die Lust verliere, oder sie haben so viel Schiss, dass sie Reißaus nehmen, bevor es überhaupt losgeht. Ich bin doch kein Monster, verdammt!

Ich hole aus und boxe einmal gegen den Pfosten, öffne meine Hand wieder und balle sie daraufhin erneut zur Faust, bis meine Knöchel weiß hervortreten.

Ist es denn zu viel verlangt, eine Frau zu finden, die im Bett genau das ist, was ich suche, im Alltag jedoch mit beiden Beinen im Leben steht? Nicht direkt meine Kreditkarte braucht, um sich zu beschäftigen, und erst recht ein Fünkchen von Verständnis aufbringen kann, wenn es mal später im Club wird?

Ich sehe sie ständig, die Frauen, die hierherkommen. Eine gesichtsloser als die andere. Keine hat Rückgrat, lässt sich alles bieten, gefallen und findet es auch noch okay, wenn sie außerhalb von Sessions wie Dreck behandelt wird. So vorhersehbar. So farblos. So anwidernd. Und doch habe ich genau solche Frauen stets unter mir.

Ach, was denke ich da? Niemals wird es eine Frau geben, die das toleriert. Einen Sexclub.

Und genau das ist es, was das Kätzchen von all den anderen unterscheidet. Sie hat dieses Feuer in sich. Sie lässt für wenige Momente das Eis in mir schmelzen, aber weiß, wann es richtig ist, dass ich die Oberhand habe. Sie spielt mit mir, obwohl sie davon keine Ahnung hat und ich weiß rein gar nichts von ihr außer ihren Namen. Und trotzdem lässt sie mich Dinge denken, die mir völlig fremd sind. Die ich nicht denken will.

Vielleicht ist es an der Zeit, die Gedanken an sie zu begraben. Ich werde all meine Energie in den zweiten Club stecken, mal mehr mit Reid unternehmen. Schießen gehen und das Joggen ausweiten.

Kein Sex mehr, so lange, bis mein Kopf wieder klar ist. Denn eines darf nicht passieren: Ich kann keine Frau für die Frustration, die in mir schlummert, bestrafen. Das hat keine verdient und es würde gegen all die Regeln verstoßen, für die der Club steht. Ich bin kein Sadist! Und das soll auch so bleiben. Also keine Pussys für Creed.

Noch einmal atme ich tief durch und spüre allmählich, wie die Kälte in meine Venen kriecht. Wie mein Herz sich verkrampft, weil das Atmen schwer wird. Zwei Minuten bleibe ich in diesem Zustand, genieße jeden Moment, in denen Zelle um Zelle meines Körpers gefriert. *Der Raum ist wirklich eine verdammt gute Idee gewesen.*

Ich ziehe die Tür auf und gehe zurück ins Büro. Boss sein, das kann ich.

KAPITEL

14

Lexie

Es ist so frustrierend. Die Tage ziehen nur so an mir vorbei, die Stunden rasen vor sich hin. Nichts davon nehme ich wirklich wahr, denn in meinem Kopf spielt sich immer das Gleiche ab, immer die gleiche Szene. Als würde mein Hirn versuchen, mir vorzuhalten, was für ein Tag heute ist. Was ich unternehmen und wen ich dabei treffen könnte.

Creed will, dass ich in den Club komme. Möchte mich also wiedersehen.

Ich schiele zu meinem Bruder rüber. Kann ich ihm das wirklich antun? Ihn weiter hintergehen und ihm vorenthalten, dass ich heimlich in seinen Club gehe?

»Was ist los, Schwesterchen?« Reid schaut vom Fernseher zu mir. »Ich spüre deine Blicke förmlich auf mir brennen.«

»Ist nichts«, winke ich ab und widme mich wieder dem Laptop auf meinem Schoß. Noch immer habe ich mich nicht getraut, ins Büro zurückzukehren und Sam Rede und Antwort zu stehen. Vielleicht liegt es daran, dass ich selbst noch keine habe. Mich davor drücke, die für mich festzulegen.

Die Geräusche vom Fernseher verstummen. Aus dem Augenwinkel bemerke ich, dass er mit meiner Antwort keinesfalls zufrieden ist, sich aufrichtet und mir zuwendet. Ich blicke wieder vom Laptop auf und schaue ihn mit hochgezogener Augenbraue an.

»Wenn eine Frau ›nichts‹ sagt, dann ist immer etwas. Also raus mit der Sprache, Lexie.« Ernst verzieht er sein Gesicht, seine braunen Augen blitzen mich herausfordernd an.

»Bist du heute wieder im Club oder unternehmen wir beide was?«

»Wir haben Freitag, natürlich bin ich nachher im Club.«

»Okay.« Ich zucke mit den Achseln und tippe etwas auf der Tastatur.

»Wieso fragst du mich das?« Die Skepsis trieft förmlich aus seinen Worten hinaus. »Hast du vor, dich mit jemandem zu treffen? Ihn oder besser gesagt *sie* einzuladen?«

»Wer weiß.«

»Du weißt schon, dass du hier auch wohnst? Selbstverständlich kannst du jederzeit wen mitnehmen, wenn du willst. Das letztens war nur so dahingesagt.«

»Weißt du Reid, ich bin ein großes Mädchen. Wenn ich Besuch empfangen will, dann tue ich das, da frage ich nicht um Erlaubnis. Aber eigentlich hatte ich gehofft, dass wir etwas unternehmen.« Ich klappe den Laptop zu. An Arbeit brauche ich jetzt nicht mehr zu denken. »Wir haben es diese Woche nicht mal geschafft, uns beim Starbucks zu treffen. Das ist normalerweise unser Ritual, seitdem ich in Austin bin.«

»Ich hatte viel zu tun.«

»Hast du sonst auch.«

»Schon, aber wir stehen gerade kurz davor, eine zweite Location zu kaufen. Das ist eine riesige Investition, die eine Menge Vorarbeit bedeutet. Die ganzen Kalkulationen, die ich durchgehen muss, die Vorgespräche mit den Verkäufern, das Planen von Umbauten und noch viel mehr.« Er wischt sich übers Gesicht. »Glaub mir, ich würde auch gern mehr Zeit mit dir verbringen, aber momentan ist das Büro mein bester Freund. Es werden wieder andere Zeiten kommen, sobald alles in trockenen Tüchern ist, was hoffentlich nicht mehr lange dauert. Dann können wir ganz viel unternehmen, statt für 'ne halbe Stunde gemeinsam fernzusehen, während du arbeitest.« Reid sieht müde und abgeschlagen aus, um Jahre gealtert. Natürlich werde ich ihm das niemals sagen, will seine Eitelkeit nicht auch noch verletzen.

»Dir gehört der Club doch nicht allein, wieso kümmert sich dein Miteigentümer nicht mit drum?«

»Er hat selbst einiges zu tun und die momentan anstehenden Dinge fallen in mein Aufgabenbereich.«

»Ich verstehe.« Niedergeschlagen senke ich den Kopf. Zu gern würde ich etwas mit ihm unternehmen. Mich vom ihm auf andere Gedanken bringen lassen und ein wenig Geschwister-time genießen.

Niemals hätte ich gedacht, dass mir irgendwann die Treffen bei Starbucks fehlen würden. Sie sind zur Routine geworden. Zu einem Highlight, worauf man sich am Tag freuen kann.

Manchmal vermisse ich es, rund um die Uhr jemanden um mich zu haben. Beim Militär hatte man keine Sekunde Privatsphäre. Hat man es zu Beginn noch gehasst, so hat man sich schnell daran gewöhnt. Vielleicht sollte ich doch wieder ins Büro gehen, mich mehr an Sam hängen, statt mich von Reid abhängig zu machen. Freunde zu haben wären keinesfalls schlecht.

»Lexie, sei mir bitte nicht böse. Ich verspreche, dass es nur eine Phase ist und ich dann wieder mehr mit dir unternehme. Nur momentan ist der Club vorrangig.«

Es ist ja nicht so, dass ich ihn nicht verstehen würde. Denn das tue ich. Es ist sein Baby, er liebt das Never Regret. Er hat sich da etwas aufgebaut, was er erweitern will. Alles Dinge, die ich nachvollziehen kann. Nur hätte ich keineswegs damit gerechnet, dass ich dabei auf der Strecke bleibe.

Ich bin ein großes Mädchen, eine erwachsene Frau und doch ist er meine einzige Familie in Austin. Ob ich deswegen etwas klammere?

»Und was ist, wenn ich mit in den Club komme?«

»Nein!«

»Warum nicht? Was ist so schlimm daran, dass ich dich dort besuche?«

Unruhig rutscht er hin und her. »Es ist kein Ort, an dem ich meine Schwester sehen möchte.«

»In einem Nachtclub?«

»Ja.«

Es kostet mich einiges an Beherrschung, nicht in Gelächter auszubrechen. »Du weißt schon, dass ich fünfundzwanzig Jahre alt bin?«

»Na und? Das heißt aber nicht, dass ich es gutheiße, wenn du in meinem Club Party machen gehst. Hast du eine Ahnung, was oft mit den jungen Frauen passiert, die feiern gehen?«

»Willst du mir etwa sagen, dass im Never Regret K.O.-Tropfen in die Getränke gemischt werden?«

168

Entrüstet plustert er sich auf. »Selbstverständlich nicht! Wir achten stark darauf, dass so etwas nicht passiert.«

»Und wo ist dann das Problem? Wäre ich dann im Never Regret nicht besser aufgehoben, als in einem anderen Nachtclub?« Eins zu null für mich.

»Du bist ein Quälgeist!« Er fährt sich über den Bart, ehe er sich eine Zigarette aus der Schachtel auf dem Tisch nimmt und diese anzündet. »Du kannst gewaltig nerven.«

»Dafür sind kleine Schwestern da.« Lieblich lächle ich ihn an. »Darf ich dann nun mit in den Club?«

»Nein!« Er zieht an seiner Kippe und pustet anschließend den Qualm aus. »Heute habe ich zu viel im Büro zu tun, um ein Auge auf dich haben zu können.«

Vorfreude baut sich in mir auf. Es war kein Nein für die Ewigkeit, nur für heute. »Und was ist mit morgen?«

»Auch da nicht.« Er ascht ab. »Wenn ich etwas mehr Luft bei der Arbeit habe, nehme ich dich mit. Es wird aber noch ein wenig dauern. Vielleicht zu meinem Geburtstag oder so.« Den letzten Satz murmelt er in seinen Zug hinein, sodass ich ihn kaum verstehen kann. Dennoch lächle ich bis über beide Ohren.

Ich habe ihn einen Schritt weitergetrieben. Ihm entlockt, dass er mich irgendwann mitnehmen wird. Und wenn das der Fall ist, dann verschwindet hoffentlich auch mein schlechtes Gewissen darüber, dass ich sein Verbot bis dahin umgangen bin. »Ich nehme dich beim Wort, Brüderchen.«

»Das glaube ich dir.« Er beugt sich vor und drückt seinen Giftstängel im Aschenbecher aus. »So, nun aber genug darüber gesprochen, dass du kein kleines Mädchen mehr bist. Ich muss mich fertig für die Arbeit machen. Nicht jeder kann so ein Lotterleben haben wie du.«

»Lotterleben?« Ich stemme meine Hände in die Hüften. »Pff … wer hat bis eben auf dem Sofa gelümmelt, während ich noch gearbeitet habe?«

»Und tust du es immer noch? Nope. Lotterleben, sag ich ja.«

Ich zeige ihm den Mittelfinger, den er lachend erwidert.

Kaum ist Reid im Bad verschwunden, arbeite ich weiter. Er hat doch keine Ahnung, was es heißt, für das Marketing von Events zuständig zu sein. Es ist harte Arbeit und man muss immer auf dem Laufenden sein.

Das Chatfenster unseres firmeninternen Kommunikationsprogramms ploppt unten rechts auf und Sams Name erscheint. Da wir nun mal Kollegen sind und sie mich über das Programm anschreibt, gibt es keine Möglichkeit, sie zu ignorieren. Vielleicht hat sie eine Frage zu einem der Aufträge oder Kunden. Also öffne ich den Chat.

Ich habe dir genug Freiraum gelassen, jetzt ist es an der Zeit für Antworten, Schätzchen! Wirst du wieder in den Club gehen, um diesen Creed zu treffen? Bitte sag mir, dass du seine Einladung annimmst.

Für einen Moment schließe ich die Augen.

Ich will sie annehmen. Will mich wieder dem Abenteuer hingeben. Aber kann ich das wirklich tun? Reid abermals hintergehen? Ich habe mir eben schon diese Frage gestellt.

Nein, ich stelle sie mir jeden Tag, seitdem die Karte ein Loch in meine Tasche brennt. Sie ist mein täglicher Begleiter geworden. Ohne sie verlasse ich die Wohnung nicht. Eigentlich sollte sie als Mahnmal dienen, doch muss ich ehrlich gestehen, dass sie eher eine Versuchung ist. Ein Versprechen dafür, dass ich wieder etwas erleben werde, das mir danach die Gedanken vernebeln wird. Von dem ich dann Tage zehren kann.

Ich sehe, dass du meine Nachricht gelesen hast. Und ich warte noch immer auf eine Antwort. Wenn du dich allein nicht traust, komme ich gern mit.

Laut lache ich über das Emoji, das sie hinten angehängt hat. Dieses verschmitzt lächelnde Ding. Und ich kann mir sehr gut vorstellen, wie Sam genauso grinsend vor dem Computer sitzt.

Bin mir unsicher, ob ich das wirklich tun soll. Ich will, aber was ist mit meinem Bruder? Was ist, wenn er mitbekommt, dass ich ins Never Regret gehe? Die letzten Male war er nicht in Austin, da bestand keinerlei Gefahr. Jetzt ist er da, sogar im Büro, weil er so viel zu tun hat.

Ehrlichkeit währt am längsten. Vielleicht hat Sam ja eine Idee oder einen Tipp, wie ich mich verhalten soll. Wie ich meiner Libido mitteilen kann, dass der Zug für Abenteuer abgefahren ist. Wie ich meinem Kopf klipp und klar sagen kann, dass ich wieder an andere Dinge denken muss, statt ständig an den verdammt heißen Creed. Wie dieser Brainfuck endlich aufhört!

> Ha! Da hast du doch deine Lösung. Du gehst hin, hast deinen Spaß mit dem sexy Kerl und verschwindest dann wieder. Dein Bruder wird von all dem kein bisschen mitbekommen, weil er mit dem Kopf tief in seinen Papieren steckt. Trau dich etwas, sei kein Angsthase.

Dieses verräterische Kribbeln setzt ein, wird mit jedem weiteren Wort stärker. Mit dem letzten Satz richtiggehend getriggert.

Herausforderungen konnte ich noch nie widerstehen. Schmetterlinge flattern in meinem Bauch, bei dem Gedanken, ihn wiederzusehen. Seiner Einladung zu folgen und etwas Unvergessliches mit ihm zu erleben. Meine Nippel schließen sich der Vorfreude an und werden hart.

Es könnte klappen. Wenn ich vorsichtig genug bin, könnte es funktionieren. Reid würde von all dem nichts mitkriegen. Niemals würde er vermuten, dass ich ohne seine Erlaubnis in den Club gehen würde, vor allem nicht, dass ich oben in den abgesperrten Bereich komme.

Sam hat recht. Dass er sich in seinem Büro verschanzt und viel zu tun hat, ist die Lösung meines Problems. Er hat keine Gelegenheit, durch den Club zu laufen und mich bei irgendetwas zu erwischen.

Ehe ich es mir anders überlege, tippe ich die Antwort.

> Ich werde es tun!

Wie auf heißen Kohlen stehe ich vor der Tür des Never Regrets. Um nicht aufzufallen, habe ich mich in die Schlange gestellt. Sam habe ich versprochen, das nächste Mal mit ihr zusammen feiern zu hinzugehen. Aber die heutige Mission muss ich allein angehen.

Der breitgebaute Türsteher zwinkert mir zu, als ich ihm heimlich die schwarze Karte zeige. Nicht mal meinen Ausweis will er dann noch sehen. Freude überkommt mich, zudem steigt meine Aufregung, lässt mich schwer atmen und mein Herz schneller pumpen.

Ich folge dem langen dunklen Gang, gehe an der Garderobe vorbei. Selbst die laute Musik im Inneren des Clubs ist nur ein Hintergrundgeräusch für mich. Zu sehr bin ich auf die Tür auf der gegenüberliegenden Seite fixiert und auf die Gedanken, die mich heimsuchen.

Was ist, wenn Reid mich sieht? Was, wenn die Karte doch nicht funktioniert? Oder Creed gar nicht da ist? Vielleicht war das Geschenk gar nicht von ihm, aber von wem dann?

Niemand anderes als er hätte an mein zerrissenes Höschen gelangen können. Schließlich war er derjenige, der es kaputt gemacht hat.

Lange war ich nicht mehr so nervös, wie in dem Moment, in dem ich zum zweiten Mal die schwarze Karte vorzeige. Doch der Mann im Anzug öffnet mir wortlos nickend die Tür, lässt mich hinein in eine andere Welt.

Ich fühle mich ein wenig wie Alice, die von dem Kaninchen in den Bau gelockt wurde. Nur, dass meine Reise weitaus aufregender ist als ihre.

Kaum fällt das Holz ins Schloss und sperrt die laute Musik aus, straffe ich meine Schultern, hebe mein Kinn und stolziere die Treppen hinauf. Die Absätze meiner High Heels klackern auf dem Betonboden, der tiefe holzige Duft nach Vetiver benebelt meine Sinne.

Das Aphrodisiakum, das sie offenbar der Belüftung beimischen, lässt mich alles andere vergessen. Die Nervosität ist wie weggeblasen und hat dem puren Verlangen Platz gemacht. Meine Brüste drücken sich gegen den engen Stoff meines Kleides. Mein Atem wird flacher und schneller.

Oben angekommen, öffnet sich die Tür und ein mir bekanntes Gesicht grinst mich wölfisch an. »So sieht man sich wieder.«

Freundlich, aber distanziert lächle ich den Typen an, durch den ich überhaupt erst von dem Sexclub erfahren habe. »Scheint so.«

»Ich hoffe, wir sehen uns gleich, hübscher Engel.« Sein Blick gleitet über meinen Körper, bleibt dann bei meinen Brüsten hängen. Der Ausschnitt meines Kleides ist tief und zeigt viel Haut, was seine Augen zum Leuchten bringt.

»Bestimmt.« Er mag vielleicht gut aussehen und etwas ausstrahlen, was die Frauen regelrecht auf ihn abfliegen lässt, doch er ist nicht der Mann, denn ich zu sehen wünsche. Nicht der, dem meine Lust gewidmet ist. Ihm fehlt die dunkle Aura, das Dominante, was mich anzieht.

»Ich freue mich drauf.« Links und rechts gibt er mir ein Küsschen auf die Wange, ehe er sich dicht an mir vorbeischiebt.

Schnell trete ich in den Raum hinein und stocke dann, als meine Augen direkt auf seine treffen. Auf das Grün, welches gefährlich blitzt. Worin die Wut zu züngeln scheint und der Hunger es weiter zu einem Inferno anfacht.

Fuck, ich bin sowas von am Arsch!

KAPITEL

15

Creed

Ich hoffe doch, das ist eine Halluzination des Dopes, das ich noch intus habe. Wenn nicht, dann gnade ihr Gott.

Aber egal, wie ich es drehe und wende, es bleibt das gleiche Bild.

Sid berührt ihre Wangen mit seinen widerlichen Lippen. Zusammentackern, ich will sie ihm zusammentackern, bis das Blut nur so über seine hässliche Visage rinnt. Ein Knurren entweicht meinem Mund und der Fickfehler kann froh sein, dass er die Empore nun verlassen hat.

Was macht sie hier? Ist sie mit ihm verabredet? Wie ist sie reingekommen?

Das kann nur bedeuten, dass sie eine Karte hat, und so langsam explodiert es in mir. *Welcher. Wichser. Hat. Ihr. Eine. Fucking. Karte. Gegeben?* Sid? Einer dieser anderen Wichsflecken? Ich werde das herausfinden.

Gemächlich, die Beute im Visier, entferne ich mich von der Wand, an die ich mich gelehnt habe, und schlendere auf sie zu. Ein Hauch von Angst huscht durch ihre Augen.

Gut so. Spüre mich. Fühle, was gleich geschehen wird.

Wie ein Reh im Scheinwerferlicht steht sie da und ist so verflucht anbetungswürdig. Es nervt mich, dass ich nichts anderes mehr wahrnehme, sobald sie einen Raum betritt. Meine Sinne prägen sich auf sie ein und meine innere Kompassnadel ist stets auf sie gerichtet.

Uns trennen nur noch wenige Schritte. Schon jetzt steigt mir ihr einzigartiger Geruch nach Wildblumen in die Nase. Ich kann mir direkt ausmalen, wie sie schmeckt. Wie sie stöhnt. Wie sie sich unter mir windet. Dieses Mal wird mir kein Fauxpas wie neulich passieren. Sie wird nicht kommen, egal, was ich dafür tun muss.

Sie ist mit einem anderen Mann hier und das kann ich nicht tolerieren. Ab jetzt ist das vorbei. Sie wird mit keinem anderen als mit mir vögeln. Punkt.

Vor ihr angekommen, schaue ich auf sie hinunter. Lasse mich einen Moment in ihren Sog ziehen, sehe, wie sie schluckt und sich über die Lippen leckt. Meine Hand hebt sich wie von selbst an ihr Kinn, umfängt es hart und mein Daumen streicht einmal über das geschwungene Rosa. Ich drücke ihren Kopf zu mir hoch, beuge mich zu ihr, sodass wir Nasenspitze an Nasenspitze stehen. Mitten im Eingang meines Clubs.

»Ich hoffe für dich, dass du eine gute Erklärung für deine Anwesenheit hier hast.« Mein Griff um ihren Kiefer wird noch fester, sie zuckt leicht zusammen, hält meinem Blick jedoch stand.

Wieder blitzt Trotz in ihren Iriden auf, entzündet mein Feuer und macht Platz für den Drang, sie direkt um den Verstand zu ficken.

Die Luft um uns herum pulsiert und das liegt nicht am Beat des Songs oder an den Menschen, die sich ihrer Lust hingeben. Alexandra und ich haben etwas, dass ich nicht greifen kann. Alles vibriert förmlich, wenn sie den Raum betritt, beginnt zu summen. Der Stress des Alltags fällt von mir ab, ich versinke in ihr, in ihrer Präsenz. Sehe nur noch sie, will nur noch sie. Fühle nur noch sie. Will so viel mehr mit ihr machen als nur Sex.

Ist das gesund? Wahrscheinlich nicht. Werde ich es kaputt machen? Sicherlich. Könnte ich sie brechen? Nein. Nein, das könnte ich tatsächlich nicht und das ist es, was mir tief im Inneren eine scheißverdammte Angst macht.

»Ich wollte dich sehen.« Seit wann klingt ihre Stimme so sinnlich? Warum ist mir nie aufgefallen, wie sirenengleich sie ist?

Ich hebe eine Augenbraue und lasse ihr Kinn los, fahre stattdessen seitlich an ihrem Hals entlang, um danach meine Hand in ihrem Haar zu vergraben, ihren Kopf immer noch an Ort und Stelle zu halten.

Ganz kurz schließt sie die Augen, genießt meine Berührungen und ein eigenartiges Gefühl durchflutet mich. Die Hand um mein Herz streicht und drückt gleichzeitig an ihm herum, sorgt dafür, dass mich ein Kribbeln bis in die Haarspitzen erfasst.

»Komm mit«, murre ich frustriert, lasse von ihr ab und warte, bis sie vorgeht. Besitzergreifend lege ich eine Hand auf ihre Flanke und drücke sie in Richtung des Zimmers, das ich spontan für uns auswähle und über dessen Tür eine kleine grüne Lampe leuchtet.

Dort angekommen, öffne ich die Tür und schiebe sie hindurch. Die Beleuchtung geht automatisch durch einen Bewegungsmelder an und erhellt den Raum, während ich hinter mir abschließe.

Wir befinden uns im sogenannten Office Room, einem Büro, wie der Name schon preisgibt. Alexandra noch immer vor mir laufend, wende ich mich dem massiven Holztisch in der Mitte des Zimmers zu. Umrunde ihn und setze mich auf den großen schwarzen Chefsessel, der exakt der gleiche ist wie die, die Reid und ich in unseren Büros nutzen. Selbst der Computer ist original – wir wollen es ja authentisch.

Ihre Augen schweifen über die weißen Wände, an denen eingerahmte Bilder von verschiedenen Gebäuden in Austin hängen. Über die drei weißen Ledersessel, die um einen kleinen runden Metalltisch stehen. Kein Teppich, nur schwarze Marmorfliesen schmücken den Boden, auf dem wir gehen.

»Alexandra, Alexandra ... Was mache ich mit dir, hm?«

Jedes Mal, wenn ich ihren Namen sage, beschleunigt sich ihre Atmung, die Brust hebt und senkt sich schneller. Und mir gefällt das sehr. Ich will sie über diesen Tisch beugen, mich tief in ihr vergraben, ich will ... Plötzlich kommt mir eine Idee.

Mit einem süffisanten Grinsen mache ich eine Kopfbewegung in Richtung des Holzes vor mir. »Setz dich hin und spreiz die Beine, Kätzchen.«

Als würde ich eine Schnur um sie legen und daran ziehen, gehorcht sie und setzt sich. Hält jedoch die Beine zusammen und das gefällt mir ganz und gar nicht. Drohend hebe ich eine Augenbraue und sie kontert mit eben dieser. »Sag bitte.«

Für einen kurzen Moment bin ich sprachlos. Mächtig irritiert und das Verlangen, meinen Plan in die Tat umzusetzen, wird greifbar. Ich stütze mich auf den Lehnen ab und stehe auf, stelle mich genau vor sie. »Spreiz die Beine, Alexandra.«

Ihr Kopf legt sich in den Nacken und ihre Augen funkeln mich spöttisch an. Ihre Lippen verziehen sich zu einem breiten Grinsen. Sie hebt eine Hand und streicht an meinem Kiefer entlang, was eine fucking Gänsehaut auf meinem Körper auslöst.

Schluss! Ich fange ihre Hand ab, als sie zu meinem Haar weiterfahren will, und halte sie fest im Griff. Lasse den Augenkontakt nicht abreißen. Sie soll sehen, dass das mein Spiel ist.

Ich habe die Karten in der Hand und bin am Zug. Ich entscheide, wie das hier endet. Ich bin der scheißfucking Spielmacher. »Treib es nicht zu weit.«

»Mit dir? Warum?«, haucht sie lasziv und ich verliere mich für eine Millisekunde in dem Gedanken, ihr den vorlauten Mund zu stopfen, bevor ich ihr Handgelenk loslasse.

»Weil mein Geduldsfaden bei dir mehr als überspannt ist. Und du willst heute kommen. Deshalb bist du hier im Club, nicht wahr?« Als sie im Begriff ist, den Mund zu öffnen, lege ich den Zeigefinger auf ihre Lippen. »Wenn du das erleben willst, Kätzchen, dann spreiz deine hübschen Beine für mich.«

Ich sehe, wie ihre Mundwinkel sich zu einem Grinsen heben, lasse von ihr ab. Beobachte, wie sie ihr Kleid über die Oberschenkel schiebt und ihre Beine spreizt. Ich komme ihr noch näher, stelle mich zwischen ihre Schenkel, meine Hände stemme ich links und rechts von ihr ab.

Nun trennt uns nichts mehr. Nun ist sie gefangen.

Ich kann ihren Atem spüren, wie er über meine Wange fegt, als ich an ihrem Ohr knabbere. Mein Blick gleitet zu ihrem Ausschnitt, der mich seit dem Moment wahnsinnig macht, in dem sie die obere Etage betreten hat. Er geht fast bis zum Bauchnabel, zeigt deutlich mehr als er zeigen sollte. Denn es sind meine Titten. Meine Pussy, meine Alexandra.

Ich beiße in ihren Hals, lecke an der Stelle ihres Pulses und gleite tiefer, in eben dieses Dekolletee. »Ganz schön gewagt, findest du nicht?« Ich puste an ihrer Haut hinab, labe mich an ihrer Gänsehaut, daran, wie sie sich etwas windet.

Nun legt sie sich auf dem Holz zurück und ich brumme wohlig. »Creed, bitte.«

Immer wieder lasse ich meine Lippen als unsichtbare Spur hinuntergleiten, knabbere hier und da an der Naht des Ausschnitts entlang.

Als sie merkt, dass ich sie nicht erlösen werde, redet sie: »Ich dachte, es wäre dem Club entsprechend.«

Aha. »Also ziehst du dich immer so an, wenn du feiern gehst?« Ein bitteres Gefühl überfällt mich unvorbereitet, breitet sich in mir aus wie Gift. *Fuck, was stört es mich?* Mein Blick wird schwarz, ein Gewitter braut sich zusammen und ich spüre, wie es in mir brodelt.

»Creed.« Ihre Finger unter meinem Kinn bringen mich ins Hier und Jetzt.

Ich packe ihre Hand und dirigiere sie mit meinem Körper zurück auf die Platte. »Wir werden nun etwas festlegen. Keine anderen Männer, Alexandra.«

Zornig kneift sie die Augen zusammen, doch das ist mir scheißegal. »Das Gleiche gilt für dich, Arschloch. Wehe, eine andere kommt bei dir in den Genuss.« Plötzlich schlingt sie ihre Beine um meine Mitte und zieht mich zu sich heran. Ein Keuchen entweicht ihr und mir ein Knurren, da sich mein Schwanz an ihre Pussy presst.

Sie will also Exklusivität? Gut, von mir aus. Wenn ich dafür die ganzen Bastarde von ihr losbekomme, fein. »Nur wir beide. Okay. Aber, damit wir uns nicht falsch verstehen: Das hier ist rein körperlich, Alexandra. Mehr wird es nicht sein. Niemals.« Mein Blick liegt stechend auf ihr. Ich will, dass sie versteht, dass es keine Liebesbeziehung werden kann und darf. Meine eigene Beklommenheit im Inneren ignoriere ich. Es ist richtig so.

Kurz flackert es in ihren Augen, doch dann nickt sie, beugt sich mir die letzten Zentimeter entgegen und küsst mich.

Es ist besiegelt, nur sie und ich. Kein anderer Schwanz, kein anderer Mund. Nur sie und ich. Vor allem kein Sid! Sie gehört mir und das werde ich ihr ins Gedächtnis brennen.

Während ihre Zunge mit meiner ringt, ich ihr Stöhnen in den Ohren vernehme und es in mich einsauge, ich meine Hand an ihrem Außenschenkel entlang zu ihrer Fessel wandern lasse und ihr Bein auf den Schreibtisch schiebe, genieße ich.

Ich lasse meine Finger zu ihrer Mitte tanzen und stoße auf ... nichts! »Kein Höschen?«

»Damit du es mir wieder kaputt machst?«

Okay, Punkt für sie.

Ihre Mitte glüht wie Feuer, ist zeitgleich nass wie ein Wasserfall und ich kann mir ein Brummen nicht verkneifen. Ich lasse von ihren Lippen ab, setze mich auf den Schreibtischstuhl und stelle auch ihren anderen Fuß samt Heel auf das Holz, beuge mich vor. Sauge an ihrer Perle.

»*Fuck!*«, keucht sie und krallt ihre Nägel in das Holz.

Als sie beginnt, sich zu sehr zu bewegen, schiebe ich meine Hand auf ihren Bauch, halte sie fest. Lecke einmal an ihren Schamlippen entlang und beiße minimal hinein.

»Scheiße, Creed. Ich kann ...!«

Wieder sauge ich an ihrer Klit, die an meiner Zunge pocht. Ihre Beine zittern, weswegen ich die Füße fest auf der Tischplatte festhalte.

»Oh, bitte!« Sie schreit lusterfüllt, als ich mich beißend in ihren Innenschenkel hocharbeite.

»Das ...« Ich knabbere am linken Schenkel. »Gehört ...« Ich lasse ab und beginne am rechten. »Alles ...« Ich wende mich wieder ihrer Mitte zu und küsse hauchzart ihre Perle. »Mir.« Ich nehme eine Hand von ihrem Schuh und stoße zwei Finger in sie. Sie bäumt sich auf, doch ich drücke sie sofort herunter.

Ihre Rechte krallt sich in meinen Handrücken. Kurz zuckt Schmerz durch meine Eingeweide, ich erwidere es einfach mit einem Biss in ihre Mitte. Meine Finger in ihr krümmen sich und weil ich mittlerweile genau weiß, wo sich ihr Lustpunkt befindet, ist es nicht verwunderlich, dass sie erneut schaudert. Ein-, zweimal streiche ich über ihren G-Punkt, bevor ich meine Finger aus ihr herausziehe.

Aus einer der Schubladen hole ich zwei Gegenstände heraus, nehme nun auch meine zweite Hand dazu und verteile das Gleitgel großzügig auf dem Spielzeug. *Dann wollen wir mal schauen, wie weit sie gehen kann, bevor sie fällt.*

Gerade, als Alexandra sich neugierig hochstemmen will, schiebe ich ohne große Vorwarnung den Vibrator in sie. Wieder schreit sie auf, was ich begrüße. Nichts macht mich mehr an als eine Frau, die mit ihren Emotionen nicht hinter dem Berg hält. Zumindest in dieser Beziehung. Und in diesen Räumen kann sie so laut sein, wie sie will.

Sie stöhnt, wie jetzt auch, wenn sie etwas will. Sie knurrt mich an, wenn ich ihr nicht schnell genug bin, und sie zeigt mir mit Gesten, was und wie sie es braucht. Alles Eigenschaften, die sie zu einer perfekten Gespielin machen.

Ich ziehe das Spielzeug wieder aus ihr heraus und stelle die erste Stufe an. Leise surrt es in meiner Hand, während ich mit der Spitze an ihrem Eingang entlangfahre, es Stück für Stück einführe.

»O«, stöhnt sie und krallt sich nun mit beiden Armen über dem Kopf an der Tischkante fest.

Ich lasse den Vibrator in ihr stecken und hauche: »Lass ihn drin. Fällt er raus, kommst du nicht.« Bevor sie protestieren kann, nehme ich ihre Perle wieder in den Mund und sauge daran, lasse meine Hand in meine Hose wandern und umschließe meinen Schwanz mit der Faust. Lasse sie auf und ab streifen und spüre, wie die Adern pulsieren, wie mein Blut noch mehr angefacht wird. Mein Daumen gleitet an meiner Eichel entlang und ein Zittern erfasst mich.

Der Vibrator rutscht immer weiter aus ihr heraus und ich schnalze mit der Zunge ein letztes Mal gegen ihre Mitte, bevor er ganz herausfällt.

Ich schalte ihn aus und lege ihn in den Papierkorb. Er wird nachher zur Reinigung und Desinfektion mitgenommen. »Das war wohl nichts, Kätzchen. Schade.« Bedauernd lasse ich von meinem Schwanz ab, lehne mich zurück und sage: »Setz dich auf und blas mir einen.«

Sie richtet sich auf und Fassungslosigkeit zeichnet jeder ihrer Züge. Grimmig, die Hände an den Seiten zu Fäusten geballt, steht sie auf, zieht sich ihr Kleid zurecht und glotzt auf meine Hose.

»Ich habe dich gewarnt, Alexandra. Wir spielen und ich bin der Spielmacher. Meine Regeln, meine Ansagen.« Mit den Achseln zuckend, mache ich eine weitere Kopfbewegung zu meinem Schritt, öffne eine andere Schublade und hole Feuerzeug und Zigarette heraus, zünde sie mir an und warte.

KAPITEL

16

Lexie

Will er mich verarschen? Aus verengten und doch lust-getränkten Augen schaue ich ihm dabei zu, wie er an der beschissenen Kippe zieht.

Eben noch auf dem Höhenflug, kam schnell die harte Landung. Mein Körper steht unter Strom, die Vibratio-nen hallen noch nach. Auf zittrigen Beinen stehe ich vor ihm und kann kaum fassen, dass er es abermals nicht zum Ende gebracht hat. Dass ich erneut auf ihn und seine Masche reingefallen bin.

»Wird's heute noch was?« Seine tiefe und raue Stim-me strotzt vor unbändiger Lust.

Es braucht ein Moment, bis ich seine Worte kapiere und zeige ihm dann den Mittelfinger. Er kann mich mal. Ganz gewaltig! Er glaubt, er ist der Spielmacher? Da hat er sich geschnitten. Niemand spielt mit mir.

Wir haben Exklusivität gesagt. Mal schauen, ob er sich auch daran hält, wenn ich jetzt gehe. Ihn mit freigeleg-tem, hartem Schwanz sitzen lasse und mir einen Drink an der Bar genehmige. Ein diabolisches Lächeln legt sich auf meine Lippen, skeptisch sieht er mich an, zieht langsam an der Zigarette. Ich fahre mit der Hand erst in die rechte

Seite meines Ausschnitts und positioniere meine Brust richtig, ehe ich es mit der linken gleichtue. Appetitlich in Szene gesetzt, stoße ich mich vom Schreibtisch ab, lege meinen Finger auf Creeds Schulter und beuge mich zu ihm hinunter. Seine Augen kleben an meinem Dekolleté.

So ist es richtig, Creed. Schau sie dir genau an, denn so schnell wirst du sie nicht wieder zu Gesicht bekommen.

»Du hättest mich zum Kommen bringen sollen«, hauche ich ihm ins Ohr. »Denn jetzt kannst du dich selbst um dein kleines Problemchen kümmern.« Federleicht berühren meine Lippen seine Wange, geben ihm einen sanften Kuss, ehe ich mich von ihm distanziere.

Es ist nicht leicht, die Füße in den Heels vorwärtszubewegen, wenn dein Körper eigentlich in die andere Richtung zurückwill. Auch den Blick geradeaus zu halten, ist eine Herausforderung. Wie gern würde ich über meine Schulter sehen, um zu überprüfen, ob er mir nachschaut. Ob ich ihn überrumpelt habe, wie er es immer mit mir tut?

Stattdessen straffe ich mich, bleibe standhaft und verlasse den Raum. Es hat mir gefallen mit dem Schreibtisch. Dieser hatte die perfekte Höhe, um gefickt zu werden. Leider wollte Creed das nicht. Pech.

Zum ersten Mal kann ich mich in Ruhe umsehen. In diesem Gang bin ich nur kurz gewesen, als er mich zum ersten Mal in einen Raum geschleift hat.

Offensichtlich war es das *Prison*. Ich lese die Schilder neben den anderen beiden Türen, die sich ebenfalls auf dem Flur befinden. *Fifty/SM/BSDM*. Hmm ... interessant. Doch ist es der *Mirror Room*, welcher mich mehr anspricht. Ob er wirklich komplett aus Spiegeln besteht?

Meine Neugierde treibt mich dazu an, genau das herauszufinden. Allerdings signalisiert die rote Leuchte, dass er besetzt ist, weswegen ich nicht hineinspähen kann. *Schade.*

Ich gehe weiter, biege links ab. Bleibe dann aber sofort stehen. Zu meiner linken Seite erstreckt sich keine Wand, wie man annehmen sollte, sondern eine Scheibe. Mit geweiteten Augen bestaune ich die einzige Trennung zwischen dem Paar, das sich gerade auf einem großen Bett vergnügt und dem Gang, in dem ich stehe.

Doch nur von kurzer Dauer liegt meine Aufmerksamkeit auf der nicht vorhandenen Wand. Auch die Spiegel, die tatsächlich an der kompletten Decke und den restlichen Wänden angebracht sind, fesseln mich keinesfalls so sehr, wie das Paar.

Wärme breitet sich zwischen meinen Schenkeln aus, obwohl sie eben erst zum Erliegen gekommen ist. Mein Mund öffnet sich einen Spalt breit.

Der Mann zieht an den schwarzen Haaren der Frau, reißt ihren Kopf in den Nacken, sodass ihr Blick auf mich gerichtet ist. Lustvernebelt strahlen mir ihre braunen Iriden entgegen, zeigen mir, wie sehr es sie anturnt, gleichzeitig gefickt und beobachtet zu werden. Immer schneller treibt er seinen Schwanz in sie.

Durch die Spiegelung kann ich jede Bewegung der beiden sehen, nichts bleibt verborgen. Sie spielen ein Spiel, vollführen ein Theaterstück für mich und ... Fuck, ist das geil. Ich reibe meine Beine aneinander, die Feuchtigkeit tropft aus mir heraus und benetzt meine Haut. Es macht mich an, eine Zuschauerin zu sein, aber viel mehr stelle ich mir vor, Creed und ich wären an der Stelle des Paares und würden dabei beobachtet.

Ein Stöhnen kommt mir über die Lippen, als er ihren Oberkörper hochzieht und gegen seinen presst. Mit den Händen fährt er über ihre schlanke Taille, bis seine Finger unter ihren Brüsten liegen. Genauestens verfolge ich die Bewegungen. Spüre sie förmlich an mir selbst.

Mit einem Zwinkern hebt er die Wölbungen an, wiegt sie in seinen großen Händen. Meine Nippel drücken unangenehm gegen den Stoff meines Kleides. Wollen ebenfalls berührt zu werden.

Die Frau lehnt ihren Kopf an seine Schulter, genießt die Liebkosungen. Ihr kirschroter Mund ist geöffnet und ich kann mir vorstellen, dass sie vor Lust laut keucht. Vor allem, als der Mann eine Hand von ihren Brüsten löst und ihren Bauch hinabstreicht, bis er bei ihrer Scham angelangt ist. Noch immer ist sein Schwanz in ihr versunken und doch hindert es ihn keineswegs daran, seinen Finger in sie zu schieben. Seine Muskeln an den Armen sind angespannt, die Venen hervorgetreten, als er sie fingert.

»Stellst du dir vor, dass ich das Gleiche gerade bei dir mache?« Creeds raue Stimme lässt mich zusammenzucken. Sein kühler Atem streift meine erhitzte Haut und hinterlässt eine Gänsehaut auf meinem gesamten Körper. Ich habe gar nicht mitbekommen, wie er sich mir genähert und hinter mich gestellt hat.

Benebelt von all den Sinneseindrücken, seiner Nähe und dem Paar vor mir, nicke ich nur.

Er legt seine Arme um meine Taille und haucht mir ins Ohr: »Er wird sich gleich auf den Rücken legen und sich von ihr ficken lassen. Tief wird er in ihr stecken und sie wird ihn hemmungslos vor unseren Augen reiten.

Während du dem Schauspiel zusiehst, werde ich bei dir sein und jeden Moment genießen, in dem du vor Lust vergehen wirst. Dabei koste ich jede Sekunde das Wissen aus, dass es dich höher treiben lässt, aber niemals reichen wird. Du wirst triefend nass sein, doch es wird der Funke fehlen, der dich über die Klippe katapultiert. Einzig ich allein kann dir Abhilfe verschaffen, dafür wirst du allerdings vorher auf die Knie gehen müssen, kleines Kätzchen.«

Sein heiseres Lachen geht mir durch Mark und Bein. Kratzt an meinen Nervenbahnen und jagt Lustschauer durch mein Inneres. Ohne meine Zustimmung übernimmt mein Körper die Kontrolle.

Ich lehne mich gegen seine Brust. Presse meinen Arsch an seine Mitte und reibe mich an seinem harten Schwanz. Dabei sind meine Augen weiterhin auf das Paar hinter der Glaswand gerichtet. Und wie Creed prophezeit hat, zieht der Mann sich aus der Frau heraus und legt sich auf den Rücken. Seine Erektion glänzt von der Feuchtigkeit seiner Gespielin. Sie lässt sie die Chance nicht entgehen, krabbelt zu ihm hinüber. Bevor sie sich über ihm positioniert, leckt sie über seine steife Länge.

Creed keucht an meinem Hals, sein Unterleib drückt fester an meinem Hintern, ehe er kleine Bisse an meinem Nacken verteilt, die mich erschaudern lassen.

Die Frau lässt sich auf den Schaft sinken, nimmt die komplette Länge in sich auf. Creeds Hand wandert von meinem Bauch zu der freien Haut meines Ausschnitts, streicht den Saum entlang. Die Frau sieht uns dabei zu. Wird wilder und schneller je näher Creed meinen Brüsten kommt.

Eben war ich nur diejenige, die beobachtet hat, nun tun wir es gegenseitig. Die Finger des Kerls pressen sich ins Fleisch der Frau, auch er sieht zu uns. Nur minimal nickt er in unsere Richtung. Nein, zu Creed. Dieser scheint zu wissen, was der Mann in den Raum will, denn er schiebt den Stoff meines Kleides beiseite, dehnt es, bis erst meine linke und dann rechte Brust frei liegt.

Überrascht keuche ich auf, will mich mit meinen Armen bedecken, doch Creeds ›Wage es nicht!‹ hält mich davon ab. Kräftig schlucke ich mein Unbehagen hinunter. Wende meine gesamte Selbstbeherrschung an, um dem Befehl nachzukommen, auch wenn es mir widerstrebt.

»Schau dir an, was du bewirkst. Sieh, wie es sie anturnt.«

Ich richte mich wieder dem Schauspiel zu und tatsächlich, der Hunger in den Augen des Mannes hat sich verstärkt. Seine Finger liegen nun an den Hüften der Frau und treiben sie schneller an. Dirigieren ihre Bewegungen. Sie selbst ist damit beschäftigt, ihren Kitzler zu penetrieren und gleichzeitig ihre Brüste zu massieren. Es ist ein Bild, welches sich tief in mir einbrennt. *Ich habe diese Wildheit ausgelöst. Ich bin dafür verantwortlich, dass sie kurz vor dem Orgasmus stehen.*

Creed macht weiter, wiegt meine Wölbungen und präsentiert sie wie saftiges Obst. Dabei reibt er sich an meinem Arsch. »Wenn die gleich fertig sind, bist du fällig, Kätzchen. Ich will dich.«

»Bitte«, keuche ich wie so ein lammfrommes Dummchen. Aber es ist mir in dem Moment egal. Wichtig ist mir nur meine eigene Erlösung. Den Orgasmus, der kurz vor dem Ausbruch steht, zu bekommen. Die Hitze in mir zu löschen, damit ich wieder atmen kann.

»Du bist so wunderschön, Alexandra. Jeder in diesem Club beneidet mich darum, dass ich mit dir spielen darf. Dass du mir gehörst.« Seine Worte versengen mich weiter und weiter. »Was meinst du, wie sehr er sich wünschen würde, deine Titten ebenfalls berühren zu dürfen? Von ihnen kosten zu können?«

Ich keuche. Drücke mich seinen Berührungen entgegen. Nur noch ein bisschen und ich übertrete die Schwelle.

Creed kneift mir in die Nippel, ehe er sie sanft reibt. »Jederzeit würde er die andere gegen dich eintauschen. Dir dabei zusehen, wie du loslässt und auf seinem Schwanz kommst.«

»Fuck, Creed«, stöhne ich. Presse meine Schenkel fest zusammen und bete stumm um Erlösung.

»Hab noch etwas Geduld, Kätzchen. Ich werde dich ficken, sobald du es verdient hast.«

Ich winde mich in seinen Armen, will von ihm weg und gleichzeitig näher zu ihm. Will ihn verfluchen, dafür, dass er mich so sehr in der Hand hat, und gleichzeitig will ich ihn an mich reißen und dafür küssen, dass er mich so etwas erleben lässt.

Das Ziehen in meiner Mitte wird stärker, beinahe schmerzhaft. Meine Nerven sind bis aufs Äußerste strapaziert. Alles spüre ich überdeutlich. Und ich kann all dem nicht aus dem Weg gehen, es nicht von mir schieben. Stattdessen versengt es mich immer mehr.

»Augen auf, Alexandra. Sonst verpasst du den Showdown.«

Keine Ahnung, wann ich meine Lider geschlossen habe, aber ich öffne sie. Gerade rechtzeitig, denn die Frau wirft ihren Kopf in den Nacken, ihr Mund ist zu einem Schrei geöffnet und ihre Bewegung abgehackt. Es sind ihre Augen, die verraten, was in dem Moment geschieht.

Die Emotionen kochen über und mein Herz setzt einen Schlag aus, als ich die Schönheit ihres Orgasmus' in mich aufnehme. Wie die Frau ihren Körper streckt, ihre weichen Muskeln anspannt und dann erschöpft auf dem Mann zusammenbricht, der gemeinsam mit ihr über die Klippe gesprungen ist.

Schwer atmend stehe ich da und weiß nicht, was ich tun oder sagen soll. Habe so etwas Derartiges noch nie erlebt.

Wenigstens Creed scheint noch bei Sinnen zu sein. Er dreht mich in seinen Armen um, presst seine Lippen auf meine und fordert mit der Zunge Einlass. Ich gebe ihm diesen. Empfange seine mit meiner. Wir fechten einen Kampf aus und doch ist es wie ein harmonischer Tanz.

Seine Hände streichen über meinen Körper, auf und ab. Finden keinen Halt. Ich presse mich enger an ihn. Er schiebt mein Kleid an den Oberschenkeln hoch und hebt mich an, sodass ich meine Beine um ihn schlingen kann. Laut keuche ich auf, als meine Mitte auf den kalten Knopf seiner Jeans trifft. Es ist ein Kontrast zu dem, was in mir lodert. Dieses Feuer, diese Hitze, die mich beinahe innerlich verbrennt.

Creed setzt sich mit mir im Arm in Bewegung. Löst unsere Lippen voneinander, damit er sich umsehen kann. Ich zerre an seinem Kopf, verlange, dass er mich erneut küsst. Heiser lachend lässt er zu, dass wir wieder zu einer Person verschmelzen. Lehnt mich mit dem Rücken an etwas Kühles und hält mich mit seinem Körper daran fest. Ich zucke zusammen.

Er löst eine Hand von mir und dann höre ich, wie eine Tür geöffnet wird. Creed verändert seinen Stand, positioniert mich anders auf seinen Hüften und nimmt mein Gewicht wieder vollkommen auf sich. Trägt mich in den Raum hinein und stellt mich vor sich ab. Langsam gleite ich an ihm hinunter. Er schließt die Tür, betätigt einen Schalter, woraufhin Plätschergeräusche und leise Musik ertönen, und tritt zurückzu mir.

»Zieh dich für mich aus, Kätzchen.« Sein Finger streicht meine Wirbelsäule entlang. »Und dann geh auf die Knie!«

»Das hättest du gern.« Das Feuer von vorhin flammt erneut auf. Niemals belohne ich ihn dafür, dass er mich hängengelassen hat.

»Wenn du wüsstest, was ich mir die ganze Zeit mit dir ausmale, dann wärst du schneller mit deinen sündigen Lippen an meinem Schwanz, als ich bis drei zählen kann.«

»Verrate mir doch, was du dir insgeheim wünschst, Creed. Vielleicht will ich das ja sogar.«

Wie er eben gewünscht hat, beginne ich, mich vor ihm auszuziehen. Ganz langsam gleitet ein Finger unter den Stoff an meiner Schulter und schiebt ihn hinunter. Seine Augen folgen der Bewegung. *Gut so.*

»Ich stehe nicht auf Vanilla, aber auch nicht auf das Hardcorezeugs.« Er umrundet mich, während ich das Kleid am anderen Arm abstreife. Meine Brüste sind nun unbekleidet. Voll und geschwollen strecken sie sich ihm entgegen. »Doch bringst du mich in Versuchung, dass ich dich an die Wand fessle, eines dieser süßen Spielzeuge ausprobiere, die rote Striemen auf deiner Haut hinterlassen und danach so hart ficke, bis du um

Erlösung bettelst. Nur werde ich sie dir verweigern, bis du meinem Befehl nachkommst und auf die Knie gehst. Vielleicht, aber wirklich nur vielleicht bin ich dann gnädig mit dir und gönne dir einen Orgasmus.«

Seine Worte treffen einen Nerv in mir und ich schließe die Augen. Seine Ausführung läuft wie ein Film hinter meinen Lidern ab. Bin ich bereit so weit zu gehen? Ihn mich schlagen zu lassen, fordert viel Vertrauen.

Das Geräusch eines sich öffnenden Reißverschlusses lässt mich die Augen öffnen. Creed steht mit offener Hose vor mir und schiebt sie seine Beine hinunter, bis sie sich um seine Füße legt. Er steigt aus seinen Schuhen heraus und schlüpft endgültig aus der Jeans. Sein Hemd folgt. Nackt und in voller Pracht steht er da, sieht mich aus halbgeschlossenen Lidern an und grinst wie ein Wolf, der seine Beute gewittert hat. Er schreitet auf mich zu. Ich trete zurück. Seine Muskeln spannen sich mit jedem Schritt an. Das Sixpack tritt deutlich hervor.

Etwas Kaltes stoppt mich, hindert mich daran, weiter zurückzuweichen. Creed bleibt vor mir stehen. Mit einem Ruck hebt er meine Arme hoch und dreht mich um, presst mich gegen das harte Glas.

Meine Augen weiten sich. Auch dieser Raum bietet den anderen Besuchern die Möglichkeit zuzuschauen. *Fuck!*

Fest drücken meine harten Nippel gegen das Glas, als er meine Arme dagegen presst. Das Heiß-Kalt-Spiel treibt mir den Schweiß auf die Haut. Creed kesselt mich mit seinem Körper ein.

»Du hast Glück, dass auch ich eine Grenze des Erträglichen habe.« Seine Hand schiebt mein Kleid, das sich um meine Hüften gebauscht hat, über meinen Hintern, sodass es von selbst bis zu meinen Knöcheln fällt.

»Füße heben.«

Ich komme dem Befehl nach. Hebe erst den einen aus dem Kleid, dann den anderen.

Creed kickt mein Kleidungsstück beiseite, zieht meine Mitte etwas von dem Glas weg und spreizt meine Beine. Ein Finger gleitet in meine nasse Spalte.

Automatisch stöhne ich bei der Berührung auf und wackle mit dem Arsch.

Ein Klaps folgt der Tat, der leicht auf der Haut brennt. Aber es ist ein gutes Brennen, eines, dass das Ziehen in mir weiter verstärkt. »Halt still.«

»Dann fick mich endlich«, platzt es ungehalten aus mir heraus.

Schneller als ich den nächsten Atemzug in meine Lungen saugen kann, packt er mich an der Hüfte und stößt in mich hinein. Überwältigt von dem plötzlichen Füllegefühl stellt mein Körper einige Funktionen für Millisekunden ein. Ich kann nicht atmen, mein Herz rührt sich nicht und meine Beine knicken ein.

Er hält mich fest, lässt mir einen Augenblick Zeit, mich an seine Größe zu gewöhnen. Erst dann bewegt er sich in mir. Schnell und erbarmungslos gibt er mir das, was ich eingefordert habe. Er fickt mich. Treibt mich höher und höher. Nimmt mich in einem Kosmos der Ekstase gefangen, in dem ich noch nie zuvor gewesen bin.

Schneller als mir lieb ist, ziehen sich meine Muskeln zusammen, melken seinen Schwanz in meiner Pussy. Alles, was sich über die Zeit angestaut hat, bricht hervor. Tränen kullern über meine Wange. Ich schreie, stöhne und keuche. Zittere und winde mich in seinen Armen.

Er treibt sich weiter in mich hinein, reizt meinen Orgasmus, zieht ihn in die Länge.

Das ist alles zu viel. Viel zu viel. Ich fühle alles und auch wieder gar nichts. Die Empfindungen sind zum Erliegen gekommen und zeitgleich sprudeln sie über.

Creed zieht sich aus mir zurück und ich sacke an die Glaswand, kann mich kaum auf den Beinen halten. Er keucht hinter mir, es wird abgehackter und dann trifft mich sein Sperma an meinem Steißbereich. Sanft lehnt er seine Stirn gegen mein Schulterblatt, haucht mir Küsse auf die Haut.

Für ein Moment bleiben wir so stehen, bis ich fürchterlich zu zittern beginne. Zu erschöpft, um selbst zu gehen, bin ich froh, als Creed mich auf seine Arme hebt und zur anderen Ecke trägt.

Gemeinsam mit mir lässt er sich in das warme Nass eines riesigen Whirlpools sinken. Nur nebenbei sehe ich, dass uns auch hier drin jeder beobachten könnte, denn der Jacuzzi ist nicht wie üblich zu allen Seiten uneinsehbar, sondern zur Glasfront hin transparent.

Das Wasser hüllt mich bis zu den Brustansätzen ein. Schenkt meinen entkräfteten Muskeln wieder etwas Stärke. Wohlig seufze ich auf. Creeds Schwanz unter mir regt sich erneut. »Gib mir ein paar Minuten Pause.«

Amüsiert lacht er an meinem Hals auf. »Und danach reitest du mich unter dem Sternenhimmel. Schau auf, kleines Kätzchen.«

Und ich tue es. Gucke nach oben und tatsächlich sehe ich die Sterne durch eine Glaskuppel, die den kompletten Raum überdacht.

»Wo bin ich hier nur gelandet?«, murmle ich fasziniert. Keinesfalls habe ich mir erträumt, in so eine

Situation zu gelangen. Wieder bereit, den heißen Kerl unter mir in mir aufzunehmen und dabei nach oben zu den Sternen zu schauen.

»Denke nicht darüber nach. Genieße es, fühle es und bereue es niemals, dass du dich auf ein Abenteuer eingelassen hast.«

KAPITEL

17

Creed

»Creed? Alles okay?« Mein bester Freund betrachtet mich skeptisch, als ich mich erneut auf meiner Couch umsetze.

»Ja, klar. Was soll sein?«

»Du zappelst rum, als hätte dir die Schildkröte in den Arsch gebissen.«

»So ein ...! Schieß doch!« Fassungslos zeige ich mit dem Controller auf den Bildschirm. Kann nicht glauben, dass mein bester Freund mich in der Schlacht im Stich gelassen hat. »Alter!« Wut kocht meine Venen hinauf. Ich wollte eigentlich nur in Ruhe mit meinem Kumpel Videogames zocken und mich nicht aufregen. Nicht angepisst auf die Frau sein, der ich es zu verdanken habe, dass mein Schwanz fast abgefallen ist.

Sie hat mich wundgevögelt! Und sich danach wieder tagelang nicht im Club blicken lassen. Gut, ich hätte ihr auch einfach meine verdammte Nummer geben können. Habe ich natürlich nicht.

Sie beherrscht meinen kompletten Kopf. Sie fickt mein Hirn. Wie Alexandra mich in diesem Whirlpool geritten hat. Und geritten. Wie ich sie noch einmal unter der Dusche genommen habe ...

»Du bist so widerlich«, echauffiert sich Reid und mein Tagtraum verpufft. Ich schaue ihn an und weiß wieder, warum ich sauer bin, denn er musste mich ja sterben lassen.

»Was?«

»Du hast einen fucking Ständer. Ich sitze hier neben dir, du Penner.«

Mein Blick gleitet auf meine ausgebeulte Hose und ich kann nicht anders, lege den Kopf in den Nacken und lache lauthals los. »Dieses Miststück«, entschlüpft mir, bevor ich mich wieder richte.

Reid legt den Controller auf den Beistelltisch und zündet sich einen Joint an, zieht daran, und reicht in mir weiter.

Jaja, keine Macht den Drogen, wir wissen das. Doch was soll schon geschehen? Die paar Joints im Monat, die wir uns gönnen, sind eher eine Art Entspannungstherapie. Dafür lassen wir die Finger von anderen Rauschgiften, was angesichts der Tatsache, dass wir Clubbesitzer sind, wirklich an ein Wunder grenzt.

»Von welcher Frau reden wir?«

Ich puste gegen die Glut der Tüte, ziehe noch einmal daran und stoße den dichten Rauch nach oben aus, als ich mich an die Rückenlehne der Couch fallen lasse. Reiche Reid das Ding weiter und überlege, wie ich das alles am besten in Worte fasse. »Die Frau, die ich vor ein paar Tagen kennengelernt habe, du erinnerst dich? Wir haben Exklusivität ausgemacht.«

Plötzlich hustet es neben mir und es klingt, als wenn mein Geschäftspartner gleich erstickt. Träge drehe ich meinen Kopf nach links zu dem Drama, das sich mir bietet. Reid keucht und prustet. Wenn das so weitergeht, landet seine Lunge auf seinem Schoß.

»Muss ich einen Krankenwagen rufen?« Zweifelnd und blinzelnd beobachte ich das Schauspiel.

»Neeeein«, grunzt er und wischt sich Sabber vom Mund. »Hast du Exklusivität gesagt?« Er lehnt sich vor und legt den Joint im Aschenbecher ab. »Mannomann, das Kraut ist echt gut.«

»Ja, habe ich«, nehme ich den Faden unseres Gesprächs auf.

»Aber warum? Hat sie eine Goldmuschi, oder was?« Ein Muskel an meinem Kiefer zuckt, ich muss aufpassen, dass ich ihm keine reinhaue. *Es ist Reid, Herrgott.* »Nein, hat sie nicht. Ich weiß es selbst nicht«, knurre ich zwischen zusammengebissenen Zähnen hervor.

»Du magst sie«. Schockiert reißt er die Augen weit auf und starrt mich nieder. »Du hast dich verliiiebt«, singt er und wenn er nicht gleich aufhört, fliegt meine Faust wirklich in sein Gesicht.

»Du bist so dumm. Ich weiß gar nicht, wie Liebe aussieht, Mann. Zieh lieber noch einmal an der Tüte, ist besser für dich.« Ich deute mit dem Finger träge in Richtung Tisch.

»Lenk nicht ab, du weißt, ich habe recht. Erzähl mir was über sie.« Wie ein kleines Mädchen, das auf ihrem Bett sitzt und darauf wartet, dass die Freundin ihr den neuesten Gossip mitteilt, fletzt mein Partner auf meiner Ledercouch und grinst mich breit an.

Ich schließe die Augen, lasse meine links und rechts auf die Lehne fallen. »Sie heißt Alexandra. Ist wohl durch Zufall in den oberen Teil des Clubs gestolpert und da traf ich sie. So schön, anbetungswürdig und bei Gott, Reid. Die Frau kann ficken wie keine zweite. Sie treibt mich immer höher, ich habe das Gefühl, dass oft sie diejenige ist, die das Spiel dominiert, nicht ich. Sie ist mir ebenbürtig, gibt Kontra und lässt sich nichts sagen. Weiß aber auch ganz genau, wie sie sich entschuldigen muss.« Meine Mundwinkel breiten sich zu beiden Seiten aus, wenn ich an gewisse Male denke, in denen sie doch nachgegeben, in denen sie sich mir völlig hingegeben hat.

»Alexandra? Witzig, so heißt meine Schwester auch.« Wir sehen uns an und lachen. Er grunzt, sein Körper schüttelt sich vor Belustigung. Und ich finde das sehr amüsant.

»Was für ein Zufall«, pruste ich los. Als wenn ich jemals mit seiner Schwester vögeln würde. Soviel ich weiß, ist sie beim Militär gewesen, das muss ja ein Mannweib sein. Nein, danke. Da bin ich mit meinem Kätzchen zufrieden.

Noch immer lachend beuge ich mich vor, um nochmal an der Tüte zu ziehen, bevor ich sie ausdrücke. Meine Lider schließen sich und allmählich verstehe ich, was Reid eben meinte. »Das Gras ist wirklich verdammt stark heute. Neue Sorte?«

»Jaja. Hab gedacht, ich gebe mal mehr aus als sonst.«

O, das spürt man. Die Droge sickert tiefer in mein Bewusstsein, lässt mich wohlig seufzen und hüllt mich ein wie flauschige Baumwolle. Der Kopf vernebelt und verdichtet sich und das Wattegefühl nimmt zu. »Wollen wir eine Runde pennen?« Ich gähne herzhaft, doch bekomme schon keine Antwort mehr. Toll, ist der Sack vor mir eingeschlafen. Na gut, dann …

***

»Mach dein verficktes Handy aus, du Sack. Noch fünf Minuten«, grummelt jemand und tritt mir in den Arsch.

Alter! Was soll das? Blinzelnd öffne ich die Augen. Mein Schrank, mein Flatscreen. Ich bin zuhause. Das ist gut. Ich schaue an mir hinunter, bin angezogen. Noch besser.

»Creed!« Das ist aber keine Frauenstimme.

Oh fuck! Ich reiße die Augen ganz auf, traue mich kaum, den Kopf langsam in Richtung Stimme zu drehen. Male mir dabei das Schlimmste aus. *Scheiße, Creed, was hast du getan?*

Zu meiner Erleichterung ist es nur mein bester Freund, der mehr schlafend als wach auf meiner Couch liegt und unverständliche Flüche murmelt.

Ich lasse wieder Sauerstoff in meine Lunge, registriere dabei ein penetrantes Geräusch, dass sich stark nach meinem Handy anhört. Murrend greife ich es mit einer Hand vom Tisch und nehme den Anruf entgegen. »Wer stört?«

»Na endlich gehst du ran. Die heiße Braut ist da. Beeil dich oder willst du sie erneut verpassen?« Damit legt Nick auf und es braucht genau drei Sekunden, bis sich die Info durch den Nebel arbeitet.

Frau. Schießstand. O! Wie ein Klappmesser schnippe ich hoch, horche in mich hinein. Keine Kopfschmerzen, kein Kotzgefühl. Das Zeug ist wirklich sein Geld wert, Reid soll sich unbedingt den Typen merken.

Als ich geduscht und umgezogen wieder ins Wohnzimmer komme, schläft Schneewittchen noch immer tief und fest. Ich werde ihn schlafen lassen und nach dem Schießstand allein in den Club fahren. Er meldet sich schon, wenn er aufwacht.

An einer roten Ampel halte ich, bin aber versucht, den Mercedes einfach weiterrollen zu lassen. Ich will diese Frau auf keinen Fall verpassen. Erst recht nicht, weil diese weißblonden Haare mir nicht aus dem Kopf gehen.

Was ist, wenn ...

Was für ein Zufall wäre es, wenn ausgerechnet mein Kätzchen meine zweite Leidenschaft mit mir teilen würde. Wie würde ich damit klarkommen? Könnte ich das überhaupt?

Reid hat unrecht. Ich kann mich nicht verlieben, ich weiß nicht einmal, wie das geht. Ich bin für alle Frauen gemacht, nicht bloß für eine. Und schon gar nicht für Gefühle. Ich will das nicht. Eher hätte ich meinem Partner zugetraut, eine Frau zu treffen, die ihn umhaut. Warum also ich? Bin ich angreifbar geworden? Habe ich nicht genug aufgepasst oder sind es wirklich einfach nur die Lust, die Leidenschaft und dieser Nervenkitzel, die uns verbinden?

Egal wie man es dreht und wendet, die Frau nistet sich in mir ein und das gefällt mir nicht. Es macht mich schwach und es ist nicht das erste Mal, dass ich meinen Fokus verliere.

Die Ampel schaltet auf Grün und ich drücke das Gaspedal durch. Die Reifen quietschen auf dem Asphalt, doch es könnte mir nicht egaler sein als in diesem Moment, auch nicht als neben mir ein paar Autos hupen, weil ich einfach auf deren Fahrbahn biege.

Gerade habe ich ein Ziel und das ist diejenige, die mir meinen Platz an der Zielscheibe streitig macht. Eventuell die Frau, die mir seit Tagen den Verstand raubt und meinen Schwanz zum Abfallen bringt.

Ich parke in einer freien Lücke, steige aus und gehe schnurstracks ins Innere. Völlig aufgeheizt von meinen Gedanken, vielleicht auch vom Dope und dem Adrenalin, das in mir brodelt, begebe ich mich auf direktem Weg zu den Schießständen – und erstarre. *Heilige Scheiße.*

»Na, geiler Arsch oder? Schau ihn dir in diesen knappen Shorts doch bitte mal an. Da will man förmlich reingreifen.«

Eine Ader an meiner Schläfe beginnt zu pochen, als ich Nick neben mir sabbern höre. Nur mit Mühe kann ich mir ein Grollen verkneifen. »Rührst du sie an, war es das letzte Mal, dass dein Arsch in meinem Club getanzt hat.« Gespielt gleichgültig lehne ich mich mit dem Rücken an die Wand, beobachte mein Kätzchen durch die Glasscheibe und kann kaum fassen, was ich sehe. Schuss um Schuss versenkt sie die Kugel ins Schwarze, in die Mitte oder aber in eine andere perfekte Punktzahl.

»Hey, hey. Ganz ruhig. Wusste ja nicht, dass du sie kennst. Ich behalte meine Flossen bei mir, verstanden.«

Ohne mich weiter mit ihm abzugeben, setze ich mir einen Gehörschutz auf und betrete die eiserne Tür, die den Vorraum von den Ständen trennt. Gemächlich, wie ein Raubtier pirsche ich mich an sie heran, warte jedoch, bis ich das letzte Knallen der Kugeln vernehme – will ja nicht sterben. Stelle mich hinter sie und ziehe sie mit ihrem Rücken an meinen Oberkörper.

Sofort versteift sie sich, doch als ich hauchzart meine Hand unter ihr T-Shirt fahren lasse, ist sie Wachs unter meinen Berührungen. Sie dreht sich um und blickt mich mit großen Augen an. Argwöhnisch betrachtet sie mich, scannt meine Gesichtszüge und zeigt vor sich zum Vorraum.

Ich verstehe, lasse von ihr ab, zwinkere ihr noch zu und schlendere zurück zum Tresen, um auf sie zu warten. Den Gehörschutz hänge ich an den Haken, als sie auch schon durch die Tür kommt, es mit ihren gleichtut und ihre Waffe in das Case packt.

»Verfolgst du mich?«, fragt sie geschäftig und fast entweicht mir ein heiseres Lachen.

»Nein, ganz sicher nicht. Ich konnte ja nicht ahnen, dass mein Kätzchen gleich zwei meiner Leidenschaften mit mir teilt. Wollen wir was trinken?«, biete ich ihr an. Ich habe nicht vor, sie nun gehen zu lassen. Es kann nicht schaden, sich außerhalb von Sex und Intimität auszutauschen. Vor allem will ich wissen, wieso sie so gut schießen kann.

Überrascht von meinem Angebot hebt sie ihren Kopf und mustert mich, dabei fällt mir eine Strähne auf, die sich aus ihrem hohen Zopf gestohlen hat. Ich kringle sie um meinen Finger, spiele mit den Spitzen und nehme wohlig zur Kenntnis, wie sich Alexandras Wangen leicht röten. »Okay«, nuschelt sie und ich schmunzle.

So schüchtern auf einmal. Ich lasse sie vorgehen und wir setzen uns an einen freien Tisch im Clubhaus.

Nick, dieser Schleimscheißer, kommt angerannt und nervt mich mit seinem Getue: »Die zwei besten Schützen an einem Platz, wie schön. Soll ich euch was bringen?«

Ja, am besten meine Waffe aus dem Spind, damit ich dir deine Augen rausschießen kann. »Zwei Wasser«, bestelle ich und sehe in meinem Blickwinkel, wie sich Alexandras Mund missbilligend verzieht. »Was?«

»Ich nehme ein Wasser, danke.« Sie bestellt also selbst, alles klar. Habe verstanden.

Nick, der Knecht, verschwindet und sie lehnt sich mit verschränkten Armen vor der Brust zurück.

»Damit eins klar ist, ja, ich stehe drauf, wenn ich beim Sex dominiert werde, wenn du sagst, wo es langgeht und wenn ich dir ab und zu Kontra geben darf, aber außerhalb alledem bin ich eigenständig. Ich entscheide, was ich will und was nicht.« Immer, wenn ich das Kätzchen gesehen habe, war es im Club. Da werde ich zum Spielmacher und genieße es, die Macht zu haben. Jetzt befinden wir uns in der echten Welt und sie hat absolut recht mit dem, was sie sagt.

»Es tut mir leid, kommt nicht wieder vor.« Ihre Augen weiten sich minimal. Belustigt hebe ich eine Augenbraue. »Was? Dachtest du, ich kann mich nicht entschuldigen? Außerhalb des Clubs bin auch ich ein ganz normaler Mann.«

Zufrieden mit meiner Antwort, setzt sie sich wieder hin. Unsere Getränke werden gebracht und sie spielt mit dem Kondenswasser am Glas. »Das ist so verrückt«, murmelt sie gedankenverloren.

»Genau das Gleiche habe ich auch gedacht, als ich dich dort stehen sah. Wie kommt es, dass du so gut schießen kannst?«

Etwas blitzt in ihrem Blick, das ich nicht deuten kann, doch so schnell wie es kam, ist es auch schon wieder weg. »Hatte langjähriges Training, den Ehrgeiz besser zu werden als alle anderen. Wenn ich meine Waffe in den Händen halte, vergesse ich Zeit und Ort. Ich bin in einem Tunnel und spüre nur meine Atmung, das Adrenalin und die Spannung in mir. Andere Frauen gehen zum Yoga, ich hierher.« Sie zuckt unbeteiligt mit den Achseln, doch hat sie in meinen Augen noch nie so attraktiv auf mich gewirkt wie jetzt.

»Und du?«, fragt sie mich und schaut mich an. Diese blauen Murmeln, die mich ständig an unsichtbaren Schnüren zu sich ziehen, in einen Sog und Strudel hineinfallen lassen.

Ich räuspere mich, um sie nicht auf dem Tisch flachzulegen. »Tatsächlich ist es fast das Gleiche wie bei dir. Viel Training und der Ausgleich zu meinem Job, neben dem Joggen mit meinem besten Freund. Ich kann ja nicht nur Sex haben und Zahlen kalkulieren«, witzle ich, bemerke allerdings einen Schatten, der sich über ihren Blick legt. »Weißt du, dass du verflucht heiß aussiehst, wenn du eifersüchtig bist?« Selbstverständlich habe ich in ihr gelesen. Ich bin kein Amateur und sehe genau, wenn die Mordlust eine Frau überkommt.

»Ich bin nicht eifersüchtig«, murmelt sie und dennoch krampfen sich ihre kleinen Hände um das Glas.

Ich beuge mich vor, löse Finger für Finger davon und lege ihre Hände flach auf den Tisch, tätschle sie einmal und lehne mich grinsend zurück. »Na sicher.«

»Creed, du bist ein Arschloch. Gibt es eigentlich irgendwas nettes an dir? Irgendeine Sache, die nicht nur nach Sex riecht? Erzähl mir ein einziges Detail, das keine Frau von dir weiß.«

Damit erwischt sie mich kalt.

Es rieselt meinen Nacken hinab und das Unbehagen nimmt zu. Außer meiner Familie weiß kein weibliches Wesen etwas persönliches von mir. Dass Alexandra nun weiß, wo ich meine Freizeit verbringe, ist schon viel, aber dass sie sich nun auch noch tiefer in mich graben möchte, geht nicht. Und dennoch reagiert mein Mund schneller als mein Kopf: »Mein bester Freund hat mir mal zum Geburtstag eine Schildkröte geschenkt.

Er denkt, ich vereinsame sonst zuhause, weil ich keine Beziehung will und meine Fickbekanntschaften niemals dorthin mitnehme.«

»Und was ist, wenn ich deine Wohnung sehen wollen würde? Lässt du mich?«

Und mit einem Mal beginnt ein Wirbelsturm in mir zu toben. Denn ohne es zu wollen, sage ich einfach »Ja, würde ich.«

Mit diesem Satz ist es besiegelt. Ich bin am Arsch. Egal wie man es dreht und wendet, egal wie sehr ich mich darauf konzentriere, das Arschloch zu sein, das Frauen nicht an sich heranlässt. Diese Frau knackt mich und ich weiß nicht, wie ich das aufhalten soll. Also mache ich das erste Mal etwas, von dem ich dachte, ich würde es niemals tun: Ich laufe weg.

Ein letztes Mal sehe ich dieser Frau in die Augen, stehe auf und gehe hinaus, steige in meinen Wagen und fahre arbeiten. Mein wummerndes Herz, meine Gedanken, die unermüdlich das Gespräch in meinem Kopf wiedergeben, sagen mir, dass ich umdrehen sollte.

Und doch tue ich es nicht.

KAPITEL

18

Lexie

Es ärgert mich noch immer so dermaßen, dass er mich gestern hat sitzen lassen. Was fällt ihm ein? Eine simple Frage, eine einfache Antwort und er haut wie ein Feigling ab. Warum?

Ob es an seiner vorherigen Aussage liegt? Er meinte, er habe eine Schildkröte bekommen, damit er sich zuhause nicht einsam fühlen muss. Keine Frau nimmt er dort mit hin. *Mich schon*, ruft mir mein Gedächtnis wieder in den Sinn. *Dich würde er mitnehmen, dir sein Heim zeigen.*

Wärme erfüllt meinen Bauch, mein Herz schlägt schneller. Ihn außerhalb des Clubs zu sehen, hat mir gefallen. Creed wirkte so anders als im Never Regret. Zwar schlug seine dominante Ader auch dort an, jedoch ist die anders gewesen. Vielleicht gefällt es mir nur, dass er ebenfalls Waffen mag.

Reid ist eher anderer Meinung als ich und dafür, dass die Dinger komplett abgeschafften werden müssten. Ich dagegen liebe das Schießen. Selbstverständlich sollte nicht jeder mit einer geladenen Pistole rumlaufen dürfen, aber die, die einen Waffenschein besitzen und damit umzugehen wissen, warum sollten sie ihr Hobby nicht in einem geeigneten Ort ausüben können? Ohne das ständige Trainieren würde ich schnell meine Fähigkeiten verlieren. Und dafür liebe ich das Schießen viel zu sehr.

Ich lehne mich in meinem Bürostuhl zurück. Dieses Mal ist Sam diejenige, die im Homeoffice ist. Leider. Zu gern hätte ich mit ihr darüber geredet, wie ich Creeds Verhalten richtig einschätzen soll. Ebenfalls hätte ich mit ihr meine Gefühle für ihn analysieren können.

Denn eines hat es mir gestern gezeigt. Ich mag ihn. Wirklich. Nicht nur so ein ›Oh, den finde ich ganz nice‹, sondern ein ›Mit dem kann ich mir mehr vorstellen‹. Wir lieben beide Sex, unsere körperliche Anziehung ist dermaßen präsent und nun teilen wir auch noch ein weiteres Hobby miteinander. Es muss Schicksal sein, dass ich ausgerechnet ihm über den Weg gelaufen bin.

Creed schätze ich so ein, dass er mich händeln kann. Dass er mir zeigt, dass ich mit einigen Allüren nicht weit komme. Er wird mich zügeln können, wenn es mal wieder mit mir durchgeht. Keiner konnte das bisher.

Na gut, Reid, aber er ist mein Bruder und weiß, welche Knöpfe man bei mir drücken muss. Doch sobald Männer erfahren, was ich bis jetzt alles erlebt habe, welche Ausbildung ich genossen habe und wozu ich trainiert wurde, nehmen sie schnell Reißaus. Keiner will mit einer Frau zusammen sein, die einen im Schlaf töten könnte.

Innerlich verdrehe ich die Augen über meine eigenen Gedanken. Das ist so ein Schwachsinn und dennoch musste ich mir das schon so oft anhören.

»Lexie?«

Ich setze mich ordentlich hin und schaue zu der Person, die mich angesprochen hat. »Was gibt's Annabell?«

»Hast du den Pitch für dieses *Love in the Air*-Ding fertig?«

Verwirrt runzle ich die Stirn. »Wovon sprichst du?«

»Na von dem Projekt von Anderson & Garden. Die Mail hatte ich dir vor drei Tagen geschickt.«

»Sicher? Mir sagt es gar nichts.« Ich beuge mich vor, klicke auf das Mailprogramm und rufe sie auf. »Hier ist keine von dir angekommen.«

Annabell stellt sich neben mich und schaut ebenfalls auf den Monitor. »Merkwürdig. Ich bin mir zu hundert Prozent sicher, sie abgeschickt zu haben.«

»Scheinbar hattest du anderes im Kopf als mich«, scherze ich.

»Hör mir bloß auf. Du kommst doch zur Hochzeit, oder?«

»Klar.« Ich bin noch immer verblüfft darüber, dass meine Kollegin all ihre Planungen über Bord geworfen und mich trotz bestehender Sitzordnung noch eingeladen hat. Wir haben uns beim Junggesellinnenabschied so gut verstanden, dass sie der Meinung ist, ich muss auch bei der Hochzeit dabei sein.

»Mit oder ohne plus eins?«

»Ich komme allein.«

Sie legt eine Hand auf meine Schulter. »Du kannst deinen neuen Freund ruhig mitbringen, Lexie. Sam hat erzählt, dass du jemanden kennengelernt hast.«

»So, hat sie das?«

»Ja, sie war ganz aufgeregt, weil du ihn ausgerechnet auf dem JGA begegnet bist. Sie interpretiert das als ein Omen oder so. Frag mich nicht.«

»Trotzdem werde ich allein kommen.« Oder sollte ich Creed fragen, ob er mitkommen möchte? Nein, das wäre zu früh. Wir kennen uns so gut wie gar nicht und nur, weil wir Exklusivität ausgemacht haben, heißt es nicht, dass wir ein Paar sind. Nur, dass wir keine anderen mehr vögeln.

Ihn also zur Hochzeit einer Kollegin mitzunehmen, würde alles nur komplizierter machen. Sie würden fragen, woher wir uns kennen. Und was soll ich darauf antworten? Sexclub? Nein, es ist besser, wenn ich allein hingehe. Die Entscheidung ist die richtige.

»Okay. Falls du es dir kurzfristig anders überlegen solltest, gib Bescheid. Wir haben noch ein Plätzchen frei für deinen Verehrer.«

Freundlich nicke ich. »Das werde ich.«

Sie nimmt ihre Hand wieder von meiner Schulter und geht, bleibt jedoch noch einmal in der Tür stehen. »Ich schicke dir gleich die Mail. Wäre toll, wenn du heute noch 'nen Pitch zu *Love is in the Air* hinbekommen könntest.«

»Ich werde mein Bestes geben.«

»Danke, du bist ein Schatz, Lexie.« Damit verlässt sie endgültig mein Büro.

»Puh ... nichts mit pünktlich Feierabend«, murmle ich und warte auf die angekündigte Mail. Allein des Titels wegen würde ich Annabell gern sagen, dass ich es nicht machen will. Wer denkt sich so einen Schrott aus? Love is in the Air. Als wenn Liebe in der Luft sein kann.

Dennoch überlege ich mir fix eine Idee für die Marketingkampagne für die Party. Ob man in Heißluftballons Paare über die offene Location fliegen lassen kann? So vielleicht auch die Vorabwerbung starten kann?

Meine Gedanken schweifen zum Never Regret. Die Glaskuppel hat es mir angetan. Eventuell kann man die mit einbauen, wenn der Kunde lieber eine geschlossene Location bevorzugt?

Der tiefe holzige Duft nach Vetiver steigt mir in die Nase, dabei bilde ich ihn mir nur ein. Aber es bringt mich auf die Idee, noch einen Bestäuber einzubauen, der aphrodisierende Gerüche vernebelt. Vielleicht sogar lila-pinkfarbenen Nebel, sodass die Menge mit dem spielen kann.

Immer mehr kleine Eindrücke vom Never Regret bringen mich auf weitere Vorschläge und die Zeit rast nur so dahin, bis es tief in der Nacht ist und ich endlich meinen fertigen Pitch an Annabell gesendet habe.

Erschöpft und mit qualmendem Kopf begebe ich mich in den Feierabend und fahre nach Hause. Reid wird zum Glück schon im Club sein, so kann ich mich entspannt mit einem Wein aufs Sofa fläzen und eine Serie schauen. So zumindest mein Plan – bis ich beinahe über einen Karton vor der Wohnungstür stolpere.

Er ist flach und klein, auf dem Adressaufkleber steht nur mein Name samt Anschrift, der Absender fehlt. Ich hebe das Ding auf, schüttle es leicht. Keine komischen Geräusche, die preisgeben, was drin sein könnte.

Da wie immer meine Neugierde siegt, fische ich den Schlüssel unter der Fußmatte hervor, schließe auf und verstaue ihn wieder. Drinnen lasse ich meine Tasche auf die Kommode fallen und gehe mit dem Paket in die Küche, wo ich es mit der Schere öffne.

Erneut ist es schwarzes Seidenpapier, das den Inhalt umhüllt. Vorsichtig hebe ich die obere Lage an und entdecke einen Umschlag mit meinem Namen. Lila Rosen sind darum drapiert. Schmetterlinge beginnen sich in meinem Bauch zu regen. Es sieht dem Geschenk von neulich sehr ähnlich. Auch die Handschrift müsste die Gleiche sein.

Ich nehme den Umschlag heraus und hole die Karte darin hervor.

Es war schön, dich wiederzusehen, Alexandra.
Wie wäre es mit einem Date morgen um 13 Uhr beim Starbucks in der Innenstadt?
Wir könnten in Ruhe miteinander über uns sprechen.

Nun drehen die Flatterviecher endgültig durch. *Er will mich wiedersehen. Über uns sprechen.*

Meine Hormone laufen auf Hochtouren. Breit grinsend halte ich die Karte an meine Brust. Mir ist warm und kalt zugleich. Nicht nur, dass wir uns wiedersehen, nein, er hat auch noch den perfekten Ort für mich gewählt. Ich liebe Starbucks.

Überglücklich lege ich die Karte auf die Arbeitsfläche. Tänzle mit schwingenden Hüften durch die Küche. Hole eine Vase aus einem der Hängeschränke, ehe ich den Blumen Wasser gebe und mir meinen Lieblingsweißwein einschenke.

Kann vielleicht doch Liebe in der Luft liegen? Ich weiß es nicht, aber wenn ich behaupten sollte, dass es so etwas gibt, dann müsste es sich so anfühlen. Alles scheint plötzlich so viel einfacher. Die Erschöpfung ist verschwunden, dafür bin ich aufgedreht wie ein Duracell-Häschen. Wie soll ich so bitte nachher einschlafen können? Oder es bis morgen Mittag aushalten?

***

Das Gefühl hat die komplette Nacht und den Morgen angehalten. Kaum konnte ich ruhig sitzen, musste ich ständig an das bevorstehende Treffen denken. Bestimmt an die zehn Mal habe ich mich umgezogen, weil ich mir nicht sicher gewesen bin, ob ich so gehen kann, so aufgeregt bin ich.

Letztendlich habe ich mich für ein schlichtes Outfit entschieden. Enge Jeans, weißes Top, darüber einen braunen Oversize-Pulli, der immer meine linke Schulter runterrutscht. Dazu eine schwarze Lederjacke. Auch meine Haare habe ich einfach gehalten. Offen liegen sie auf meinem Rücken, nur die vordere Partie habe ich in einem kleinen Zopf nach hinten gebunden, damit mir die Strähnen nicht ins Gesicht fallen. Ich hoffe, dass es leger genug ist und nicht offensichtlich nach einem Date schreit. Schließlich gehen wir nur zum Starbucks und in kein edles Restaurant.

Damit ich die restliche Stunde überbrückt bekomme, mich nicht doch noch einmal umziehe, gehe ich in der Innenstadt shoppen. Schaue im Dessousladen vorbei und kaufe einige schicke Sets, die auch Sexclub-tauglich sind. Die Ablenkung tut mir gut, scheinbar zu gut, denn ich komme beinahe zu spät zu dem Date.

Ich beeile mich, weiche anderen Menschen aus und verfluche mich innerlich dafür, dass ich nicht eher auf die Uhr geschaut habe. Mit zwei Minuten Verspätung komme ich beim Starbucks an, bleibe vor der Tür stehen und versuche, meine Atmung zu verlangsamen. Es gibt nichts Schlimmeres, als hechelnd bei einem Date anzukommen.

Aus dem Augenwinkel sehe ich einen Mann, der mir vage bekannt vorkommt. Er nickt mir grüßend zu, was ich verwirrt erwidere. Wer war er noch mal? Schnell schiebe ich die Frage beiseite. Wenn er wichtig wäre, müsste ich mich das nicht fragen. Stattdessen öffne ich endlich die Tür von Starbucks und trete ein.

Der Duft von frisch gemahlenem Kaffee steigt mir in die Nase. Genießerisch schließe ich für ein Augenblick die Lider, sauge den Geruch tief in meine Lungen. *Es ist wie nach Hause kommen.* Ich sehe mich im Laden um, klappere die Tische unten ab und gehe dann die Treppe hinauf.

Und da ist er. Wie ein Magnet zieht Creed mich an. Seine Präsenz, seine Ausstrahlung überstrahlt jede andere.

Lächelnd setze ich mich in Bewegung, schreite auf seinen Tisch zu, der halb hinter einer Säule liegt. Sauge dabei seinen Anblick auf. Auch er ist eher leger angezogen, trägt einen schwarzen Hoodie zu einer ebenfalls schwarzen Jeans. Sein Deckhaar ist nach oben gegelt und sein Dreitagebart sieht frisch gestutzt aus. Noch hat er mich nicht gesehen, scheint woanders hinzuschauen.

Ich nähere mich weiter dem Tisch und umrunde den Pfeiler als … *Himmel, nein. Nein, nein, nein!* Vor Schreck bleibe ich stehen. Mein Herz rast und droht aus meiner Brust zu springen. Mehrmals hintereinander blinzle ich, hoffe, dass sich das Bild vor mir verändert. Tut es aber nicht.

Creed sitzt nicht wie angenommen allein da und wartet auf mich. Ein weiterer Mann ist bei ihm – und es niemand Geringeres als mein Bruder.

Dieser scheint mein Auftauchen mitbekommen zu haben, denn ihm entgleisen alle Gesichtszüge. Sein Blick wandert von mir zu Creed und dann zurück zu mir. Auch Creed nimmt endlich Notiz von mir. Seine Augen blitzen vorfreudig auf. Doch ehe er etwas sagen kann, poltert es panisch aus Reid heraus: »Lexie, was machst du denn hier?«

Unsicher lächle ich die beiden Männer an. Habe keine Ahnung, wie ich reagieren soll und bin meinem Pokerface mehr als dankbar, dass es keine Miene verzieht. Die Situation ist komplett falsch. Mein Bruder und der Kerl, den ich mehrmals gefickt habe an einem Tisch. Fuck!

»Ähm ... ich war shoppen und dachte, ich mache eine kurze Pause«, stammle ich die Lüge und halte zur Verdeutlichung meine Tüte hoch.

»Was Nettes gefunden?« Es ist Creeds tiefe Stimme, die mich das fragt und mich zugleich verwirrt. Er wollte sich mit mir treffen. Oder habe ich die Karte missverstanden? Meinte er eigentlich gestern und ich habe sie einen Tag zu spät erhalten? Aber warum ist er dann ausgerechnet hier? Und wieso mit meinem Bruder? Fragen über Fragen, auf die ich sicherlich keine Antworten kriegen werde, solange Reid dabei ist.

»Ja«, antworte ich mit viel zu hoher Stimme.

»Es verging noch kein Shoppingausflug ohne Beute bei dir.« Reid lacht und klopft auf den Stuhl neben sich. »Setzt dich zu mir und meinem Bro. Ach so, das ist übrigens der Wichser, den du unbedingt kennenlernen wolltest. Creed Colemann, mein bester Freund und Geschäftspartner.« Er nickt zu seinem Kumpel. »Und Creed, das ist meine kleine Sis, Lexie.«

»Nett, dich mal kennenzulernen, Alexandra.« Creed zwinkert mir zu.

Wie kann er so cool sein? In mir gerät gerade alles in Schieflage. Ich bin nicht nur unerlaubt in den Club gegangen und habe Reid damit hintergangen, sondern habe auch noch mit seinem besten Freund geschlafen. Was habe ich da nur angerichtet? Fuck, fuck, fuck!

KAPITEL

19

Creed

Es gibt Momente, da denkt man, das Leben kann einen nicht noch härter in den Arsch ficken. Und dann rammt es einem die geballte Faust hinein.

»So hat dich ja ewig keiner mehr genannt«, lacht Reid und tut so, als habe er einen guten Witz gerissen.

Ja, wie soll ich auch ahnen, dass meine Alexandra seine Lexie und damit seine verdammte Halbschwester ist!

»Jaaa, das stimmt«, dehnt sie den Satz aus und zupft an ihrer Tasche herum. Hübsch sieht sie aus und ich liebe es, wenn Unsicherheit durch ihre Mimik huscht.

Natürlich bin ich geschockt. Im ersten Moment habe ich gedacht, das ist einer von Reids Scherzen und er will mir nur weiter auf den Sack gehen. Doch ich habe ihm *meine* Alexandra nie beschrieben, von daher kann er es nicht wissen.

Das ist so falsch! Ich habe die Schwester meines besten Freundes gevögelt. Mehrmals. Wenn er das herausfindet, ist alles vorbei. Der Club, unsere Freundschaft, das Vertrauen zueinander.

»Nun setz dich doch endlich zu uns, Lexie, du machst mich wahnsinnig.«

Sie ringt sich ein Lächeln ab, setzt sich neben ihren Bruder, der ihr Platz macht und meidet meinen Blick. Wenn sie mich wenigstens ansehen würde, dann könnte ich ihr mit den Augen sagen, dass wir es geheim halten müssen. Doch dieses sture Weib ignoriert mich.

Frustriert lehne ich mich zurück und trinke von meinem Kaffee.

»Ich verstehe euch nicht. Die ganze Zeit wolltet ihr euch kennenlernen und nun spielt das Schicksal euch in die Karten. Ich müsste angepisst sein, weil ich das eigentlich nicht wollte. Noch nicht. Ihr seht aus, als wäre es eine Strafe.«

Fuck. Reid ist zwar manchmal ein Idiot, aber er ist verflucht scharfsinnig und er kennt uns. »Ich bin positiv überrascht. Ich überlege, ob du mir nicht doch Handschellen anlegen solltest.« Das Dilemma überspielen, ihn auf andere Gedanken bringen, das ist die Devise. Und es klappt. Sofort ziehen sich seine Augenbrauen zusammen und auch Ihre Hoheit, Alexandra I, schaut mich an, als hätte ich den Verstand verloren.

»Du Pisser willst sterben, oder? Meine Schwester ist tabu. Buchstabiere es mir, los.«

Augenrollend nehme ich noch einen Schluck und zeige ihm den Mittelfinger.

»Einmal gesehen und schon ist er mir unsympathisch«, antwortet das Kätzchen eiskalt und meine Handfläche kribbelt.

Ich schaue sie herausfordernd an. *Komm, trau dich. Sag doch bitte noch etwas, damit ich dich beim nächsten Mal so richtig bestrafen kann.* Und erst da wird es mir bewusst. Es wird kein nächstes Mal geben. *Scheiße, ich darf die Kleine nie wieder anrühren. Niemals!*

»Aber Lexie, ihr habt echt viel gemeinsam. Das Schießen zum Beispiel. Creed ist der Beste«, erzählt er stolz
und nun biegen sich ihre Mundwinkel breit nach oben.

»Ach, ist er das?« Herausfordernd blitzt es in ihren
blauen Iriden und am liebsten will ich ihren Hals packen und ...

»Ja, in der Tat. Ich verstehe echt nicht, was ihr an
Waffen sooo toll finden könnt. Ernsthaft! Das ist total
sinnbefreit. Aber okay, wenn ihr drauf steht?!« Reid
lehnt sich ebenfalls zurück und zuckt mit den Achseln.

*Jaja, Kätzchen, wir stehen auch noch auf ganz andere
Dinge. Nicht nur der Schießstand verbindet uns.* Ich bin
versucht, sie zu provozieren. Nur ein bisschen, um die
eiskalte Schicht, die sie um sich herum gebaut hat, ab-
zuschlagen. Befürchte aber, dass es uns nur verraten
würde. Ich muss mitspielen, darf mich auf keinerlei
Experimente einlassen. »Es ist ein stressabbauender
Sport, Bro. Wir metzeln keinen nieder oder gehen in
den Krieg«, argumentiere ich und nehme das Augenmerk von der Hübschen vor mir.

»Apropos Krieg, Lexie war wirklich da. Beim Militär
ist sie gewesen.« Aus jedem seiner Worte ist purer Stolz
zu hören und auch ich kann nicht anders und senke
anerkennend das Kinn.

Es ist alles so surreal, habe ich doch letztens erst noch
mit Reid darüber gequatscht. Und heute? Nichts mit
Mannweib. Das ist so fernab jeglicher Realität, dass ich
mich für meine Worte damals aufhängen könnte. »Das
ist ... beeindruckend«, presse ich hervor und umschließe den Kaffeebecher fester mit meiner Hand.

Ich habe Mühe, mich nicht vorzubeugen, sie besin-
nungslos zu küssen, für das, was sie leistet. Für das,

was sie ist. Wer sie ist. Doch ich darf nicht. Kann nicht! Es zieht mir die Eingeweide zusammen, wenn ich daran denke, dass ich sie nicht mehr berühren darf. Es quetscht mir die Eier ab, wenn ich nur einen Gedanken daran verschwende, nicht mehr in ihr sein zu können.

»Ich ... ich sollte mal wieder los. Hab noch was zu erledigen«, murmelt sie und steht auf, tätschelt ihrem Bruder die Wange, weshalb er brummend den Kopf dreht.

Ich kann mir ein Grinsen nur mühsam verkneifen und stehe ebenfalls auf, reiche ihr die Hand und ziehe sie zu mir rüber. Eine Umarmung, ein letztes Mal diesen Körper spüren, wird jawohl erlaubt sein. »Es war schön, dich endlich kennenzulernen, Alexandra.« Meine Worte fegen über ihre Wange, als ich einen Schritt zurückgehe und sie freigebe. Im wahrsten Sinne des Wortes.

Eine zarte Röte bildet sich auf ihrer Haut, Reid hustet künstlich und ich setze mich schnell wieder. Lexie winkt noch einmal kurz, bevor sich abwendet und im Treppenabgang verschwindet.

»Das hat mir ganz und gar nicht gefallen«, knurrt mein bester Freund, kaum ist mein Fokus wieder auf ihn gerichtet.

»Was?«

Er zeigt mit dem Finger hinter sich und dann auf mich. »Das. Sah scheiße aus, wie ihr euch im Arm hattet. Mag ich nicht«, bockt er wie ein beleidigtes Würstchen herum und ich verdrehe erneut die Augen.

»Sie ist deine Schwester, Mann. Sollten wir uns da nicht auch verstehen? Ich habe dir versichert, ich fasse sie nicht an. Also komm klar.« Ein Eispickel bohrt sich in mein Herz, angesichts der Tatsache, dass ich soeben meinen engsten Freund belogen habe. Aber ich wusste es doch selbst nicht. Wie sollte ich das ahnen? Alexandra machte keineswegs den Eindruck, als hätte sie gewusst, dass ich der andere Partner und Bruder im Geiste ihres Halbbruders bin.

»Trotzdem, dein Blick ist so ... sehnsüchtig gewesen. Creed, ernsthaft. Lexie ist tabu. Für alle Zeiten. Auch, wenn ich mal sterben sollte. Immer.« Er redet und redet und bemerkt gar nicht, wie ich innerlich bei jedem einzelnen seiner Worte zusammenzucke.

Ja, ich habe Sehnsucht. Ja, ich mag es, mich mit Lexie fernab von Sex und dem Club zu unterhalten. Wir hatten gestern das erste Mal Gelegenheit, überhaupt etwas voneinander zu erfahren, und das habe ich genossen. Ach, was soll die Scheiße, ich habe es geliebt. Und genau dieses Gefühl macht mir eine verdammte Angst, weswegen ich geflüchtet bin.

Denn Alexandra Brooks hat sich in mein Herz geschlichen. In meine Eier. In meinen Schwanz und in mein Hirn. Und ich hasse es.

»Creed?«

»Was?«, gebe ich gereizt von mir und kicke mental gegen meine Schädeldecke. »Sorry, ich habe übelst Kopfschmerzen. Aber nichts, was ein Tequila nachher nicht richten wird«, lockere ich die Situation etwas und auch seine Mimik klärt auf.

Die zwei Lachfalten an seinen Augen kommen zum Vorschein. Doch würde ich ihn darauf hinweisen, würde er noch heute zum Beautydoc fahren und sie sich wegspritzen lassen. Reid ist sehr eitel und hat Angst vor dem Älterwerden. Mit achtundzwanzig Jahren, wohlgemerkt.

»Na gut, dann hoffen wir das mal, denn wenn ich deine Laune ab jetzt die ganze Nacht ertragen muss, mach ich Homeoffice und das Handy aus. Lass mich nur eben noch pissen gehen, und wir können los.« Er steht auf und ist auch schon hinter der nächsten Ecke verschwunden.

Nachdenklich starre ich aus dem Fenster und trinke den Kaffee aus. Es wird verdammt schwer werden, dem Verlangen nach dem Kätzchen nicht nachzugeben, vor allem, weil ich keine anderen Frauen mehr anpacken kann. Es interessiert mich einfach keine andere mehr.

Mein Blick bleibt plötzlich auf dem Smartphone von Reid kleben, das auf dem Tisch liegt. *Fuck! Mach ich's oder nicht? Ach, scheiß drauf.*

Ich ziehe es mit einem Finger zu mir heran, entsperre es mit dem Code, den ich seit Jahren weiß, schnappe mir mein Handy und speichere Lexies Nummer ab. Lege das schwarze, glänzende Smartphone auf den Platz. Gerade rechtzeitig, denn mein bester Freund kommt zurück.

»Alter, da bumsen welche auf dem Scheißhaus. Habe ihnen unter der Tür meine Visitenkarte durchgeschoben. Wer weiß, vielleicht sind das ja neue Kunden für die Empore?« Er ist so ein Spinner.

»Was ist aus ›Wir wollen nur eine exklusive Klientel oben‹ geworden?«, frage ich ihn, als wir den Laden verlassen.

»Sie müssen sich ja sowieso erstmal bewerben. Aber allmählich brauchen wir frischen Wind, vor allem was die Schnecken betrifft.« War ja klar, dass er nur daran denkt. Ich nicht. Meine Gedanken sind noch immer bei einem unbändigen Kätzchen mit weißblonden Haaren.

***

Ich sitze mal wieder auf der Empore und trinke. Man könnte glatt meinen, ich bin Alkoholiker, so oft wie ich mir einen Drink genehmige, aber es ist eher so, dass ich dann am besten nachdenken kann. Der Sprit schärft mich für wesentliche Dinge und sorgt heute dafür, dass ich sie aus meinem Gedächtnis verbanne. Ich muss.

»Ist auf dir noch frei?«

Angesichts dieser plumpen Anmache hebe ich meinen Kopf und mustere die Brünette in ihrem knappen rot-glitzernden Kleid. Auf ihrer Haut scheint es ebenfalls zu funkeln, denn die Scheinwerfer der Spots erhellen ihre ganze Figur.

»Vor mir, ja.« Ich kann sie nicht vögeln, es funktioniert einfach nicht. Aber sie kann mir einen blasen, wie all die Mäuse vor Alexandra auch, und dann in die Nacht verschwinden.

Sie kniet sich hin, greift zitternd mit ihren manikürten Fingern an meinen Gürtel und öffnet ihn. Leckt sich die Lippen, als sie in meine Hose fasst und meinen Schwanz herausholt. »Ich mach das schon«, murmelt sie versonnen und schiebt ihn sich der Länge nach, bis zum Anschlag in ihren Mund.

Ich schließe die Augen, lege den Kopf in den Nacken und spüre ... absolut nichts. Nicht mal den Hauch eines Kribbelns, der Ekstase oder ein Ziehen meiner Eier. Rein gar nichts. Sie lutscht und saugt und gibt wirklich alles, aber ich muss uns beide erlösen. *Was für eine gott-verdammte Scheiße.* Ich setze mich auf und entferne die Frau von meinem besten Stück. »Sorry, das läuft nicht. Such dir wen anders.«

Ihre Augenbrauen ziehen sich zusammen und Ärger blitzt mir entgegen.

Na super.

»Du Scheißkerl«, braust sie auf, erhebt sich und stöckelt torkelnd davon.

Erzähl mir was, das ich noch nicht weiß, Schätzchen.

Zutiefst frustriert packe ich meinen Schwanz wieder ein, schließe den Gürtel und hole mein Handy hervor. Scrolle mich durch die Kontaktliste und lasse meinen Finger über ihren Namen schweben.

»Creed?« Die Stimme meines Partners holt mich aus meiner Spannung heraus und ich schaue auf, entdecke ihn am Tresen. Er winkt mich zu sich, neben ihm ein Pärchen, das ganz aufgeregt den Blick schweifen lässt.

Noch einmal sehe ich auf das Display, doch der Sperrbildschirm ist angegangen. *Gut, dann hat das Schicksal also erneut gewählt. Fuckingtastisch!*

KAPITEL

20

Lexie

Vergessen sollte ich ihn. Ihn abschreiben und nicht mehr an ihn denken. Nur ist das leichter gesagt als getan. Seit Wochen kreist er in meinem Kopf herum, ist ein fester Bestandteil meiner Gedanken und nun soll ich ihn daraus verbannen? Von jetzt auf gleich?

Wütend schleudere ich das Paket an die gegenüberliegende Wand. Wusste er von Anfang an, wer ich bin? War es sein Plan mich mittels der Einladung in Schwierigkeiten zu bringen? Wobei, hätte er dann gestern nicht anders reagieren müssen? Weniger geschockt?

So langsam habe ich keine Ahnung mehr, was ich glauben oder nicht glauben soll. Mein Herz rast, wenn ich an ihn denke, doch mein Gewissen sagt mir, dass ich mich von ihm fernhalten soll. Dass Reid derjenige ist, der darunter leiden wird, wenn ich alles wie bisher weiterlaufen lasse.

Arrgh! Es ist zum Verrücktwerden. Da habe ich endlich etwas gefunden, das mich erfüllt, das mir Spaß macht und nun ist alles für den Arsch. Bringt sogar noch unendlich viele Komplikationen mit sich.

Ich hätte es wissen müssen, dass Creed zu schön ist, um wahr zu sein. Perfekte Männer gibt es nirgends.

Aber der Sex war es. Alles in den Nächten mit ihm war es. Die Harmonie, die Anziehung, all das existiert wirklich. Seine dominante Seite, die innere Instinkte in mir angesprochen hat. Die Spielchen, die wir im Club miteinander getrieben habe. All das ist in meinen Augen perfekt gewesen.

Nur muss das in der Vergangenheit bleiben. Keine Wiederholung. Es darf nie wieder passieren. Ich habe Reid schon oft genug hintergangen, aber hinter seinem Rücken seinen besten Freund weiterzuficken ist ein No-Go! Absolut falsch! Wenn ich das tun würde, wird vieles kaputt gehen. Die Freundschaft zwischen ihnen würde für immer ruiniert sein, unser Bruder-Schwester-Verhältnis unwiderruflich zerstört. Niemals würde Reid es hinnehmen, dass wir miteinander vögeln. Akzeptieren, dass wir unseren Spaß haben.

Es klopft an meiner Zimmertür und ohne abzuwarten geht sie auf und mein Bruder steckt seinen Kopf durch den Spalt. Spitzbübisch wie eh und je sieht er mich an. Ich könnte ihn in dem Moment dafür hassen. Für ihn scheint alles in der Welt eine Leichtigkeit zu sein. Er hat immer Spaß und wenn es gerade mal ernst zugehen soll, dann findet er einen Weg, sein Vergnügen dennoch zu bekommen.

Wie sehr wünsche ich mir, dass ich so sein könnte wie er. Mir über nichts Gedanken machen, in den Tag hineinleben und immer meine Bedürfnisse befriedigen.

»Schwesterchen, wie wäre es mit einem Kaffee bei Starbucks?« Er zwinkert mir zu. »Dieses Mal auch ohne den Idioten.«

Dass allein schon bei der Erwähnung von Creed mein Herz schneller schlägt, behalte ich lieber für mich, stattdessen ringe ich mir ein fröhliches Lächeln ab.

»Wie kommt es, dass du deine bessere Hälfte nicht mitnehmen willst?«

»Das fragst du wirklich noch?«

Breit grinsend nicke ich. Juble über meine Neugierde und die Spitze, die Reid mitten in den wunden Punkt trifft. Denn man sieht es in seinen Augen, dass es ihn keineswegs erfreut, dass Creed und ich aufeinandergetroffen sind. *Pech, Brüderchen, ich habe ihn schon viel früher kennengelernt und es blieb nicht nur bei dem einen Mal.*

»Mir gefiel es nicht, wie er dich angeschaut hat. So lüstern und sehnsüchtig.« Er schüttelt sich. »Eklig!«

»Du spinnst doch. Und selbst wenn. Es bestätigt doch nur, dass du eine heiße Schwester hast.«

»Leider. Mir wäre es tatsächlich lieber, du würdest dein Aussehen unter einem Kartoffelsack verstecken. Vielleicht schicke ich dich in ein islamisches Land, wo du eine Burka tragen musst. Dann sieht auch niemand deinen Körper.«

Laut lache ich auf. »Ich bin volljährig, Reid, du kannst mich nirgends mehr hinschicken. Sorry, aber du musst einfach einsehen, dass das männliche Geschlecht Interesse an mir hat.«

»Mhm ...«, brummt er und betritt nun vollends mein Zimmer. Sein Blick fällt auf den Karton, der auf dem Boden liegt, der Inhalt daneben verstreut.

Mein Puls beschleunigt sich, und meine Augen weiten sich, als er auf diesen zugeht. Ich springe vom Bett, auf dem ich gesessen habe, und will mein Geschenk vor ihm verbergen.

Zu spät. Er ist schneller. Mit gerunzelter Stirn und spitzen Fingern hebt er den zerrissenen roten String auf. »Was zur Hölle?«

Sofort reiße ich ihm das Stück Stoff aus der Hand. »Geht dich einen Scheiß an.«

Ich verstaue das Teil in meiner hinteren Hosentasche. In der Zeit bückt sich mein Bruder abermals und hebt die Karte auf. Er liest sie. »Ich wusste, dass du einen Verehrer hast. Wer ist der Kerl?«

Dachte ich eben noch, dass mein Herz rast, so pumpt es nun so schnell wie Kolibriflügel schlagen. Ein Kloß bildet sich in meinem Hals und Schweiß tritt auf meine Stirn. *Fuck!*

»Wer sagt denn, dass es ein Mann ist? Das Geschenk kann genauso gut von einer Frau sein.«

Mit gehobener Augenbraue, die ›Willst du mich verarschen?‹ aussagt, sieht er mich abwartend an. Um der Antwort noch ein wenig aus dem Weg zu gehen, hebe ich den Karton auf, nehme Reid die Karte aus der Hand und verstaue alles samt Schlüppi wieder in der Verpackung.

»Es ist eine typische Männerhandschrift, Lexie. Zwar etwas schöner als die der meisten, aber dennoch männlich. Außerdem glaube ich dir das mit dem Lesbischsein schon lange nicht mehr. Du bist früher immer zu sehr auf Jungs abgefahren, als dass es sich plötzlich geändert hätte.«

Ich zucke zusammen. Warte, ob er von selbst darauf kommt, von wem der Text geschrieben wurde. Als Geschäftspartner muss er Creeds Schrift schon mehrmals gesehen haben. Doch er sagt nichts, starrt mich nur weiter an.

»Du kennst ihn nicht«, platzt es letztendlich aus mir heraus. Lüge, eine riesige fette Lüge, die ich ihm da ins Gesicht schleudere.

»Ich kenne eine Menge Menschen. Verrate mir seinen Namen und wir werden sehen, ob er nicht in meinen Kreisen verkehrt.«

»Ach, Reid, das tut er ganz gewiss und doch behalte ich den Namen erstmal für mich. Nachher lauerst du ihm auf, wie den kleinen Jungs damals in der Junior High.«

»Also kenne ich ihn?«

»Wie war das noch mit Starbucks? Bist du nicht deswegen in mein Zimmer gekommen?« Mehr als plump ist der Themenwechsel-Versuch, aber wenn Reid weiter nachhakt, kann ich nicht versprechen, dass mir nicht vielleicht doch Creeds Name über die Lippen rutscht. Bisher habe ich mit jedem bis auf Reid über den Mann gesprochen, mit dem ich Sex hatte. Es ist nie ein Problem gewesen, ihn offen auszusprechen, deswegen traue ich mir selbst gerade keinen Meter, dass ich ihn nun für mich behalten kann.

»Eigentlich schon.« Verlegen kratzt er sich im Nacken. »Hast du denn Lust?«

»Von mir aus gern. Jetzt sofort?«

»Japp, muss später wieder in den Club. Creed und ich haben noch eine Menge zu besprechen, bevor wir den Deal mit den Verkäufern eingehen.«

Ich nicke, stelle den Karton auf mein Bett und nehme mir einen Pulli aus dem Schrank.

»Denk nicht, dass das Thema vom Tisch ist. Ich will wissen, mit wem meine Schwester verkehrt.«

»Ja, Dad, irgendwann traue ich mich und stelle dir den Mann in meinem Leben vor. Aber erst, wenn ich mir sicher bin, dass er dir standhält. Und nun Schluss mit dem Quatsch, ich will meine Droge endlich haben.«

Gemeinsam verlassen wir mein Zimmer, lassen das Geschenk zurück und damit hoffentlich auch die Fragerei.

***

Wir müssen reden. Sofort.
Creed

Ich starre auf die Nachricht. Woher zum Teufel hat er meine Nummer? Meine Adresse herauszufinden ist keinesfalls so schwer, vor allem, wenn er wusste, dass ich die Schwester seines besten Freundes bin oder er meine Handtasche samt Ausweis gefunden hat. Aber meine Handynummer?

Zum Glück ist Reid gerade auf der Toilette. Wenn er gesehen hätte, dass Creed mir schreibt, wäre er wie eine Rakete in die Luft gegangen. Selbst eine Handgranate hätte weniger Wumms als Reid in dem Moment.

Eilig tippe ich meine Antwort.

> Keine Zeit, bin mit Reid
> bei Starbucks.
> Lexie.

Keine Sekunde später erscheinen die drei Punkte. Mit einem Auge schiele ich auf die Tür des Herren WCs und warte auf die nächste Nachricht. Mir wird warm und kalt zugleich, meine Atmung beschleunigt sich und meine Hände werden feucht.

Jeden Moment könnte mein Bruder herauskommen, mich dabei erwischen, wie ich mit seinem Freund schreibe und doch klopft mein Herz wie wild, während ich die nächsten Worte sehnsüchtig erwarte.

Dann treffen wir uns danach. Wir müssen darüber sprechen, wie es weitergehen soll. Wir können wohl kaum weiter im Club ficken, wenn dein Bruder da ist.

Ich keuche auf. Lese zwei, drei Mal die WhatsApp-Nachricht. Er will mich noch immer hinter dem Rücken meines Bruders bumsen? Hat er keine Angst, dass es alles zerstören könnte? Dass Reid es herausfindet und ihn killt?

Wir können uns nicht mehr treffen.

Ich habe viel darüber nachgedacht. Keine andere turnt mich so an, wie du es tust. Außerdem haben wir Exklusivität abgemacht!

Das meint er nicht ernst, oder? Wie kann er denken, dass alles so weitergeht wie bisher?

Wir müssen das Arrangement beenden. Wenn Reid es erfährt, geht zu viel dabei kaputt.

Wir müssen vorsichtig sein.
Müssen uns woanders treffen. Er
wird es niemals erfahren, wenn
wir es geheim halten.

> Nein, Creed. So läuft es nicht.
> Irgendwann findet er es heraus
> und dann bin ich schuld daran,
> dass eure Freundschaft
> kaputtgeht. Das will ich nicht.

Also wirfst du lieber alles hin?
Verzichtest auf dein Glück? Deinen
Spaß? Und was dann? Hältst du
dich von allen Männern fern, weil
du Schiss vor Reids Reaktion hast?

In jeder Zeile schwingt sein Zorn mit. Das Bild, wie
er mich durchdringend ansieht, angepisst ist und seine
grünen Iriden mich gefangen nehmen, schiebt sich vor
mein inneres Auge.

Es wäre so einfach, allem nachzugeben, mich ihm
hinzugeben und auf die Gefühle meines Bruders zu
scheißen. Aber so bin ich nicht. Mir ist Reid wichtig.
Unsere Beziehung zueinander ebenfalls. Und wenn es
bedeutet, dass ich für immer Single bleibe, dann ist es
so. Lieber habe ich Reid an meiner Seite, als ihn niemals wieder in meinem Leben zu haben.

Ja, Creed. Ich werfe alles hin, beende das, was auch immer zwischen uns war. Es steht zu viel auf dem Spiel, als dass wir weitermachen könnten. Denk an den Club, ihr seid nicht nur beste Freunde, sondern auch Geschäftspartner. Es wäre besser, wenn du meine Nummer wieder löschst und alles vergisst, was geschehen ist. Mach's gut, Creed, und danke, dass du mir eine andere Seite von mir gezeigt hast.

Ich schließe WhatsApp und lege gerade rechtzeitig mein Smartphone beiseite, als Reid sich auf seinen Stuhl setzt.

»Alles okay bei dir?« Mit gerunzelter Stirn sieht er mich an.

»Klar«, antworte ich viel zu schnell und aufgesetzt. Doch etwas anderes kriege ich nicht heraus. Mir ist übel und es ist so, als hätte ich mir mit der letzten Nachricht selbst die Freude genommen.

Plötzlich scheint alles so grau und blass, statt hell und farbenfroh. Es schmerzt in meiner Brust und die Schmetterlinge in meinem Bauch zeigen mir allesamt den Mittelfinger, bevor sie sich theatralisch zu Boden fallen lassen und zu Staub zerfallen.

»Du wirkst nicht so. Was ist passiert, als ich auf der Toilette war?«

»Reid, manche Dinge gehen den Bruder nichts an, dafür hat man eine beste Freundin.« Mein Lächeln fühlt sich unecht an, wirkt gekünstelt und oberflächlich.

Wut blitzt in seinen Augen auf, Falten legen sich auf seine Stirn. »Es geht um den Kerl, oder?«

»Mach dir keine Gedanken um ihn, es ist eh vorbei.« Ich reiße mich zusammen, halte mein Pokerface aufrecht. Verhindere, dass mir eine Träne aus den Augen entwischen kann. Und denke nur daran, was ich mit dem Beenden der Affäre alles verhindert habe.

»Vielleicht ist es besser so. Wenn er so ein Arsch ist, hat er dich nicht verdient. Ein Mann muss dich auf Händen tragen, Schwesterchen. Tut er es nicht, ist er nicht der Richtige.« Er legt eine Hand auf meine, die noch immer auf dem Handy liegt. Das Gerät darunter vibriert und auch er muss es spüren, sagt aber kein Wort. Stattdessen kräuseln sich seine Mundwinkel, der Schalk tanzt wieder in seinen Iriden. »Wie wäre es, wenn ich mir heute doch freinehme und wir etwas unternehmen? Shoppen auf meine Kosten? Schießen? Oder eventuell eher etwas Ruhiges wie Kinoabend?«

Seine Bemühungen muntern mich auf. All die Dinge hasst er. Und trotzdem würde er sie nur für mich tun. Um mich wieder lächeln zu sehen, um mich aufzubauen. Es zeigt mir noch einmal, dass ich das Richtige getan habe. Ein *Creed und Lexie* darf es niemals geben.

KAPITEL

21

Creed

Es ist ein Versuch gewesen. Eine beschissene Idee, wie ich feststelle. Denn Lexie hat absolut recht.

Wer hätte gedacht, dass ich wie ein Hündchen einer Frau hinterherrenne? Ich sollte mich glücklich schätzen, dass sie die Rationale von uns beiden ist. Dass sie offensichtlich klar genug denken kann, um das mit uns zu beenden.

Doch ich kann es nicht. Meine Gedanken kreisen morgens, wenn ich aufstehe, um sie, wenn ich mir einen runterhole, wenn ich dusche, selbst, wenn ich mir einen verfickten Kaffee eingieße. Am schlimmsten ist es jedoch, wenn ich im Club bin.

Reid ahnt absolut nichts und jedes Mal, wenn er mich angrinst oder einen Witz reißt, will ich mir einen Gürtel aus einem der Zimmer nehmen und mich erdrosseln. Ich ertrage diese Schuld kaum. Wir sind Bros, Geschäftspartner und alles, was ich will, kann ich nur im Tausch gegen unsere Freundschaft bekommen. Es ist wie der Pakt mit dem Teufel, nur dass Reid sich unbewusst die Hörner aufgesetzt hat.

Klick-Klack. Klick-Klack.

Ich drücke immerzu auf den Kugelschreiber, stütze mit dem Handrücken mein Kinn ab und blicke abwesend aus dem Fenster. Alexandra ist eine Droge. Wunderschön, einnehmend, glanzvoll, kostbar und verdammt verlockend. Wenn man sie eingenommen hat, erlebt man das Hoch seines Lebens. Bis der tiefe Fall kommt. Und nichts als die pure Sucht zurückbleibt.

Ich durfte sie kosten, konnte all ihre Sehnsüchte erleben, wollte sie noch so viel mehr auf so viele verschiedene Arten vögeln. Und scheiße ja, ich würde mich zigtausend Stunden mit ihr unterhalten. Selbst, wenn sie mir nur vom Shoppen erzählen würde. Das ist es, was mir am meisten Sorge bereitet.

Ich kann allmählich nichts mehr gegen meine aufkeimenden Gefühle tun. Diese Frau hat meinen Verstand vernebelt und nun habe ich Probleme über Probleme. Die Frage ist immer noch, ist es wirklich mein Herz, das sie will oder meinen Schwanz?

Klick-Klack. Klick-Klack. Mein Handy piept auf dem Schreibtisch und wie der Süchtige, der ich bin, schnellt mein Blick zum Display. Doch es ist nicht wie erhofft eine Nachricht von ihr, sondern von Reid. *Schicksal, fick dich!*

Ich werde heute frei machen. Lexie braucht mich. Irgendein Scheißkerl hat ihr Herz gebrochen. Wenn etwas Wichtiges sein sollte, ich hab das Handy dabei.
Liebe dich :D

Scheißkerl. Ihr Herz gebrochen. Die Sätze rattern in Dauerschleife in meinem Kopf rauf und runter. Ich weiß genau, wie sie sich fühlt, denn mir geht es ähnlich. Ein dumpfer Schmerz, so als wenn jemand ein Messer nimmt und es dir schön langsam in die Brust drückt. Und du kannst nur dastehen und nichts tun. Ziehst du es heraus, verreckst du qualvoll. Lässt du es stecken, verreckst du ebenfalls, weil du so natürlich nicht weiterleben kannst.

Der Scheißkerl bin also ich in der Geschichte. Derjenige, der das Messer führt und dafür sorgt, dass dieses lebenswichtige Organ nicht mehr pumpen kann.

Es ist schon erstaunlich, niemand fragt in solchen Szenarien den Gegenpart. Immer ist die Frau das arme, unschuldige Opfer, das getröstet und aufgepäppelt werden muss. Doch keinen interessiert es, ob nicht vielleicht auch der Mann ein Herz besitzt, von dem er dachte, dass es niemals für einen anderen außerhalb der Familie schlagen würde.

Ihre Nummer soll ich löschen, hat sie geschrieben. Höchstwahrscheinlich sollte ich genau das tun. Ich schließe den Chat mit Reid und öffne meine Kontaktliste. Weit scrollen brauche ich nicht, denn ich habe sie unter *Alexandra* abgespeichert. Mein Finger schwebt über dem Löschen-Button.

Klick-Klack. Klick-Klack. Wieder betätige ich den Knopf des Kugelschreibers und mustere mein Tun.

Ich muss sie noch ein letztes Mal sehen. Vielleicht kann ich sie überzeugen. Vielleicht muss es nicht enden. Reid wird es nie erfahren, das hat er bis jetzt auch nicht und wenn wir aufpassen, wenn wir uns bei mir treffen würden, käme es nie ans Licht. Im Club achte ich darauf, dass sie zu mir kommt, wenn er in Dallas ist. Wir könnten es schaffen.

Also lasse ich die angestaute Luft aus meinen Lungen entweichen, nehme meinen Finger weg, lege den Stift zur Seite und öffne stattdessen das Nachrichtenfenster.

> Kätzchen, komm schon. Du hast Angst und dasselbe kann ich auch über mich sagen. Ich habe wirklich kompletten Schiss davor, dass ich alles verlieren werde. Aber weißt du was? Du bist es mir wert. Ich will nur reden, wir müssen nicht vögeln. Will einfach nur versuchen, dich umzustimmen.

Sie ist online und schreibt. Und schreibt, nur um offline zu gehen. Ja, wahrscheinlich sitzt ihr Reid im Nacken, das wird es sein.

Ich sollte aufhören, über die Was-wäre-wenns nachzudenken, und Taten sprechen lassen. Alexandra wird mir gehören. Sie muss einfach. Sollte die Bombe platzen und Reid bekommt es raus, dann kann ich immer noch versuchen, es zu kitten. Wir kennen uns ewig, er muss mir zuhören.

Es vibriert auf meinem Schreibtisch.

> Warum kannst du es nicht sein lassen? Bitte, Creed. Tu uns das nicht an. Du wolltest deinen Spaß, ich wollte ihn. Jetzt ist es vorbei und das sollte so bleiben. Mach es nicht komplizierter, als es ohnehin schon ist.

Sie macht komplett dicht. Blockt mich ab, egal, was ich schreibe. Frustriert kneife ich mir in die Nasenwurzel, massiere sie.

Und du weißt ganz genau, dass wir niemals reden werden, sondern dass es auf Sex hinausläuft.

Diese Nachricht lässt mich stocken. Sie hätte es einfach sein lassen können, hätte es bei der letzten Nachricht belassen können. Aber sie hat erneut geschrieben. Und das gibt mir Hoffnung. *Gut, Kätzchen, dann zeige ich dir jetzt, wie viel Ausdauer ich außerhalb des Vögelns habe.*

***

Tag drei an dem ich Lexie eine gute Morgen Nachricht sende.

Ich habe einen Plan und den verfolge ich sehr akribisch. Jeden Morgen, wenn ich ins Bett falle, nachdem ich duschen gewesen bin, mache ich ein Foto von meinem Sixpack, schreibe ein paar nette Worte dazu und schicke es ihr, erhalte natürlich keine Antwort. Jeden Mittag, wenn ich aufgestanden bin und eine Runde Joggen war, schicke ich ihr ein Bild meines Körpers. Und nachts, bevor ich in den Club fahre, bekommt sie ein Selfie von mir.

Es ist die Strategie, sie mürbe zu machen. Ihr zu zeigen, was sie verpasst, wenn sie sich nicht noch einmal mit mir trifft. Und ich meine es ernst, was ich ihr geschrieben habe. Wir brauchen keinen Sex zu haben, ich will ihr nur klar machen, dass wir gut sind. Dass wir auch außerhalb des Bettes, des Schreibtischs oder sonst wo funktionieren. Wir könnten auch auf den Schießstand fahren, ganz egal wohin, Hauptsache sie hört mich an und ich kann sie davon überzeugen, dass heimliche Treffen machbar sind. Dass wir nur einen Plan brauchen, um sie durchzusetzen.

> Foto

Weißt du, ich kann ewig so weitermachen. Wir erweitern heute mal auf zwei Fotos morgens für dich. War duschen und dachte, das Handtuch sitzt so tief, das muss Alexandra gesehen haben ;)

Komm schon, Kätzchen! Gib endlich nach. Kein Sex, ich schwöre es.

Dass keine Antwort kommt, ist mir klar.

Allmählich drehe ich durch. Angefressen greife ich mir meine Zigaretten vom Tisch, stehe auf und öffne die Tür zum Balkon, stelle mich allerdings nur an den Rahmen, um zu rauchen. Denn auch ich habe Schwächen, unter anderem Höhenangst. Es ist nicht schön und macht Flugreisen zu einer absoluten Tortur, auf denen ich mich stets mit Tabletten ausknipse. Warum ich dann in einem Wohnkomplex lebe, der bis in die zwölfte Etage ragt?

Weil ich mich nie groß darum geschert habe, wie es auf dem Balkon ist. Nur um mir eine Fluppe anzumachen, betrete ich diese Schwelle, denn ich hasse es, in der Wohnung zu rauchen. Im Club dagegen liebe ich's. Zwei Kontroverse, die mich widerspiegeln. Bei Tag schlafe und jogge ich, bei Nacht bin ich Boss und vögle gerne.

Bis Alexandra in mein Leben getreten ist. Seitdem schlafe ich schlecht, joggen brennt in der Lunge, Sex habe ich auch keinen mehr und das Nachtleben bringt mich nur dazu, mir ständig auszumalen, in welchem Raum ich es nochmal mit ihr treiben will. Wo ihre Hemmschwelle liegt und was noch alles aus uns hätte werden können.

Ich ziehe an der Zigarette, als mein Handy klingelt. Sofort fische ich es von der Couch, auf die ich es geworfen habe, und hebe ab.

»Wollen wir gleich joggen?« Verschlafen gähnt mein bester Freund und Mit-Grund meiner Probleme in mein Ohr.

»Von mir aus. Muss aber noch was erledigen. Treffen wir uns in einer Stunde am Park?«

»Geht klar«, raunt er müde und legt auf.

Phase zwei meines Plans sieht zusätzlich vor, ihr Blumen auf die Arbeit zu schicken. Reid hat mal durchsickern lassen, wo sie jobbt. Hätte nicht gedacht, dass die Info mal so viel wert sein würde.

Sobald ich also die Blumen anonym bestellt habe, rufe ich sie aus dem Auto an. Das mache ich ebenfalls einmal am Tag. Ein Anruf, drei Nachrichten und Blumen. Ich gebe nicht auf, ehe ich sie wieder in meinen Armen und an mir spüren kann. Ehe ich nicht durch ihr Haar fahren und den blumigen Duft einatmen kann. Ehe ich nicht mit ihr gelacht und sie aufgezogen habe, weil sie immer noch der Meinung ist, die beste Schützin zu sein.

Ich ziehe ein letztes Mal an der Kippe und drücke sie im Aschenbecher aus, stoße den Rauch in den Himmel und gehe rein. Das Handtuch lasse ich einfach fallen und begebe mich ins Schlafzimmer, um mich umzuziehen. *Alexandra Brooks, du Kätzchen bei Nacht und Schützin bei Tag. Ich bekomme dich. Und du bekommst mich. Denn das ist es, was wir wollen. Und ich werde erst aufhören, wenn du dich mir hingegeben hast.*

Noch auf dem Weg im Fahrstuhl nach unten, tippe ich eine weitere Nachricht.

Egal, wie lange es dauert, Alexandra. Ich bekomme dich. Ich kriege immer, was ich will. Und du willst mich. Also erlöse uns doch endlich, Kätzchen. Ich warte. Ach, und noch was: Ich gehe gleich mit deinem Bruder joggen. Falls du also in den Genuss meines Körpers kommen möchtest, sei doch einfach zuhause. ;)

KAPITEL

22

Lexie

»War es wieder dieser Creed?«

Ich nicke und tippe den Bericht weiter.

»O Mann, willst du ihm nicht endlich antworten?«

»Nope.«

»Wieso nicht?«

Ich schaue vom Bildschirm zu Sam. »Weil er der beste Freund meines Bruders ist, darum!« Hundertmal haben wir bereits über das Thema gesprochen. Haben es bis ins kleinste Detail demontiert und diskutiert. Wieso kann sie es also nicht lassen? Warum fragt sie mich ständig, ob es Creed ist? Mittlerweile müsste sie die Zeichen doch selbst kennen, wenn er mir schreibt, mir Blumen in die Firma schickt. Oder an welchen Tagen ich Pakete nach Hause kriege. Alles habe ich ihr erzählt.

»Ich wiederhole mich nur ungern, aber was ist das Problem daran?«

Genervt stöhne ich auf. Es ist sinnlos. Sie will mich nicht verstehen. Will den Knackpunkt an der ganzen Sache nicht sehen. Dabei ist es doch so einfach: Creed ist der beste Freund meines Bruders, sogar sein Geschäftspartner. Füge ich mich als Schwester und Fickgespielin hinzu, ergibt es eine katastrophale Gleichung. Niemals wird Reid es akzeptieren, dass Creed und ich ficken. Creed würde niemals kapieren, wieso ich Reid gegenüber loyal bin. Und ich werde niemals deren Freundschaft verstehen. Von ihrem Geschäftsleben mal ganz abgesehen.

»Du magst ihn. Ihr hattet grandiosen Sex, wenn man deinen Erzählungen Glauben schenken darf. Du hast einiges Neues dazugelernt durch ihn, bereust es keineswegs, dich darauf eingelassen zu haben, also wo hakt es? Wieso kannst du es nicht einfach weiter heimlich genießen, von einem Mann begehrt zu werden?«

»Weil wir meinen Bruder damit verletzen würden.«

»Er würde nie etwas davon mitbekommen. Hat er bisher doch auch nicht.«

»Das war pures Glück.«

»Dann fordere es weiter heraus. Man lebt nur einmal. Ist nur einmal jung und gutaussehend.«

»Und es gibt ganz viele andere Männer da draußen. Ich muss nur den Mr. Perfect finden und zack ist Creed Geschichte.«

»Jaja.« Sam schüttelt belustigt den Kopf. »Mittlerweile kenne ich dich, Lexie. Du bist keine Frau, die so einfach ihr Herz verschenkt. Und vor allem an keinen Mr. Perfect. Du brauchst diese rohen Züge, die Ecken und Kanten an einem Mann und genau das hat Creed an sich. Deswegen hast du dich doch erst in ihn verliebt.«

»Hab ich gar nicht!« Frustriert fahre ich mir durch die Haare. Was labert sie da eigentlich für einen Scheiß? Hat sie sich mal selbst zugehört?

Ihre linke Augenbraue wandert in die Höhe. »Wenn das so ist, dann schnapp dir dein Handy und antworte ihm. Triff dich mich ihm und sprecht euch aus. Ist ja nichts dabei.«

»Das geht nicht.«

Sams Mundwinkel bewegen sich, formen ein höhnisches Grinsen. »Warum? Weil doch mehr dahintersteckt, als du behauptest? Gefühle zum Beispiel?«

»Können wir das Thema nicht endlich ruhen lassen?«, weiche ich aus und wende mich wieder dem Bildschirm zu.

»Nein.« Ihr ist es ernst, das höre ich in ihrer Stimme. Sie will weiter nerven, mich zu etwas drängen, wozu ich keineswegs bereit bin. Weder kann ich mich mit ihm treffen, noch kann ich irgendwelche Gefühle laut aussprechen. Es hat keinen Sinn.

Leider spielt es keine Rolle, ob ich mich in den Kerl verliebt habe, denn es ändert kein bisschen an der Tatsache, dass er der Falsche ist. »Schön, dann rede du darüber, ich werde einfach weiterarbeiten und dich dabei ignorieren.« Arbeit ist mein Anker, meine Festung, mein Zuhause. Sie gibt mir den Halt weiterzumachen. Sie lenkt mich von all dem Mist ab, wenn Sam nicht davon anfängt. Und sie ist ein Vorwand, wieso ich kaum Daheim bin.

Seit dem Wissen, dass ich Reid auf mehrfache Art hintergangen habe, regt sich mein schlechtes Gewissen permanent. Da hilft es auch nicht, dass mein Bruder es sich zur Aufgabe gemacht hat, mich aufheitern zu wollen. Er tut mir leid, weil er nur möchte, dass es mir besser geht, aber es bewirkt nur das Gegenteil von dem. Ich werde mehr und mehr daran erinnert, was ich will und nicht haben kann.

»O Lexiiiiie, es ist gleich achtzehn Uhr!« Aufgeregt klatscht Sam in die Hände.

Ich ignoriere sie und tippe brav weiter die Buchstaben ein. Dass mein Herz schneller schlägt und sich die Schmetterlinge in meinem Bauch regen, verheimliche ihr. Wenn sie davon Wind bekommt, wird sie sich wie ein Bluthund auf mich stürzen und ich hätte keine freie Sekunde mehr.

»Was denkst du, welche Blumen es dieses Mal sein werden? Rosen?« Sam gibt ein nachdenkliches Brummen von sich. »Lilien gab's noch nicht.« Wieder das Brummen. »Halt, die wollen wir auch nicht. Die kriegen ganze viele bei ihrer Beerdigung im Kranz.«

Ungewollt schmunzle ich über ihren Gedankengang. »Gänseblümchen? Die sind hübsch, so wie Pfingstrosen. Gibt es die überhaupt schon?«

»Im Blumengeschäft kriegst du so gut wie jede Art von Blume. Die werden längst nicht mehr auf einer Wiese draußen gezüchtet, sondern in riesigen Gewächshäusern, wo man das Klima den Pflanzen anpassen kann.«

»Sag so etwas Unromantisches nicht. Niemand möchte wissen, dass seine Blumen für die breite Masse gezüchtet wurden. Man will denken, dass sie nur für einen selbst angepflanzt und gepflückt wurden.«

»Glaubst du auch noch an den Weihnachtsmann? Oder bist du schon beim Einhorn angelangt?«

»Pff ... Selbstverständlich weiß ich, dass es beides nur erfundene Sachen sind. Aber Blumen gibt es wirklich in der freien Natur.«

»Das stimmt, nur gibt es bestimmt nicht alle Sorten bei uns in freier Wildbahn. Wenn Austin überhaupt mehr als nur Wildblumen zu bieten hat.«

»Wieso musst du alles so mies machen? Liegt es daran, dass du Liebeskummer hast und man dadurch alles schwarz sieht? Lass doch einen Funken Romantik in dir aufflammen, dann wird deine Welt auch wieder bunter.«

»Wenn es nach dir geht, bedeutet ein Funke so viel wie Herzen pupsen und Liebe ausstrahlen.«

Aus dem Augenwinkel sehe ich, wie sie ihre Augen bei meinen Worten verdreht. »Wäre dir lieber, wenn Romantik nur aus Handschellen und zerrissenen Höschen besteht?«

»Ja!«

Empört keucht sie auf. »Nicht jeder mag es animalisch und dominierend.«

»Und nicht jeder mag rosa Herzen und Kerzenschein«, kontere ich.

»Tss ... Alle Frauen, die ich kenne, lieben es, nur du bist anders.«

Ich zucke mit den Achseln. Noch nie bin ich die typische Frau gewesen. Ob es daran liegt, dass meine Eltern mich zu einer Realistin aufgezogen haben und ich später zum Militär gegangen bin oder eher daran, dass ich mehr mit Jungs in der Schule befreundet gewesen bin als mit Mädchen? Ganz gleich, was der Auslöser ist, ich bin nun einmal so, wie ich bin.

»Miss Brooks?«, dringt die für einen Mann zu hohe Stimme ins Büro und wird von einem Klopfen an unserer offenen Tür begleitet.

Ich drehe mich mit dem Stuhl zum Lieferanten um. Er ist jung, vielleicht gerade mal aus der Highschool raus, schlaksig und vollkommen gelangweilt. »Ja?«

»Eine Lieferung für Sie von einem Mr. Colemann.« Er hält mir den Strauß entgegen, die Arme so weit von sich gestreckt, man könnte meinen, dass die Pflanzen giftig sind.

»Danke, aber ich würde gern die Annahme verweigern.«

Seine Augen weiten sich, Sam gibt einen spitzen Schrei von sich. »Ähm ... Miss, das geht nicht. Ich muss den Strauß zustellen sonst ...«

»Keine Sorge, selbstverständlich nimmt sie die an.« Sam steht von ihrem Stuhl auf und eilt zu dem Lieferjungen. Sie steckt ihm einen Schein in die Tasche, reißt ihm förmlich die Blumen aus den Händen und scheucht ihn mit einer Handbewegung fort.

Sichtlich von der Situation überfordert, kommt er ihrer Aufforderung nach, dreht auf dem Absatz um und verschwindet aus meinem Blickfeld.

»Danke«, rufe ich ihm hinterher, aber eine Erwiderung bleibt aus. Der Arme, bestimmt denkt er nun, dass wir totale Psychos sind, denen man lieber aus dem Weg gehen sollte. Hoffentlich hat er morgen frei und kann sich von dem Schrecken erholen.

»Es sind verschiedene Arten. Zwei Rosen, drei ...« Ich höre meiner Freundin nicht mehr zu. Soll sie sich doch über das Unkraut freuen, ich werde die Gunst der Stunde nutzen und in der Zeit, in der sie abgelenkt ist, weiterarbeiten. Schließlich habe ich noch eine Menge zu tun.

✳✳✳

Es ist bereits Dunkel draußen, als ich endlich als Letzte das Bürogebäude verlasse. Selbst der faule Abteilungsleiter ist schon vor zwei Stunden gegangen. Dafür hat er nun drei neue Pitches und vier Ausarbeitungen von mir für morgen auf dem Tisch. Dann kann er mal etwas für sein Geld tun. Rettet ihn vielleicht auch vor der Kündigung, die ihm laut meinen Kollegen bevorsteht.

Insgeheim wünsche ich mir, dass es der Wahrheit entspricht, denn dann besteht die Chance, dass die Stelle intern neu besetzt wird.

Hoffnung keimt in mir auf. Es wäre ein Träumchen, wenn ich die Glückliche wäre. Ich reiße mir seit meiner Einstellung den Arsch für die Firma auf und das ohne zu meckern, wie die meisten. Leider schwindet der Hoffnungsschimmer schnell wieder. So wie es gerade in meinem Leben läuft, bin ich kaum von Glück gekrönt. Eher im Gegenteil.

Gedankenverloren überquere ich die Straße. Niemand ist mehr in dieser Gegend unterwegs, kein Auto erhellt mit seinen Scheinwerfern den Asphalt. Und doch sucht mich wieder dieses merkwürdige Gefühl heim.

Unauffällig schaue ich mich um. Die Härchen in meinem Nacken stellen sich auf. Reflexartig spannen sich meine Muskeln an und meine Hände ballen sich zu Fäusten. Ich verenge die Augen, schärfe meinen Blick. Zusätzlich atme ich flacher und langsamer, spitze die Ohren und lausche. Ich verlagere mein Gewicht, nehme kleinere und sicherere Schritte. Alles in mir ist angespannt, in Alarmbereitschaft.

Mehrere Fahrzeuge parken wie ich am Straßenrand. Keins läuft, auch kein Innenlicht leuchtet. In den Einmündungen der Eingänge kann ich niemanden ausmachen.

So ist es immer. Immer wieder habe ich das Gefühl, beobachtet zu werden und doch entdecke ich keine Menschenseele. Es ist zum Mäusemelken. Was bringt einem das jahrelange Training, wenn einen die Sinne dennoch trügen können?

Beim Auto angekommen, drücke ich den Knopf am Schlüssel und öffne die Tür. Ein letztes Mal schaue ich mich nochmal um und ... da ist jemand.

Ein Mann schlendert auf der anderen Seite in die entgegengesetzte Richtung. Im Schein der Laterne erkenne ich, dass er dunkel gekleidet ist und eine Kapuze über den Kopf gezogen hat. Ob er derjenige ist, der mich beobachtet hat? Ich ihn nur nicht sofort gesehen habe? Oder ist er eben aus einem der Gebäude gekommen und geht nun ebenfalls nach Hause, so wie ich?

Da ich die Antwort darauf wohl nie erfahren werde, werfe ich meine Handtasche auf den Beifahrersitz, steige ein und starte den Wagen. Mehrmals rangiere ich hin und her. Ich hasse es wie die Pest, dass die Arschlöcher immer so dicht aufparken müssen.

Ohne eine Delle in eines der Autos zu fahren, schaffe ich es letztendlich aus der Parklücke. Es ist mehr Glück als Können. Egal, wie lange ich meinen Führerschein schon besitze, Autofahren ist und bleibt eine meiner Schwächen.

Ich betätige den Scheibenwischer, um die restlichen Spuren des Regenschauers zu beseitigen. Es gefällt mir, dass sich das Wetter meiner miesen Laune angepasst hat. So bin ich nicht allein damit.

Ein weißes Stück Papier erregt meine Aufmerksamkeit, als der linke Wischer es über meine Scheibe schiebt. Ich stoppe die Scheibenwischer, will den Zettel nicht weiter zerstören.

Was könnte das sein? Habe ich etwa eine Beule, die ich im Dunkeln übersehen habe? Oder bin ich jemanden reingefahren, ohne es zu bemerken? Hoffentlich ist es kein Strafzettel. Ach, Mann. Meine Neugierde ist ein großer Arsch. Kann sie mich nicht einmal in Ruhe lassen?

Ich öffne das Fenster, lehne mich so weit raus, wie geht, ohne dabei das Lenkrad loslassen zu müssen, und versuche mit der Hand den Zettel zu erreichen.

Es klappt nicht. Er ist zu weit weg. Mist! Da ich auf dem kurzen Stück nach Hause keine Möglichkeit finde anzuhalten, nehme ich den Zettel erst raus, als ich vor der Haustür geparkt habe.

Ich glätte ihn über meinem Knie, wedle mit ihm auf und ab. Leider hat das Wischwasser die Tinte verschmiert, sodass ich nur vereinzelte Wortfetzen lesen kann. Dennoch erkenne ich die Schrift. Es ist die von den Geschenken, die ich nahezu täglich vor der Haustür liegen habe.

> Lexie
> Sehen
> Komm
> Never Regret
> In Liebe

Fest drücke ich das Stück Papier an meine Brust. Auf eine Art schmeichelt es mir, dass Creed nichts unversucht lässt. Dass er mich unbedingt wiedersehen möchte und ihm alle Mittel dafür recht sind. Doch auf der anderen Seite ist es creepy, beinahe stalkerhaft, was er veranstaltet.

Ich sollte Angst vor ihm haben, meinem Bruder von ihm und seinen Aktionen erzählen, aber irgendetwas sagt mir, dass ich das auf keinen Fall tun darf. Dass alles halb so wild ist.

Ob es das verräterische Herz ist, das mich besänftigen will? Oder ist es doch eher die Libido, die sich Sex mit Creed wünscht?

Ganz gleich, was es ist, ich beschließe es weiterhin für mich zu behalten. Ich schätze ihn keineswegs so ein, dass er mich jeden Moment überfallen würde. Er will nur eben alles Menschenmögliche tun und ist hartnäckig. Und komischerweise gefällt es mir. Niemand war je so hinter mir her wie er. *Ach Creed, wieso musst du nur der beste Freund von Reid und somit tabu sein? Du wärst perfekt für mich.*

KAPITEL

23

Creed

»Mooom, Creed ist da!« Meine große Schwester Melissa hat ein Schreiorgan, dass man sie noch in Japan hören würde, wenn man es darauf anlegt.

»Muss das denn immer so laut sein?«, murre ich und schließe die Tür hinter mir.

Meine Eltern leben in einem abgelegenen Wohnviertel von Austin. Reihenhäuser säumen die Straße und es erinnert mich ein bisschen an diese Vorstadtdschungel in Serien. Nachdem Dad als Richter aufgehört hat, sind sie dem Trubel der Großstadt entflohen und hierhergezogen. Ich bin der Jüngste von drei Kindern. Und ja, ich habe das wundervolle Vergnügen, mit zwei älteren Schwestern gesegnet zu sein. Ihr erkennt hoffentlich die Ironie des Ganzen.

Melissa jongliert meinen Neffen auf ihrer Hüfte hin und her, während ihr Handy zwischen Schulter und Ohr klemmt. Vincent sabbert ihr auf das T-Shirt und grinst mich zahnlos an. Ein ganz normaler Familiensonntag also.

Jeden ersten Sonntag im Monat trifft sich die ganze Familie Colemann zum Brunchen bei unseren Eltern. Es ist eine Art Tradition geworden, die ich im Laufe der Jahre zu schätzen gelernt habe.

Ich gehe den roten, ausgefransten Teppich entlang, bis ich rechts in die Küche einbiege. Der Geruch von Speck, Kaffee und Rührei lockt mich automatisch, was mein Magen mit einem Grummeln quittiert.

»Ist er schon wieder alleine gekommen?« Meine Mutter, Mira Colemann, gibt die Hoffnung seit Jahren nicht auf, dass ich voller Euphorie und Liebe kotzend, Hand in Hand mit einer Frau über diese Türschwelle trete.

Jeden Monat fragt sie das und jeden Monat antworte ich ihr: »Nein Mom, nur ich. Wie immer.«

Sie dreht sich strahlend um, in einer Hand die Milchflasche für Vincent, in der anderen Hand ein Rührbesen. »Ich werde dich immer fragen.« Anklagend fuchtelt sie mit dem Nuckelding der Flasche in meine Richtung.

Lachend stoße ich mich vom Türrahmen ab, nehme ihr die Werkzeuge ab, lege sie weg und umarme sie. Meine Mutter ist so ein herzensguter Mensch, denkt niemals schlecht über andere und sieht stets das Gute. In allem. »Ich weiß«, murmle ich in ihr Haar. Obwohl ich der Jüngste bin, bin ich doch der Größte der Familie. Selbst Dad ist etwas kleiner als ich.

Noch einmal drückt sie mich fest an sich, ehe sie mich loslässt. »Geh und hilf deinen Schwestern beim Tisch decken, ich bin gleich fertig.« Sie scheucht mich aus ihrem Reich und ich rolle mit den Augen. »Hinfort«, lacht sie und schlägt das Geschirrtuch nach mir, wo auch immer sie das plötzlich herhat.

»Ist ja gut.« Grinsend und mit erhobenen Händen gehe ich den Flur entlang und schräg rechts ins Esszimmer. Dort sehe ich Dad, wie er mit einer Zeitung am Tisch sitzt und meine Schwestern Melissa und Beatrix um ihn herumwuseln. Links neben meinem alten

Herrn sitzt Chester, Melissas Verlobter, und schleimt wie auch die vergangenen Jahre bei Dad ein, nur weil er Jura studiert hat. Viel mit ihm anfangen konnte ich nie, doch solange er meine Schwester glücklich macht, ist alles gut.

»Creed.« Mein Vater legt die Zeitung raschelnd weg, steht auf und umarmt mich.

Eigentlich sind wir die perfekte Bilderbuchfamilie. Keine Skandale, kein Fremdgehen, nichts. Der Einzige, der etwas aus diesem Heile-Welt-Bild herausrutscht, bin ich. Selbstverständlich wissen meine Eltern nicht, dass wir einen Sexclub betreiben. Ich bin Clubbesitzer von Beruf, das langt. Mehr sollen sie nicht erfahren.

»Frühstück ist fertig«, trällert Mom und kommt mit einer großen Schüssel duftendem Rührei ums Eck. Wir lösen uns voneinander und ich setze mich neben Beatrix.

Stille erfüllt den Raum, während wir essen, was eine eiserne Regel meiner Mutter ist. Damals, als Dad noch Richter war, wurde am Tisch ständig über die Arbeit und deren Verpflichtungen gesprochen. Das hat sie irgendwann so sehr auf die Palme gebracht, dass seitdem ein strenger, eiskalter Stillschweige-Wind durchs Esszimmer fegt. Aber ich mag's. Ich mag es, weil mir sonst nie aufgefallen wäre, wie Melissa sich als liebende Mutter verhält, wie dämlich Chester ist, wie Beatrix für ihre Ideale einsteht. Aber erst recht hätte ich es verpasst, wie meine Eltern miteinander lachen, sich nonverbal unterhalten.

Ich liebe diesen verrückten Haufen, bin unendlich dankbar, dass es sie gibt, auch, wenn ich es nicht immer leicht hatte. Mit größeren Schwestern aufzuwachsen ist ungefähr so schön wie zum Zahnarzt zu gehen.

Daher war mein Zufluchtsort in den Sommerferien Grannys Ranch außerhalb von Austin. Bei ihr konnte ich so viel herumtollen, reiten, spielen und laufen, wie ich wollte. Da wurde ich nicht durch Erpressung in Kleider gesteckt, da musste ich mir nicht die Haare frisieren lassen. Ein Schauer überläuft mich und ich schüttle mich. Wenn ich an die rosa Schleifen denke ...

»Ist etwas mit dem Ei nicht gut?« Mom schaut mich besorgt an und ich werde aus der Vergangenheit gerissen.

»Nein, alles gut. Schmeckt super«, nuschle ich nun, da ich mir schnell eine Gabel in den Mund gestopft habe. Wenn ich nicht aufpasse, dann ...

»Du sahst so bedrückt aus. Liebling, sag doch mal was«, zieht sie Dad mit rein, der mich entschuldigend mustert.

»Mira, lass ihn erstmal essen, bevor du wieder all dein Pulver verschießt.« Er tätschelt beruhigend ihre Hand und ich atme aus.

Ständig wittert sie irgendeinen Liebeskummer oder dergleichen, sobald ich auch nur den Bruchteil einer Sekunde abgelenkt oder nachdenklich wirke. Dabei ist eben das meine Natur. Ich bin direkt, weiß, was ich will und was nicht. Und ja, ich gehe fünftausendmal alles im Kopf durch, ehe ich mich entscheide. Wo ist das Problem? Und was kann ich dafür, dass ich bisher einfach keine Lust auf eine Beziehung hatte?

»Seht! Wir essen noch.« *Touché, liebe Schwester.* Beatrix ist im Übrigen auch noch Single. Auf ihr hackt aber niemand herum, weil sie sich bewusst dazu entschlossen hat, keinen Mann oder Frau in ihrem Leben zu haben. Sie hat nicht mal Sex, soviel ich weiß. Rein theoretisch könnte meine Schwester auch in ein Kloster gehen.

Wieder legt sich Stille um uns, bis ein Schrei alle hochschrecken lässt. Vincent ist wach und giert nach der Aufmerksamkeit seiner Mutter. Denn sein Vater ist immer noch damit beschäftigt, Dad anzuhimmeln. »Bin gleich zurück«, murmelt meine Schwester und steht auf.

Ich nehme mir etwas Rührei zwischen die Fingerkuppen, rolle es zu einem Ball und werfe es dem Idioten an den Kopf.

»Hey!«

»Vielleicht hilfst du ihr mal?«

Fassungslos und mit einer leichten Zornesröte, steht Chester auf und läuft seiner Verlobten hinterher. Zufrieden mit meiner guten Tat, lehne ich mich auf dem Stuhl zurück.

»Musste das sein?«, grummelt Mom und hebt eine Augenbraue.

»Was denn? Von alleine kommt er ja nie drauf. Manche Menschen brauchen einen Schubs, damit sie sehen, was wichtig ist.«

Ihr wölfisches Grinsen macht mir in der Tat große Angst. Und mein Fehler wird mir in der Sekunde bewusst, in der Beatrix auch noch ›Okay, essen beendet!‹ ruft.

Fuck.

»So, so, einen Schubs also? Du auch?« Geschäftig und immer noch voller Freude im Gesicht, nimmt Mom ihren Kaffeebecher in die Hand.

»Nein, ich nicht.« Ich greife nach meiner Tasse.

»Du wärst böse auf mich, wenn ich einer Freundin von mir dich wärmstens als Date für ihre Tochter empfohlen hätte?«

Ihr Ernst?!

»Was?«

»Du hast mich schon verstanden.« Gutmütig und als wenn sie mir nicht soeben etwas ganz Furchtbares angetan hätte, trinkt sie einen Schluck.

»Das hast du nicht getan«, versuche ich meine Wut zu zügeln.

»Oh, oh«, mischt sich meine Schwester murmelnd ein.

Ja, gleich ist es so weit. Gleich bricht mein Vulkan aus. Wie kann sie es wagen? »Ich gehe nicht hin.« Noch immer halten wir Blickkontakt, ich spiele derweil mit dem Finger am Rand der Tasse.

»Das wäre sehr unhöflich.«

»Mir egal, du hast es verkackt.«

»Also, Junge, nun nicht so«, mischt sich auch noch Dad ein.

Ich bin sauer. Richtig angepisst. Meine Fingerknöchel treten weiß hervor, als ich meine Tasse auf den Tisch knalle. »Du hast nicht das Recht dazu. Was ist, wenn ich bereits jemanden kennengelernt habe? Wenn es kompliziert ist? Wenn ich alles versuche, damit sie mal hier am Tisch sitzen kann? Was dann?« Mit jedem Wort werde ich lauter, bis ich letztlich explodiere, alles hinausrollt, all der Frust, die Wut, die Probleme, die mit Alexandra dahergehen. Mit Reid. Dem Club. Dem zweiten Club. Meinen inneren Gefühlen, vor denen ich noch immer davonlaufe.

Ich habe gar nicht mitbekommen, dass ich aufgestanden bin, dass ich mich krampfhaft an der Lehne des Stuhls festhalte. Eine Ader pocht an meiner Schläfe und das Blut mischt sich mit meiner Frustration und schlängelt sich durch mich hindurch.

»Woooow, was haben wir denn verpasst?«, durchbricht Melissa die zum Schneiden schwere Luft, als sie mit Chester und dem Baby zurückkommt.

»Dein Bruder ist verliebt.«

Tränen glitzern in Moms Augen und in meinem Hals bildet sich ein Kloß. Tonnenschwer wiegt er und lässt sich nicht herunterwürgen. Mein Körper ist starr und angespannt. »Ich bin nicht verliebt«, versuche ich zu begründen.

»Oh, und wie er das ist.« Beatrix, dieses Klosterweib. Mein Blick schießt neben mich und donnert Pfeile auf sie. »Können wir nun bitte damit aufhören? Ja, ich habe wen kennengelernt, und nein, ich werde sie nicht in vier Wochen mitbringen. Ja, sie ist wunderschön und taff, einzigartig, heiß wie die Hölle. Und nein, ich bin nicht verliebt. Ich bin nicht mit ihr zusammen und werde es auch nicht sein. Also, könnten wir endlich andere Themen zum Tratschen finden, als mein nicht vorhandenes Liebesleben?«

Schweratmend throne ich über all ihren Köpfen. Stütze mich noch immer mit der Hand am Stuhl ab und warte auf eine Zustimmung. Ein Gemurmel, irgendetwas.

Mein Vater räuspert sich, fährt sich durch die Haare und schielt zu Mom. »Creed, hinsetzen. Melissa, bring den Bourbon und schenk doch Chester, deinem Bruder und mir etwas ein. Beatrix, du hilfst deiner Mutter beim Abräumen.« Ganz der Richter verteilt er Aufgaben, versucht, die Situation anderweitig zu kitten. Wie ich schon sagte, wir sind eine Bilderbuchfamilie.

Nur ich falle gerne aus dem Raster. Weil ich eben nicht verheiratet bin. Weil ich eben gern Sex habe. Weil ich keine Lust auf Kinder und all das habe. Mein Vater hat es mit den Jahren akzeptiert, doch meine Mutter will es nicht wahrhaben und so geraten wir einmal im Monat aneinander.

Mit der Verkupplungsaktion hat sie es nun jedoch zu weit getrieben. Sie hat mich – ein wildes Tier – in die Ecke gedrängt. Logisch, dass ich da um mich beiße. Wenn ich unbedingt auf dieses Konstrukt der Beziehung, einer Ehe setzen muss, dann nur mit Alexandra und mit keiner anderen. Da ich sie nicht haben kann und darf, wird es niemals so weit kommen.

Meine Schwester kommt mit drei Gläsern zurück, schenkt uns Dads teuren Bourbon ein und verzieht sich mit den anderen in die Küche. Nachdenklich blicke ich ihr hinterher.

»Deine Mutter meint es nicht böse, Junge. Sie will nur die Hoffnung nicht aufgeben, dass ihr kleiner Sohn doch an die Liebe glaubt. Denn eigentlich haben wir euch nie einen Anlass dazu gegeben, nicht daran zu glauben.«

»Das weiß ich. Wie oft mussten wir uns die große Liebesgeschichte der Colemanns anhören? Unzählige Male. Ich bin nicht so. Ich liebe Sex, ich liebe Frauen, aber ich lasse mir nicht mein Herz nehmen.«

Plötzlich lacht er leise. »Creed, in der Liebe geht es nicht um das nehmen lassen. Sondern um das Schenken und geschenkt bekommen. Offensichtlich hast du eine Frau kennengelernt, die dich so sehr eingenommen hat, dass du nur an sie denken kannst. Selbst wenn es so kompliziert ist, wie du sagst, man findet Wege und Mittel. Schenkst du ihr dein Herz, Junge, bekommst du im Gegensatz eins zurück. Du bist nie ohne, Creed. Du trägst ihr Herz bei dir, genauso wie sie deins.« Seine Worte hallen in mir nach. Ich spule sie wieder und wieder im Kopf ab. Auch noch, als ich schon längst gegangen bin. Natürlich habe ich mich bei Mom entschuldigt.

Nun sitze ich im Club, an meinem Schreibtisch und drehe mein Handy in den Fingern hin und her. Lasse die Worte wirken und reibe mir mit der anderen Hand über das Kinn.

Ein letzter Versuch, ein letztes Mal schreibe ich ihr. Und hoffe dann auf ein bisschen Sonne bei all dem Regen.

> Was hältst du von einer Wette? Triff mich morgen Abend 20 Uhr am Schießstand. Lass uns ein für alle Mal klarmachen, wer der bessere Schütze ist. Gewinnst du, lasse ich dich für immer in Ruhe. Gewinne ich, schenkst du mir 5 Minuten deiner Zeit, Alexandra. Deal?

KAPITEL

24

Lexie

Deal?

Immer wieder starre ich auf das letzte Wort. Soll ich oder soll ich nicht? Mein Herz sagt Ja, mein Verstand sagt Nein. Sie fechten einen Kampf aus, der mir Kopfschmerzen bereitet. Ich war mir einig, dass ich stark bleiben muss. Die Geschenke, Nachrichten und Anrufe an mir abprallen lassen muss.

Doch diese WhatsApp-Nachricht ist anders.

Sie spricht mein Ego, meinen Ehrgeiz an. Creed reizt mich mit etwas, das ich in meiner Militärzeit jedem Mann beweisen musste. Ich bin eine gute Schützin, kaum einer reicht mir das Wasser. Wieso triggert es mich dann?

Ich lege mein Handy beiseite. Ignorieren ist das Beste, was ich in dieser Situation machen kann, also stehe ich auf und begebe mich ins Bad.

Reid ist vor circa vier Stunden von der Arbeit gekommen und schläft bestimmt den Schlaf der Gerechten. Somit habe ich die Wohnung vorerst für mich und kann mich frei bewegen, ohne Gefahr zu laufen, ihm zu begegnen.

Ich meide ihn noch immer so gut es geht, abgesehen von unseren Starbucks-Treffen. Die bleiben bestehen. Unsere Abmachung ist aber, dass wir weder die Arbeit noch die Liebe ansprechen. Nur neutrale Themen sind erlaubt.

Um richtig wach zu werden und in den bereits fortgeschrittenen Tag zu starten, genehmige ich mir eine ausgedehnte Dusche. Rasiere meinen Körper, sodass kein einziges Haar mehr an Beinen, Achseln und Intimbereich existiert. Meine blonde Mähne wird mit Shampoo und Conditioner behandelt, dabei verpasse ich meiner Kopfhaut einer Massage. Anschließend widme ich mich dem restlichen Körper. Seife mich überall ein und spüle es ab.

All meine Gedanken werden vom Wasser davongetragen und nur Stille bleibt zurück. Ich strecke meinen Kopf dem Duschkopf entgegen und koste noch ein wenig das diese Geborgenheit aus. Die Wärme sickert in meinen Körper und hinterlässt ein wohliges Gefühl. Ich drehe die Temperatur höher, kurz brennt es auf der Haut, Gänsehaut bildet sich und meine Nippel stellen sich auf. Es ist ein süßer Schmerz, der mich durchfährt.

Erinnerungen an den Whirlpool kriechen hervor und erfüllen meine Gedanken. Creed hat mir gezeigt, wie schön es im Wasser sein kann. Was es beim Sex bewirken kann und wie es mitarbeitet. Diese Leichtigkeit, die man spürt, den Widerstand, den man bei jedem Auf und Ab bemerkt. Wir haben länger durchgehalten, der Orgasmus wollte gefühlt nie enden und es war eine wunderbare Erfahrung, ihn zu spüren.

Auch mein Körper kann sich daran erinnern. Zeigt es mir deutlich mit einem Ziehen in der Mitte. Einige Regionen werden empfindlich und senden bei jeder Berührung mit dem klaren Nass einen Schauer durch mich hindurch. Ich schließe meine Augen, nehme die Ablenkung entgegen und gebe meiner Libido das Zepter in die Hand.

Meine Finger legen sich an meinen Hals, zärtlich beginne ich, mich dort zu streicheln. Gleite hinunter, bis ich sanft meine Brüste massiere. Dabei stelle ich mir die etwas rauen Hände von Creed vor, wie sich mich berühren. Wie sie mir in die steifen Nippel zwicken und diese anschließend liebkosen.

Ich ahme die Gedanken weiter nach. Meine Brüste liegen schwer in meinen kleinen Händen und es fühlt sich angenehm an, sie zu stimulieren. Das Ziehen wird drängender, meine Pussy pulsiert und verlangt ebenfalls Aufmerksamkeit. Ich komme dem nach, lasse von meiner rechten Brust ab und fahre federleicht mit den Fingerkuppen meine Seite hinab bis zu meiner Scham.

Ich stocke. »*Denk nicht darüber nach. Genieße es, fühle es und bereue es niemals, dass du dich auf ein Abenteuer eingelassen hast*«, höre ich Creeds raue Stimme in mein Ohr hauchen, obwohl er nicht anwesend ist. Es gibt mir den letzten Stoß, verbannt meine letzten Hemmungen.

Ich gleite weiter hinab, wobei meine Finger meinen Kitzler berühren. Ein Stromstoß schießt durch mich hindurch, lässt mich aufkeuchen. Langsam beginne ich meine Perle zu massieren, sie zu streicheln und zu kneten. Immer mehr solcher Stöße fahren durch mich hindurch und sammeln sich in meiner Mitte. Ich wage mich weiter vor, verlasse meine Knospe und teile meine Schamlippen. Feuchtigkeit empfängt mich, benetzt meine Finger.

Meine Bemühungen an der linken Brust werden drängender. Fester knete ich sie, während ich mir erst einen, dann zwei Finger in meine Öffnung schiebe. Es ist ein unglaubliches Gefühl, das mich erfasst. Das Spiel aus meinen eigenen Händen und der Vorstellung, es seien Creeds, treibt mich höher.

Hastig gleite ich rein und raus. Dabei beiße ich mir auf die Unterlippe, um das Keuchen zu dämpfen. Mein Brustkorb hebt und senkt sich schnell. Das Rauschen in meinem Ohr tritt in den Hintergrund, meine Sinne verstärken sich. Plötzlich nehme ich alles viel intensiver wahr. Die Berührungen, die Empfindungen, einfach alles.

Weiter und weiter fingere ich mich, stelle mir vor, es sei Creeds Schwanz, der mich penetriert. So sehr wünsche ich mir, dass er jeden Augenblick durch die Tür zu mir in die Regendusche tritt und mich erlöst. Mich fickt.

Hart kneife ich mir in den Nippel, genieße den köstlichen Schmerz, der meine Pussy zusammenziehen lässt. Ein Kribbeln jagt mir den Rücken hoch, meine Zehen rollen sich ein. Ich stöhne und keuche abwesend, meine Atemzüge sind abgehackt. Schwarze Punkte legen sich über meine Sicht.

Ein dritter Finger findet seinen Weg in meine Öffnung. Die Dehnung gibt mir den Rest. Meine Wände krampfen sich zusammen, die Welle schlägt über mir zu, reißt mich in den Abgrund. Unerwartet hart überrollt mich mein Orgasmus. Lässt meine Beine zittern, entzieht mir all meine Kraft. Heiser schreie ich seinen Namen. Und als es vorbei ist, hinterlässt die Naturgewalt ein emotional erledigtes Bündel.

Erschöpft lehne ich meine Stirn an die kalten Fliesen. Ringe um Atem und ziehe langsam meine Finger aus mir heraus.

»Was zur Hölle war das gerade?«, keuche ich wie nach einem Hundertmetersprint. Bin ich bereits so ausgehungert, dass ich es mir selbst besorgen muss? Hat Creed mich so verdorben, dass ich süchtig nach Orgasmen bin?

Es braucht ein Moment, bis ich wieder normal atme und imstande bin, mich nochmals abzuduschen, um die verräterischen Spuren meiner Lust an den Beinen zu beseitigen. Danach trete ich aus der Regendusche und pflege meinen Körper mit etlichen Cremes. Ein Luxus, den ich mir nach dem Militärdienst angeeignet habe.

Nur in einen Bademantel gehüllt, verlasse ich das Badezimmer. Ein verschlafener Reid kommt auf mich zu, ein Paket in der Hand. »So langsam nervt dein Verehrer.« Er schleudert mir den schwarzen Karton entgegen. »Nimm ihn zurück oder mach ihm klar, dass er keine Pakete mehr schicken soll. Jedes Mal am Wochenende klingelt mich ein Kurier aus dem Bett.«

»Sorry«, zerknirscht lächle ich ihn an. »Ich werde ihm Bescheid geben, dass er damit aufhören soll.«

»Danke!« Mit einem Rums knallt der Muffelkopf die Tür hinter sich zu.

Puh, seine Laune ist wieder so zuckersüß am Morgen, unglaublich. Nicht! Dennoch hat er recht, ich muss mit Creed sprechen.

Mit dem neuen Geschenk im Arm gehe ich in mein Zimmer, lege den Karton aufs Bett und nehme das Handy vom Nachttisch.

> Deal! Du wirst zwar gnadenlos verlieren, dennoch muss ich mit dir sprechen.

Wie wild klopft mein Herz, sobald ich die Nachricht absende. Ich habe gerade einem Treffen zugestimmt.

Die beleidigten Schmetterlinge regen sich und ich gebe mir mental eine Ohrfeige für mein Gummibärchen-Rückgrat. Ich hatte vor, standhaft zu bleiben, stark zu sein und keineswegs einzuknicken. Und nun sitze ich hier auf meinem Bett, die dämlichen Flatterviecher in meinem Bauch tanzen Samba und mein Herz wechselt von gebrochen zu verliebt.

Ich bin so am Arsch, wenn ich glaube, dass morgen alles freundschaftlich abgehen wird. Wie soll es auch, wenn sich in mir Gefühle regen? Es gibt aber einen guten Grund, wieso ich sie verbergen muss und es auch weiterhin tun sollte. Würde ich meinem Herzen nachgeben, gäbe es eine Katastrophe. Ich würde nie von Creed loskommen, immer wieder seinem Charme erliegen. Von meiner Libido brauche ich gar nicht erst anzufangen. Wenn wir erst einmal wieder zusammen in der Kiste landen, dann fuck ... werden wir nie damit aufhören können.

Vielleicht sollte ich mir einen Vibrator bestellen, dann werden meine Finger nicht so abgenutzt, wenn ich mich selbst befriedigen muss. Ein gesättigter Kater verspürt keinen Hunger mehr bei anderen Katzen. Eventuell klappt das ja auch mit meiner Lust?

Brummend kündigt mein Handy eine Nachricht an. Viel zu schnell greife ich danach und entsperre den Bildschirm. Heftig pocht es in meinem Brustkorb, so aufgeregt bin ich.

Soll ich dich abholen oder fährst
du selbst?

Nachdenklich schaue ich auf die weiße Nachrichten-blase. Wenn er fährt, brauche ich es nicht zu tun. Das Risiko ist geringer, eine weitere Delle in die Karre zu bekommen und ich muss nirgends einparken. Anderer-seits wäre ich von ihm abhängig. Könnte nicht einfach verschwinden, wenn mir danach ist.

Unabhängigkeit vs. Schaden. Puh.

Ich fahre selbst. Nachher sieht Reid uns zusammen und erleidet einen Herzinfarkt.

Ja, das ist eine super Ausrede. Ist dir in letzter Sekunde eingefallen. Prima, Lexie.

Hast recht, mein Fehler. Freu mich auf morgen.

Mehrmals blinzle ich. Meint er es ironisch, kampf-lustig oder doch sehnsüchtig? Argh! Wieso versuche ich nun, etwas in seine Nachrichten hineinzuinterpre-tieren?

Freu dich nicht zu früh. Ich werde keine Gnade zeigen.

HAHA! Hätte niemals gedacht, dass
du das Wort überhaupt kennst.

Laut lache ich auf.

Hab es auch extra gegoogelt.
Wollte damit angeben, dass ich
solche komischen Wörter in
meinem Vokabular habe.

Du kannst ja witzig sein, Miss Brooks.
Hätte ich dir nie zugetraut.

Kommt davon, wenn man
mich nicht richtig kennt.

Würde ich ja gern tun, aber du
torpedierst meine Bemühungen.

Creed, du weißt wieso.

Ja, ja, ja. Immer die gleiche Leier.

Ich meine es ernst.

Ich ebenfalls. Ich mag dich und würde
dich gern näher kennenlernen. Egal,
ob Reid dein Bruder ist oder nicht.

> Sind dafür die 5 Minuten, die du
> haben möchtest, wenn ich als
> Verliererin rausgehe?

Ja!

> Dann viel Glück, ich werde es dir
> keinesfalls leicht machen. Reinige
> deine Pistole gut und öle sie. Nicht,
> dass du ihr nachher die Schuld
> gibst, wenn du verlierst. ;)

Dir ebenfalls viel Glück,
Lexie. Möge der Bessere
morgen gewinnen.

Ich schließe den Chat. Mein Herz wummert verdächtig und eine leichte Röte hat sich auf meine Wangen
gelegt. Er will mich besser kennenlernen. Setzt sogar
seinen Status am Schießstand aufs Spiel. *Nur für mich.*
Seufzend lasse ich mich nach hinten fallen. Noch
nie hat jemand so etwas für mich getan. Auch die vielen Geschenke, Blumen und Nachrichten sind keine

Selbstverständlichkeit in der Männerwelt. Aber ausgerechnet Creed muss so ein Juwel sein.

Ich werde sterben, wenn ich weiterhin das Creed-
Fasten durchziehen will. Vor allem, wenn er so wie
eben ist. Spielerisch, humorvoll und eventuell noch
etwas sexy dazu. Da kann ich mir gleich selbst die
Kugel in den Kopf jagen, statt sie einem Papierziel zu
verpassen. *Fuck!*

KAPITEL

25

Creed

»Reid? Kannst du den Club heute allein schmeißen? Ich habe etwas vor.«

Mein bester Freund schaut von seinem Smartphone hoch und durchbohrt mich mit seinem Blick. Oder denke ich das nur? Bin ich schon so von Gewissensbissen geplagt, dass ich mich von Reid ertappt fühle?

»Ja, klar, warum nicht? Ich rocke das Ding schon.« Er grinst wissend und zwinkert mir zu. »'N Date?«

»Nein.«

Vehement schmettere ich dieses Thema ab, doch Reid Marshall lässt sich nicht abwimmeln.

»Sexdate?«, stichelt er weiter und ich verfluche die Tatsache, dass er und Alexandra Halbgeschwister sind. Natürlich würde ich 'nen Fick mit ihr vorziehen, aber ich halte mich an das, was ich ihr geschrieben habe. Ich werde gewinnen und meine fünf Minuten dazu nutzen, ihr ein Uns schmackhaft zu machen. Sie muss nur erkennen, dass wir perfekt miteinander sind. Was sie verpassen würde.

»Sowas in der Art«, murmle ich und stehe vom Schreibtischstuhl auf.

»O, gut! Denn du bist in letzter Zeit echt sehr unausstehlich untervögelt. Wenn eine endlich zu dir durchgedrungen ist, will ich deinem Glück nicht im Wege stehen.«

Ein Hauch von Wehmut erfasst mich, lässt mein Herz etwas schneller schlagen. Diese Worte tun gut und gleichzeitig weh. Würde er sie auch sagen, wenn er wüsste, dass es sich um Lexie handelt? Oder hätte er mich eher bespuckt, als mir Glück zu wünschen? Ich vermute Letzteres.

»Mal sehen«, rudere ich etwas zurück, fahre mir durch die am Deckhaar volleren Haare und spüre das harte Gel unter der Handfläche.

»Viiiel Spaahaaaß«, trällert der Wichskopf und ich drehe mich um, zeige ihm beim Rausgehen den Mittelfinger.

***

Ich habe so einige Szenarien im Kopf durchgespielt, wie ich sie begrüßen werde. Mich gefragt, was ich wohl denke, wenn ich sie wiedersehe. So viele Tage sind vergangen und endlich kann ich sie schon fast wieder riechen. Ihre Aura spüren und dieses Verlangen, sie zu küssen, durch meine Adern fließen lassen. Doch ich muss es mir verbieten. Es geht nicht anders.

Und sie lässt mich warten! Fünfzehn Minuten, um genau zu sein. Ich drehe durch!

Zähneknirschend sehe ich auf die Uhr über dem Tresen des Schützenvereins. Ich habe das Gefühl, das Ticken der Zeiger ist in meinen Herzschlag übergegangen. Jedes *Tick* sendet einen Stoß durch mich, jede Sekunde spüre ich nah und direkt. Jeder Ton zeigt mir, dass sie entweder nicht kommt oder aber, dass sie feige irgendwo wartet und nicht weiß, was sie machen soll.

»Wie lange willst du dich noch zum Idioten machen? Ich glaube nicht, dass sie noch erscheint«, macht mir Nick hinter der Bar klar und am liebsten will ich ihm das Drecksglas vor mir in den Rachen rammen.

»Und das weißt du woher?« Genervt schaue ich zur Tür, doch niemand kommt durch.

»Weil ... sie vielleicht draußen auf dem Parkplatz im Auto sitzt.«

Er zeigt unter sich, wo er natürlich die Kameraaufzeichnungen sehen kann.

»Sie steht da?« Fassungslos und mit zusammengepressten Zähnen sitze ich also inzwischen verfickte achtzehn Minuten an diesem Tresen und er hat nicht ein Wort gesagt? Gleich ziehe ich ihn über das Holz, dann werden wir mal sehen, wer zuletzt grinst. Doch zuvor ...

Ohne ein weiteres Wort stehe ich auf und gehe auf den Parkplatz. Natürlich kann der Wichser nun alles überblicken, aber das ist mir egal. Lexie ist wichtig und der Rest nicht.

Sofort finde ich ihren Wagen und gehe auf diesen zu. Als sie mich durch die Windschutzscheibe erkennt, weiten sich ihre Augen und sie sieht sich hektisch um.

Ach komm schon, Kätzchen. Als wenn Reid uns ausgerechnet hier sehen würde. Ohne weitere Worte schlendere ich zur Fahrertür, klopfe ans Fenster und sie entriegelt die Tür. Ich öffne sie und lehne mich an den Holm der Karre. »Lass mich raten, du wolltest kneifen?«, provoziere ich sie und unterdrücke meine Wut und Enttäuschung.

»Und selbst wenn. Das ist so falsch, Creed«, flüstert sie frustriert.

»Brooks, ich hätte nicht gedacht, dass Sie ein Angst-
hase sind, aber von mir aus ...« Ich stoße mich vom
Auto ab und will zurück ins Clubhaus gehen, da höre
ich es hinter mir fluchen und eine Autotür knallt zu.
Na bitte, geht doch.

»Du Schweinehund«, knurrt sie mich an und rauscht
an mir vorbei. Meine Laune hebt sich immer mehr,
denn jetzt habe ich einen astreinen Blick auf ihren
Prachtarsch, der in einer wirklich engen Jeans sitzt.
Ich will mein Glück nicht überstrapazieren und sehe
zu, dass ich hinterherkomme.

Im Clubhaus wirkt sie schon wieder so verloren wie
im Auto, weswegen ich ihr eine Hand auf die Flanke
lege und mich leicht vorbeuge. »Du musst rechts rum,
Beauty.«

Angepisst geht sie einen Schritt vor und blitzt mich
über die Schulter an. »Ich weiß.«

Ich ignoriere die anderen Hampelmänner um uns herum und folge ihr in Richtung Vorraum der Schießstän-
de. Wir holen unsere Waffen aus den Fächern, prüfen,
ob sie geölt werden müssen, und lassen die Munition
einrasten.

»Ich könnte dir einfach in den Schwanz schießen,
wenn ich das wollte«, murrt sie und spielt federleicht
mit dem Griff ihrer Pistole.

»Aber das willst du nicht, denn insgeheim möchtest
du damit noch spielen, Kätzchen.« Fröhlich pfeifend
fische ich mir einen Gehörschutz vom Haken und gehe
an ihr vorbei in den Innenraum. Schüsse sind zu vernehmen, das Kribbeln in mir setzt wieder ein und der
Geruch von Schwefel sickert in mein Hirn. »Dann wollen wir mal. Lust zu verlieren?« Offensichtlich stachelt

die Umgebung auch sie an, denn rumwitzeln stand bestimmt nicht auf ihrer heutigen To-do-Liste. »Beauty, du wirst mir gleich deine fünf Minuten Zeit schenken. Und darauf freue ich mich sehr.«

***

Schuss um Schuss geben wir uns nichts. Mein Stand ist sicher, die Atmung ruhig und kontrolliert. Ich fixiere mein Ziel.

Eins.

Einatmen.

Zwei.

Flach ausatmen.

Drei.

Schuss und ausatmen.

Vier

 Das Ziel in die Mitte getroffen.

Triumphierend sehe ich neben mich auf die Bahn, achte genau auf Alexandras letzten Schuss, doch sie schießt einfach nicht. Sie steht da, fixiert die Scheibe und regt sich nicht.

Ich beschließe, mir das mal näher anzuschauen, und begebe mich zu ihr auf die Bahn. Damit sie mir keine Kugel in den Kopf jagt, pfeife ich einmal und sie nimmt den Kopfhörer von einem Ohr, was ich ihr nachmache. Ich stelle mich hinter sie, hebe meinen Arm an und lege ihn unter ihren gestreckten Unterarm. »Du atmest falsch, Kätzchen«, hauche ich in ihre freie Ohrmuschel und kann es einfach nicht lassen, einmal daran zu knabbern. Ein Schauer fegt über sie und zitternd liegt ihr Arm auf meinem.

»Ach ja?«, presst sie hervor, die Muskeln an ihrer Wange tanzen vor Anspannung.

Ich greife um sie herum, halte sie an mich gedrückt, stelle mich mit ihr in einen festen Stand und schließe ein Auge. Sehe, was sie sieht. Fühle, was sie fühlt. Und passe mich ihrem Atem an. »Hör zu«, raune ich, presse sie noch näher an mich und merke, wie das kleine Luder sich an meinem Arsch reibt. Da ich mich durch die Bewegung nicht konzentrieren kann, grolle ich unheilvoll an ihrem Hals. »Halt still!«

Sofort stockt sie mit dieser Geilmacherei und ich brumme zufrieden, obwohl es mir anders natürlich lieber gewesen wäre. Aber ich habe es ihr versprochen. Kein Sex. Wenn sie sich weiter wie eine läufige Katze an mir gerieben hätte, dann würde ich es definitiv tun und sie direkt flachlegen.

»Fokus, Alexandra.«

»Fuck, ich kann nicht glauben, dass ich das zulasse«, murmelt sie und ich lache heiser an ihrer Wange.

»Fixiere das Ziel. Atme ein. Schieße, atme etwas aus. Lass all deine Luft entweichen. Und denk an den Rückstoß.« Ich streichle mit meiner Hand an ihrer Hüfte entlang, foltere damit auch mich, doch mein Körper übernimmt die Kontrolle allmählich und ich kann nichts dagegen tun. Deshalb trete ich von ihr weg, nehme Abstand und hoffe, dass sich mein innerer Aufruhr wieder legt. Fahre mit meiner Hand durch meine Haare und …

Ein Schuss lässt mich erstarren. Ich schaue sofort auf das Papierstück, kann nicht viel erkennen und lasse es mit dem roten Button an der Aufhängung zu uns herfahren. Wenn sie in die Mitte getroffen hat, habe ich verloren. Sie war knapp vorne, das wäre mein Ende.

Die Scheibe kommt in unsere Reichweite und ich atme erleichtert aus. Es war die Neun, die sie geschossen hat, ganz knapp an der Zehn vorbei.

»So eine verfluchte Scheiße«, motzt sie, reißt sich den Schutz vom Kopf und rauscht an mir entlang. Ich folge ihr, kann sie im Vorraum noch am Arm packen und ziehe sie zu mir ran.

»Hey, hey. Das kann passieren. Mach dich nicht runter, Lexie. Du bist eine gute Schützin.«

Ihre Augen, eben noch überschattet von Enttäuschung, glimmen auf wie in einem Feuer. Wieder hebt und senkt sich ihr Brustkorb schwer und unter meinen Fingerspitzen, die ihren Arm festhalten, kribbelt es.

»Fünf Minuten, Alexandra. Und du wirst mich nicht mehr wiedersehen, wenn du es nicht willst.«

Sie überblickt mein Gesicht, scheint irgendetwas darin zu suchen und atmet resigniert aus. »Okay.« Ein Wort und doch bedeutet es mir die Welt.

Wir sichern unsere Waffen, nehmen die Munition heraus, reinigen sie und stellen die Pistolen in ihre Cases. Sobald sie in den Schließfächern verstaut sind, schaue ich nach rechts und links, niemand ist im Gang zu sehen.

Mit einem Ruck reiße ich Lexie gegen die Spinde. Es donnert und sie keucht auf. Mit beiden Händen stütze ich mich oberhalb ihres Kopfes ab, sehe sie einfach nur an. Diese rosigen Lippen, seidige Haut und die blauen Augen, die einen ganz verrückt machen, wenn sie so unheilvoll blitzen wie jetzt.

»Ich möchte meine fünf Minuten nun einlösen, Kätzchen.« Ich beuge mich vor, vergrabe meine Nase in ihrer Halsbeuge und koste jeden Moment aus. Mein Atem bricht an ihrer Haut, eine Gänsehaut bildet sich und dennoch berühre ich die Stelle nicht. »Du bist das heißeste Geschöpf, dass mir je untergekommen ist. Seit ich dich getroffen habe, ist mein Leben ein totales Chaos und ich hasse Chaos! Ich bin strukturiert, weiß, was ich will, aber ein Blick in deine Augen und du stellst alles auf den Kopf.« Einen Kuss hauche ich auf ihre samtige Haut, bevor ich sie anschaue. Meine Augen sie durchdringend mustern. »Ich weiß, dass die Umstände mehr als scheiße sind. Reid ist wie ein Bruder für mich, er ist mir unglaublich wichtig und wenn ich das mit dir versaue, verliere ich nicht nur ihn, sondern auch den Club. Aber du bist dieses Risiko wert, Alexandra. Ich bin so oft davongelaufen, ich bin es leid. Ich bin müde, mich jeden Monat mit meiner Mutter zu streiten, weil sie Angst hat, ich vereinsame. Ich bin es leid, Rücksicht auf Reid zu nehmen, nur weil ich etwas mit seiner Schwester habe. Ich möchte endlich einmal tun, was meinem Herzen guttut. Okay, und meinem Schwanz. Gott, er wird es mir so danken, wenn er wieder in dir sein kann. Und komischerweise, bist genau du das, Alexandra Brooks. Ich liebe es, mit dir zu spielen. Du lässt dich auf Abenteuer ein, zeigst mir, was du willst und vor allem gibst du mir nerviges Kontra, was ich im Übrigen noch nie leiden konnte. Bei dir amüsiert es mich allerdings.« Ich lache leise, nehme eine Hand vom Spind und fahre mit dem Fingerknochen ihre Wange entlang, hinunter zum Hals, streife ihre Kehle und spüre, wie sie kräftig schluckt. »Sind meine fünf Minuten schon um, oder habe ich noch etwas Zeit?«, murmle ich, fixiere ihre Lippen, die sie befeuchtet.

Auch sie visiert meinen Mund an und am liebsten will ich ihn sofort auf ihren legen, doch der Schritt muss von ihr kommen. Küsst sie mich, ist unser Pakt besiegelt. Dann gibt es kein Zurück mehr. »Du hast noch zwei Minuten.«

Wölfisch verziehen sich meine Lippen zu einem Lächeln. Ich lasse meine Hand, die noch auf ihrer Kehle ruht, hinuntergleiten, erst die eine Wölbung ihrer Brust und die andere nachfahren. Führe meinen Weg bis zur Jeans fort, wo ich schnell den Knopf öffne. »Hoppla.« Sie windet sich etwas und lehnt ihren Kopf stärker gegen das Metall. Ich schlüpfe in ihr Höschen und fühle sofort ihre Feuchtigkeit. »Fuck«, entweicht mir und ich lasse meinen Mund in ihre Halsbeuge sinken. Beuge mich zu ihr und massiere ihre Perle.

Mein schwerer Atem bricht sich auf ihrer Haut und auch ihrer geht immer schneller. Das Herz klopft mir bis zum Hals, sie kommt mir entgegen, wird drängender, lechzt nach mehr. Und ich gebe ihr gerne mehr. Ich zwicke in ihre Klit und lasse zwei Finger in sie gleiten.

»Creed«, keucht sie und greift nun mit ihrer Hand um meinen Hals. Krallt sich an meinem T-Shirt fest, während ich sie zum Höhepunkt fingere. Die Möglichkeit erwischt zu werden, heizt uns zusätzlich an. Noch nie war eine Nummer so heiß. Ihre Fingernägel kratzen über meine Haut, greifen den Kragen fester, doch das ist mir egal. Selbst, wenn sie es in Stücke fetzen würde, wäre es mir gleich.

»Lass los, Kätzchen.« Heftig beiße ich in ihren Puls, der wie verrückt klopft, und intensiviere den Druck mit meinem Handballen an ihrer Perle.

Ihr Körper erstarrt, beginnt zu zittern. Jede meiner Zellen ist bis zum Bersten gespannt. Ich halte Lexie, als sie droht, am Spind herunterzurutschen. Ich halte sie auch noch, als sie sich wieder aufrecht hinstellt und erst recht, als sie langsam die Hand von meinem T-Shirt nimmt.

Völlig benebelt streiche ich eine Haarsträhne, die sich aus ihrem Zopf gelöst hat, hinter ihr Ohr. Ich will etwas sagen, irgendetwas, doch egal, was jetzt aus mir herauskommen würde, es wäre nicht richtig. Es würde die Situation nicht besser machen. Ich brauche ein Zeichen von ihr. Sie entscheidet.

»Weißt du, noch nie habe ich so einen Mann wie dich getroffen. Du machst mich wahnsinnig, Creed. Und ich kann an nichts anderes mehr denken als an dich. Wenn das hier schiefgeht, steht auch für mich eine Menge auf dem Spiel. Reid darf das niemals erfahren, hörst du? Niemals! Aber ich kann nicht mehr. Ich kann es einfach nicht.« Und dann zieht sie mich am Shirt zu sich herunter und küsst mich.

Noch immer klopft mein Herz wie nach einem Marathon, noch immer sind da all diese wirren Gedanken und Gefühle, die Ängste. Doch Alexandras Lippen auf meinen, ihr Orgasmus und noch viele weitere, all das entschädigt mich.

Ab jetzt wird's heiß.

KAPITEL

26

Lexie

Mitleidig sehe ich meinen Bruder an. Völlig abgeschlagen, mit dunklen Schatten unter den Augen und hängenden Schultern tritt er in die Wohnung, schließt die Tür mit einem lauten Knall hinter sich.

»Morgen, Reid.«

Sein Blick geht langsam hoch, träge bewegen sich seine Mundwinkel nach oben. »Hey, Lexie.« Er kickt seine Sneaker von den Füßen und schlürft zu mir in den Küchenbereich.

»Scheiß Nacht gehabt?«

»Frag nicht.« Müde reibt er sich übers Gesicht. »Dieser neue Club bereitet mir mehr Arbeit als gedacht und auf Creed ist gerade kein Verlass.«

»Wieso? Ihr seid doch Geschäftspartner, muss er dir nicht einen Teil der Arbeit abnehmen?«

»Eigentlich schon, aber ich glaube, diese Frau hat ihm mehr den Kopf verdreht, als er zugeben will.«

Minimal zucke ich zusammen und muss mich beherrschen, das Pokerface beizubehalten. Dass ich diese Frau bin, darf er auf keinen Fall erfahren. Seit dem Vorfall am Schießstand vor zweieinhalb Wochen gab es keinen

Tag, an dem wir uns nicht mindestens kurz getroffen, geschrieben oder telefoniert haben. Genauso lange begleitet mich auch das schlechte Gewissen Reid gegenüber. Keineswegs hat er es verdient, von uns belogen zu werden. Aber wie beichtet man seinem Bruder, dass man seinen besten Freund datet? Wenn es nach ihm gegangen wäre, hätten Creed und ich uns niemals kennengelernt.

»So schlimm? Weißt du denn, wer sie ist? Hat er mehr über sie erzählt?« Kaum habe ich die Fragen ausgesprochen, bereue ich es auch schon. Ich hasse meine Neugierde. Erst denke ich darüber nach, dass er es auf keinen Fall erfahren darf, und nun offenbare ich mein Interesse an Creeds Leben. Super, ganz großes Kino.

Um so unbeteiligt wie möglich zu wirken, bereite ich weiter das Frühstück zu und rühre die Eier in einer Schüssel auf. Vielleicht habe ich Glück und Reid schiebt es nur auf meinen chronischen Drang, alles wissen zu wollen. Wäre nicht das erste Mal, dass ich ihn wegen etwas ausquetsche, nur weil ich neugierig bin.

»Er hält dicht. Bis auf den Namen und wie gut sie in der Kiste ist, gibt er keine Details von ihr preis.«

Abermals zucke ich zusammen und auch dieses Mal scheint es meinem Bruder nicht aufzufallen. *Puh.*

Creed redet also über den Sex von uns. Na wunderbar. Genau solche Infos soll Reid von mir zu hören bekommen. Nicht! Es reicht schon, dass er weiß, dass ich keine Jungfrau mehr bin, alles andere geht ihn einen feuchten Dreck an. Andersherum möchte ich auch nichts darüber erzählt bekommen, wie es mein Bruder mit den Frauen treibt. Grob kann ich mir vorstellen, dass er sich keinesfalls nur mit Vanilla abgibt, zumindest vermute ich es, wenn ich mir die Empore des Clubs vor Augen führe.

»Bisher kam das nie vor. Deswegen glaube ich, dass er es ernst mit ihr meint. Er spricht auch kaum noch über pikante Sachen. Bei irgendwelchen anderen Tussis hat er sich über alles mit mir ausgetauscht«, fährt Reid fort, ohne meinem Schweigen große Beachtung zu schenken.

»Das hört sich wirklich ernst an.« Nagend gräbt sich das schlechte Gewissen in meine Eingeweide. Ich bin eine miese Schwester.

»Japp.« Er stützt sich mit den Ellenbogen auf dem Tresen des Arbeitsblocks ab. »Aber muss er selbst wissen. Wenn er sich einschränken will, bitte. Für mich wäre es niemals etwas, mich nur mit einer Frau zu vergnügen. Wo bleiben da der Spaß und die Vielfalt?«

»Man kann auch mit nur einer Person Spaß haben. Es kommt eben darauf an, dass man den Alltag aus dem Sex lässt und sich immer wieder neue Dinge einfallen lässt.«

So wie es bei mir und Creed ist. Beim Sex harmonieren wir am besten. Egal, wo er stattfindet, er versteht es, jedes Mal aufs Neue ein unvergessliches Ereignis daraus zu machen.

»Jaja und dann kommen die ständigen Kopfschmerzen, die Periode und zack muss Mann sich selbst einen runterholen, damit es keine blauen Eier gibt.«

Lachend hole ich eine Pfanne aus der Schublade unter dem Kochfeld und stelle sie auf die Glasfläche, die ich anstelle. »Vielleicht solltest du dich fragen, ob du etwas falsch machst, wenn die Frau solche Ausreden nutzen muss.« Ich zwinkere ihm zu, drehe mich dann zur Küchenzeile hinter mir, nehme den Teller mit den kleinen Würstchen und dem Bacon und setze ihn zu den Eiern neben das Kochfeld ab. Damit der Geruch nicht in die komplette Wohnung zieht, schalte ich die integrierte Dunstabzugshaube ein.

»Witzig, Schwesterchen. Ich bin durchaus imstande, es einer Frau zu besorgen.«

»Wenn du noch etwas zu essen haben willst, dann sprich nicht weiter. Es kann sonst passieren, dass ich in die Pfanne kotze.«

Nun dringt auch ein Lachen über Reid Lippen. »Okay, Themenwechsel.«

»Danke.« Gespielt erleichtert atme ich aus. »Wie sieht es mit eurem Deal aus? Kamst du heute gut voran?«

»Es lief eher semi-gut. Hab da was im Kaufvertrag gelesen, das ich später klären muss. Wahrscheinlich muss ich deswegen extra nach Dallas fahren.«

Mit großen Augen schaue ich von der Pfanne auf, in die ich das Ei hineinkippe. »Heute?«

»Ja. Kotzt mich zwar tierisch an, aber ich will mich auch nicht übers Ohr hauen lassen.«

Aufregung packt mich. Wenn Reid heute wegfährt, können Creed und ich uns sehen. Wir brauchen keine Angst zu haben, erwischt zu werden. »Glaube ich dir. Gib Bescheid, wenn du nach Dallas fahren musst, dann mache ich mir keinen Kopf, solltet du nicht heimkommst.«

Er nickt.

Während ich weiter das Rührei, den Haufen Würstchen und den Bacon brate, verfallen wir in ein lockeres Gespräch. Zwischendurch schließt Reid länger die Augen und schreckt dann wieder auf, dennoch zieht er selbst das Essen mit mir durch, damit wir etwas gemeinsame Zeit verbringen.

Er tut mir leid, wie er so völlig erschöpft in sein Zimmer geht. Hoffentlich hat es bald ein Ende und er kann sich Urlaub nehmen, um wieder zu Kräften zu kommen.

***

Fünf Stunden verbringe ich mit dem Arbeitslaptop auf dem Schoß im Wohnzimmer, als Reids Zimmertür aufgeht. Scheinbar bemerkt er mich nicht, denn er geht schnurstracks zur Küche. Die Geräusche der Kaffeemaschine vertreiben die Stille.

Ich lasse ihn in Ruhe und tauche abermals in meine Arbeit ein. Die Deadline rückt näher und ich will zumindest die Hälfte bis zum Abend fertig haben.

Die Zeit vergeht und Reid verabschiedet sich bei mir, nachdem er sich frisch gemacht und Sachen gepackt hat. Er muss heute wirklich noch nach Dallas, statt morgen früh. Die Verkäufer wollen es so schnell wie möglich klären, selbst wenn es bedeutet, dass das Meeting abends stattfindet. Für ihn scheiße, für mich ideal.

»Lexie, vor der Tür liegt wieder ein Paket von deinem Verehrer. Bin weg.«

In meinem Bauch regen sich die Schmetterlinge, mein Herz beginnt zu rasen. Lächelnd schließe ich den Laptop, lege ihn beiseite, eile zur Wohnungstür und reiße sie auf. Tatsache, da ist ein Geschenk. Ich hebe es auf, drehe und wende es. Dieses Mal ist kein Adressaufkleber drauf.

Spinnt der? Hier aufzukreuzen, wenn er doch weiß, dass Reid zuhause ist. Natürlich hätte ich ihn gern gesehen, aber die Gefahr! Fuck, kaum auszumalen, was hätte geschehen können, wenn die beiden aufeinandergetroffen wären. Dennoch schmälert das meine Freude nicht einmal ansatzweise.

Ich schließe die Tür wieder und renne beinahe mit meiner Beute in mein Zimmer. Mit geübten Fingern öffne ich den Karton und das mir vertraute Seidenpapier kommt zum Vorschein, welches ich aufklappe. Wie immer liegt oben die Karte drauf. Ich nehme sie raus und lese die Sätze auf der Rückseite.

Ich vermisse das Spielen. Komm vorbei.

Ein Schauer erfasst mich. Durch meinen Unterleib geht ein Ziehen, mein Körper kribbelt freudig. Ich lege die Karte beiseite und schaue mir das eigentliche Geschenk an. Schneller hebt und senkt sich mein Brustkorb, meine Nippel stellen sich vor Lust auf.

Mit zittrigen Fingern hebe ich den Vibrator hoch. Es ist genau der, denn Creed bei einem unseren Treffen benutzt hat. Rosa Silikon umhüllt die Technik, die für die Vibrationen zuständig ist. Er ist gerade und simpel gehalten, kein Rabbit oder eine Penisnachahmung.

Unbewusst reibe ich meine Schenkel aneinander. Creed weiß genau, was Frau will. Keinen Schnickschnack, den sie nicht gebrauchen kann, sondern etwas, was ihr Freude bereitet. Kurz bin ich in Versuchung, mein neues Spielzeug auszuprobieren und die Lust in mir vorerst zum Schweigen zu bringen. Stattdessen lege ich es in die Schublade meines Nachtschranks, packe die Karte und den Karton beiseite und kehre zurück ins Wohnzimmer, wo ich mir mein Handy schnappe.

Bist du im Club?

Ungeduldig tipple ich hin und her. *Er kann mir doch nicht erst so ein Geschenk machen und dann nicht in der Nähe seines Handys sein.*

Nach endlos erscheinenden Minuten kommt endlich die ersehnte Antwort.

Ja!

Gut, ich komme vorbei.

Ich schließe den Chat, begebe mich ins Bad, wo ich mit einem Waschlappen die wichtigsten Stellen frisch mache, und schlüpfe dann in sexy Spitze. Er will spielen? Kann er haben.

Ein knapper schwarzer Rock löst meine Jogginghose ab, ein beinahe durchsichtiges lila Neckholdertop, dessen Rücken bis auf die Schnürung frei ist, ersetzt das T-Shirt. Den BH spare ich mir. Ich krame meinen langen dunklen Mantel aus dem Kleiderschrank und ziehe ihn mir über. Anschließend sammle ich Handy, Portemonnaie und ganz besonders die schwarze Karte ein.

Mit allem Wichtigen bewaffnet, schlüpfe ich bei der Wohnungstür in die Fick-mich-High-Heels und mache mich auf den Weg zum Never Regret.

Aufgeregt stehe ich vor dem Eingang, warte darauf, dass die Stahltür des offiziell noch geschlossenen Clubs geöffnet wird. Der glatzköpfige, breit gebaute Türsteher starrt mich grimmig an, lässt mich aber rein, als ich ihm die Mitgliedskarte unter die Nase halte. Die Empore steht auch in der Woche für die Mitglieder rund um die Uhr zur Verfügung.

Nur minimal verändert sich sein Gesichtsausdruck und man könnte meinen, dass es sein freundliches Auftreten ist. »Sie wissen ja, wo Sie hinmüssen.«

»Ja, danke«, flöte ich und lasse ihn bei der Garderobe stehen.

Während ich durch den Club schreite, schreibe ich Creed, dass ich da bin und ihn oben in der Lounge erwarte. Für das Drumherum habe ich kein Interesse, das Clubinnere habe ich bereits mehrmals gesehen und den Putzkräften beim Reinigen zuzuschauen, muss ich auch nicht unbedingt haben. Mein Ziel ist es, die Treppen hochzugehen und mir zu nehmen, was ich begehre.

Oben angekommen, empfängt mich eine beinahe leere Lounge. Eine Frau steht hinter der Bar und unterhält sich mit einem Besucher. Auf der Sofaecke sitzt ein Paar, das sich wild küsst. Creed ist nirgends zu sehen, was meinem Glücksgefühl einen kleinen Dämpfer verpasst.

Das Licht ist gedimmt und das meiste an Helligkeit kommt durch die Glasfront, von wo man die Tanzfläche unten beobachten kann.

Ich entscheide mich dafür, mich an die Bar zu setzen, um zu warten, und das Paar in Ruhe zu lassen. Den Mantel lege ich ab und nehme umständlich auf den Hocker platz.

»Was kann ich dir Gutes tun?« Die schlanke Blondine im knappen Outfit strahlt mich an. Sie ist hübsch und ich meine, mich daran zu erinnern, dass ich sie mal in einem der Zimmer gesehen habe. Ob das Personal ebenfalls die Räumlichkeiten nutzen darf?

»Sie braucht nichts, Olivia.«

Ein Schauer erfasst mich, lässt mich erzittern und hinterlässt eine Gänsehaut. Seine Stimme, tief und rau, geht mir durch Mark und Bein. Breit grinsend drehe ich mich zu ihm und sauge seinen Anblick in mich auf: Weiße Jeans, graues Hemd, das oben drei Knöpfe offen ist und eine Kette, die ihm bis zur Brust reicht. Sein Haar ist perfekt gegelt und sein Bart zum obligatorischen Dreitagebart getrimmt. Seine grünen Augen funkeln mich wütend an, was mir noch einen Schauer über den Rücken laufen lässt.

»Bist du wahnsinnig, Alexandra?« Er sieht sich über die Schulter.

»Nope.« Vehement schüttle ich den Kopf, wobei meine langen Haare über die Schulter nach hinten fallen. Sein Blick wandert nach unten, bleibt an meinen aufgerichteten Nippeln hängen, die sich durch den beinahe durchsichtigen Stoff abzeichnen.

»Doch, ganz eindeutig bist du es.« Creeds Adamsapfel hüpft auf und ab, sein Kiefer mahlt. »Du kannst so nicht rumlaufen.«

»Gefällt es dir nicht?« Gespielt traurig ziehe ich meine Lippen zu einem Schmollmund und klimpere mit den Wimpern.

Er kommt näher, beugt sich zu mir, bis sein Mund an meinem Ohr ist. »Es ist heiß, Alexandra. Es turnt mich an, dich so zu sehen. Deine Brüste für jeden sichtbar und doch zu wissen, dass nur ich derjenige bin, der sie berühren und kosten darf.«

Ich greife nach seinem Nacken, kralle meine Fingernägel in seine Haut und hauche: »Dann bin ich stark dafür, dass du genau das tust.«

»Du treibst ein gefährliches Spiel, Alexandra. Dein Bruder kommt auch gern in diese Räumlichkeiten und könnte uns erwischen.«

»Keine Sorge, er ist auf dem Weg nach Dallas. Hat er dir nicht Bescheid gegeben?«

Er schüttelt den Kopf. »Aber wenn das so ist ...«

Plötzlich werde ich angehoben. Reflexartig schlinge ich meine Beine um ihn, dabei rutscht mein Rock hoch und bauscht sich um meine Hüfte. Mir ist es egal, dass nun jeder meinen Spitzenstring sehen kann. Wir sind eh alle hier, um unseren Fantasien nachzukommen.

Seine Hände legen sich auf meine Arschbacken, kneten sie und geben mir gleichzeitig das Gefühl, sicher zu sein. Ich knabbere an seinem Hals, lecke über die Haut und hauche Küsse auf sie, während Creed sich in Gang setzt, die Lounge durchquert und mich in ein leeres Zimmer trägt.

Neugierig schaue ich mich um. Hier waren wir noch nicht. An die Gerten, Peitschen, Paddel und sonstigen Utensilien an den Wänden hätte ich mich sicher erinnert.

Auch dieser Raum hat eine Glasfront zur Tanzfläche, auf der gegenüberliegenden Seite befindet sich ein rabenschwarzes Himmelbett, an dessen Pfosten Verankerungen angebracht sind. Die Laken aus schwarzer Seide schimmern in der sanften Beleuchtung. Rechts in der Ecke entdecke ich einen lederüberzogenen Bock, gleich daneben ist ein Kreuz mit festinstallierten Fesseln an der Wand befestigt. Fasziniert beiße ich mir auf die Unterlippe.

Creed setzt mich auf dem Bett ab und schubst mich an der Schulter zurück. Ich komme seinem stummen Wunsch nach, lasse mich auf das kühle Laken sinken. Es dauert keine Sekunde, da hat es meine Wärme angenommen.

Vorfreude erfasst mich und ich folge Creed mit meinem Blick, als er zu der langen Kommode neben der Tür geht und mehrere Sachen aus den Schubladen holt. In meinem Unterleib pocht es und ich spüre, wie mein Slip feucht wird. Um mir ein wenig Erlösung zu verschaffen, reibe ich meine Schenkel aneinander und lasse meine Hände zu den Brüsten wandern, die ich zu kneten beginne.

»Chanel, Dior oder Armani?«

Verwirrt halte ich inne. *Was will er?*

»Antworte.« Peitschend fegt seine tiefe Stimme durch den Raum und beschert mir einen Schauer. Wenn er so mit mir redet, reagiert mein Körper sofort auf ihn.

»Chanel«, antworte ich hastig und massiere mich wieder selbst.

Creed nickt. Da er mit seinem Körper verbirgt, was er tut, kann ich nur lauschen und hoffen, dass meine Neugierde so ein wenig gestillt wird: Es klappert und ratscht. Und dann endlich dreht er sich um. Ein langes weißes Band in der einen Hand, einen Vibrator in der anderen.

Langsam kommt er zu mir. Sieht mir dabei zu, wie ich mich selbst berühre, und kniet sich dann neben mich auf die Matratze. »Arme nach oben.«

Auch dieses Mal komme ich seinem Befehl nach und hebe die Arme über mich. Jetzt aus der Nähe erkenne ich, was auf dem weißen Band steht. Chanel. *Ah, deswegen hat er gefragt.*

Sanft bindet er meine Handgelenke zusammen. »Wie das Geschenk, das du bist, verpackt und mit Schleife versehen«, brummt er und zupft seitlich an der Schnürung des Neckholdertops, ehe er sie im Nacken und an der Seite meiner Büste zerreißt. »Du kriegst nachher ein Shirt aus meinem Büro.« Damit ist für ihn die Sache erledigt.

Mich dagegen hat es heißt gemacht. Die Tat wirkte auf meinen Körper so, als wäre es mein Slip gewesen, den er kaputt macht. Dieses animalische Verhalten lässt mich erzittern, in meinem Unterleib zieht es stärker und ich werde feuchter.

Mit nacktem Oberkörper, den Rock bis zu den Hüften hochgeschoben, liege ich da und beobachte ihn. Mit jedem Einatmen heben sich ihm meine Brüste entgegen. Er beugt sich vor, leckt über meine Nippel und saugt nacheinander an ihnen. Pochend meldet sich meine Pussy, ist eifersüchtig, weil sie bisher vollkommen missachtet wurde.

Ein Brummen durchschneidet die Stille und erfüllt den Raum. Creed setzt sich wieder auf, hält stattdessen den Vibrator an meine Nippel. Erschrocken keuche ich auf, was sich aber sogleich in ein Stöhnen verwandelt. Ich spüre, wie meine Brüste anschwellen und Stromstöße von ihnen in meine Mitte schießen.

Unsere Blicke sind fest verhakt, in seinen Iriden lodert ein Feuer auf. Es scheint ihm offensichtlich zu gefallen, wie ich mich keuchend und mich offenen Mund mich dem Vibrator entgegenstecke.

»Sei schön brav und bleib genau so liegen, Kätzchen.« Der Vibrator verschwindet. Bedauernd sehe ich dabei zu, wie er ihn ausschaltet und neben mich legt, ehe er selbst aufsteht und wieder zur Kommode geht. Mit zwei weiteren solcher Chanel-Bänder kommt er zurück und bleibt am Fußende stehen. »Umdrehen.«

Ich nicke und bemühe mich, mich so elegant wie möglich mit gefesselten Händen umzudrehen. Creed zieht mich an den Füßen zum Bettrand. Dabei rutscht mein Rock, den ich bisher nicht wieder runtergezogen hatte, weiter hoch und kommt an meiner Taille zu liegen. Die Matratze sinkt ein, ich spüre seine Finger an meinen Arschbacken. Er knetet und massiert sie, bis zwei schnelle Schläge auf meine Haut treffen.

Ich schreie auf. Ein süßer Schmerz folgt und Hitze schießt in die Stellen, ehe Creed sie küsst und mir ein Stöhnen entlockt. Während er mich weiterhin dort mit seinen Lippen liebkost, wandern seine Finger zu meiner Pussy, fahren am Saum des Strings entlang, ehe sie unter den Stoff schlüpfen. Zielsicher finden sie ihren Weg zu meiner Öffnung, reiben an ihr längs und verteilen die Feuchtigkeit.

Ich drücke ihm mein Hintern entgegen, gebe ihm mehr Freiraum, um besser an meine Klit zu kommen. Doch statt mir den Gefallen zu tun, gleitet er aus dem String heraus. Sanft zieht er mir den Stoff hinunter, unterbricht dabei seine Liebkosungen und entfernt sich ganz von mir.

Er packt erst mein linkes Bein und fesselt es an den Pfosten, ehe er mit dem rechten fortfährt. Anschließend schiebt er seinen Arm unter meinen Bauch und hievt mich hoch, sodass ich vor ihm knie. »Stütz dich auf die Ellenbogen.« Auch diesem Befehl komme ich umständlich nach. »So schön.« Heiser und rau kommt das Kompliment. »Dein Arsch gerötet, deine Gliedmaßen in Luxus gefesselt und deine Pussy feucht glitzernd, bereit für mich.« Er streicht über meinen Hintern. »Darf ich ein Foto davon machen, Kätzchen?«

»Wofür?«

»Damit ich es mir jedes Mal ansehen kann, wenn du nicht in meiner Nähe bist. Kann auch passieren, dass ich mir jede Nacht darauf einen runterhole, wenn wir keine Gelegenheit gefunden haben, uns zu treffen.«

»Okay.« Ich nicke zur Bekräftigung.

Creed verschwindet hinter mir, ein Klicken ertönt und schon ist er wieder bei mir. Ungeduldig wackle ich mit den Hüften, was Creed heiser lachen lässt. Er hat den Wink verstanden, denn er beugt sich über mich und greift nach dem Vibrator. Das Brummen setzt ein, lässt meinen ganzen Körper vor Lust prickeln.

Die vibrierende Spitze trifft auf meinen Kitzler. Jagt mir Schauer über den Rücken und lässt mich erzittern. Keuchend werfe ich mein Kopf in den Nacken. Creed neckt meine Klit, treibt mich höher und höher. Feuchtigkeit läuft meinen Oberschenkel hinunter. Ich beginne zu zittern, meine Arme drohen nachzugeben.

»Wehe du veränderst die Position, dann endet das Ganze und du kannst nach Hause gehen.«

Verärgert knurre ich auf. »Das wagst du nicht!«

»So frech. Ganz mein Kätzchen.« Er fährt mit dem Vibrator meinen Schritt entlang und dringt damit leicht in mich ein. Meine Muskeln umschließen das Spielzeug, wollen es tiefer in mich ziehen.

»Tztztz ... so begierig, Alexandra. Wenn du lieb bist, lasse ich dich kommen.«

Innerlich zeige ich ihm den Mittelfinger und verfluche ihn dafür, dass er die Macht über mich hat. Äußerlich nicke ich und kämpfe gegen das Zittern meiner Arme an, die bereits vor Anstrengung brennen.

Er schiebt den Vibrator tiefer in mich, aber noch nicht tief genug, um meinen G-Punkt zu stimulieren. Frustriert keuche ich auf. *So ein Arsch!*

Zu dem Spielzeug gesellen sich auch endlich seine Finger. Sie gleiten an meiner Öffnung entlang, nur um dann zu meinem Kitzler zu wandern.

Gleichzeitig im Inneren und Äußeren stimuliert zu werden, lässt mich höher treiben und die Penetration stärker fühlen. Creed massiert meine Klit heftiger, der Vibrator gleitet tiefer hinein. Stöhnend strecke ich mich den Berührungen entgegen, will mehr davon. Mehr von allem. Das Kribbeln in meinen Körper verstärkt sich, wird drängender und ich werde gänzlich davon vereinnahmt.

Unerwartet schnell und hart erfasst mich der Orgasmus. »Creeeeed«, entlade ich meine angestaute Lust. Meine Arme geben nach, mein Oberkörper kippt nach von und ich lande auf der Matratze.

Der Vibrator verschwindet, nur noch unser schwerer Atem ist zu hören und wird kurz vom Ratschen des Reißverschlusses und dem anschließenden Knistern der Kondomfolie unterbrochen. Keine Sekunde später spüre ich Creed an meinem Eingang.

Er greift in mein Haar, wickelt eine Strähne um seine Hand und zieht meinen Kopf in den Nacken. Tief stößt er in mich ein, dehnt mich.

Beide stöhnen wir auf, als ... Ein Knall hallt durch den Raum, lässt uns innehalten.

»What the fuck ...!«

Ruckartig schaue ich zur Tür, die nun weit geöffnet ist, und reiße mir dabei einige Haare aus.

Nein, nein, nein, das darf nicht sein. Er darf hier nicht sein!

KAPITEL

27

Creed

»What the fuck ...!«, peitscht es durch den Raum und ich zucke zusammen. »*Ist das dein scheißverdammter Ernst?!*« Fassungslos und vor Wut bebend, die Fäuste links und rechts am Körper pumpend, steht mein bester Freund in der Tür und sieht, nun ja ... seine Halbschwester. Nackt. Und ich in ihr.

Ohne Reid aus den Augen zu lassen, gleite ich aus ihr heraus, ziehe meine Hose hoch und verstaue meinen Schwanz, bevor ich den Knopf schließe.

»Kann ich kurz?« Ich nicke zu Alexandra hinunter und sehe ihm wieder in die Murmeln. Es ist wichtig, dass er nicht weiter provoziert wird.

Ihr Wohl ist mir in dieser Situation am wichtigsten. Das Gewitter wird eh kommen und auf mich einprasseln, aber Lexie muss vorher aus der Schusslinie.

Natürlich erhalte ich keine Antwort, nur einen Bruder, der sich sichtlich beherrscht die Nasenwurzel reibt, dennoch zittern seine Schultern, als müsste er sich wirklich sehr beherrschen.

Ich löse die Fesseln an ihr, ziehe die Schleife von ihrer Haut und lege ihr das Bettlaken um. Sofort umschlingt sie es mit den Armen, verhüllt ihren anbetungswürdigen Körper und ich schlucke. »Kätz... Lexie, du musst gehen.« Gerade noch rechtzeitig kann ich ihren Kosenamen hinunterschlucken, will Reid nicht mehr Munition geben.

Ihre Augen werden riesig und einen kurzen Moment blitzt Bestürzung auf.

Es tut mir leid, versuche ich ihr mit meinem Blick mitzuteilen, aber ich kann sie nicht anfassen. Nicht in dieser Situation.

»Seid ihr endlich fertig, euch anzuschmachten? Verpiss dich von meiner Schwester, du Wichser! Sonst raste ich vollkommen aus.« Sofort zucken wir auseinander.

Ich gehe ums Bett herum und vergrabe meine Hände in den Hosentaschen, setze einen Fuß vor den anderen. Ich bin so aufgewühlt, Schuld durchbohrt mich wie ein Pfahl, der mir ins Herz getrieben wird. Wie mich Reid ansieht … Ich kann es kaum ertragen, so weh tut es. »Reid ...«, versuche ich es ruhig und beherrscht, aber das war wohl sein Startschuss. Wie ein rasender Stier kommt er auf mich zu und … Ich hätte damit rechnen müssen, doch der Schmerz, der sich in meinem Kiefer ausbreitet, haut mich fast um.

»Reid' mich nicht an! Ich habe dir gesagt, sie ist tabu!« Mit jedem Wort donnert seine Faust in meinen Magen. Gekrümmt gehe ich in die Knie, fühle, wie sich Organe verschieben, und zum Blutgeschmack gesellt sich nun auch Galle.

»Hör auf!«, höre ich Lexie schreien, doch er wird es nicht tun. Ich kenne meinen Freund, weiß genau, dass es nur eine Sache gab, die ich hätte beherzigen sollen. Die Finger von seiner Schwester zu lassen. Und dieses Versprechen habe ich gebrochen.

Ich habe ihn hintergangen, auf so viele Arten, und das wird er mir nie verzeihen. Ich habe jeden verfluchten Schmerz, jedes Wummern meines Herzens, jedes Weiten und Platzen meiner Gefäße verdient.

»Nicht«, keuche ich und halte mir den Bauch. »Ist schon gut«, nuschle ich und blicke nach links zu ihr. Will ihr versichern, dass es mir gut geht.

Doch dieses Mal drückt Reid mich auf den Boden, setzt sich auf meine Hüften und hebt die Hand erneuert zum Schlag. Ich schließe die Augen, hoffe, dass es wehtut. Dass es mir nun endgültig ein Organ zerfetzt. »Bin ich dir so wenig wert, Creed? Dass du wegen eines Ficks alles wegschmeißt? Unsere Clubs, die Freundschaft? Uns?« In seinen Iriden tobt ein Sturm, Feuchtes glitzert in ihnen und aus jeder Pore strömen Enttäuschung und Wut. Er holt erneut aus, donnert die Faust aber neben meinen Kopf statt in mein Gesicht.

Ich lege meine Hand an seine Brust, drücke zu und versuche, ihn von mir zu schieben. Jeder Laut, der meine rasselnde Lunge verlässt, klopfe ich fest mit dem Handballen gegen seine Muskeln. »Sie ist nie nur ein Fick für mich! Sie bedeutet mit etwas!«

Er reißt die Lider auf, langsam sickern meine Worte durch seinen Nebel des Zorns. »Nein! Nein! Nein!« Wieder donnert er seine rechte Faust neben mich in den Boden.

»Reid, bitte, geh runter von ihm«, versucht es Lexie atemlos und weinend, legt ihm eine Hand auf die Schulter, hält mit der anderen das Laken fest umklammert.

»Du! Sieh zu, dass du nach Hause kommst! Wir reden später!«, knurrt er zwischen zusammengepressten Zähnen.

»Reid, bitte!« Sie schluchzt und am liebsten will ich ihr die Tränen wegwischen. Ich will sie in den Arm nehmen und, fuck, diese Situation hätte doch nie passieren dürfen. Ich hätte die Fronten klären, offen kommunizieren müssen. Hätte es ihm sagen sollen.

»Fass mich nicht an!« Er zuckt mit der Schulter, als sie es erneut versucht und angesichts der Zurückweisung keucht.

»Hey, sie hat rein gar nichts mit der Sache zwischen uns beiden zu tun. Du bist sauer auf mich, seh' ich ein. Aber Lexie hat absolut nichts falsch gemacht. Ich war die treibende Kraft, habe sie immer wieder überredet, sich mit mir zu treffen.« Okay, das ging nach hinten los. Die Faust rast steil in meine Seite und eventuell habe ich eine Rippe brechen gespürt. »Uff«, röchle ich und versuche, mich auf die Seite zu legen, doch ich bin zu schwach.

»Reid! Komm von ihm runter, Mann.« Die Stimme, die sich zu uns gesellt, ist männlich und bringt mich dazu, noch mehr Galle zu schmecken, die ich eisern runterwürge.

Zwei Arme legen sich um Reids Achseln und ziehen ihn von mir herunter. Endlich bekomme ich wieder Luft und beginne flach zu atmen, um den Schmerz nicht zu deutlich zu spüren.

»Lass mich los!«

»Das willst du nicht. Schau ihn dir an, du hast genug getan. Komm schon, Reid. Noch mehr und er ist tot.« Sid redet auf ihn ein und ich versuche verzweifelt, mich am Bett hochzuziehen.

Alexandra kommt mir zur Hilfe, sodass ich mich wenigstens auf einen Stuhl unweit des Betts setzen kann. Aus meinem Mundwinkel tropft Blut und mein Auge beginnt anzuschwellen, was mein Sehvermögen heftig beeinträchtigt, überall pocht und schmerzt es.

»O Gott«, haucht sie durcheinander und ich sehe das erste Mal, seitdem alles explodiert ist, in ihr Gesicht. Dieses Blau ihrer Iriden, das mir ständig im Kopf herumschwirrt, mich um den Verstand bringt.

»Beweg deinen Arsch von meiner Schwester weg! Willst du sterben, Creed? Und Lexie, geh endlich!«

Sie sollte wirklich gehen, also nehme ich meinen Mut zusammen, lege meine Hand auf ihre und drücke sie. »Hör auf ihn. Fahr nach Hause.« Ich hoffe, sie versteht, wie wichtig es ist, dass sie aus der Schusslinie kommt.

»Nein, ich bleibe!«

»Kätzchen, komm schon. Bitte.« Mir ist scheißegal, dass es ihn vielleicht triggern könnte, aber ich helfe ihm, das sollte er anerkennen.

Reid zuckt in Sids Umklammerung, will wohl wieder auf mich losgehen, doch als sie schließlich zittrig ausatmet, das Laken höherrafft und uns beiden in die Augen blickt, versteht sie.

Leise und bedacht geht sie auf ihren Bruder zu, auf seiner Höhe versucht sie etwas zu sagen, jedoch nur ihr Mund öffnet sich. Nichts kommt heraus, kein Ton verlässt ihre Lippen. Mit eingezogenen Schultern und mit hängendem Kopf läuft sie aus dem Raum. Das Klicken der Tür hallt laut in meinem bald platzenden Schädel wider.

»Hast du sie schön abgerichtet, ja? Die perfekte Sub.« Wie ein nicht mehr kontrollierbares Tier dreht er ab, muss von Sid mit aller Kraft von mir weggehalten werden.

»Nein, hör mir zu, bitte.«

»Niemals wieder, du Bastard. Du hast alles weggeworfen, was wir je hatten.« Er spuckt mir vor die Füße und ebenso hätte er auch einfach eine Waffe nehmen und mich damit erschießen können.

»Ich weiß, dass wir mit dir sprechen sollten. Sie und ich hatten zu sehr Angst vor dem hier. Davor, dass du genau so reagierst. Reid, du glaubst es mir vielleicht aktuell nicht, aber deine Halbschwester hat sich hier hineingeschlichen. Ich will diese Frau nicht mehr aufgeben. Es war ein Kampf, sie für mich zu gewinnen. Die Heimlichtuerei war meine Idee.«

»Deshalb war sie seit Wochen niedergeschlagen. Und ich sitze auch noch mit dir in einem Raum und erzähle dir davon, du Heuchler!«

»Ich weiß! Und du glaubst gar nicht, wie sehr mir alles leidtut. Aber mir kann das mit Alexandra nicht leidtun, Bro.«

»Nenn mich nie wieder so!«, faucht er aufgebracht und er hat jedes Recht, sich so aufzuführen. »Du hast meine kleine Schwester verdorben.«

»Nein, habe ich nicht. Sie ist durch ihn hier in den oberen Teil des Clubs geraten.« Ich zeige zu Sid. »Ich wusste am Anfang gar nicht, dass sie deine Lexie ist. Erst beim Aufeinandertreffen im Starbucks ist uns beiden klargeworden, was da passiert ist.«

Schnaubend schüttelt er den Kopf. »Jetzt die Schuld auf andere zu schieben, ist so daneben. Er hat mir gesteckt, was vor sich geht bei euch zweien. Wie ihr mich fein hintergeht. Mein bester Freund, Geschäftspartner und meine Schwester. Und nun stellst du ihn als den Bösen dar? Wow.«

Fassungslos sehe ich zu diesem Aas hinter Reid, das mich mit überheblich hochgezogener Braue mustert.

»Es ist die Wahrheit«, beschwöre ich ihn, appelliere an einen kleinen Teil in ihm, der mir noch glauben könnte.

»Ha! Wahrheit. Wie passend, oder? Wärst du damit mal eher rausgeplatzt. Stattdessen vögelst du hinter meinem Rücken meine Schwester, die tabu ist. Sid würde das nicht tun. Aber nur zu, erzähl mir noch mehr, was ich bereits weiß.«

Dieser Wichskopf flüstert ihm etwas zu und am liebsten will ich ihm meine Pistole ins Maul stopfen und abdrücken. Sid geht mir seit Jahren auf den Sack und nun hat er es endgültig geschafft, meine ganze Verachtung zu erlangen.

»Ja, du hast recht. Wir sind fertig«, murmelt Reid, mich fixierend und lässt sich vom Spacko aus dem Raum ziehen.

»Reid«, keuche ich hinterher, als ich mich in Bewegung setze, um ihn noch zu erwischen. Ich schleppe mich schwerfällig zur Tür, doch da sind die beiden schon weg.

Alle Augen liegen auf mir, niemand sagt einen Ton, nur die Musik läuft im Hintergrund. Um keine weitere Sekunde Schwäche zu zeigen, fahre ich mir mit dem Hemdärmel über den Mund und richte mich unter Schmerzen auf, schreite durch die Menge zu der Treppe.

Erst, als ich um die Ecke bin, lasse ich mich an der Wand hinunterrutschen, kann ich mich doch kaum noch auf den Beinen halten. Ich lehne mich mit dem Hinterkopf an, schließe die Augen und spüre, wie mein Herz splittert. Wie jeder Teil meines Lebens gesprengt wird, wie mein Kopf vor lauter Schmerzen droht zu zerplatzen, wie jedes Körperteil protestiert. Das Adrenalin mich verlässt, so wie Reid es eben getan hat.

Innerhalb von ein paar Augenblicken habe ich alles verloren. Wir werden das nie wieder kitten können, unser Vertrauen ist irreparabel geschädigt und ich kann nichts dagegen tun. Und über kurz oder lang werde ich auch Alexandra verlieren, denn sie wird sich zwischen ihrem Bruder und mir entscheiden müssen. Mehr als das wird Reid nicht zulassen.

Und so sitze ich auf dem Boden meines Clubaufgangs, gebrochen, innen wie außen, einsam und am Ende aller Kräfte. Ein Wimpernschlag und alles ist verloren. Mein Herz an eine Frau, mein Freund an ein Monster und meine Ehre durch mich.

Seitenstechen erfasst mich, meine Atmung beginnt hektisch zu werden. Alles dreht sich und mein Magen rebelliert. Es ist zu viel. Ich kann mich gerade noch nach rechts beugen, da kotze ich mir im wahrsten Sinne des Wortes die Seele aus dem Leib. Schmerz flammt durch meinen Körper, ein Zittern erschüttert mich und mir bricht der Schweiß aus. Pünktchen tanzen vor meinen Augen und ich atme durch die Nase.

»Boss«, klingt es besorgt neben mir.

Ach, super, dass mich meine Angestellten auch noch in diesem Zustand sehen. Fuck!

Ted kniet sich vor mich, überschaut mich erschüttert und reicht mir eine Hand, damit ich aufstehen kann. Seinen angewiderten Blick versucht er zu verstecken, aber ich sehe ihn trotzdem und will am liebsten vor Scham im Boden versinken. »Wir bringen Sie erstmal in ein Krankenhaus, Ihre Verletzungen muss sich jemand anschauen.«

Zweifelnd begutachte ich seine Handfläche, die immer noch auf ein Zeichen von mir wartet. *Scheiße, kann ich mich nicht einfach in Luft auflösen? Tot umfallen? Irgendwas?* Aber er hat recht, also schlucke ich den Stolz zusammen mit dem ekligen Geschmack des

Erbrochenen hinunter. »Okay«, stimme ich ihm zu. »Jemand muss das aufwischen«, murmle ich knurrend, um den Schmerz zu ignorieren, der mich wie Peitschenhiebe durchzuckt.

»Ich sage gleich unten Bescheid, Boss.« Von Ted gestützt, schleppen wir uns Stufe um Stufe hinunter. Er bringt mich durch einen Seiteneingang zu meinem Wagen, lässt zu, dass ich ihm ohne Worte den Schlüssel überreiche und mich auf den Beifahrersitz setze.

Während das Nachtviertel Austins an uns vorbeifließt, die Lichter an der Scheibe abprallen, ich den Kopf an diese fallen lasse und mich am liebsten nicht mehr rühren möchte, murmle ich kurz vor Ankunft im Krankenhaus: »Erinnere mich daran, dir eine Gehaltserhöhung zu geben.«

Leise lacht er und klimpert etwas mit dem Schlüssel, als er aussteigt, auf meine Seite geht und die Tür öffnet. »Verstanden, Boss.«

Würde ich etwas zu lachen haben, könnte ich meine Mundwinkel heben, doch da alles in Scherben liegt, ich mir vor Schmerzen die Haut vom Leib reißen will, sage ich nichts weiter. Warte nur darauf, dass es endlich ruhig wird. In meinem Kopf, meinem Herzen, meinem Bauch.

KAPITEL

28

Lexie

Ich koche vor Wut. Blubbernd fließt die rote Flüssigkeit durch meine Venen. Wie können sie es wagen, mich einfach wegzuschicken. Mich wie einen Teenager bevormunden und nach Hause schicken?

Fest graben sich meine Fingernägel in meine Handfläche. Ich bin eine erwachsene Frau, verdammt. Ich kann auf mich aufpassen, habe mich gegen unzählige Männer behaupten müssen, und eben? Eben lasse ich zu, dass ich wie ein lammfrommes Mädchen wirke und das nur, weil ich keineswegs wollte, dass Creed noch mehr Schläge wegen mir kassiert. Ich hätte eingreifen, Reid fester von ihm wegschubsen sollen.

Ungehalten tigere ich hin und her, warte darauf, dass mein Bruder endlich nach Hause kommt. Er will mit mir reden? Schön, soll er! Aber er braucht kaum zu hoffen, dass ich es ihm leicht mache. Nicht nach dem, wie er gerade ausgerastet ist. Ich bin seine Schwester, Creed sein bester Freund, mit solchen wichtigen Menschen geht man anders um, auch, wenn man mit der Situation nicht einverstanden ist. Wie kommt er eigentlich darauf, dass ich tabu bin?

Seit wann hat er zu entscheiden, wer mich treffen darf und wer nicht?

Immer weiter kocht der Zorn in mir hoch, schlängelt sich wie Gift in meine Eingeweide und verpestet sie. Ich kann verstehen, dass er not amused darüber ist, uns in flagranti erwischt zu haben, dass ihn das in dem Moment überfordert hat und er deswegen ausgetickt ist. Trotzdem ist es keine Entschuldigung dafür, wie er sich aufgeführt hat.

Der Schlüssel wird im Schloss herumgedreht, ich bleibe mit festen Blick auf die Tür gerichtet stehen. Sie geht auf und mein Bruder kommt herein. Hinter ihm der Mann, der eben an der Bar in der Lounge gesessen und mit der Bardame geflirtet hat. *Traut er sich nicht, sich mir allein zu stellen?*

Aus verengten Augen funkelt er mich an. Ich erwidere es. Soll er doch denken im Recht zu sein, ich sehe es anders. »Seit wann?«

Unmerklich zucke ich bei seiner gebrochenen Stimme zusammen, die einstige Fröhlichkeit verschwunden, die Kraft kaum vorhanden. Ich habe mit Vorwürfen gerechnet, mit Geschrei und unglaublich viel Wut, aber nicht mit diesem Blick und solch einer Frage. »Es geht schon einige Zeit.«

»Seit wann habe ich gefragt!« Da ist er doch. Der Zorn, der unter seiner Haut pulsiert.

»Seit dem Junggesellinnenabschied von meiner Kollegin.«

Er wirft die Hände über den Kopf und schüttelt barsch lachend den Kopf. »Also Wochen hintergeht ihr beide mich schon? Seit Wochen siehst du mir in die Augen, während mein bester Freund dich hinter meinem Rücken fickt?«

»Reid, so war das nicht!«

»Wie dann? Ihr habt also nicht miteinander geschlafen? Ich habe euch eben nicht dabei erwischt, wie du gefesselt auf dem Bett lagst, während er bis zu den Eiern in dir steckte? Wohl bemerkt in meinem Club, in den du niemals einen Fuß reinsetzen solltest.« Von Wort zu Wort steigert sich seine Lautstärke. Sein komischer Freund steht nur neben ihm und beobachtet die Situation.

»Ja, Creed und ich schlafen miteinander. Wir haben uns auch öfter getroffen und etwas unternommen, ohne dass wir dir davon erzählt haben, aber nur, weil du es so oder so nicht verstanden hättest.«

»Ich soll es nicht verstehen? Ihr seid es doch, die ein *Tabu* nicht kapieren«, schnaubt er. »Niemals hätte er Hand an dich legen dürfen. Dir unsere Welt offenbaren sollen. Er hat alles damit kaputt gemacht.«

»Hörst du dir eigentlich selbst zu?« Anklagend zeige ich auf ihn. »Du bist gerade derjenige, der alles zerstört. Ja, Creed und ich haben Mist gebaut und es tut mir ehrlich leid. Dennoch stellst du Regeln auf, die du nie hättest aufstellen dürfen! Ich bin tabu? Am Arsch. Noch suche ich mir selbst aus, mit wem ich ficke und mit wem nicht. Und wenn ich der Meinung bin, dass Creed mir gefällt, dann tut er es.«

»Ich wusste, ich hätte euch niemals einander vorstellen dürfen. Niemals hätte ich überhaupt zulassen dürfen, dass du nach Austin kommst. Du hättest zurück zu Mom und deinem Dad ziehen sollen, da wärst du nie auf Abwege geraten und hättest mich hintergangen. Mit meinem besten Freund gefickt und zur Schlampe geworden.«

Fassungslos sehe ich ihn an. *So denkt er wirklich?* In mir zieht sich alles zusammen. Ein fieser Pfeil trifft mein Herz, schmerzend und blutend kämpft es gegen den Fremdkörper an, verliert aber. Ich spüre es brechen und eingehen wie eine Primel. »Wenn das so ist, kann ich auch meine Sachen packen und gehen.« Selbst in meinen Ohren hört sich meine Stimme brüchig an, obwohl ich es nicht möchte. Viel lieber würde ich Stärke zeigen und ihm verheimlichen, dass seine Worte mich getroffen haben.

»Und was dann? Willst du bei *ihm* einziehen?«

»Da werde ich wenigstens willkommen sein im Gegensatz zu hier.«

»Pff ... Wenn du das meinst. Lass dir eins gesagt sein, Creed hat es noch nie lange mit einer Frau ausgehalten. Früher oder später hat er sie wie eine heiße Kartoffel fallen lassen.«

»So, wie du es gerade mit deinem besten Freund und deiner Schwester tust?«

»Nein, ich werfe dich nicht raus, du willst ja gehen. Und Reisende soll man bekanntlich nicht aufhalten.«

Sid legt eine Hand auf die Schulter meines Bruders. »Komm mal wieder runter, Reid. Zieh keine voreiligen Schlüsse, die du später bereuen wirst. Deine Schwester kann doch nichts dafür, dass sie auf den Wichser reingefallen ist.«

Wieso auch immer lässt mich dieser Wicht misstrauisch werden. Wieso steht er auf meiner Seite und beleidigt im gleichen Atemzug Creed? Wer ist er überhaupt, sich in unsere Angelegenheiten einzumischen?

»Du hast recht, wenigstens auf dich ist Verlass, Kumpel.«

Schnaubend nicke ich, habe den Seitenhieb durchaus verstanden. »Genau, weil wir anderen ja die Bösen im ganzen Spiel sind.« Ich zeige mit dem Finger auf ihn. »Hast du vielleicht mal daran gedacht, zu fragen, warum wir es getan haben? Was wir uns einander bedeuten? Oder wie es dazu kam? Nein, denn es geht ja nur um deine Gefühle und Gedanken.«

»Dann erzähl mir doch davon, wie viel Spaß es euch bereitet hat, mich zu hintergehen. Schleudere es mir gleich noch ins Gesicht, wie ihr es miteinander getrieben habt. Ach nee, das habe ich ja mit eigenen Augen gesehen.« Immer tiefer rammt er den Pfeil in mich hinein. Die Wut in mir ist nur noch zweitrangig, wurde von dem Schmerz und der damit einhergehenden Enttäuschung abgelöst.

Tränen steigen mir in die Augen, meine Lippen beben. »Als ich Creed das erste Mal begegnet bin, war es ein dummer Zufall. Wir kannten einander nicht, haben keine Namen ausgetauscht und haben uns einfach dem Knistern hingegeben. Ständig kreiste er danach in meinen Gedanken und ich musste ihn wiedersehen. Und so begann es, dass wir uns heimlich getroffen und ich mich in ihn verliebt habe. Für mich war es ein Schock euch beide im Starbucks zu sehen, zu erfahren, dass Creed dein bester Freund und Geschäftspartner ist. Danach habe ich das mit uns beendet.«

»Scheinbar ja nicht, denn sonst wärt ihr heute nicht im Never Regret gewesen. In meinem Club, wo du nichts zu suchen hast. Du bist kein Mitglied und hätte Sid mir nicht erzählt, dass er dich reinkommen sehen hat, wäre ich niemals auf die Idee gekommen selbst nachzuschauen. Denn ich habe keineswegs damit gerechnet, dass meine Schwester das Tabu bricht. Ich wollte es nicht mal wahrhaben, dass du da sein könntest, bis ich es mit eigenen Augen gesehen habe. Ich habe dafür sogar einen Termin verschoben, bin umgedreht und mit Vollspeed zurückgefahren. Mein Glück war, dass ich vor meiner Abfahrt ebenfalls noch im Club war, um Unterlagen zu holen. Sonst hätte ich mich nicht selbst davon überzeugen können, dass ihr mich hintergeht.«

»Du hast es ihm also erzählt?« Anklagend richte ich meinen Blick auf Sid. »Warum?«

»Reid ist ein Kumpel von mir, er hat etwas Besseres von euch beiden verdient.«

»Und dann bist du der Meinung, es so herauszufinden ist die beste Lösung?«

»Allemal besser als weiterhin belogen zu werden.« Bekräftigend nickt er.

Lodernd kommt die Wut zurück, greift nach meinem Verstand, zerrt an meinen Nerven. »Alles klar, ist ja auch gar nicht demütigend für alle Beteiligten. Nein.« Ich stampfe zu meiner Handtasche auf der Kommode, remple dabei den Hampelmann an. Aus dem Inneren ziehe ich die schwarze Karte heraus und drücke sie meinem Bruder an die Brust. »Wenn man keinerlei Diskretion in einem Etablissement wie dem Never Regret erwarten kann, dann ist es vielleicht besser, dass ich dort nicht mehr hindarf. Denn ich will es gar nicht mehr.«

Überrumpelt nimmt Reid die Karte, schaut von ihr zu mir. Zorn, Schock und Unglauben blitzen abwechselnd in seinen Augen auf. »Woher hast du die?«

»Spielt keine Rolle mehr.« Damit ist alles für mich gesagt. Er will nicht hören, dass Creed und ich mehr füreinander empfinden, möchte nicht einsehen, dass im Leben manchmal Dinge geschehen, die man nicht geplant hat, die man selbst nicht wollte. Sein Pech, dann brauche ich auch nicht weiter mit ihm darüber zu sprechen. Ich schnappe mir meine Handtasche und eine Jacke und will an Reid und Sid vorbei.

Allerdings packt mein Bruder mich am Unterarm, stoppt mich in der Bewegung und dreht mich zu sich. Ich spüre, wie Sid sich hinter mich stellt. »Hat Creed sie dir gegeben?«

»Lass mich los, Reid.« Ich schultere meine Handtasche und greife mit der nun freien Hand an sein Handgelenk. Langsam übe ich mehr Druck auf dieses aus.

»Antworte!«

Ich missachte den Befehl. Gekränkt und hintergangen sein hin oder her, aber so lasse ich nicht mehr mit mir reden. Fester drücke ich zu, treffe mit Zeigefinger und Daumen die Punkte, die am schmerzhaftesten sind. Reflexartig lässt er los und ich trete von ihm weg. »Ich glaube, du solltest erstmal etwas runterkommen. Wir sehen uns vielleicht morgen.« Sid schubse ich beiseite und stürme anschließend aus der Wohnung.

Schwer atmend haste ich die Treppen nach unten, renne über die Straße und steige in mein Auto ein.

»Fuck! FUUUUCK!« Mehrmals schlage ich auf das Lenkrad ein und fahre dann ohne Ziel los. Die Tränen laufen nun endgültig über und benetzen meine Wangen. Schluchzend versuche ich sie wegzuwischen, aber es kommen immer neue nach.

Die anderen Autos ziehen wie bunte Schliere an mir vorbei, Ampeln sind nicht mehr als Farbkleckse, die ich nicht wirklich beachte. Meine Gedanken kreisen um Reid und Creed, drehen sich im Kreis. Immerzu frage ich mich, wie es hätte anders laufen können. Ob wir Reid das mit uns vielleicht doch hätten stecken sollen? Es eventuell beenden sollen, als wir noch die Möglichkeit hatten? Fragen über Fragen.

Einige Zeit und etliche Straßen später, hat sich meine Atmung wieder normalisiert. Nur noch vereinzelt rollt eine Träne hinunter und das verdammte Gedankenkarussell in meinem Kopf kommt langsam zum Stehen.

Ich halte auf einem Parkplatz an, krame mein Handy aus der Handtasche und wähle Creeds Nummer. Doch er nimmt nicht ab. Ist nun alles vorbei? Habe ich ihn und meinen Bruder verloren?

KAPITEL

29

Creed

»Home, sweet Home.« Das sagt man doch so schön, oder?

Schwerfällig schließe ich die Wohnungstür auf und betrete den Flur, kicke das Holz mit der Ferse ins Schloss und bereue es sofort wieder. Ich beiße die Zähne aufeinander, bis der scharfe Schmerz mir keine Feuerblitze mehr ins Hirn schießt. Obwohl dieser voll benebelt von den Schmerzmitteln ist, schafft es ausgerechnet so eine simple Bewegung, mir die Hölle zu bescheren. Super!

Ein Blick ins Innere meiner Wohnung und ich muss grinsen, woran die tausend Schmerzmittel, die ich intus habe, wahrscheinlich nicht ganz unschuldig sind. *Was für ein Chaos, Mann.*

Ich bin der penibelste Mensch, hasse es, wenn es unaufgeräumt ist. Wenn nicht alles an seinem Platz ist, wo es hingehört. Aber nicht in meinem Privatleben. Niemals in meinen vier Wänden. Im Club werde ich regelrecht aggressiv, wenn Reid auch nur die Unterlagen knittert und wenn ich so auf meinen Couchtisch schaue, fällt mir das Eselsohr im Buch auf, das aufgeschlagen dort liegt.

Langsam, weil meine Drecksseite schmerzt, lege ich die Tüte mit dem ganzen Arzneikram auf den Beistelltisch neben der Couch, wo etliche Ordner thronen, leere Red Bull-Dosen verstreut liegen und ein Stück Pizza vor sich hinvegetiert.

Aufräumen werde ich morgen, heute definitiv nicht mehr. Mit diesem Gedanken begebe ich mich als Erstes ins Badezimmer, ziehe mich unterwegs aus und gehe duschen. Der Dreck, das Blut, alles muss weg.

Während das warme Wasser auf mich hinunterprasselt, lege ich den Kopf in den Nacken, schließe die Augen und versuche mich zu sortieren, doch das Wirrwarr nimmt kein Ende.

Als ich mir das Duschgel greife, spüre ich ein Ziehen an meiner Rippe. Reid hat ganze Arbeit geleistet. Nachdem ich von Ted ins Krankenhaus geschleift wurde, ging es direkt rund. CT, MRT, alle tatschten sie meine Verletzungen ab, wollten wahrscheinlich sehen, wie viel ich zucken kann. Also habe ich meine Zähne zusammengebissen und jede Tortur über mich ergehen lassen. Nur um gesagt zu bekommen, dass eine Rippe angeknackst ist, mein rechtes Auge wie eine Vagina aussieht und dass ich, wenn ich noch mehr blaue Flecken bekommen hätte, als Blaubeere einen recht passablen Auftritt hinlegen könnte.

Ich verliere bald meinen Verstand. Wie konnte es nur so weit kommen? Die Frage, die ich mir seit gestern immer wieder stelle, ist, wie wird es mit dem Never Regret weitergehen? Werden wir jemals normal miteinander reden? Arbeiten? In ein und demselben Raum sein können? Und scheiße, es pisst mich so hart an, dass er sich wie ein eifersüchtiger Ehemann aufgeführt hat. Ja, Alexandra ist tabu gewesen. Ja, ich hätte sie niemals anrühren dürfen! Aber wir wussten doch nichts voneinander!

Ich sehe zu, wie mein Shampoo und Blut sich am Abfluss zu Kringeln formen und dann verschwinden. Wenn meine Enttäuschung das nur auch täte. Ich mache das Wasser aus, steige aus der Dusche und schlinge mir vorsichtig ein Handtuch um die Hüften. Den Blick in den Spiegel spare ich mir, ich weiß, wie ich aussehe, und es wird Zeit brauchen, bis alles verheilt ist. Innen wie außen.

Plötzlich fällt mir siedend heiß ein, dass mein Handyakku leer ist. *Lexie! Fuck!* Sofort laufe ich ins Wohnzimmer zurück, hole unter zusammengepressten Zähnen mein Handy aus der Hosentasche und gehe ins Schlafzimmer, um es ans Ladekabel anzuschließen.

Ich setze mich auf die Matratze und hypnotisiere das Display. Mit einem süffisanten Grinsen mache ich eine Kopfbewegung in Richtung des Holzes vor mir.

Meide sogar das Rascheln meiner Schildkröte. Warte, bis der erlösende Sperrbildschirm angezeigt wird und ich sie anrufen kann. Es piept und ich tippe den PIN ein, bevor es auch sofort wie verrückt aufblinkt. Alle Nachrichten, Anrufe und Social Media-Mitteilungen ignoriere ich. Nur eine Nummer ist wichtig.

Nimm ab. Ich scanne den Raum nach Kippen ab, finde allerdings keine, also stoße ich genervt die Luft aus.

»Creed?«

»Hm ...«, murmle ich und kneife mir in die Nasenwurzel. Ich habe ganz vergessen, wie wundervoll ihre Stimme ist. *Fuck, das ist echt nicht gut.*

»Endlich meldest du dich! Ich habe mir Sorgen gemacht, weil du nicht ans Telefon gegangen bist.«

Schuld erfasst mich. Ein Stich fährt mir in die Brust. Sie musste sich die ganze Zeit auch noch alleine mit Reid auseinandersetzen. »War im Krankenhaus«, brumme ich, nehme einfach das Smartphone vom Stecker und gehe ins Wohnzimmer, mir einen Joint holen. Ich zünde ihn ohne Umschweife an. Gierig sauge ich das Zeug ein – wobei die Rippe wieder Zicken macht – und stoße den dicken Rauch in die Luft.

»WAS?«

»Mein Barkeeper hat mich im Treppenaufgang zur Empore gefunden und zum Arzt gefahren, dort musste ich Stunden über Stunden behandelt werden. Schmerzmitteln sei Dank gehts mir einigermaßen.« Ich rattere das Ganze wie eine Einkaufsliste herunter, will diesen Tag einfach nur im Bett verbringen. Am liebsten mit Lexie.

»Soll ich vorbeikommen? Gib mir deine Adresse.«

Als wenn sie Gedanken lesen kann. Ich liebe diese Frau. *FUCK!*

Noch immer erstarrt alles in mir, wenn ich darüber nachdenke. Ist es wirklich Liebe, was ich für Alexandra empfinde? Lust? Ich bin so durcheinander. Aber eins weiß ich ganz sicher: Ich will sie in meinem Leben. Wir haben gemeinsam den Sprung gewagt und wenn ich mich jetzt ausklinke, verzeihe ich mir das niemals. Reid zu verlieren war schon ein Schlag in die Fresse, wenn ich sie nun auch noch ...

»Creed, Adresse.«

»So herrisch?« Leise lache ich und verziehe dann doch den Mund vor Schmerz. Als nichts weiter von ihr kommt, murmle ich resigniert: »Ich schick sie dir.« Ein ›Fahr vorsichtig‹ kann ich mir nicht verkneifen, und am Ende höre ich sie schlucken.

»Bin gleich da.« Dann legt sie auf und ich schreibe ihr fix die Nachricht, bevor ich das Handy neben mich lege, in den Becher vor mir asche und nachdenklich meine Umgebung in Augenschein nehme.

Scheiße! Aufräumen, ich muss aufräumen, schießt es mir durch den Kopf, doch der Gedanke verschwindet so schnell, wie er auch gekommen ist. Sie wird sich an das Chaos gewöhnen. Und wenn ich erst einmal gesund bin und nicht mehr wie ein Achtzigjähriger durch die Gegend schlurfe, kann ich mich um Nichtigkeiten wie Haushalt kümmern.

Ich ziehe erneut an der Tüte, lasse mich von dem Rauch einlullen, beschließe jedoch, wenigstens zu lüften, um den süßlichen Geruch loszuwerden. Auf der Fensterbank drücke ich den Joint im Aschenbecher aus und lehne mich mit dem Rücken an. Sofort bildet sich eine Gänsehaut auf mir und ich stelle fest, ich bin ja noch halbnackt. *Obwohl ... vielleicht sollte ich so bleiben, dann könnte sie ...* Okay, nein. Wir müssen erstmal reden und ich muss mir etwas anziehen, sonst wird das nie was.

Ich ziehe gerade die Kordeln der Jogginghose fest und verknote sie, als es auch schon an der Tür klingelt. Urplötzlich beginnt es in meiner Brust zu pumpen, als wäre ich einen Marathon gelaufen. *Reiß dich mal zusammen, Mann,* ermahne ich mich innerlich, hoffe, dass es angekommen ist.

Noch oberkörperfrei gehe ich zum Eingang und öffne. Vor mir steht mein Kätzchen, in enger Jeans und weitem T-Shirt, die Haare offen. Ich liebe es, wenn ich durch ihre Strähnen fahren kann, wenn sie so gut riechen, dass ich Lexie sofort vögeln könnte.

Aber worin ich mich aktuell verliere, sind diese blauen Augen. Es ist, als hätten wir uns ewig nicht gesehen, dabei ist erst gestern alles kaputt gegangen. Nur wir nicht, ganz offensichtlich.

Ich räuspere mich, mache ihr Platz und lasse sie hinein. An ihrem Arm baumelt eine Plastiktüte vom Asiaten um die Ecke. Als das Holz ins Schloss fällt, habe ich das Gefühl, gleich zu fallen. All die Bilder von gestern kommen hoch, zeigen mir auf, was wir getan, was wir verloren haben. Beide.

Ohne mich anzusehen, geht sie an mir vorbei, stellt die Tüte auf den Couchtisch und sieht sich um.

Mist, ich hätte doch aufräumen sollen, denke ich im Stillen, alles rückt in den Hintergrund, als sie sich umdreht und mich endlich ansieht.

Nun falle ich. Bodentief und mit Aufprall, denn ich sehe so viel Schmerz in ihren Augen. Scheiße, sie hatte gestern bestimmt richtig Stress mit Reid. Und ich kann mich nicht mehr von ihr fernhalten. Nie wieder. Egal, wie das alles ausgegangen ist, egal, was noch kommt, diese Frau ist mein.

Und so gehe ich auf sie zu, lasse sie keinen einzigen Wimpernschlag aus den Augen, fixiere sie, als hätte ich Angst, dass sie doch abhaut.

Vor ihr bleibe ich stehen, hebe meine Hand und lege sie an ihre Wange, streiche mit dem Daumen die zarte Haut entlang. »Hey«, murmle ich, genieße es, wie sie ihren Kopf in den Nacken legt, wie sie bis in mein Innerstes schaut.

»Hey.« Ihr Blick wandert zu meinem verletzten Auge und sie knabbert an ihrer Unterlippe, schaut mich sorgenvoll an.

»Guck nicht so, hörst du? Es ist alles okay.« *Es ist alles okay. Sie ist bei mir, das reicht fürs Erste.*

»Nichts ist in Ordnung! Reid ist vollkommen durchgedreht, er hat dich fast totgeprügelt. Das ist *nicht* in Ordnung!« Aufbrausend löst sie sich von mir, meine Hand fällt ins Leere. Sie setzt sich auf die Couch, vergräbt ihr Gesicht in ihren Händen und ich will ihr die Verzweiflung nehmen.

Mein Herz zieht sich bei dem Anblick, der sich mir bietet, zusammen und Entschlossenheit macht sich in mir breit, also folge ich ihr, ignoriere das Stechen der Rippe und knie mich vor sie. Greife ihre Hand und hebe ihr Kinn mit dem Daumen an.

»Sieh mich an«, brumme ich und ziehe ihren Kopf näher zu mir. Stirn an Stirn sitzen wir da und ich atme schwer. »Dein Stiefbruder hat jeden Grund, sauer auf mich zu sein. Absolut jeden. Weit bevor ich dich kannte, gab es diese eine Regel, die er aufgestellt hat. Du warst tabu und daran habe ich mich ja auch gehalten. Bis wir durch Zufall, oder nennen wir es Schicksal, was auch immer, aufeinandergetroffen sind. Niemand außer mir trägt die Schuld an der Sache. Was gestern passiert ist, wird Zeit brauchen, um zu heilen. Und meine Wunden auch«, scherze ich leicht, doch ihre Mundwinkel verziehen sich nicht. »Weißt du, was wichtig ist? Das Wir, Lexie. Wir sind gemeinsam gesprungen, erinnerst du dich? Wir wollten das hier«, ich zeige mit dem Finger zwischen ihr und mir hin und her. »Und ich werde dich nicht mehr gehen lassen, Kätzchen. Egal, was passieren mag, egal, wie oft dein Bruder noch auf mich losgehen will und wie sehr ich versuchen muss, unsere Freundschaft wieder zu kitten, du bist hier. Das ist alles, was zählt.« Ich tippe auf mein Herz.

Niemals, wirklich niemals hätte ich gedacht, dass ich meine Gefühle nach außen tragen würde. Überhaupt so etwas empfinden würde. Ich habe mich verliebt, diesen Umstand kann ich nicht leugnen. Diese Frau vor mir, die mich ungläubig anblinzelt, hat mein Herz gestohlen und ja, dann klingt das eben weich. Doch sie muss verstehen, dass ich sie nicht verlassen werde, nur weil es schwer werden wird.

»Na gut, mit Sex sollten wir etwas warten, bis ich richtig loslegen kann. Aber wenn du willst, kannst du mir gerne öfter einen blasen. Sag ich nicht Nein zu«, feixe ich und kassiere einen Boxhieb auf den Oberarm, der mich etwas aus dem Gleichgewicht bringt und dafür sorgt, dass ich ihr Kinn loslasse.

»In deinen Träumen vielleicht«, lacht sie leise und zieht mich am Arm zu sich heran.

»Hmmm, da auch«, brumme ich grinsend und vergrabe meine Nase in ihrer Halsbeuge. »Ja, da definitiv«, hauche ich angeturnt.

»Hör auf, Creed. Du bist verletzt, und wie war das mit dem Sex?«

Protestierend nehme ich mein Gesicht von ihrer Haut und stütze mich links und rechts auf der Couch ab, sodass sie sich zurücklehnt.

»Wie wäre es mal mit einem Kuss, vielleicht heilen meine Wunden dann schneller?«

Schelmisch blitzt es in ihren Iriden, bevor sie einen Arm hebt, um meinen Hals schlingt und ihre Lippen auf meine presst.

Sanft küssen wir uns, ohne Eile, ohne irgendwelche Absichten. Dieses Mal ist es ganz anders als zuvor. Die Welt um uns herum verblasst, ich nehme nichts anderes als sie wahr. Ihren Geruch, die Seufzer, die sie ausstößt. Da ist nur noch sie, keine Schmerzen, keine Schwierigkeiten, nichts. Nur wir.

»Ich fühle mich schon viel besser«, hauche ich zwischen kleinen Küssen, als ich merke, dass mein Schwanz sich so langsam in Stellung bringen möchte, ziehe meinen Kopf zurück und bohre meinen Blick in sie.

»Creed, aus! Ich habe Essen mitgebracht«, wechselt sie das Thema, lässt meine blauen Eier unbeachtet und schiebt mich von sich. Fassungslos muss ich mitansehen, wie sie sich durch die Haare fährt, durchatmet und beginnt, die Tüte auszupacken. »Setzt du dich hin oder starrst du mich weiterhin nur an?«

Unbeteiligt öffnet sie den Deckel des Behälters und obwohl sie mich abgewiesen hat, beginnt es in meinem Bauch warm zu wabern. Sie ist hier, allen Widrigkeiten zum Trotz. Nicht bei ihrem Bruder, sondern hier bei mir. Und damit sagt sie mir alles, ohne Worte zu gebrauchen. Dass ich ihr wichtig bin. Dass sie genau das Gleiche fühlt.

KAPITEL

30

Lexie

Gehetzt stopfe ich meine Wäsche in die Waschmaschine. »Mist, Mist, Mist …! Ich muss los.« Es ist keine Seltenheit, dass ich in stressigen Situationen mit mir selbst rede, umso überraschter bin ich also, als jemand anderes plötzlich spricht.

»Soll ich die Wäsche für dich machen?« Sanft und vorsichtig klingt die Stimme meines Bruders und es zieht mir das Herz zusammen.

Ich schaue über die Schulter. Reid steht in der Tür zum Bad, seine Schultern hängen herunter, sein Blick meidet meinen. »Das sollte ich noch allein schaffen können.«

»Ich wollte dir nur helfen, Lexie.« Sein Kopf hebt sich, seine Augen finden meine. Schuldbewusst sieht er mich an.

»Danke, nein. Ich bin eine erwachsene Frau, die ihren Scheiß selbst geregelt bekommt.«

»Ich weiß, dass du das kannst. Aber du hast eben gesagt, dass du los musst. Und da dachte ich, dass ich die Arbeit erledige und du so pünktlich zu deinem Termin kommst.«

Etwas zu fest packe ich das letzte Kleidungsstück in die Trommel, stoße mit mehr Wucht als beabsichtigt die Tür zu, befülle das Waschmittelfach, stelle das richtige Programm ein und drücke anschließend auf Start. »Bin fertig. Brauchst also nicht mehr auf nett zu machen.«

Verzweifelt schüttelt er den Kopf, ehe es aus ihm herausplatzt: »Seit Tagen versuche ich dich zu erwischen. Wir müssen reden, Lexie, aber du bist kaum zuhause. Treibst dich entweder bei dem Wichser rum oder bist arbeiten. Wenn du zwischendurch doch mal hier schläfst, deine Wäsche wäschst oder frische Kleidung holst, ignorierst du mich dabei vollkommen.« Er fährt sich durch sein Haar, streicht es nach hinten.

»Ich habe guten Grund dazu, Reid. Du hast mich ganz schön verletzt. Denkst du, alles ist wieder schick zwischen uns, nur weil du mich ein wenig mit deinem Hundeblick anbettelst? Vergiss es.« Eigentlich bin ich keine dieser nachtragenden Zicken, will es auch nicht sein, aber allein, dass Reid mir unterschwellig Vorwürfe macht, lässt mich in Rage geraten.

»Nein, selbstverständlich ist nicht wieder Friede, Freude, Eierkuchen. Aber du gibst mir auch keine Chance, es zwischen uns zu kitten.«

»Dann würde ich mal sagen, dass deine Versuche nicht stark genug sind. Denn wenn du es wirklich gewollt hättest, hättest du einen Weg gefunden.«

Ein dumpfer Knall geht durch den Raum, als Reid seine geballte Faust mit voller Wucht in den Türrahmen rammt. *Idiot!*

Er schüttelt seine Hand, ehe er weiterspricht. »Meinst du, das ist so einfach? Ihr habt mich hintergangen und nun soll ich auf dich zukommen und um Verzeihung bitten? Ja, ich habe Scheiße gebaut und dich mit Worten verletzt, was ich zu gern ungeschehen machen würde, aber das geht nun mal nicht. Genauso wenig, wie ihr etwas an der Vergangenheit ändern könnt, um niemals zusammen in der Kiste zu landen. Wir machen alle Fehler.« Schwer atmet er aus und ein. Mit ruhiger und weniger energischer Stimme fährt er fort: »Und trotzdem stehe ich hier, will dir helfen. Was muss ich machen, damit du eine Sekunde deiner Zeit für mich opferst? Muss ich betteln? Dann bettle ich. Mann, Lexie!« Erneut durchkämmen seine Finger sein Haar, zerstören endgültig seine Frisur.

Ich schaue auf die Uhr. Pünktlich werde ich so oder so nicht mehr bei Creed sein. »Dann sag, was du zu sagen hast.«

Hoffnung keimt in seinen Augen auf. »Es tut mir leid, Lexie. Ich wollte dir gegenüber nie so ein Arsch sein, aber als ich Creed und dich da beim F...!« Er kneift sich in die Nasenwurzel und atmet einmal tief durch. »Als ich euch in einer mehr als verstörenden Situation vorgefunden habe, hab ich Rot gesehen. Ich war wütend, weil Sid recht hatte. Ihr hattet wirklich eine Affäre hinter meinem Rücken, obwohl es zwischen Creed und mir nur eine einzige Regel gab. Und genau die bricht er, dabei weiß er, wie wichtig du mir bist. Wir sind eine Familie. Und ausgerechnet mein bester Freund zieht dich mit in unseren Scheiß hinein. Schleppt dich in den Club und fesselt dich auch noch, wie so eine billige Schlampe. Das war einfach zu viel für mich. Es hat mich verletzt. Mich überfordert. Da ist es mit mir durchgegangen.«

»Und deswegen prügelt man seinen besten Freund krankenhausreif und wirft seiner Schwester an den Kopf, dass man sie eigentlich gar nicht bei sich haben will? Großes Kino, Reid, wirklich.«

»Natürlich rechtfertigt es meine Aktionen nicht, aber versetz dich doch bitte mal in meine Lage. Würde es dich kaltlassen, wenn deine kleine Schwester mit deinem besten Freund rummacht? Noch dazu, wenn er dir versprochen hat, sie niemals anzurühren. Ich kenne Creed, Lexie, weiß um seine Vorlieben und wie er mit Frauen umgeht. Das will ich auf keinen Fall für dich. Verstehst du? Ich dachte, du wärst noch Jungfrau. Keiner hätte dich je angerührt und du würdest dich für den Prinzen aufsparen, der in seinem 67er Ford Mustang angefahren kommt und dich auf Händen trägt. Du bist meine kleine Schwester, Lexie. Mein kleines Goldstück, das ohne ihr Schnuffelkissen nicht einschlafen konnte. Dich dann so zu sehen, halbnackt, gefesselt und mit seinem Schwanz in dir, hat mein Weltbild zerstört. Ich war sauer auf dich, so unglaublich wütend. Doch momentan fühle ich nichts anderes als Sehnsucht und Schuld. Ich vermisse dich, Lexie. Ich vermisse es, mit dir auf dem Sofa zu sitzen, deine komischen Mädchenserien zu schauen oder einfach nur mit dir zu quatschen. Aber im Moment habe ich das Gefühl, dass die Kluft zwischen uns so groß ist, sodass wir es nie wieder zu diesem Punkt unserer Bruder-Schwester-Beziehung zurückschaffen, und das macht mir eine Scheißangst. Ich habe Angst, nicht nur meinen besten Freund, sondern auch meine Familie verloren zu haben. Und das schmerzt viel mehr, als zu wissen, dass du beinahe jede Nacht mit Creed in einem Bett schläfst.« Tränen schimmern in seinen Augen.

Mir laufen sie die Wangen hinab. So sieht er mich noch? Als kleines Mädchen, wie ich es mal gewesen bin?

Mir wird schwer ums Herz. Mein Magen verknotet sich und ein wenig Schuld überkommt mich. Seine Worte haben mich getroffen, vor allem, dass er glaubt, seine Familie verloren zu haben. Ein Schluchzer bahnt sich den Weg hinauf und ich schlage mir noch rechtzeitig die Hand vor dem Mund. Wie konnten wir es nur so weit kommen lassen? Wir sind immer ein Herz und eine Seele gewesen.

Ich schaue ihn an, registriere erst jetzt, dass er um Jahre gealtert scheint. Sein Gesicht wirkt eingefallen und abgemagert. Schatten liegen unter seinen Augen und der Bart ist viel zu lang für seine Verhältnisse. Beinahe ein Vollbart, dabei bevorzugt er einen etwas längeren Dreitagebart.

Reid achtet nicht mehr auf sein Äußeres. Er, der normalerweise so eitel und sehr auf sein Aussehen bedacht ist. Manchmal braucht er sogar mehr Zeit als ich im Bad. Ihn so zu sehen, es wahrzunehmen, jagt mir einen kalten Schauer über den Rücken.

»Ich vermisse dich auch, Arschgesicht.« Ich stürme auf ihn zu, überbrücke die wenige Distanz und falle ihm um den Hals. »Es tut mir leid, dass ich dich so verletzt habe. Dass ich dich hintergangen habe. Aber ich bereue nicht, dass ich Creed getroffen habe.« Ich vergrabe mein Gesicht in seiner Halsbeuge. Fest umarmt er mich, drückt mich an sich. »Er tut mir gut, Reid. Er lässt mich Dinge fühlen, die ich noch nie gespürt habe. Er fordert mich heraus und lässt mich viel über mich selbst und meinen Körper lernen. Creed hat es in mein Herz und in meinen Verstand geschafft wie noch nie jemand zuvor. Ich liebe ihn.«

Reid zuckt leicht zusammen. »Wieso ausgerechnet er? Es gibt unendlich viele Männer auf diesem Planeten, warum mein bester Freund?«

»Keine Ahnung. Aber spielt es bei Gefühlen eine Rolle, wer er ist? Ich liebe ihn wegen seiner Art, seinem Charakter und seinem Aussehen, nicht, weil du ihn kennst. Bis ich euch gemeinsam im Starbucks getroffen habe, wusste ich nicht mal, wer er ist. Wir waren einfach zwei Unbekannte.«

»Vielleicht könnte ich es verstehen, wenn ich ihn nicht so kennen würde, wie ich ihn nun mal seit Jahren kenne. Wir wissen viel übereinander. Sind wie Brüder. Deswegen schmerzt der Verrat auch doppelt so sehr.«

»Aber solltet ihr nicht genau aus diesem Grund mal miteinander reden? So wie wir es gerade tun? Ruhig und anständig. Keine Fäuste, kein Geschrei?«

»Was soll das bringen? Er hat auf die Freundschaft geschissen, als er die Regel missachtet hat.«

»Das mag sein, aber solltest du dir als Freund nicht wünschen, dass er glücklich ist? Selbst wenn es ausgerechnet deine Schwester ist, die es in ihm auslöst?«

»Du verstehst es nicht, Lexie.« Er schiebt mich ein Stück von sich, hält mich aber an den Schultern fest. Eindringlich sieht er mir in die Augen. »Was ist, wenn es mit euch nicht klappt? Wenn er dich verlässt? Ich verzeihe ihm jetzt und dann? Ich werde ihn nur umso mehr hassen. Und was ist, wenn du vielleicht sogar diejenige bist, die es beendet? Ihr bringt mich in eine verdammte Zwickmühle.«

»Wenn ich dir aber deine dämliche Art verzeihen kann, warum kannst du ihm nicht einen Fehler verzeihen? Einen einzigen. Du hast recht, ich verstehe es nicht. Denn ich sehe ihn jeden Tag und er leidet. Wie Hölle, und das liegt nicht an seiner gebrochenen Rippe, sondern daran, dass er dich verloren hat. Er murmelt im Schlaf, spricht dabei nur über dich und euren Club. Selbstverständlich würde er nie vor mir zugeben, dass er Angst hat. Auch würde er unter keinen Umständen darüber sprechen, wie er sich wegen dir fühlt. Aber ich merke und sehe es an seiner Art. Daran, wie oft er heimlich die Bilder von euch auf dem Handy anschaut oder sich in Ordnern vergräbt, die mit dem Never Regret zu tun haben. Es sind die kleinen versteckten Gesten, die es mir deutlich vor Augen führen.«

Reid senkt den Blick, schließt die Lider. Auch ihn scheint es nicht so kalt zu lassen, wie er mir weismachen will. Er ist nur zu stolz, um über sein Schatten zu springen. Ganz wie sein Vater, ein sturer Bock.

»Hast du mal an den Club gedacht? Ihr seid Geschäftspartner, seid gerade dabei zu expandieren. Wie soll das laufen, wenn ihr kein Wort mehr miteinander sprecht?«

Er öffnet seine Augen. Ratlosigkeit steht in ihnen geschrieben. »Ich weiß es ehrlich gesagt nicht, Lexie. Momentan kann ich mir unmöglich vorstellen, dass wir weiter zusammenarbeiten können.«

»Willst du etwa verkaufen?« Geschockt reiße ich die Lider auf. Das muss ich verhindern. Wenn Reid das wirklich vorhat, dann begeht er den größten Fehler ever. Das würde ihre Freundschaft für immer ruinieren und das Never Regret ebenfalls.

»Nein.«

»Vielleicht hat er vor, deinen Freund auszubezahlen.« Sid taucht hinter Reid auf. Hätte ich mir ja denken können, dass er hier ist. Jeden verdammten Tag klebt er am Arsch meines Bruders. Leckt ihm den Anus und ich würde mich auch nicht wundern, wenn er ihm sogar einen blasen würde, wenn Reid ihm das befiehlt.

Mittlerweile habe ich von Creed erfahren, dass er Schauspieler ist und die Frauenwelt auf ihn abfährt. Für mich unverständlich. Was mich damals im Club geritten hat, dass ich ihn mit seinem Tausendwatt-Lächeln hübsch fand, frage ich mich bis heute. Er ist das Gegenteil von Creed und null mein Typ. Schleimig und aufdringlich. Würg.

Selbstverständlich zeigt er wieder seine funkelweißen Zähnchen, stellt sich neben meinen Bruder und mustert mich von oben bis unten. »Halt dich da raus, Sid. Mein Bruder und ich führen ein ernstes Gespräch, was nur uns beide betrifft.«

»Nein, du versuchst, ihn zu etwas zu drängen, wozu er keineswegs bereit ist. Er hat mit Creed abgeschlossen. Hat endlich das wahre Gesicht hinter der Maske gesehen und das gefällt ihm nicht.«

»Ach ja, das kannst du so genau beurteilen, weil ...?« Herausfordernd hebe ich eine Augenbraue. Reids Hände rutschen von meinen Schultern.

»Ich kenne Creed besser, als du denkst, Lexie.«

»Komisch, denn wenn es nach meinem Freund geht, könntet ihr euch nicht fremder sein.«

Höhnisch lacht der Wichser auf und starrt mich dabei auf komische Weise an. Meine Härchen im Nacken stellen sich auf. Gänsehaut überzieht meinen Körper, lässt mich auf ungute Art erschaudern. Sämtliche Alarmglocken schrillen in mir und ein ungutes Gefühl jagt durch mich, lässt mich vorsichtig werden.

Ich trete einen Schritt zurück, bin selbst über meine Reaktion verwirrt. Ja, ich mag diesen Sid nicht, er ist mir suspekt. Aber so wie jetzt habe ich mich bisher auf keinen Fall in seiner Nähe gefühlt.

Reid verfolgt unseren Wortwechsel, runzelt die Stirn. »Sid, könnten Lexie und ich bitte ...?«

»Komm schon Kumpel, Creed hat deine Schwester bestimmt hergeschickt, damit sie dich um ihren Finger wickelt und du ihm verzeihst. Er kriegt Panik, weil er seine Mitgliedschaft verlieren und so die Vorzüge nicht mehr nutzen könnte.«

Langsam kriecht es siedend heiß meine Wirbelsäule hinauf, beginnt in mir zu kochen. Brennend nistet sich die Wut in mir ein. Wer ist er, so über Creed zu sprechen?

»Das würde Lexie nie tun, Sid. Da kennst du sie schlecht.«

»Solange sie unter dem Einfluss des Wichsers steht, kann man sie auch kaum kennenlernen.«

Okay, das ist zu viel für mich. Bevor ich ausraste und vielleicht die gerade gekittete Beziehung zu Reid endgültig zerstöre, muss ich hier weg. Es führt kein Weg daran vorbei. Solange Reid sich von diesem Arschloch einlullen lässt und ihn in seiner Nähe hat, kann ich mit ihm kein ordentliches Gespräch führen. Meine Bemühungen, Creed und Reid wieder zusammenzubringen, würden scheitern, weil Sid meinen Bruder immerzu aufstacheln würde. Er ist wie ein fieser Trigger, den man nicht loswird.

»Denke, was auch immer du willst, ich kenne die Wahrheit.« Ich zucke mit den Achseln, lächle ihn falsch an und schaue dann auf meine Smartwatch. »Sorry, Brüderchen, ich muss nun aber wirklich los. Ich komme schon ultra zu spät.«

»Danke, dass du mir zugehört hast.«

Tief sauge ich den mir vertrauten Duft nach Reid auf, als wir uns in den Arm nehmen. Er bedeutet für mich Heimat und Geborgenheit – und davon kann ich gerade eine große Portion gebrauchen.

Nach einigen Sekunden lösen wir uns. »Sehen wir uns morgen, vielleicht auf einen Kaffee im Starbucks?« Hoffnungsvoll schaut er mich an.

»Geht klar.«

Langsam stößt er den Atem aus. »Dann bis morgen, Lexie.«

Mit verengten Augen betrachte ich Sid. »Sorry, es ist ein Bruder-Schwester-Tag, keine Fremden erlaubt. So die Tradition.« Ich schiebe mich an dem Sackgesicht vorbei. Ignoriere das Schaudern, als seine Hand meinen Arm berührt, gehe betont langsam in den Flur, ziehe mich an und verschwinde dann.

Es hat nur noch ein klitzekleines Bisschen gefehlt und ich hätte Reid umstimmen und ein Treffen zwischen ihnen organisieren können. Sie vermissen sich gegenseitig, aber keiner der Sturköpfe will den ersten Schritt machen.

Ohne mich, Jungs. Ich werde einen Weg finden, die beiden wieder zueinanderzubringen und wenn ich diesen Schleimbolzen Sid dafür ablenken muss. Ich will mein eigenes beschissenes Happy End kriegen, mit meinem Bruder an der Seite.

KAPITEL

31

Creed

»Ich denke, ich werde morgen mal in den Club gehen«, verkünde ich Alexandra, die auf meiner nackten Brust liegt. Ihre Haare fächern sich auf meiner Haut und ich streiche immerzu durch die seidigen Strähnen.

Eine weitere Woche ist ins Land gezogen und ich habe weder von Reid gehört, noch war ich auf der Arbeit.

Meine Freundin bewegt ihren Kopf, mit ihren Augen starrt sie mich an, bettet ihr Kinn auf ihrer Handfläche. »Das ist eine gute Idee, dann kannst du mit meinem Bruder sprechen.«

Nein, das kann ich nicht. Ich werde versuchen, ihm so großflächig wie möglich aus dem Weg zu gehen.

Lexie scheint zu ahnen, dass Widerstand in mir besteht, weshalb sie mich angriffslustig anblitzt. »Warum seid ihr nur so stur? Ich hatte ihn fast so weit heute und dann war da wieder mal sein neues Hündchen, Sid.«

Wut keimt in mir auf, brodelt heiß wie ein Vulkan vor dem Ausbruch durch meine Venen. Dass er sich überhaupt mit so einer Arschkrampe abgibt. Ich schlinge eine Hand um Lexies Haar, merke erst, dass ich ihr wehtue, als sie schmerzhaft ihr Gesicht verzieht.

FUCK! »Sorry, Kätzchen. Es macht mich nur so ... so unglaublich rasend.« Ich lehne meinen Kopf ans Bettteil, schließe die Augen und versuche, diesen roten Nebel zu durchbrechen. Lexie kann nichts dafür, wie ich mich innerlich fühle. Kann nichts für die Scheiße, die da vor sich geht.

»Sid ist wirklich widerlich. Ich habe bei dem Typen ein echt ungutes Gefühl. Er tut meinem Bruder auch nicht gut. Und ich sehe, wie schlecht es ihm ohne dich geht«, appelliert sie wohl an mein Gewissen.

»Das Arschloch ist auch mit Vorsicht zu genießen. Mir gefällt es gar nicht, dass du auf ihn triffst. Weißt du, ich habe hier im Übrigen eine Waschmaschine, du musst da nicht hin.« Ich verstehe das wirklich nicht. Sie schläft fast jede Nacht bei mir, fährt morgens zur Arbeit und kommt danach wieder hierher. Wozu also noch in Reids Wohnung waschen, wo sie doch eh unerwünscht ist. Noch immer kann ich es nicht fassen, was er ihr an den Kopf geworfen hat. Wie er sie behandelt hat.

»Dein Versuch, vom Thema abzulenken, funktioniert nicht, Creed! Hör mir zu«, meint sie und klopft mit dem Zeigefinger auf meiner Brust herum, weshalb ich ihn nehme und in den Mund stecke, darauf spielerisch herumbeiße.

»Ich hör dir immer zu, Baby.« Augenbrauenwackelnd necke ich sie und bin versucht, es heute mal mit dem Sex zu versuchen. Es ist viel zu lange her und ich vermisse das.

»Nein, nein, nein.« Sie setzt sich auf. Breitbeinig. Auf meinem Schwanz. Der, nun ja, anschwillt. Ihre Augen werden riesig und ich muss mir ein Lachen erst recht verkneifen.

»Was glaubst du denn, was er macht, wenn du da so sitzt«, gestikuliere ich mit meiner Hand an ihr hoch und runter. Lexie trägt nichts weiter als mein T-Shirt. Absolut nichts. Ihre Nippel zeichnen sich unter dem Stoff ab und wenn sie nicht gleich zu reden anfängt, lege ich sie flach. Das hat sie dann davon.

»Wir werden erst wieder vögeln, wenn du komplett gesund bist. Ich brauche dich voll funktionsfähig und keine halben Sachen.«

Ihr Ernst? Fassungslos sehe ich sie an. »Das klingt, als wäre ich dein Vibrator, der aktuell in Reparatur ist.«

Sie beginnt zu lachen und das ist Entschädigung genug für den Sexentzug. Ich liebe es, wenn sie so frei, unbeschwert und glücklich ausschaut. Dass ich ihr dieses Gefühl geben kann.

Plötzlich beugt sie sich zu meinem Gesicht, vergräbt ihre Nase an meinem Hals und ich glaube, ich träume. *Was tut sie denn da?* »Alexandra? Was wird das?«, stöhne ich, weil allmählich mein Geilbarometer hochschnellt. Sie küsst mein Kinn, meine Wange und letztendlich meinen Mund. Ich will sie packen, umdrehen und endlich das tun, worüber wir seit ein paar Minuten rumwitzeln. Ich will diese Frau jetzt ficken!

Doch dann entzieht sie sich mir. Noch immer spüre ich ihren Atem an meinem Mund. »Wirst du mit Reid sprechen?«

Verruchtes Miststück! Das ist also ihr Plan. Kehlig stöhne ich erneut, als das Biest eine Hand über mein Sixpack wandern lässt. Mit ihren Fingern auf meiner Haut herumtänzelt.

Jetzt hat sie es geschafft, er steht wie 'ne Eins. Ich setze mich auf, bringe sie fast dazu, nach hinten zu fallen, halte sie aber mit meinen Armen fest umschlungen. Ihr Blick ist verklärt, glitzert und provoziert mich gleichermaßen. »Ich werde mit ihm reden, wenn du das T-Shirt loswirst.« Ich lasse meine Hand unter besagtes T-Shirt schlüpfen und berühre ihren Rücken. Gleite sanft an ihrer Wirbelsäule entlang, genieße es, wie sie sich windet, sich mir entgegenbiegt.

»Creed, nein«, brummt sie rau und doch ist da ein Hauch von Weiterführen gewünscht.

»Sag Ja«, murmle ich, lege meinen Kopf in den Nacken, da sie auf mir sitzt, und komme ihren Lippen gefährlich nahe. Ein Prickeln läuft mir den Rücken hinauf, als sie ihre kleine Hand in meine Boxershorts gleiten lässt. Sofort lasse ich mich ins Kissen sinken und genieße ihre Berührungen. Wie sie mich verwöhnt, was sich so sehr aufgestaut hat.

Vorerst langt es mir, wenn sie versucht, mich zu dominieren, doch sobald ich gesund und fit bin, wird Alexandra unter mir liegen. Gefesselt. Vielleicht besorge ich uns das eine oder andere aus dem Club, wer weiß.

***

Es ist schon erschreckend, wie wenig Lust ich habe, meinen eigenen Club zu betreten. Lexie musste mich regelrecht aus der Wohnung werfen – meiner Wohnung, wohlgemerkt –, damit ich das wahrmache, was ich gesagt habe.

Ich will nach dem Rechten sehen, schauen, was ich verpasst habe, und definitiv muss ich Papierkram erledigen. Auch, wenn Reid und ich derzeit nicht miteinander sprechen, muss das Business weitergehen.

Noch einmal durchatmend, stecke ich meine Hände in die Hosentaschen und laufe durch den Eingang, vorbei am Türsteher, der ›Boss‹ murmelt, und ich nicke zurück. Aktuell ist Hochbetrieb und das Gewusel, der Bass, der mir aus dem Erdgeschoss entgegenschlägt, lässt meinen Herzschlag auf das Doppelte hochschnellen.

Ich habe es tatsächlich vermisst hier zu sein. Das Never Regret ist mein Baby und nur, weil Mom und Dad aktuell eine Krise durchleben, kann es nicht sein, dass es leiden muss.

Ich schlängle mich an der feiernden Meute vorbei, gehe direkt auf die Tür zu. Bruce nickt mir hoheitsvoll zu und lässt mich rein. Die Stufen, hoch in unser Heiligtum, nehme ich mit einem mulmigen Gefühl. Wenn ich auf Reid treffen sollte, ich weiß ehrlich gesagt nicht, was ich mache. Er hat mich zu Brei geschlagen. Ich habe die eine Regel gebrochen und dennoch bin ich nun glücklich. Sollte er sich nicht als Bruder freuen? Als Bro für einen da sein?

Oben geht die Tür auf und ich bin so in Gedanken versunken, dass ich nicht checke, wer mir da entgegenkommt. Sid. Breit grinsend stellt er sich eine Stufe über mich. Am liebsten will ich ihm in den Magen boxen, so wie er sich verhalten hat. Wie er sich an Lexie ranmacht. Denn auch das habe ich all die Wochen, in denen wir bereits miteinander gevögelt haben, mitbekommen.

»Na, wieder fit?«, grunzt er und ich will ihm seine hässliche Visage eintreten.

Doch stattdessen presse ich die Zähne aufeinander, spüre, wie mein Kiefer zuckt, hebe arrogant eine Augenbraue und gehe an ihm vorbei. Mir scheißegal, was der Flachwichser denkt zu sein, das hier ist mein

Revier. Mein Königreich und da ist er ein ganz gewöhnlicher Bauerntrottel, der von Reid als Ersatz für mich genutzt wird. Doch das hat jetzt ein Ende.

Auf direktem Weg laufe ich in sein Büro, öffne die Tür und bleibe wie erstarrt stehen. Da sitzt er, Augenringe, schwarz wie die Nacht. Eine Zigarette im Mundwinkel, stößt er den Qualm aus, ohne aufzusehen. Konzentriert thront er am Schreibtisch und wirkt abgekämpft. Er muss so in sich gekehrt sein, dass er mich gar nicht bemerkt.

Erst, als ich gegen die offene Tür klopfe, zuckt sein Kopf zu mir. Sofort formen sich seine Augen zu Schlitzen. »Was willst du hier? Du hast ein eigenes Büro«, nuschelt er, nimmt die Kippe in die Hand und zieht dran.

»Wir müssen reden.«

»Ach, findest du? Ich mag es eigentlich, wie es ist.«

Da ich seine Stimmung aktuell nicht deuten kann, ignoriere ich die Aussage. Ich trete ins Büro, setze mich auf die Lehne des Clubsessels und sehe zu ihm hinüber.

»Wo ist denn meine Schwester? Wohnt ja schon fast bei dir, wie ich mitbekomme.« Geschäftig sieht er in den Computer und allmählich fuckt er mich ab.

»Ja, wenn es nach mir ginge, könnte Alexandra auch einziehen, aber aus irgendeinem Grund hält sie noch was bei dir«, kontere ich und drücke in die Wunde seines Herzens. Denn er vermisst Lexie, das hat sie mir gesagt. Sie vermisst ihn ebenfalls, ich vermisse ihn und zack, haben wir perfektes Material für ein Buch. Furchtbar.

»Blut ist halt dicker als Wasser«, grinst er provozierend und ich will ihn über diesen scheißdämlichen Tisch ziehen. Doch ich habe es ihr versprochen. Versuche es zumindest zu halten.

»Bist du es nicht leid, dich wie ein Pisskopf zu benehmen? Ich habe es satt, Reid. Ich bin wegen deiner Halbschwester, meiner Freundin hier. Und wegen des Never Regrets. Mann, was müssen wir tun, damit es wieder wie früher wird? Damit wir uns ordentlich und mit Respekt in die Augen schauen können. Was?« Ich rede mich in Rage, bin währenddessen aufgestanden, zu seinem Tisch gelaufen und habe mir einfach eine Zigarette aus der Schachtel genommen, grapsche aus meiner Hosentasche ein Feuerzeug und zünde sie an.

»Es kann nicht mehr wie damals werden. Du hast mein verficktes Vertrauen missbraucht. Du hast dich an meine Schwester rangemacht. Hast sie mit deinem Sexwahn angesteckt und nun ist sie eine dieser Frauen geworden, die wir beide einmal nageln und weiterreichen. *Meine Schwester, verdammt!*« Er steht auf und die Papiere auf dem Tisch segeln zu Boden.

»Ich reiche sie ganz bestimmt nicht weiter. Ich liebe sie, Reid und es ist mir vollkommen egal, wie oft du mir Rippen anbrichst, wie oft ich von dir eine in die Fresse bekommen muss. Es ist mir auch völlig schnuppe, wie du darüber denkst. Denn entweder akzeptierst du uns oder nicht.«

Schwer atmend stehen wir uns also gegenüber. Von Bro zu Bro. Und die Erkenntnis nistet sich ein, dass es kein Zurück mehr gibt.

Resigniert lasse ich den Kopf hängen, fahre mir durch die Haare. »Es wird nie wieder so sein, oder?«

»Nein.« Mit diesem kleinen Wort schmettert er alles ab. Wir werden kein eingespieltes Team mehr sein. Wir werden auch nicht mehr zusammen zocken. Keine Freunde. Keine Geschäftspartner. Es ist alles vorbei.

Ich hebe den Blick wieder und sehe dieselbe Verletztheit in ihm, die ich fühle. »Falls es dir dann besser geht: Mach mir ein Angebot für meine Anteile des Clubs. Ich scheine hier fertig zu sein.« Die Kippe, die einfach nur in meiner Hand vor sich hin glüht, weil ich nicht an ihr ziehe, drücke ich wütend und mit Nachdruck im Aschenbecher aus, drehe mich um und gehe zur Tür. Bevor ich gehe, halte ich kurz inne, schaue über meine Schulter und rede einfach drauflos.

»Alexandra ist die erste Frau, der ich jemals Blumen geschickt habe. Sie ist auch die erste, die je meine Wohnung betreten hat. Die erste, die mein Hobby mit mir teilt und bei der ich das Gefühl habe, dass sie mich versteht. Sie ist mein allererster Gedanke, wenn ich aufstehe und der letzte, wenn ich die Augen schließe. Und zur Hölle, ja, sie ist auch die erste, über die ich so offen wie jetzt rede. Sie ist die eine Frau, die ich meinen Eltern vorstellen will. Im Prinzip sind diese Sätze Nichtigkeiten, Bro. Doch gerade du kennst mich und weißt, dass ich, genauso wie du, stets mit Frauen gespielt habe. Und dass ich mir eher die Zunge abgeschnitten hätte, als jemals so zu reden. Deine Schwester, die hat das geschafft.« Ich klopfe einmal zum Abschied ans Holz des Türrahmens und gehe. Nicht etwa in mein Büro, sondern genau zu dieser Frau, die in meiner Wohnung auf mich wartet. In meinem Bett. Wo sie verfickt noch eins hingehört. Ob Reid will oder nicht.

KAPITEL

32

Lexie

»Telefonieren wir nachher oder bist du im Club arbeiten?«

Creed geht es zunehmend besser. Seine äußerlichen Verletzungen sind verheilt, nur die Rippe macht ihm bei einigen Bewegungen noch zu schaffen. Laut dem Arzt ist es aber normal und kein Grund zur Sorge. Ich bin froh darüber, denn kranke Männer können einen ganz schön in den Wahnsinn treiben. Wobei Creed noch relativ harmlos gewesen ist.

Jedenfalls lässt sein gesundheitlicher Zustand nun wieder zu, dass er arbeiten gehen kann. Nur er selbst steht sich im Weg. Zwar hat er vor drei Tagen einen Versuch gestartet, ist aber keine halbe Stunde später zurück zuhause gewesen.

»Ja, ich werde im Club sein. Trotzdem kannst du jederzeit anrufen.«

»Okay, dann telefonieren wir, bevor ich schlafen gehe.«

»So ganz verstehe ich den Sinn der Aktion noch nicht. Du kannst doch genauso gut nach dem Treffen mit deinem Bruder wieder hierherkommen. Du hast einen eigenen Schlüssel, brauchst also nicht mal auf mich zu warten.«

»Ich habe Reid einen richtigen Bruder-Schwester-Tag versprochen. Wir werden Dinge tun, die wie vor dem Streit auch getan haben. Wir werden Pizza bestellen, werden die Füße auf den Tisch legen, wir werden Gilmore Girls bingewatchen ...«

»Ja, ist ja gut«, brummt er. Es ist im deutlich anzusehen, dass er mich heute Nacht viel lieber in seinem Bett hätte. Aber ich habe keinen Bock nach einem Serienmarathon, vollgefuttert und mitten in der Nacht noch hierher zu fahren, wenn ich bei meinem Bruder ein eigenes Zimmer besitze, wo ich schlafen kann.

»Du wirst sehen. Ruckzuck stehe ich wieder vor der Tür und nerve dich.« Ich zwinkere ihm zu, ziehe nebenbei meine Schuhe an, greife mir meine Handtasche und den Schlüsselbund. »Ich ruf dann später an. Lieb dich.«

Bevor er noch etwas sagen kann und mich erneut umzustimmen versucht, schlüpfe ich durch die Wohnungstür nach draußen. Wie immer bin ich eh spät dran und muss mich beeilen. Da hilft es auch nicht, dass ich keinen vernünftigen Parkplatz in der Stadt finde und mich auf einen überteuerten stellen muss, wo man nur eineinhalb Stunden bleiben darf und der nicht weiter vom Starbucks hätte weg sein können. Ich muss komplett durch die Einkaufsmeile eilen, bis ich endlich schwer atmend vor der Filiale meines Vertrauens angelangt bin. Einen Moment gebe ich mir, atme tief ein und aus und gehe dann erst hinein.

Sofort umhüllt mich der Geruch vom frischgemahlenen Kaffee, Stimmengewirr empfängt mich. Der Laden ist voll, alle Tische besetzt, manche stehen im Gang und warten darauf, einen Platz zu bekommen. An der Theke hat sich eine Schlange gebildet und im Allgemeinen ist es sehr laut. Und dennoch liebe ich es, hierherzukommen.

Reid entdecke ich an einem Vierertisch unweit der Kasse. Ich bahne mir einen Weg bis dort hindurch und lasse mich breit grinsend auf einen Stuhl plumpsen. Fertig mit der Welt und überglücklich strahle ich ihn an. Seine Augen leuchten auf und seine Mundwinkel verziehen sich zu einem Lächeln. »Da bist du ja.«

»Sorry, hab keinen Parkplatz gefunden.«

»Alles gut, bin selbst erst gekommen und konnte mit Ach und Krach dieses Schätzchen ergattern.« Er klopft auf den Tisch.

»Puh ... zum Glück. So voll, wie es hier ist, hätten wir unseren Kaffee sonst draußen im Stehen schlürfen müssen.«

»Kaum vorzustellen.« Beide lachen wir.

»Wie geht's dir?« Er lehnt sich nach hinten an die Lehne und sieht mich neugierig an.

»Gut, gut, könnte besser sein, aber zwei Sturköpfe in meinem Leben erschweren es mir ein bisschen.«

»Können wir das Thema bitte heute außen vor lassen? Ein Tag ohne Creed? Ohne Streit? Nur wir beide?« Er klingt genervt und leicht gereizt. Wenn ihn das doch so triggert und beschäftigt, wieso können wir dann nicht darüber sprechen? Heute wäre die Gelegenheit, denn dieser komische Sid ist nicht da, um uns wieder mal zu unterbrechen. Wir könnten in Ruhe aufschlüsseln, wie es weitergehen wird, und ich könne ihn auf subtile Art in Richtung Versöhnung drängen.

Die beiden brauchen einander. Ihnen tut der Abstand zum anderen weh. Doch statt endlich Tacheles zu sprechen, quälen sie sich selbst. Männer! »Ausnahmsweise. Aber glaub nicht, dass ich dich morgen dann schonen werde.«

»Würde ich nie von dir denken.« Unsere Namen werden aufgerufen und Reid steht auf.

»Oh, du hast schon bestellt?«

»Klar, ich weiß doch, was du immer nimmst.« Er zwinkert mir zu und holt unsere Getränke. Dankend nehme ich den dampfenden Becher in Empfang.

Nur stockend finden wir in ein Gespräch. Es ist ein merkwürdiges Gefühl, nicht sofort auf einer Wellenlänge mit ihm zu sein. Bisher hatten wir nie Probleme damit. Doch nicht über Creed sprechen zu dürfen, hemmt unsere Unterhaltung etwas. Er ist jetzt nun mal mein fester Freund und gehört zu meinem Leben, so wie er es normalerweise auch bei Reid tut.

Auch herrscht eine unterschwellige Anspannung seit unserem Streit. Ich bin froh, dass Reid und ich uns vertragen haben, dennoch ist es anders als vorher. Die Leichtigkeit und das Vertrauen sind futsch. Hoffentlich kehren sie wieder zurück, denn ich vermisse es, mit ihm herumzualbern.

Stattdessen tauschen wir uns über meine Arbeit aus und plaudern über Belangloses. Hauptsache wir umschiffen das Never Regret und Creed. Kein Wort bezüglich der beiden Themen verlassen seine Lippen. Immer wieder stupse ich ihn in die Richtung, doch er lenkt sofort in eine andere.

Letztendlich gebe ich es auf und nehme es hin, dass er ein sturer Bock ist. Irgendwann wird schon der Punkt kommen, an dem er merkt, dass es der reinste Kindergarten ist.

Während mein Bruder mir erzählt, dass er mit Mom telefoniert hat, erfasst mich wieder dieses ungute Gefühl, das mich oft heimsucht. Meine Härchen stellen sich auf und ich verspanne mich. Ich schaue über meine

Schulter, sehe mich um, lassen den Blick über die Personen gleiten. Keiner kommt mir bekannt vor, niemand scheint mich anzustarren, um dieses Gefühl, beobachtet zu werden, auszulösen.

»Alles okay, Lexie?«

Ich wende mich wieder Reid zu. »Ja ... ja, alles gut«, winke ich ab und setze mir ein unbekümmertes Lächeln auf. Es fällt mir schwer, es lange zu halten, denn dieses widerliche Kribbeln will nicht verschwinden. Es brennt sich in mir ein, nagt an meinem Verstand. *Was ist nur los mit mir? Ich bin doch nicht paranoid.* Sind es die Nerven, die blank liegen und mich halluzinieren lassen? Oder sind es wirklich Nachwirkungen meines Militärdienstes?

»Okay.« Das Wort trieft nur so vor Skepsis und er betont das *O* extra langgezogen, so als würde er mir kein bisschen glauben.

»Sollen wir gleich los? Ein Serienmarathon wartet noch auf uns.« Dieses Mal nutze ich seine Methode, die er im Laufe unseres Treffens ständig angewandt hat. Übergehe seinen misstrauischen Blick und tue so, als wäre alles in Ordnung. Dabei will ich nur schnell weg von hier.

Reid blinzelt mehrmals, die Skepsis weicht aus seinen Augen und ein Funkeln tritt an dessen Stelle. »Wir müssen nur eben noch Eis einkaufen gehen.«

Ich hebe eine Augenbraue. »Wieso? Da müsste noch eine Menge im Eisfach sein.« Zumindest war es das noch, bevor ich mehr oder weniger bei Creed eingezogen bin.

Verlegen kratzt er sich im Nacken. »Ähm, ja. Eventuell hat dein Vorrat meine Fressflashattacken nicht überlebt?«

»Okay ... Gut ... Ja ... dann müssen wir das wohl noch tun.« Krass, da waren bestimmt noch fünf volle Packungen und die hat er mal eben weggehauen? Und er hat von Attacken gesprochen. Mehrzahl. Er hat sich also nicht nur ein, zwei Joints reingezogen. *Was ist nur los mit ihm?*

»Wir können es auch so machen, dass ich auf dem Weg nach Hause in den Supermarkt springe und du schon heimfährst und das Popcorn in die Mikrowelle packst.«

»Ausgezeichnet, so machen wir das.«

Wir stehen auf, bringen unsere benutzten Tassen zu einem Wagen für das Geschirr und trennen uns vor dem Starbucks, denn Reid muss in die entgegengesetzte Richtung.

Ich ignoriere den Drang, mich ständig umdrehen zu wollen, und laufe schnurstracks zu meinem Wagen. Erst als ich den Motor starte und vom Parkplatz rolle, verschwindet endlich das beklommene Gefühl. Das Atmen fällt mir mit einem Mal viel leichter, meine Muskeln entspannen sich wieder und meine Sinne fahren herunter. Ich bin erschöpft und das nur, weil mein Körper automatisch in Habachtstellung gewechselt hat, ohne dass ich etwas hätte dagegen tun können. Es ist mein antrainierter Instinkt, ein Reflex.

Bei der Wohnung habe ich mehr Glück, was den Parkplatz betrifft, der Straßenrand ist so gut wie leer. Ich halte vor der Tür an, stelle den Motor aus, schnappe mir meine Handtasche und steige aus.

Selbstverständlich ist Reid noch nicht da, weil er wegen des Eises einen kleinen Umweg nehmen muss. Deswegen gehe ich schon hinein und warte auch nicht auf ihn. Mit dem Lastenaufzug fahre ich nach oben. Ich liebe noch immer dieses Teil, das einem die Treppen erspart.

Noch in dem Hebekorb des Aufzugs stehend, kann ich durch das Schweißgeflecht des Käfigs die Füße einer Person sehen. Mit jedem Zentimeter mehr Höhe wird mir mehr offenbart, bis ich oben angekommen bin und den Mann komplett sehe. *Was will der denn hier?*

Sid steht neben der Tür an die Wand gelehnt. Sein Tausendwatt-Lächeln springt an, kaum dass er mich sieht. Es erinnert mich an eine Lampe, die man mithilfe eines Schalters einschaltet. Bestimmt hat er es in einem seiner Schauspielkurse gelernt, wie man auf Knopfdruck so übertrieben lächeln kann. »Hey Lexie.«

Ich trete aus dem Aufzug und Sid beobachtet mich genauestens dabei. Sein Blick gleitet über mich, scannt jede Bewegung. Unangenehm kribbelt es in meinem Bauch. »Reid ist nicht da«, falle ich sofort mit der Tür ins Haus und bleibe vor ihm stehen. Die Arme vor der Brust verschränkt und mit leicht gehobenem Kinn.

»Ich weiß, hab eben mit ihm telefoniert. Er kommt gleich und meinte, ich soll warten.«

Ich spüre, wie meine Nasenflügel beben. So viel zum Bruder-Schwester-Tag. Ich darf Creed nicht einmal erwähnen, aber er lädt einfach diesen Idioten dazu ein?! *Danke für nichts, Bruderherz.*

»Wenn das so ist, dann kannst du ja auch mit hineinkommen.« Nein, eigentlich kannst du wieder verschwinden, würde ich am liebsten eher sagen, nur meinem Anstand und der guten Erziehung meiner Eltern verdankt der Schleimbeutel, dass ich nett zu ihm bin. Aus mir unerfindlichen Gründen mag Reid ihn und Sid ist im Moment für ihn eine Stütze, also bleibt mir keine andere Wahl, als freundlich zu ihm zu sein. Ich kann Reid nicht auch noch diesen Freund nehmen.

Ich gehe in die Knie, fische den Schlüssel unter der Matte hervor, schließe auf und verstaue ihn dann wieder an seinem Platz.

Wir treten ein, wobei Sid mir für meinen Geschmack viel zu nahe kommt. Sein Arm streift wie zufällig meinen als er sich im Flur an mir vorbeischlängelt, um ins Wohnzimmer zu gehen. Ich biege zur offenen Küche ab.

»Wie geht's dir denn, Lexie?« Wieso fragt man so etwas ständig? Eigentlich interessiert es doch eh niemanden, wie es wirklich ist. Genauso hält man meist die Wahrheit zurück und behauptet, dass alles gut ist.

»Ging mir schon besser heute.« *Bevor du aufgetaucht bist und unsere Planung gecrasht hast.* Ich hole das Mikrowellenpopcorn aus dem Schrank und packe die Packung in das Gerät.

»Noch alles fein mit dir und Creed?«

Ich zucke zusammen, habe durch das Piepen der Tasten und das Knistern der Verpackung nicht mitbekommen, dass Sid zu mir in die Küche gekommen ist.

»Hey, ich bin's doch nur. Kein Grund, sich zu erschrecken.« Belustigung schwingt in seiner Stimme mit.

Ich drehe mich zu ihm herum. Er sitzt auf dem mittleren Hocker und hat seine Ellbogen auf dem Küchenblock abgestützt. Sein Blick ist auf meine Brust gerichtet. Fehlt nur noch, dass er zu sabbern beginnt. *Widerlicher Wichskopf!* »Mit Creed könnte es nicht besser laufen«, beantworte ich seine eben gestellte Frage überschwänglich.

Seine Augen verengen sich, ihm scheint es keineswegs zu gefallen. Pech für ihn. »Du hast was Besseres verdient.«

Ich hebe eine Augenbraue. »Ach ja? Wen denn zum Beispiel?« Abschätzend schaue ich ihn an. »Dich?« Innerlich ärgere ich mich darüber, dass ich mich nicht mehr unter Kontrolle habe, aber es musste einfach raus. Was denkt er, wer er ist? Wieso ist er der Meinung, das beurteilen zu können? Er kennt weder mich, noch weiß er, wie Creed mit mir umgeht.

Träge hebt sich sein rechter Mundwinkel. »Wäre ja naheliegend, wenn man bedenkt, dass du auf die Freunde deines Bruders stehst.«

Die Tür wird aufgeschlossen und Reid betritt die Wohnung. Ich beuge mich vor, nähere mich Sid und hauche: »Sorry, aber du bist nicht mein Typ. Ich ficke nur ehrliche Männer und keine Fakes.«

Mein Bruder kommt in die Küche und stellt drei Eispackungen auf die Arbeitsfläche. Böse funkelt Sid mich an und ich stelle mich breit grinsend wieder hin. »Ein Streuner stand vor unserer Wohnung und hat auf sein Herrchen gewartet. Ich hoffe, es ist in Ordnung, dass ich ihn mit reingenommen habe. Und bete, dass er keine Flöhe mit sich rumschleppt.«

Sids Augen werden noch schmaler, Reid dagegen lacht und legt seinen Arm um meine Schultern. »Keine Sorge, er trägt ein Halsband gegen Ungeziefer.«

»Will ich für dich hoffen, sonst darfst du alles waschen und reinigen.«

»Ist es denn okay, wenn er beim Marathon dabei ist?«

»Kommt ein bisschen spät die Frage, meinst du nicht?«

Er zuckt bei meinen Worten zusammen.

»Wenn ich störe, kann ich auch wieder gehen«, grätscht Sid dazwischen.

Mit hochgezogener Augenbraue sehe ich meinen Bruder sehr intensiv an. Er hat den Spacken angeschleppt, also soll er ihm sagen, dass er verschwinden soll.

»Macht euch keine Umstände meinetwegen.«

»Freunde sind immer willkommen. Außerdem kann ich etwas männliche Unterstützung gebrauchen, meine Schwester kann sehr bestimmend sein, was die Wahl der Serien betrifft.«

Nicht sein Ernst? Will er mich verarschen?

Ich bemühe mich, normal zu bleiben, zu verbergen, wie es mich gerade ankotzt, um die Stimmung nicht zu vermiesen oder als Zicke dazustehen.

»Haha, sehr witzig. Du bist ja auch derjenige, der nach einer Folge einschläft und die Kissen vollsabbert.«

»Aber nur, weil es langweilig ist.«

»Ist klar.« Ich verdrehe die Augen und winde mich aus seinem Arm, als die Mikrowelle piept. Das Popcorn ist fertig.

Ich fülle es in eine Schüssel und Reid verstaut zwei Eispackungen im Gefrierfach.

»Bier? Wein? Was anderes?«, fragt mein Bruder uns. Sid entscheidet sich für Bier und ich mich für eine Cola.

Mit Getränken und den Snacks bewaffnet, wandern wir hinüber zum Wohnzimmer und machen es uns auf dem Sofa bequem. Die beiden Männer nehmen mich in ihrer Mitte gefangen. Na großartig. Das Mittelteil des Sandwich zu sein, edeutet immer die Schüsseln auf dem Schoß zu haben.

»Welche Serie ist fällig?«

»Wenn du mich so fragst, ich bin für Gilmore Girls. Oder für The Vampire Diaries. Pretty Little Liars wäre auch toll.« Ich liebe die Serien und habe sie schon des Öfteren geschaut. Selbstverständlich habe ich sie jetzt nur wegen der beiden Kerle ausgesucht. Ursprünglich ist ein Game of Thrones-Abend geplant gewesen.

»Wie wäre es mit You?« Wieder mischt sich der Wichskopf in den Bruder-Schwester-Tag ein. Er ist nur ein geduldeter Gast in meinen Augen und denkt, er kann das Zepter übernehmen. Völliger Größenwahn!

»Die Serie soll geil sein. Da bin ich auch für.« Super, jetzt schlägt sich mein Bruder auf seine Seite. Das kann ja ein toller Resttag werden.

Reid schaltet Netflix ein und sucht die gewünschte Serie.

»Sorry, Schwesterchen, du wurdest überstimmt.« Er drückt auf Start. Aus dem Augenwinkel sehe ich sein schelmisches Grinsen. Ihm gefällt es, dass ich verloren habe.

Arsch!

***

Okay, ich muss zugeben, die Serie ist gut. Creepy, aber geil.

»Man, Lexie, gleich sitzt du auf mir«, sagt mein Bruder nach einiger Zeit abweisend und schiebt mich etwas von sich, sodass er wieder mehr Platz hat. Seine Augen weiter auf den Fernseher gerichtet, greift er in die Popcornschüssel.

»Tschuldigung«, murmle ich zwischen zusammengepressten Zähnen. Ich drehe mich zu Sid und funkle ihn vorwurfsvoll und böse an.

Anzüglich grinst er mich an, was in mir ein Schaudern auslöst. Und doch besitzt er noch etwas Restanstand und rückt ein Stück von mir ab.

Das Einzige, was mich schon die ganze Zeit beim bingewatchen stört, ist, dass er keinerlei Abstand einhält. Jede Möglichkeit nutzt Sid aus, um mir näherzukommen. Ob es zufällige Berührungen sind, die er unter dem Vorwand tarnt, Popcorn essen zu wollen, oder so tut als würde er sich erschrecken und nach meiner Hand greift. Kein Wunder, dass ich meinem Bruder beinahe schon auf dem Schoß sitze, wenn ich immer abrücken muss, damit der Spacken mich nicht länger berührt.

Der Fernseher lenkt wieder meine Aufmerksamkeit auf sich und ich versinke in der Serie.

Mein Bruder streckt sich und gähnt laut. Wir sind bereits bei Folge sieben und wenn es nach mir ginge, könnten wir die komplette Nacht durchsuchten. So wie es scheint, ist Reid aber durch für heute. Er kämpft schon, die Augen offenzuhalten, und ich bin ehrlich überrascht, dass er so lange ausgehalten hat.

»Sorry ihr beiden, ich muss ins Bett.«

»Dann lasst uns den Serienmarathon doch an der Stelle beenden. Ich könnte auch gut pennen gehen«, stimme ich ihm zu.

»Macht das, ich werde mir ein Uber rufen und noch im Never Regret vorbeischauen.«

Reid versteift sich neben mir. Natürlich tut er das, denn heute ist Creed da, weswegen mein Bruder nicht hingehen würde, egal ob er hellwach ist oder nicht. Wir alle wissen, welchen Teil Sid aufsuchen wird und dass mein Bruder sich ihm wahrscheinlich angeschlossen hätte.

»Viel Spaß. Vielleicht findest du ja jemanden, der gern von dir berührt werden will.«

»Natürlich wird er eine finden. Die Frauen fahren voll auf ihn ab.« Reid kapiert nicht, worauf ich eigentlich anspiele. Aber wie soll er auch? Er hat ja keinen Plan davon, was sich während des Seriereguckens abgespielt hat, zu sehr war er auf den Fernseher konzentriert. Auch hat er keinen blassen Schimmer von dem Gespräch davor.

»Na, Wunder geschehen noch«, murmle ich und beginne aufzuräumen. Es haben sich einige leere Bierflaschen angesammelt, Eispackungen stapeln sich auf dem Tisch und leere Schüsseln stehen daneben.

Während ich alles wegräume, bringt Reid Sid zur Tür. Erleichtert atme ich aus. *Puh, endlich ist er weg!*

Reid hilft mir noch schnell und verschwindet dann in sein Zimmer, ich tue es ihm gleich. Da ich zu müde zum Telefonieren bin, schreibe ich Creed bloß eine Gute-Nacht-Nachricht. Das mit Sid werde ich ihm morgen lieber persönlich erzählen.

Nur im Slip bekleidet schlüpfe ich unter die Decke. Kaum, dass mein Kopf das Kissen berührt, bin ich eingeschlafen.

***

Ich schrecke auf, fahre hoch und sehe mich in dem vom Mond beleuchteten Zimmer um. Lausche in die Stille, suche nach Geräuschen. Schwer atme ich ein und aus, sitze auf meinem Bett und versuche zu realisieren, was soeben geschehen ist.

Ein Atemhauch an der Wange hat mich aus dem Schlaf gerissen. Zumindest habe ich gedacht, ihn zu spüren. Es fühlte sich so real an, gar nicht nach einem Traum. Und dem schnellen Rhythmus meines Herzschlages nach zu urteilen, hat auch mein Körper dasselbe Empfinden gehabt.

Langsam lasse ich mich nach hinten sinken und ziehe die Decke bis unters Kinn. *Niemand ist hier. Nur du bist in dem Zimmer. Es hat dich keiner berührt oder kam dir so nah, dass du seinen Atem spüren konntest. Es war nur ein beschissener Traum.*

Was ist nur los mit mir? Erst ständig das ungute Gefühl beobachtet zu werden und nun schon Einbildungen im Schlaf. Wobei Letzteres auch der Verarbeitung des Geschehenen vom Tag geschuldet sein könnte. Vielleicht hat die Serie doch mehr gekickt, als ich angenommen habe. Schließlich geht es da um einen Stalker, der viele Grenzen überschreitet und in die Privatsphäre des Mädchens eindringt.

Oder ich bin wirklich paranoid geworden und muss dringend zum Arzt. Denn es kann unmöglich sein, dass jemand in meinem Zimmer war, ohne dass ich es mitbekommen hätte. Wie soll er in die Wohnung gelangt sein? Die Tür aufzubrechen hätte definitiv Lärm verursacht, der Reid oder mich geweckt hätte.

Ich schließe meine Augen. Versuche, wieder in den Schlaf zu finden und denke dabei an etwas anderes, aber es fällt mir schwer. Der Schrecken hat mich noch fest im Griff. Die Beklommenheit will nicht von mir abfallen, stattdessen verstärkt sich das Engegefühl in meiner Brust, raubt mir den Atem.

Dennoch schaffe ich es irgendwann und gleite langsam hinüber in einen leichten Schlaf – mit einem Gedanken, der wieder und wieder in meinem Kopf rotiert. *Was ist, wenn es wirklich passiert ist und du dir nichts einbildest?*

KAPITEL

33

Creed

»Was???« Ich sitze mittags an meinem Esstisch, um zu frühstücken, und blicke meine Freundin angepisst an.

Die blickt entspannt weiter in ihren Laptop, macht ihr Homeoffice. »Sid ist gestern beim Serienmarathon dabei gewesen.«

Dieser eine Satz bringt mich so sehr in Rage, dass ich das Messer klirrend fallen lasse. Das Porzellan des Tellers bricht, am liebsten will ich ihn nehmen und auf den Boden schleudern.

Es reicht jetzt so langsam! Ich bin es leid, dass Lexie ständig in seinem Dunstkreis schwirrt. Dass Reid offensichtlich einen Ersatz für mich gesucht hat, war mir klar. Aber der Typ ist Gift für jeden, der in seiner Nähe ist.

»Und da kommst du nicht auf die Idee, nach Hause zu gehen?«, knurre ich sie aufbrausend an.

Plötzlich hebt sie ihren Kopf und sieht mich an. »Nun mach mal halblang, Creed. Reid war ja da und er hat mir nichts getan. Außerdem, was sollte ich denn deiner Meinung nach tun? Die Diva raushängen lassen, meine Erziehung über Bord werfen und beleidigt die Wohnung verlassen? Ich brauche meinen Bruder! Du auch, aber das ist ja das leidige Thema, was ihr beide gerne umschifft.«

»Lenk nicht ab. Ich will, dass du mir sofort schreibst oder anrufst, wenn der Arsch wieder in deiner Nähe ist, okay? Sid ist einer von den Typen, die sich einfach nehmen, was sie wollen. Und das ohne Zustimmung. Ich mach mir nur Sorgen, Kätzchen.« Ich versuche sie zu beschwichtigen, ihr meine Angst begreiflich zu machen.

Deshalb hatte er damals Hausverbot bekommen. Er hatte die Begleitung eines anderen dazu gedrängt, mit ihm in ein Zimmer zu gehen, und hat sie dort genommen. Weinend und zitternd kam sie heraus, stolperte an mir vorbei und ich habe ihn aus dem Club geprügelt.

Lexie darf so etwas niemals passieren, das könnte ich mir nie verzeihen. Und solange Sid sie auf seinem Radar hat, muss ich auf sie aufpassen. Egal wie.

»Ich bin beim Militär gewesen, Baby. Ich kann auf mich aufpassen, mich wehren. Ich liebe dich dafür, dass du dich sorgst, aber ...« Sie will noch etwas sagen, doch ich hebe warnend eine Augenbraue. Sie soll verfickt nochmal einfach zustimmen und mir meine innere Unruhe nehmen. Stattdessen geht in ihr die Feministin auf. »Ist ja gut, Creed! Herrgott, warum musst du auch so heiß sein? Man könnte dir viel schneller was abschlagen, wenn du hässlich wärst.«

Schelmisch grinsend, stehe ich auf, umrunde die Couch und greife ihr den Laptop vom Schoß, setze mich neben sie und ziehe sie auf mich. »Du kannst es wieder gutmachen, Kätzchen.« Wölfisch blitze ich sie an. Ich liebe es, wenn sie so willig und anschmiegsam ist. Im Alltag diskutieren wir oft, weil sie andere Ansichten hat als ich, weil sie genau so ein Sturkopf ist wie ich. Aber am Ende kommt es immer zu einem Happy End.

»Jetzt nicht, bitte. Ich muss arbeiten«, schmollt sie und ich beuge mich dennoch vor und verteile zarte Küsse auf ihrem Brustansatz.

Das T-Shirt ist aber heute ganz besonders tief geschnitten. Mann, Mann.

»Creed, hör auf! Wir können nicht ständig riesige Elefanten im Raum mit Rummachen lösen. Ich verspreche dir, ich passe in Bezug auf Sid auf. Wenn etwas sein sollte, rufe ich dich umgehend an und du kannst mich retten kommen. Du hingegen wirst allerdings endlich mal deinen sexy Arsch zusammenkneifen und meinen Bruder festnageln. Krieg das in den Griff mit ihm!« Sie hat mein Gesicht in ihren Händen gebettet, damit ich sie ansehen muss und aufhöre, ihre wirklich extrem hübschen Brüste zu liebkosen.

Natürlich verstehe ich, was sie mir sagen will. Dabei weiß sie ja noch gar nicht, dass ich ihm geraten habe, er soll mich auszahlen. Toll, nun überkommt mich Schuld und das hasse ich. »Es könnte unter Umständen sein, dass ich aus dem Never Regret aussteige.« So, nun habe ich es ihr gesagt. Kurz und schmerzlos.

Sofort gerät ihr Tun ins Stocken und sie sieht mich entsetzt an. »Das ist nicht dein Ernst!«

»Doch, ist es. Reid und ich, Lexie, das ist vorbei. Ich weiß, du wünschst es dir so sehr und, fuck, ich auch, aber die Kluft ist zu groß geworden. Es existiert kein Vertrauen mehr, wie soll das geschäftlich funktionieren? Er wird mir nie verzeihen. Deshalb ist Sid um ihn herum, weil er sich einen Ersatz für mich sucht. Dein Bruder ist so engstirnig und verbohrt in seinem Denken, dass wenn du einmal Mist gebaut hast, es für immer diese Barriere in ihm gibt.«

»Er ist kein Gott, Creed. Reid ist nicht unfehlbar, auch der hat schon viel Scheiße gebaut. Und mit mir hat er es doch auch versucht.«

Traurig lächelnd neige ich meinen Kopf zur Seite, betrachte sie eingehend und streiche mit meinem Daumen an ihrem Kinn entlang. »Du bist seine Familie, Alexandra. Seine Halbschwester, sein alles. Wenn er über dich gesprochen hat, dann mit solch einer Leidenschaft, solch einem Stolz und auch Verzweiflung. Er liebt dich sehr und deshalb könnte er dir alles verzeihen, würde sich jedem Wunsch von dir beugen, egal, was du forderst.«

»Offensichtlich ja nicht, weil ihr zwei Idioten immer noch beleidigt in euren Wohnungen hockt.«

»Der Grund bin ich. Es ist ihm völlig gleich, was wir fühlen, Lexie. Für ihn ist der Umstand, dass ich ihn hintergangen habe, das Schlimmste. Dass es vor allem du bist, die es betrifft, ist besonders hart. Ich habe ihm letztens ein paar Takte dazu gesagt. Damit er weiß, was du mir bedeutest. Damit er sich keine Sorgen zu machen braucht. Der Ball ist in seinem Spielfeld und solange er ihn lieber dem Schwanzgesicht zuspielt, bin ich raus.«

Ich lehne mich vor, ersetze meine Hand durch meinen Mund. Verteile einen Kuss auf ihrem Kinn, einen auf ihrem rechten Mundwinkel und einen auf ihrem linken.

»Egal, wie das Ganze ausgeht, du hast mich und darauf kannst du dich verlassen, Alexandra«, raune ich auf ihrer Haut und bemerke mit Freuden, wie sie erschauert.

»Und du hast mich«, murmelt sie und küsst mich tief.

＊＊＊

»Hi«, säuselt es gekünstelt sexy neben mir.

Entnervt stöhne ich auf. Da ist man das erste Mal seit dieser Sache mit Reid außerhalb seines Büros im Club und prompt wird man angemacht. Witzig eigentlich, denn normalerweise würde ich die Chance sofort ergreifen, wäre nicht abgeneigt, egal, was sie mir anbieten würde. Doch seit Lexie in meinem Leben ist, verblassen alle anderen.

Ich erkenne mehr und mehr den Fake in anderen Frauen. Die Silikonbrüste, dieses Lächeln auf den Lippen, das sie jedem Mann schenken. Das dumme Wimperngeklimper, als wenn es uns Männer hypnotisieren könnte. Und am schlimmsten ist es, wenn sie auf dämlich machen. Oder es sind, das weiß man ja heutzutage gar nicht mehr.

Ich nehme einen Schluck von meinem Drink und überschaue sie kurz. *Japp, genau wie ich es mir gedacht habe.*

»Bist du stumm?«

O, bitte! Das denkt sie nicht wirklich, oder? Abschätzig betrachte ich sie, hebe eine Augenbraue und trinke noch einen Schluck, bevor ich das Glas auf den Tisch stelle. Plötzlich spüre ich, wie ihre Hand auf meinen Oberschenkel wandert, sie bis zu meinem Schwanz hochstreicht.

Entschlossen greife ich ihr Gelenk, stoppe sie und schubse sie von mir. Ich lehne mich zu ihr hinüber, weil die Musik heute so laut ist, und knurre: »Fass mich noch einmal an und dein Arsch fliegt hier raus, haben wir uns verstanden?«

Ihre Augen werden groß, als ich mich wieder zurücklehne, und ein Ausdruck von Frustration mischt sich in ihre Züge. »Verheiratet?«, versucht sie doch tatsächlich Smalltalk zu betreiben.

Boah, was ist das für eine Hohlfritte? »Ja.« Natürlich sind Alexandra und ich es noch nicht, irgendwann kann ich mir aber genau das mit ihr vorstellen. Fürs Erste hält es mir hoffentlich dieses gierige Weib vom Hals.

»Ach, das stört mich nicht. Viele Hausfrauen sind langweilig und prüde. Ich zeige dir gerne, dass du noch etwas Richtiges erleben kannst.«

Ich lache auf. Sie denkt das wirklich, dabei hat sie gar keine Ahnung von mir oder meinen Vorlieben. Weiß nicht, dass ich bereits eine perfekte Frau zuhause liegen habe. Und deshalb tue ich das einzig Wahre. Ich stehe auf, nehme mein Glas in die Hand und schaue ein letztes Mal auf die Schlampe herunter. »Mich stört es aber. Denn im Gegensatz zu vielen anderen Männern weiß ich genau das zu schätzen, was ich habe. Versuche es bei wem anders, Schätzchen, und laber mich nicht mehr an.« Ich stecke eine Hand in die Hose und gehe an den Tresen. Bloß weg. Stolz auf mich, darüber, was ich soeben geleistet habe, leere ich das Glas in einem Zug und bestelle mir einen neuen Bourbon.

Mein Handy in der Hosentasche vibriert und ich ziehe es hervor. Alexandra hat eine Nachricht geschickt. Ein sehr heißes Foto dazu und mein Blut schießt direkt vom Kopf in den Schwanz.

Ich dachte, da du ja arbeiten bist, nutze ich einfach mal das Schätzchen hier. Du bist doch nicht böse, oder? ;)

Mit läuft beinahe der Bourbon aus der Fresse, denn sie liegt auf ihrem Bett. Nackt. Zwischen ihren Brüsten ein Vibrator. Ich kann es nicht fassen.

Wir hatten immer noch keinen Sex, weil sie denkt, sie muss mich schonen. Selbstverständlich haben wir andere Dinge getan. Aber damit ist jetzt Schluss. Sobald sie wieder bei mir ist, werde ich meinen Schwanz so tief in sie rammen, dass sie mich auf der Arbeit spüren wird. *O ja!*

> Lexie, Lexie ... Du spielst mit dem Feuer! Kommst du, dann wirst du morgen bestraft. Und ich werde es herausbekommen, wenn du noch immer sensibel für meine Berührungen bist. Verlass dich drauf.

Um meine wachsende Erektion zu verstecken, setze ich mich um, denn allmählich drückt sie schmerzhaft gegen meine Jeans. »Ted, gib mir mal Zigaretten aus dem Vorrat heraus«, ordere ich unseren Barkeeper an. Reid und ich haben oft Probleme, unsere Kippen zu finden, also haben wir eine ganze Ration angeschafft und sie an der Bar deponiert.

»Fang, Boss«, murmelt er und wirft sie mir zu. Ich hole eine Fluppe hervor und suche nach einem Feuerzeug, als vor mir ein Licht entflammt. Schnell ziehe ich am Filter und die Glut glimmt.

Ich hebe meinen Kopf leicht und sehe in die Augen meines besten Freundes. In genau diesem Augenblick vibriert mein Handy auf dem Tresen und Lexies Nachricht wird angezeigt. *O Shit.* Sofort greife ich danach und drehe es um.

Sein Blick schießt vom Display zu mir und seine Augenbrauen ziehen sich zusammen. Angelehnt am Holz mustert er mich. »Ich habe dich die ganze Zeit beobachtet.«

Doppelshit. Obwohl, nein. Ich habe nichts Falsches getan! »Dann hast du auch gesehen, wie ich mich verhalten habe«, brumme ich und trinke einen großen Schluck der goldenen Flüssigkeit.

»Leider.« Seine Zigarette im Mundwinkel glüht auf, als er daran zieht, die Augen bekümmert und traurig.

»Reid ...«, versuche ich es erneut, doch alles, was ich ernte, ist ein Kopfschütteln.

»Ich habe den Vertrag aufsetzen lassen. Wenn dir die Summe nicht zusagt, musst du mit den Anwälten verhandeln.« Er schiebt mir einen Papierstapel zu und einen Moment lang bin ich wie gelähmt, kann nur darauf starren.

Das soll es also gewesen sein? »Also ist es vorbei ...«

»Es ist vorbei.«

Da geht er. Und obwohl er keine Pussy ist und ich auch keine bin, habe ich das dringende Bedürfnis, ihn aufzuhalten. Ihm mal gepflegt in die Fresse zu boxen, damit er klar sehen kann. Dass das hier nicht so laufen, dass er einfach von seinem beschissenen Stolz loskommen muss. Doch im Endeffekt stelle ich mir auch die Frage: Wenn es hart auf hart kommt, ist mein alter Kumpel noch ein Freund oder bereits der Feind?

KAPITEL

34

Lexie

Etwas berührt mich an der Schulter, streicht über meine Haut an meinem Rücken. Ein Schauer erfasst mich und ich stöhne wohlig auf. Recke mich der Berührung entgegen und lasse die Augen zu, um sie besser auskosten zu können. Die Finger gleiten meine Wirbelsäule hinunter.

Ich liebe es, wenn Creed mich so weckt. Es läuft dann auf Sex oder wie in letzter Zeit auf Petting hinaus. Selbst nach den mehreren Orgasmen durch den Vibrator wäre ich mehr als bereit, meinen Freund in mich aufzunehmen. Ihn mich in Besitz nehmen zu lassen. Vielleicht setzt er sogar seine Drohung um und bestraft mich dafür, dass ich gekommen bin.

Meine Pussy zieht sich zusammen, kribbelt und pocht, ich reibe meine Schenkel aneinander. Creed wandert tiefer und fährt dann mit den Fingerkuppen meine Taille hinauf, berührt die Seiten meiner Brust. Ein Keuchen entfährt mir. Ich drehe mich auf den Rücken, biete ihm meine Brüste an. Zart fährt er unter der Brust entlang. Jagt mir Schauer durch den Körper, lässt mich erzittern. Es fällt mir zunehmend schwerer, meine Lider geschlossen zu halten.

Er küsst mich am Hals. Es fühlt sich anders an. Das leichte Kratzen des Bartes fehlt. Hat er sich rasiert? Wehe! Ich liebe den Bartschatten, wenn er an meiner empfindlichen Pussy schabt.

Zu meinem Bedauern verschwinden seine Lippen, sein Atem streift über meine Wange. Dafür aber umschließt er endlich meine Brust, die bereits schwer und geschwollen ist. Ich recke sie ihm entgegen, koste das Prickeln aus, das seine Berührung in mir auslöst.

Blinzelnd öffne ich die Lider, will meinen Freund dabei beobachten, wie er jeden Zentimeter von mir erkundet. Die Lust in mich aufsaugen, die immer in seinen Iriden funkelt, wenn er scharf auf mich ist. Doch bevor ich etwas sehen kann, legt er sanft seine Hand über meine Augen. Die Anspannung steigt in mir, das Spiel verstärkt das Kribbeln in meiner Mitte.

Er lässt meine Brust los, streicht zärtlich meinen Brustkorb hoch, über meine Schulter und dann den Arm hinunter. Gänsehaut legt sich auf meinen kompletten Körper. Automatisch stöhne ich auf, koste seine Zärtlichkeiten aus.

Die Hand vor meinen Augen verschwindet und trotzdem spiele ich mit und lasse sie weiterhin geschlossen. Seine Finger umschließen mein Handgelenk, die Matratze sinkt etwas ein und ich spüre, wie Creed sich über mich beugt und dann mein anderes Gelenk packt. Er hebt meine Arme über meinen Kopf, pinnt sie da mit einem Griff fest.

Eine Hand löst er und legt sie an meine Kehle. Minimal verstärkt sich der Griff um meinem Hals. Die Dominanz, die es ausdrückt, turnt mich an, entfacht die Lust in mir immer weiter. In meinem Unterleib zieht und kribbelt es zugleich, Feuchtigkeit läuft mir zwischen die Schenkel.

Sein Atem streicht über mein Gesicht, trifft auf meine erhitzte Haut.

»Creed«, keuche ich gefangen in der Vorfreude auf das, was gleich passieren wird.

Ich spüre, wie er mir näherkommt, seine Wange berührt meine, seine Lippen streifen mein Ohr. »Sorry Lexie, aber Creed ist noch im Never Regret.«

Es braucht eine Sekunde, bis ich das Gesagte verarbeitet habe und die Stimme erkenne. Ich reiße meine Augen auf, will mich gegen Sid stemmen und ihn von mir drücken, aber seine Hand drückt fester zu, schürt mir die Luft ab.

Schwarze Punkte tanzen vor meinen Augen, meine Lunge beginnt zu brennen. Ich strample mit den Füßen, kämpfe gegen seinen Griff an meinen Handgelenken an. Meine Arme liegen in einem beschissenen Winkel, weswegen ich kaum Kraft anwenden kann, ohne dass es in den Schultern schmerzt. Panisch schnappe ich nach Luft und als ich denke, dass ich gleich das Bewusstsein verliere, lässt er locker.

»Ich habe dir gesagt, dass er nicht gut genug für dich ist.« Sein Daumen streicht über meine hervorgetretene Hauptschlagader. Kräftig pumpt mein Puls dagegen, wummert in meinem Hals. »Ich habe dir Avancen gemacht, dich umworben und du hattest nur Augen für den Wichser. Hast keinerlei Notiz von mir genommen. Selbst im Never Regret hast du nicht bemerkt, wie ich dich beobachtet habe, als du gegen die Scheibe gepresst dagestanden hast. Du warst nur auf Creed fixiert. Dabei bin ich derjenige gewesen, der dir den Zutritt zur Empore überhaupt erst ermöglicht hat.«

Erneut versuche ich, meine Arme zu befreien, schaffe es auch beinahe, eine Hand aus seinem Griff zu ziehen. Er verstärkt seine Bemühungen, geht sogar so weit und schwingt ein Bein über mich. Sein Gewicht drückt mich tiefer in die Matratze, macht mich für einen Moment bewegungsunfähig.

»Immer wehrst du dich gegen mich. Willst nicht einsehen, dass ich die bessere Wahl für dich bin. Du hast mich wie Luft behandelt, hast meine Geschenke nie zu würdigen gewusst. Dabei habe ich mir viel Mühe gegeben. Bin nach euch in die Räume gegangen und habe deine Souvenirs mitgenommen, ehe die Reinigungskräfte sie beseitigt haben. Es war kein leichtes Unterfangen, dir deine eigene Unterwäsche zu schicken. Sie roch nach dir und hat mir das Gefühl gegeben, dass du bei mir bist. Aber das warst du nie.«

Ein Schauer rieselt meinen Rücken hinunter und ich versteife mich unter ihm. Er war derjenige, der mir die Pakete geschickt hat? Es war nicht Creed?

»Ich bin es leid, nur dein Schatten zu sein. Dich aus der Ferne beobachten zu müssen und dich nie berühren zu dürfen. Ich hasse diese ständigen Zurückweisungen von dir, Lexie.«

Panik erfasst mich, kriecht in jeden Winkel meines Körpers. Meine Eingeweide ziehen sich zusammen, ich kriege kaum noch Luft.

Er war es also die ganze Zeit, der das ungute Gefühl in mir ausgelöst hat. Mich ständig den Kopf wenden lassen hat und mich denken lassen, ich sei paranoid geworden. Ich habe es mir also nicht eingebildet, es war wirklich so.

»Warum?«, flüstere ich.

»Ich will dich. Seit ich dich das erste Mal im Club gesehen habe, wusste ich, dass du die Richtige bist. Dass du zu mir gehörst und ich dich besitzen muss. Ich habe dich sogar angerempelt, damit du mich endlich wahrnimmst. Habe meine Karte fallen lassen, damit du mir folgst.« Er lässt meine Handgelenke los, auch die Hand an meinem Hals verschwindet, bevor er mich hart an den Schultern packt. »Wieso willst du mich nicht sehen?« Fest rüttelt er an mir. »Es hätte alles so viel einfacher gemacht, wenn du dich für mich statt für Creed entschieden hättest.«

Ich stemme meine Hände gegen seine Brust, drücke ihn nach hinten. Er fängt sich sofort und reagiert blitzschnell. Erneut ist es meine Kehle, die zwischen seinen Fingern gefangen gehalten wird. Der Druck wird fester.

Ihm nicht in die Augen schauen zu können, zu sehen, wie weit er bereit ist zu gehen, lässt mich die Gegenwehr einstellen. Ich lasse meine Arme vorerst sinken.

»Und wieder tust du es. Ich geb dir ein wenig Freiheit und du willst mich wie ein widerliches Insekt von dir stoßen.« Wahnsinn schwingt in seiner Stimme mit. Ich muss mir langsam darüber nachdenken, wie ich aus dieser prekären Lage komme. Wie ich einen Weg zu meiner Waffe finde, ehe er komplett durchdreht. Körperlich ist er mit überlegen und so, wie er auf mir sitzt, kann ich nur meine Arme benutzen. Meine Beine sind nutzlos.

»Dabei will ich doch einfach nur, dass du mich genauso behandelst wie den Wichser. Mich mit dem Blick anschaust wie ihn. Mich dich so berühren lässt, wie du ihm das erlaubst. Ich bin sogar das Risiko eingegangen und habe Reid mit reingezogen. Habe ihm das mit dir und Creed gesteckt, damit er mir helfen kann, dich aus den Fängen des überheblichen Arschs zu reißen. Als auch das nicht geklappt hat, blieb mir keine andere Wahl, als mich mit deinem Bruder anzufreunden.

Nichtsahnend hat er mich in seiner Wohnung willkommen geheißen. Hat mir ermöglicht, dir noch näher zu kommen.« Er streicht mir über die Wange. »Weißt du eigentlich, wie schön du bist, wenn du schläfst? So friedlich und unbekümmert. Wie ein wahrer Engel.«

Sid beugt sich zu mir hinunter und drückt seinen Mund auf meinen. Fest presse ich meine Lippen zusammen und drehe mein Gesicht zur Seite. Laut atmet er ein, zieht die Luft in seine Lunge, während er mir genau das verwehrt, indem er seinen Griff wieder verstärkt. Er geht einen Schritt weiter, krallt seine Nägel in meine Haut, treibt sie tief hinein.

Tränen schießen mir in die Augen. Laut wummert mein Herzschlag in meinen Ohren. Mein Überlebensinstinkt springt an. Ich schlage auf seine vor Anstrengung zitternden Arme ein, bäume mich unter ihm auf, kämpfe gegen die drängende Bewusstlosigkeit an. Als das nichts bringt, taste ich um mich, suche einen Gegenstand, mit dem ich ihn außer Gefecht setzen kann. Irgendetwas, womit ich ihn zur Not ablenken und mich danach befreien kann.

Mit den Fingerspitzen berühre ich etwas, bekomme es allerdings nicht gepackt. Ich strample mit den Beinen, will mich höher schieben, strecke mich. Mit den Kuppen gelange ich weiter auf die Glasoberfläche. Es muss mein Handy sein, das ich mühsam zu mir hingezogen kriege. *Komm schon, komm schon, komm schon!*

Es rutscht vom Nachttisch auf die Matratze.

Sid scheint davon keinerlei Notiz zu nehmen, denn er ist in seiner Rage und seinem Tun gefangen. Ich schließe meine Finger um das Smartphone und schlage damit auf seine Armbeuge ein, wieder und wieder.

Der Widerstand gibt nach, knickt ein. Leider krallt Sid sich dadurch automatisch mehr in mein Fleisch, aber er fällt auch nach vorn. Sein Atem ist schwer und ich höre ihn überdeutlich, spüre ihn auf meinem Gesicht.

Ich nutze den Umstand, dass er mir so nah ist, und donnere ihm die Ecke des Handys mit voller Wucht an den Kopf. Der Druck um meinen Hals verschwindet augenblicklich, auch das Gewicht auf mir ist weg.

»Fuck, du Schlampe, das wirst du mir büßen!«, schreit mein Stalker und Angreifer.

Ich nutze meine neue Freiheit aus und rutsche blitzschnell vom Bett. Renne auf zitternden Beinen zur Tür, öffne sie und stürme aus meinem Zimmer. Ignoriere dabei, dass er mir dicht auf den Fersen ist.

Das Licht geht an, Sid muss den Schalter betätigt haben, um mich besser sehen zu können. Es kommt mir zugute, so muss ich mir meinen Weg nicht mehr ertasten und hoffen, gegen kein Möbelstück zu rennen.

Ich entriegle den Startbildschirm meines Handys, will die Nummer der Polizei wählen, komme aber nicht so weit. Sid erwischt mich an meinen Haaren, zerrt mich daran zurück. Gerade noch so kann ich auf den ersten Anrufer in meiner Liste drücken, ehe er mir das Smartphone aus der Hand reißt und wegschleudert. Scheppernd landet es auf dem Boden und ich kann nur hoffen, dass die Verbindung aufgebaut wird und die Person auch rangeht.

Mit mehr Kraft, als ich ihm zugetraut hätte, schleudert er mich gegen den Küchenblock. Hart pralle ich mit den Rippen an die Kante der Arbeitsfläche. Sämtliche Luft weicht mir aus der Lunge. Schmerzhaft schreie ich auf.

»Das hättest du lieber sein lassen sollen, Lexie«, knurrt er. »Bisher war ich nett zu dir, habe dir alles durchgehen lassen. Selbst, dass du mit diesem Wichser vor meinen Augen fickst. Dich in ihn verliebst. Ich habe von außen zugeschaut und gehofft, dass du endlich zur Vernunft kommst und den wahren Creed entdecken wirst. Habe hingenommen, dass ich dich nur anfassen kann, wenn du schläfst. Aber das ändert sich jetzt.« Er vergräbt seine Faust in meinen Haaren und donnert meinen Kopf auf die Oberfläche. Schmerz schießt mir durch den Schädel, lässt mich Sterne sehen. Ich kämpfe dagegen an, blinzle mehrmals und vertreibe die Benommenheit. »Du willst mich nicht, gut, das habe ich jetzt verstanden. Aber wenn ich dich nicht haben kann, dann auch kein anderer.« Erneut schlägt mein Kopf auf.

Sid gibt mir keine Gelegenheit ihn abzuschütteln, hat mich zwischen sich und den Küchenblock eingekesselt. Ich kratze an seinem Handgelenk, treibe ihm meine Nägel in die Haut, um seinen Griff zu lösen.

»Ich hätte dir ein tolles Leben an meiner Seite ermöglichen können. Du wärst meine Königin, die ich auf Händen getragen hätte.«

Ein weiteres Mal schießt ein allumfassender Schmerz durch mich hindurch, als ich auf die Arbeitsplatte knalle. Dieses Mal kann ich es nicht aufhalten, mein Körper gibt nach. Nur verschwommen nehme ich wahr, wie die Schwärze mehr Raum in meinem Sichtfeld einnimmt, meine Sinne schwinden und ich sacke zusammen. Kurz bevor alles komplett in Dunkelheit gehüllt ist, spüre ich, wie ich auf dem Boden lande und Sid mir in den Magen tritt.

KAPITEL

35

Creed

»Ich hätte dir ein tolles Leben an meiner Seite ermöglichen können. Wärst meine Königin, die ich auf Händen getragen hätte.«

Die Stimme erkenne ich sofort. Ich brauche nicht einmal darüber nachzudenken.

»Lexie?« Keine Reaktion. »LEXIE!«, brülle ich, doch noch immer passiert rein gar nichts. Alle Alarme gehen in mir an, mein Magen dreht sich um und die Hand, die mein Handy umschlungen hält, zittert.

FUCK! Ich muss ...!

Sofort stürme ich vom Barhocker, falle beinahe auf die Fresse und renne, was das Zeug hält. Immer mal wieder bleibt mein Blick am Display kleben, ich bete, dass Lexie noch dran ist, dass das Telefonat nicht unterbrochen wird. Ich stoße die Tür zu den Treppen auf, nehme zielstrebig und schnell eine nach der anderen und ... renne mit Wucht in Reid hinein. *REID! Fuck!* Panisch schaue ich ihn an, fühle, wie mein Puls hochschnellt.

»Was ist passiert?« Sofort ist auch er in Alarmbereitschaft, er kennt mich zu gut und weiß mich zu deuten und zu lesen.

»Lexie«, bringe ich nur zähneknirschend hervor, weil ich die ganze Zeit daran denken kann, dass wir zu ihr müssen. »Ich erkläre dir alles im Auto, aber jetzt komm mit!«, brülle ich ihm zu, während ich bereits weiterlaufe. Höre ein ›Scheiße!‹, und schwere Schritte, die die Treppe eilig heruntergehen.

»Dein Auto oder meins?«, fragt mich der Bruder meiner Freundin, als wir auf dem Weg zum Ausgang sind.

»Meins, der hat mehr PS.« Ein Schnauben kassiere ich für die Aussage, war klar. Aber jetzt ist nicht die Zeit, um Späße zu machen.

Draußen empfängt uns eisige Luft und ich erzittere leicht. Oder liegt es am Adrenalin? Ich kann kaum noch atmen, mein Herz holpert, der Kopf flirrt, ich kann nicht denken. Ich will mir nicht vorstellen, dass … Mir bricht der Schweiß aus, läuft meinen Nacken und die Wirbelsäule hinunter, gleichzeitig spüre ich, wie mein Körper zu zittern beginnt. Und mir ist kotzübel, aber ich muss mich jetzt zusammenreißen. Ihr Schrei, das Letzte, was ich gehört habe, hallt noch immer in meinen Ohren wider.

Ich drücke den Knopf der Zentralverriegelung und der Wagen geht auf. Während ich einsteige, werfe ich Reid mein Handy zu. »Mach auf laut.«

Verwirrt schnallt er sich an und drückt auf den Lautsprecher. Ein Rauschen ist zu vernehmen, gefolgt von dumpfen Geräuschen. Ein weiterer Schrei lässt uns hochfahren.

»Was hast du mit ihr gemacht, du Wichser. Wenn das eins deiner kranken Spielchen ist, dann …!«, ruft Reid wutentbrannt.

Verfluchte Scheiße. Lexie, Baby, halte durch. Ich drücke das Gaspedal durch und fädele mich in den Verkehr ein. Bloß keinen Leichtsinn! Ich kann sie nicht retten, wenn wir einen Unfall bauen. »Ruf die Polizei an, Reid. Sie sollen zu euch nach Hause kommen. *Tu es endlich!*«, brülle ich und kralle mich am Lenkrad fest.

»Und danach erzählst du mir, was los ist.« Reid holt sein Handy aus der Hosentasche und wählt die 911, gibt die Daten durch und sagt, dass es um Leben und Tod geht, bevor er das Gespräch beendet. Seine Hand umschließt das Smartphone fest, zerquetscht es beinahe, als er mich aus blitzenden Augen anstarrt. »Sie schicken 'ne Streife hin. Was ist passiert?«

»Lexie hat mich angerufen. Ich ging ran und hörte nur, wie Sid etwas von Königin und auf Händen tragen gefaselt hat. Ich kann es nicht mehr wiedergeben. Der Wichser ist die ganze Zeit schon scharf auf sie gewesen. FUCK!« Ich schlage auf das Lenkrad ein, ärgere mich, dass ich nicht eher reagiert habe.

»Sid?« Sein Kiefer mahlt. Mein Freund sieht abgekämpft aus, doch nun tritt ein böser Glanz in seine Augen. »Ist das so eine dumme Aktion, damit er verschwindet und du und Lexie in den Sonnenuntergang reiten könnt?«

Wie das gruselige Mädchen im Exorzisten drehe ich langsam und bedacht meinen Kopf, ersteche ihn mit meinem Blick und schaue wieder auf die Straße.

»Okay, okay, hab verstanden. Aber er war in den letzten Tagen für mich da. Hat mich aufgeheitert, war ein Freund, weil du es ja nicht mehr sein wolltest.«

»Willst du mich verarschen, du Schwachmat? Der Wichser hat Lexie. Keine Ahnung, ob er sie verprügelt, ob er sie vergew… Fuck … Ob er sie umbringt! Und du denkst an Freundschaft? Was machst du, wenn dein Freund deine Schwester tötet, hä? Mann, wach auf. Der hatte nie eine Spur Interesse an dir, es ging ihm immer um Lexie.«

Bevor einer von uns noch mehr sagen kann, nehme ich mit quietschenden Reifen eine Kurve und parke direkt vor dem Wohnkomplex. *Scheiß auf Fußgängerverkehr. Alle sind egal.*

Sofort steigen wir aus und rennen die Treppen hoch zur Wohnung. Die Tür ist verschlossen, der geheime Schlüssel nicht an seinem Platz.

Panik bricht in mir aus. Mein Herz wummert mir heftig gegen die Brust. *Ich bring den Wichser um. Hacke ihm seine Hände ab, stecke ihm seinen Schwanz in die Fresse, wenn er ... ich muss die Tür aufbrechen.*

»Auf drei?«, brumme ich und bin mir nicht sicher, ob das meine Rippe mitmacht. *Scheiß drauf!*

»Auf drei!«

Wir nehmen etwas Anlauf und rennen gegen die Tür. Nichts passiert.

Fuck!

»Nochmal.«

Ich bin so verdammt wütend. Diese verfickte Tür steht zwischen uns und Lexie. Ein Stück Holz. Das darf doch nicht wahr sein!

Wieder nehmen wir Abstand und rennen los. Nun endlich gibt die Türzarge nach und bricht heraus. Reid tritt mit dem Fuß den Rest weg und wir schnellen in die Wohnung.

Keinen Moment zu früh. Sid befindet sich in der Küche, verteilt Benzin in der Bude. Übergießt auch Lexie, die leblos am Boden liegt.

»Ich bring dich um!«, brüllt Reid, schubst mich zur Seite und geht auf Sid los.

Ich kann mich kaum rühren, sehe nur, wie Blut die Arbeitsplatte besudelt.

Wut bricht aus mir heraus, heiß brodelt es wie Lava. Ein roter Nebel staut sich vor meinem inneren Auge auf. Verzweiflung sickert in meine Venen und Schmerz frisst sich in meine Eingeweide. Ich schalte auf Autopilot, versuche die Bilder abzuschütteln und gehe zu Lexie, knie mich vor sie und bette ihren Kopf in meinen Handflächen. »Beauty, mach die Augen auf. Komm schon.« Doch nichts, keine Regung.

Verzweifelt streiche ich über ihre blassen Wangen, will, dass sie die Lider aufschlägt, aber nichts passiert. Mein Herz wummert in der Brust, springt fast raus und zieht sich zusammen.

Ich überschaue die Küche, sehe, wie Sid in sich zusammengesunken an der Wand lehnt, über ihm mein bester Freund, die Hände an den Seiten zu Fäusten geballt.

»Reid?«, rufe ich in den Raum.

»Ja?« Schwer atmend, das Shirt mit Blut besudelt, die Fingerknochen aufgeschürft, kommt er zu mir.

»Bring Lexie hier raus. Ich warte, bis die Cops da sind, damit sie den Wichser einbuchten.«

»Okay, geht klar.« Er hebt sie auf seine Arme. »Alles wird gut, Lexie, versprochen«, murmelt er ihr zu und verlässt die Wohnung.

Ich stütze mich am Tresen ab, sehe das Blut, das an meinen Handflächen schimmert, und starre es an. »Lexie«, hauche ich, atme ein und aus, hoffe, dass es ihr bald wieder gut geht und die Verletzungen heilen. Zudem sticht meine Rippe erneut, denn auch das Adrenalin weicht aus meinen Adern.

Ein heftiger Schmerz erfasst mich. Zieht sich durch meine Kopfhaut und brennt sich in meine Augen. Ich gehe zu Boden und fasse mir an den Schädel. *Was passiert hier?*

»Du beschissener Bastard. Selbst jetzt noch stehst du mir im Weg.« Er tritt mir in die Seite, ich spüre, wie meine Rippe mal wieder protestiert und krümme mich zusammen. Die Luft wird stetig dünner und so langsam verschwimmt alles vor meinen Augen. Ich kann seinen Atem an meiner Wange spüren. Wie widerlich eklig er sich an diesem Bild aufgeilt. »Du wirst genau hier sterben. Denn nur dann kann ich Lexie endlich haben. Ich werde ihr Trost spenden, was sagst du?«

Ein *Klick* und etwas fällt zu Boden. Und plötzlich rieche ich es. Das Feuer. Den Qualm.

Innerhalb von Sekunden steht die Wohnung in Flammen und ich beginne zu husten. Die züngelnden Lichter ziehen ihren Weg, fressen sich in Möbel und Stoff. In all das, was der Bastard mit Benzin getränkt hat.

Mir wird schwindelig und schlecht. Doch ich mobilisiere meine letzten Kräfte, stehe langsam auf und sehe mich um. Sid ist im Wohnzimmer, sammelt etwas ein. Und das ist meine Chance.

In gekrümmter Haltung weiche ich dem Feuer aus, schleiche mich zu ihm, wobei ich ein Husten unterdrücke. Stelle mich hinter ihn und kicke in seine Kniekehle. Als er zu Boden geht, greife ich nach seinem Hals. Ziehe ihn auf den Teppich und drücke zu.

Mir ist es scheißegal, dass er zappelt. Auch, dass seine Augen riesig werden und hervortreten, interessiert mich nicht und erst recht nicht, dass ich das Knistern des Feuers wahrnehme, wie es sich um uns ausbreitet und ich dabei den Rauch in die Lunge einziehe. All das prallt an mir ab. Alles, was ich vor mir sehe, ist der rote Schleier der Wut. Ich bin verdammt angepisst. »Du wirst sterben und wenn es das Letzte ist, was ich heute tue.« Meine Finger zucken und er bäumt sich auf. Versucht verzweifelt, meine Hand von seiner Kehle zu nehmen. Ich habe es fast geschafft, doch dann ...

Zwei Arme greifen um meine Achseln und ziehen mich von dem Scheißkerl weg. Ich winde mich, will zurück zu ihm, damit ich ihm endlich das Leben auslöschen kann. Damit meine Wut verfliegt. Damit ich normal atmen kann.

Doch ein Feuerwehrmann sieht mich durch seine Maske an und deutet mit zwei Fingern auf meine Augen und zur Tür.

Ich verstehe ja, bin nicht blöd. Vielleicht sollte ich ihm einfach die Kehle aufschlitzen und beenden, was ich angefangen habe. Ah, zu spät. Zwei Retter kümmern sich bereits um den Haufen Scheiße, tragen ihn davon.

Humpelnd, hustend und mir die Hand vor den Mund haltend, schleppe ich mich die Treppen hinunter, werde von einem Firefighter begleitet. Erst, als die frische Luft durch meine Lunge strömt, erzittere ich. Mir ist kalt und ich fröstle. Eine Gänsehaut bildet sich auf meiner Haut.

Ich ignoriere den Typen neben mir und laufe, so schnell ich kann zu einem Rettungswagen. Reiße die Türen auf und schaue nach, ob Lexie und Reid dort sind. Erst beim dritten Wagen finde ich sie.

»Was ist mit ihr?«, keuche und huste ich.

»Wir müssen sofort ins Krankenhaus fahren. Und Sie müssen auch behandelt werden«, meint ein Sanitäter und deutet auf mich.

»Fahren Sie, wir kommen gleich nach.« Reid steigt aus und läuft an mir vorbei, Richtung Auto. »Kommst du?«

Wie an unsichtbaren Schnüren folge ich ihm. Es erschreckt mich, dass ich in diesem Augenblick so die Kontrolle abgebe.

»Du bist ja mutig«, brummt er, als er sieht, dass die Schlüssel im Auto liegen.

Wieder kommentiere ich nichts, setze mich auf das Leder und atme durch. Neben mir klackt ein Feuerzeug, der Motor summt unter unseren Ärschen und mir wird ein Flachmann vor die Linse gehalten, den ich jedoch ablehne. Noch immer spüre ich das Kratzen in meinem Hals, habe das Gefühl, dass es beim Atmen rasselt.

Was passiert hier mit mir? Seit wann bin ich so passiv? So eine Scheiße, echt. Doch egal, wie ich es drehe und wende, ich kriege es nicht hin, den Unnahbaren zu spielen. Beherrscht zu sein. Ich schaue zu Reid, auf dessen Stirn sich Sorgenfalten bilden. Seine Lippen sind zu einer schmalen Linie zusammengepresst und die aufgeschürften Knöchel erinnern mich an das, was eben geschehen ist.

»Ist er tot, was denkst du?«, frage ich ruhig.

»Ich hoffe es für ihn.« Er nimmt noch einen kräftigen Schluck, bevor er den Flachmann zudreht und in die Mittelkonsole stopft.

»Wie gehts dir?«, entschlüpft mir ohne darüber nachzudenken. Es ist wie ein Freaky Friday. Normalerweise müsste ich auf dem Fahrersitz sitzen. Ich bin der Abgeklärte, der, der sich prügelt. Ich müsste ihn stützen, denn seine Schwester wurde verprügelt. Und wer weiß, auf was für kranke Ideen der Scheißkerl noch gekommen wäre. Stattdessen kümmert Reid sich um mich. Er fährt uns und er sorgt dafür, dass ich einen klaren Kopf bekomme. Dass ich die Kontrolle über die Situation abgebe.

Ungläubig lacht er auf, es klingt nicht echt und hohl. »Wie soll es mir gehen, hm? Meine Kleine wurde von dem Mann angegriffen und begrabscht, den ich als Freund betrachtet habe. Offensichtlich besitze ich keine Menschenkenntnis mehr. Meine Wohnung ist abgefackelt worden. Mit all meinen Sachen darin. Mein bester Freund wird zum Wrack, um das man sich kümmern muss, was auch nie seine Art war. Und ich, ausgerechnet ich, muss rational denken, darf mich nicht von meinen Gefühlen leiten lassen, denn sonst ist ja keiner mehr bei klarem Verstand.«

»Es tut mir leid, Reid.«

Sein Blick schwenkt flüchtig zu mir, bevor er sich wieder auf die Straße konzentriert. Die Abfahrt zum Krankenhaus erscheint und er biegt scharf links ab. »Das Wichtigste ist Lexie. Wir reden, wenn das vorbei ist.«

Ich nicke als Bestätigung, auch wenn er es nicht sieht.

Auf dem Parkplatz angekommen, halten wir uns nicht an die Vorschriften und nehmen gleich zwei auf einmal, steigen aus und gehen ins Gebäude hinein. An der Information fragt Reid nach dem Zimmer seiner Schwester. Ungeduldig lehne ich mich an den Tresen und trommle mit den Fingern darauf. Die Arzthelferin schaut mich missbilligend an, doch das interessiert mich nicht.

»Miss Brooks wird noch behandelt, ist dann aber im zweiten Stock, Zimmer fünfundfünfzig zu finden. Der Arzt kommt auch nach den Checks und der Versorgung zu ihr. Gerne können Sie dort warten.«

Sofort eilen wir zum Aufzug und fahren hoch, orientieren uns nach dem *Ping* an den Nummern an den Wänden und suchen ihre Tür.

Reid drückt die Klinke herunter und tritt ein. Wir setzen uns auf die Stühle an einem kleinen Holztisch und warten. Nach scheinbar endlosen Minuten geht die Tür auf und Alexandra wird von einer Schwester reingeschoben, ihnen folgt der Doc. Zart und blass liegt sie in ihrem Bett. Ein Verband um ihren Kopf und im Arm steckt eine Infusionsnadel. Sie sieht so friedlich aus und doch, wenn ich bedenke, was sie heute alles erlebt hat …

»Wissen Sie was Neues?«, kommt mein Freund direkt auf den Punkt, was sie auseinanderfahren lässt.

Geschäftig zückt der Arzt sein Klemmbrett und richtet das Wort an uns: »Miss Brooks hat großes Glück gehabt. Sie war zwischenzeitlich wach, doch wir haben ihr angesichts der Schmerzen und ihres Zustands etwas gespritzt, was sie schlafen lässt. Die Tritte in den Magen haben ein paar Hämatome verursacht, jedoch keine inneren Verletzungen. Sie hatte viele Platzwunden am Hinterkopf, die genäht werden mussten, wahrscheinlich auch eine Gehirnerschütterung durch den Aufprall. Aber sie ist stabil, das ist die Hauptsache. Zur Beobachtung würde ich Miss Brooks gerne zwei Tage hierbehalten. Es ist wichtig, dass sie auch nach der Entlassung unter ständiger Beobachtung steht.«

»Alles klar, danke Doc.« Mein bester Freund wendet sich mir zu.

»Bleibst du bei ihr? Ich muss unsere Eltern anrufen. Bin gleich wieder da«, raunt er mir erschöpft zu und ich nicke.

Sobald alle den Raum verlassen haben, entweicht all die Anspannung, all der ganze Scheiß, das Adrenalin, die Sorgen. All das verfliegt und ich fühle mich so unendlich müde. Und fuck, ich gestehe mir ein, dass ich zum ersten Mal in meinem Leben wirklich Angst hatte. Absolute Panik, Lexie zu verlieren.

Ich setze mich auf die Bettkante und streiche ihr über die Stirn. Federleicht, weil ich Schiss habe, sie aufzuwecken. Der Doc hat gesagt, sie muss sich ausruhen und deshalb tue ich nichts, was sie aufregen könnte. Ich betrachte sie eine Weile, sitze nur da und starre sie an.

Lexie ist der Inbegriff von Perfektion für mich. Ihr Wesen, ihre Art, ihr Sexappeal. Die Art, wie sie mich zum Lachen bringt und mir das Gefühl gibt, vollkommen zu sein. Zum ersten Mal in meinem ganzen Leben realisiere ich, was Liebe wirklich bedeutet. Und dass kein Club, kein Geld der Welt mir das geben kann, was sie mir schenkt.

Wer hätte gedacht, dass ich jemals solche Gedanken haben würde? Ich nicht. Eher hätte ich mir eine Schlampe nach der anderen genommen, um mir genau das Gegenteil zu beweisen.

»Ich liebe dich, Alexandra Brooks. Du hast es tatsächlich geschafft. Hast die Waffe geladen und direkt in die Mitte dieses schwarzen, verbohrten Herzens geschossen. Dabei bin ich der bessere Schütze von uns beiden. Ab jetzt, mein Kätzchen, sorge ich dafür, dass du das Leben erhältst, das du verdienst. Ich verspreche dir, dass ich das mit Reid kitten werde. Und wenn ich ihm den Arsch pudern muss.«

»Das ist widerlich, Creed. Selbst für deine Verhältnisse.«

Erschrocken zucke ich zusammen und sehe meinen alten Freund mit einem Verband um seiner Hand am Türrahmen lehnen. »Kann man nicht mal etwas Privatsphäre haben?«, brumme ich und hasse es, dass er all die Dinge gehört hat.

Er stößt sich ab und setzt sich auf die andere Bettkante. Betrachtet Lexie und Wehmut erfasst seine Augen. Ein Schleier legt sich auf sie. »Wir werden Regeln haben.«

Verwirrt hebe ich eine Augenbraue und starre ihn an.

»Ich habe absolut keine Ahnung, wie ich das verkraften soll, euch ständig turtelnd zu erleben. Also brauchen wir Regeln. Und wenn du ihr jemals wehtun solltest, Creed. Ich schwöre, bei allem, was mir heilig ist, ich kille dich. Ich werde nur dafür eine Waffe in die Hand nehmen und dich umbringen.«

Ich glaube ihm jedes Wort und nicke. »Verstanden.«

»Also ist es nicht vorbei?«, fühle ich vor und hebe leicht einen Mundwinkel.

»Das war es nie, du Penner.«

KAPITEL

36

Lexie

»Wie geht es dir heute Morgen, Dickschädel?«

Genüsslich strecke ich mich, haue Creed dabei meinen Ellenbogen an den Kopf. Natürlich ganz aus Versehen.

»Aua! Wofür war das jetzt?«

»Für Gemeinheiten.«

Schelmisch grinst er mich an. Dafür kassiert er einen grimmigen Blick von mir und doch lasse ich zu, dass er mich umdreht und in seine Arme zieht. In Löffelchen-stellung kuscheln wir, genießen die Nähe des anderen, die für uns nach dem Vorfall mit Sid vor zwei Wochen nicht mehr selbstverständlich ist.

»Wie gehts dir, Kätzchen?«, haucht er und schmiegt sein Gesicht in meine Halsbeuge.

Wer von uns beiden ist nochmal die Katze? »Besser. Es zwickt zwar noch ein bisschen an der Stirn, aber die Kopfschmerzen sind weg.«

Seine Hand gleitet zu meinem Bauch und streicht hauch-zart über meine Haut. Genießerisch schließe ich die Augen.

»Und ganz bald bist du wieder gesund.«

Ich nicke.

»Dann kann ich dich endlich komplett spüren.«

»Mhmm ...«, schnurre ich.

Langsam und in kreisenden Bewegungen streicht er in Richtung meiner Mitte. »Wir könnten wieder in den Club.«

»Ja«, hauche ich. Meine Stimme rau von der Lust, die Creed mit seinen Berührungen in mir auslöst.

»Wir könnten anderen dabei zusehen oder lassen andere bei uns zusehen.«

Ich keuche und drücke mich seiner Hand entgegen, die mittlerweile bei meinem Unterleib angekommen ist.

»Wir haben noch vier Räume, die wir nicht ausprobiert haben.« Liebevoll beißt er mir in die Halsbeuge und leckt anschließend über die Stelle, was einen heißen Schauer über meinen Rücken sendet. Zwischen meinen Beinen pocht es, kribbelt vor Lust. »In welchen wollen wir denn zuerst?« Seine raue Stimme bringt mich noch um den Verstand. Vor allem, wenn sie so voller Begierde ist, wie in diesem Moment. »Wir könnten den Mirror Room austesten, der hat dir beim Zuschauen gefallen.« Er gleitet tiefer. Millimeter liegen noch zwischen seinen Fingerspitzen und meiner Klit. »Oder wir lassen dich im Ice Room etwas abkühlen. Da könnte ich mit dem Eis spielen, dir zeigen, wie erotisch es sein kann, mit Kälte stimuliert zu werden. Und auch da könnte man unsere Session von außen beobachten.«

Er umkreist den Kitzler, baut die Spannung weiter auf. Ich zittere und drücke ihm mein Pussy entgegen, in der Hoffnung, dass er endlich das Bündel aus Nerven berührt.

»Es gibt auch noch das Doctor's Room, wo ich dich auf den Stuhl schnallen und mit allerhand Spielzeug deine Grenzen ausloten könnte. Dort sind besonders viele für Frauen deponiert, die auch dir gefallen werden.«

Kurz gibt er mir, wonach ich verlange, streicht über meinen Kitzler. Stöhnend gehe ich ins Hohlkreuz, drücke mich Creed weiter entgegen. Viel zu schnell ist es vorbei, seine Finger auf der anderen Seite. Dort fährt er weiter nach unten, meine Schamlippen entlang.

»Wenn es dir aber mehr auf Herzen und Vanillasex ankommt, gehe ich ausnahmsweise auch mit dir in den First Love Room. Egal, wie kitschig er ist, ich kann dir garantieren, ich finde eine Lösung, damit es nicht zu soft wird.«

Mit einem Finger gleitet er zwischen meine Schamlippen, verreibt meine Feuchtigkeit und dringt dann in mich ein. Mein kompletter Körper prickelt, erzittert. Langsam zieht er ihn wieder hinaus. Das Gefühl, leer zu sein, überkommt mich. Ich vermisse ihn in mir.

»Welcher Raum wird es werden, Kätzchen?« Er stellt seine Liebkosungen ein, lässt seine Hand nur auf meiner Scham ruhen. Es treibt mich an den Rand der Verzweiflung.

»Bitte, Creed«, bettle ich und kreise mein Unterleib, reibe mich an ihm.

»Antworte mir.« Die Tonlage in seiner Stimme ist nun härter. Insgeheim nenne ich sie seine Domstimme, mit der er mir immer dann Befehle gibt, wenn ich nicht sofort gehorche. »Welchen Raum, Alexandra.«

»Ice Room.«

Er nimmt die Liebkosung wieder auf. Streicht über meinen Eingang, gleitet mit zwei Fingern hinein und hinaus. Benetzt sie mit meiner Feuchtigkeit, ehe er zu meiner Klit hochfährt und sie hart reibt. »Gute Wahl, Kätzchen.«

Fest kneift er in meinen Kitzler. Schmerz durchzuckt mich. Spitz schreie ich auf. Sofort kreist er sanft über die empfindliche Stelle, vertreibt den Schmerz und wandelt ihn in unbändige Lust. Das Kribbeln in meinem Unterleib wird stärker, lässt mich vor Verlangen beben.

Creed bewegt seinen Arm, auf dem mein Kopf gebettet ist, winkelt ihn an und legt seine freie Hand auf meine Brust, knetet und massiert sie. Reize von oben und unten fluten meinen Körper, verbinden sich zu einem Ball auf, der kurz vor dem Platzen ist. Nur noch ein bisschen und ich zerspringe in tausend Einzelteile.

Er scheint zu bemerken, dass ich knapp davor bin zu kommen, aber noch ein letztes Fünkchen fehlt, um endgültig zu zerbersten. Seine Zähne graben sich tief in mein Hals, er drückt mein Nippel zusammen. Creed trifft genau den schmalen Grat zwischen Schmerz und Lust und katapultiert mich über die letzte Schwelle.

Ich zerspringe, nur um dann von ihm wieder zusammengesetzt zu werden. Unkontrolliert zittere ich in seinen Armen, stöhne und keuche.

Nur langsam ebbt der Orgasmus ab und auch meine Atmung beruhigt sich allmählich. Ich zucke zusammen, als er meinen Nippel loslässt. Er reibt ihn, entschädigt ihn dafür, dass er so hart zu ihm war. Liebkosend streicht seine Zunge über die Abdrücke, die seine Zähne hinterlassen haben. Und zu meinem Bedauern verschwinden auch seine Finger von meiner Klit.

Er schlingt seine Arme um mich, küsst sich meinen Hals entlang, bis zu meinem Ohr. »Ich liebe dich, Kätzchen.«

Mein Herz stolpert. Es ist noch immer surreal, ihn das sagen zu hören. Wer hätte auch gedacht, dass er sich ausgerechnet in mich verliebt? »Ich dich auch, Creed.«

Ich drehe mich in seinen Armen, schmiege mich an ihn, wobei mir sein Ständer in den Bauch drückt. Schmunzelnd drücke ich meine Lippen auf seine, küsse ihn. Unsere Zungen fingen zueinander, umspielen und necken sich. Mit der rechten Hand gleite ich zwischen uns hinunter, umfasse seinen Schwanz. Er keucht in meinen Mund. Quälend langsam fahre ich an ihm hoch und runter.

Seine Zungenschläge werden wilder, drängender. Sein Penis zuckt in meinen Fingern, wird noch härter. Ich beschleunige meine Bewegungen, seine Atmung wird schneller. Und es dauert nicht lange, da kommt er knurrend zum Orgasmus, spritzt ab. Trifft seinen Bauch und mich. Warm läuft mir sein Sperma die Hand hinunter.

Creed beendet den Kuss, lehnt seine Stirn an meine. »Fuck, zwei Wochen ohne Sex war verdammt hart. Lass uns in Zukunft darauf achten, dass sich niemand von uns verletzt, okay?«

Bebend vor Lachen nicke ich. »Deal.«

Er haucht mir einen Kuss auf die Stirn und lässt sich dann auf den Rücken fallen.

»Frühstück ist fertig«, dringt Reids Stimme durch das Holz ins Zimmer.

Creed schaut an sich hinunter und ruft dann zurück: »Wir kommen gleich.«

»Ich hoffe, du meinst *erscheinen*, denn ich will nicht wissen, ob du kommst.«

Fest beiße ich mir auf die Lippen, verhindere, dass ich schallend zu lachen anfange. Wenn mein Bruder nur wüsste.

»Gib uns nur einen Moment.«

Spöttisch sehe ich Creed mit einer hochgezogenen Augenbraue an. »Einen Moment? Du brauchst eher ein paar mehr, oder willst du so da raus?«

»Selbstverständlich nicht, aber ich muss deinem Bruder wohl kaum unter die Nase reiben, dass ich erst meine Wichse abduschen muss.«

»Du hast recht, das solltest du ihm lieber nicht sagen, sonst wird es mit dem ›nicht mehr verletzen‹ nichts.«

Wir verlassen das Bett und verschwinden im angrenzenden Bad. Fix duschen wir uns die Spuren unserer Intimitäten ab, putzen uns die Zähne und schlüpfen in unsere Kleidung. Erst als nichts mehr auf Sex hindeutet, gehen wir zu Reid in die Küche.

Skeptisch mustert er uns, wie wir händchenhaltend hineinkommen.

Noch ist es ungewohnt für uns alle. Da Sid Reids Wohnung abgefackelt hat, ist ihm nichts anderes übriggeblieben, als sich mir anzuschließen und mit zu Creed zu ziehen. Zuerst wollte er in einem Hotel unterkommen, den Zahn habe ich ihm aber schnell gezogen. Hier ist mehr als genug Platz für uns alle, warum also unnötig Geld ausgeben?

Ein Gutes hatte es, dass Sid mich angegriffen hat und umbringen wollte. Die beiden Deppen, die mir am meisten bedeuten, haben sich ausgesprochen und wieder zueinandergefunden.

Was die Angst, jemanden zu verlieren, ausmachen kann. Schon im Krankenhaus, wo ich wegen meiner Verletzungen eine Woche beobachtet wurde, musste Reid damit klarkommen, dass Creed keine Sekunde von meiner Seite weicht. Natürlich hat es regelmäßig zu Diskussionen geführt, letztendlich haben aber beide eingesehen, dass meine Gesundheit Vorrang hat.

»Guck nicht so, Bro, das ist noch harmlos. Wenn du wüsstest, wo die Finger eben erst waren.«

Angewidert verzieht mein Bruder sein Gesicht. Ich dagegen boxe meinem Freund gegen den Arm. »So etwas kannst du doch nicht sagen.«

»Wieso nicht, Kätzchen? Hat es dir etwa kein Spaß gemacht, was ich getan habe?«

»Too much information.« Reid gibt Würgelaute von sich. »Sie ist meine kleine Schwester, Creed!«

»Hör nicht auf den Spinner, Brüderchen. Er will dich nur auf den Arm nehmen.« Ich ziehe meine Hand aus Creeds und setze mich auf den Stuhl neben meinem Bruder, lehne meinen Kopf an seiner Schulter. »Wenn du nicht darauf eingehst, macht es ihm irgendwann keinen Spaß mehr. Es ist wie bei kleinen Kindern, bauen sie Scheiße und kriegen dadurch Aufmerksamkeit, tun sie es immer wieder.«

»Hey, solltest du nicht auf meiner Seite sein?« Gespielt entrüstet nimmt er mir gegenüber Platz.

»Sorry, Bro, manchmal ist Blut dicker als Wasser.«

»Tzzz ... Frag sie morgen mal, was dicker war.«

»Creed!«, rufe ich empört aus.

»Okay, ich höre ja schon auf. Zumindest für den Moment.«

»Danke.«

»Wie geht's dir heute?«, fragt Reid mich.

»Wieso fragt ihr mich das ständig?«

»Na ja, du wurdest gestalkt, angegriffen, verprügelt und beinahe umgebracht, da ist so eine Frage doch angebracht, oder? Außerdem machen wir uns nur Sorgen um dich.« Liebevoll sieht er mich an.

Ich erwidere den Blick und schaue dann zu Creed. Auch in seinen Augen steht die Liebe für mich geschrieben.

Mein Herz geht auf und ich kann mir in dem Moment nichts Besseres vorstellen, als mit den beiden gemeinsam am Frühstückstisch zu sitzen. Es ist etwas ganz Normales und doch ist der Weg bis hierhin kein einfacher gewesen.

Wird es auch in Zukunft nicht sein. Einiges muss noch geklärt, vieles noch ausgesprochen werden, und der Prozess mit Sid steht noch an, damit er hoffentlich für lange Zeit in den Bau muss. Es müssen Regeln aufgestellt werden und vielleicht sollten wir uns darauf einigen, wer wann in den Club geht, damit man sich dort nicht begegnet.

Aber ich bin guter Hoffnung, dass wir das alles gemeinsam meistern werden. Als Einheit und Team.

Der erste Schritt ist getan. Jetzt wird die Zukunft zeigen, wie es mit uns weitergehen wird.

EPILOG

1 JAHR SPÄTER

Reid

»Warum kann ich nicht selbst fahren und vor allem, warum nehmen wir meinen Wagen?« Angefressen puste ich den Rauch meiner Zigarette aus dem heruntergelassenen Fenster. Ich sitze auf einer verfickten Rückbank. Ich kann es nicht fassen! Wieder ziehe ich an meiner Fluppe und inhaliere das Nikotin.

Mein bester Freund hebt mahnend eine Augenbraue im Rückspiegel und ich tue es ihm gleich. Den Blick, den ich ihm zuwerfe, kann er wegen meiner Sonnenbrille nicht sehen.

»Und warum muss ich eigentlich meinen Arsch hinten parken?« Auch so eine Sache, die mich am heutigen Tag tierisch aufregt. Seit Lexie und mein Partner sich offiziell gegenseitig die Mandeln ablecken, schiebe ich das fünfte Rad am Wagen vor mir her.

Ja, ich freue mich für die Zwei.

Ja, ich habe mich damit mittlerweile abgefunden.

Und ja, Gott sei fucking Dank, gibt es die Regeln, an die sich beide halten:

1. Meine Augen werden von ihren nackten Körpern verschont.

2. Ich werde nicht ein einziges Mal Zeuge einer Session zwischen meiner Schwester und Creed sein.

3. Ich habe weiterhin meine Geschwisterzeit mit Lexie.

4. Ich habe weiterhin meine Bro-Zeit mit Creed.

5. Sie benutzen um Himmels willen immer Verhütungsmittel. Ich bin ganz sicher noch nicht bereit, Onkel zu werden.

6. Sollte Creed ihr jemals wehtun, darf ich ihm mit ihrer Waffe in die Eier schießen.

»Ich beantworte dir all deine Fragen mit einer Gegenfrage, okay?« Meine Schwester dreht sich leicht in ihrem Sitz und blickt über die Mittelkonsole zu mir nach hinten. »Wer hat gestern so viel getrunken, dass er abgeholt und nach Hause gefahren werden musste?« Belustigt funkelt sie mich an und obwohl ich dagegen argumentieren will, weiß ich, sie hat recht. Es wurde spät gestern bei Creed und mir. Mit dem Unterschied, dass er sich zurückgehalten hat, während ich mir mal wieder alle Lampen ausgeknipst habe.

Ich feiere und trinke nun einmal gern. Achselzuckend und schweigend lehne ich mich zurück. Werfe ihr aber dennoch einen bösen Blick zu.

»Ach komm schon, Kumpel. Es ist sicherer für uns alle, wenn ich uns zu meinen Eltern fahre, und dein Auto ist größer, meiner nur ein Zweisitzer.«

Ja, da gebe ich ihm definitiv recht. Ein Schauer läuft mir über den Rücken, wenn ich nur daran denke, dass Lexie uns hätte kutschieren müssen.

»Was soll das heißen, hm?« Natürlich hat sie den Wink verstanden, denn meine Schwester ist schlau und weiß genau, wie das gemeint war.

»Kätzchen, ich liebe dich. Aber es gibt nun mal Dinge, die solltest du einfach nicht tun. Mir widersprechen, zum Beispiel, oder Auto fahren.«

Er nimmt seine freie Hand und tätschelt ihren Oberschenkel. Sie grummelt etwas, was wir beide nicht verstehen, und lehnt sich zurück.

Auweia, das wird hart werden, sie nachher zu beschwichtigen, Bro. Ich ziehe erneut an meiner Kippe und werfe sie dann aus dem Fenster, lasse den Rauch ebenfalls hinausweichen und schließe es wieder. »Aber wir hatten durchaus was zu feiern«, murmle ich, um die Stille im Wagen zu füllen.

»Japp. Bald ist der neue Club fertig. Ich kann es kaum erwarten, ihn endlich zu sehen.«

Wieder tauschen wir einen Blick im Spiegel und ich hebe einen Mundwinkel. Unser zweites Baby. Das *Never Forget*. Es wird atemberaubend. Sinnlich. Verführerisch. Heiß. Und vor allem in einer neuen Stadt.

Dallas' Frauen sollen der Hammer sein. Innerlich reibe ich mir die Hände, denn ich liebe Sex. Ich liebe die Weiber und sie lieben mich. Ich weiß auch überhaupt nicht, warum Creed das alles für eine monogame Beziehung aufgeben wollte.

Angewidert verziehe ich den Mund. Okay, letztendlich hat er es für meine Schwester getan, was ich ihm hoch anrechne. Aber ich werde niemals, und ich betone es, *niemals* nur eine Lady in meinem Leben haben. Nein, danke.

Wir halten am Haus der Familie Colemann an und steigen aus. Ach ja, es ist Sonntag, der erste dieses Monats und das bedeutet leckeres Essen von Creeds Mom und teuren Whiskey von seinem Dad. Beides Attribute, die ich sehr zu schätzen weiß.

Mein Kumpel schließt die Tür auf und nimmt Lexie an die Hand, ich hänge die Sonnenbrille an den Kragen meines Polos und trete ebenfalls ein, schließe die Tür hinter mir und folge den Stimmen.

»Da seid ihr ja endlich! Ich habe euch vermisst«, freut sich die Hausherrin. Sie umarmt Lexie stürmisch, hat meine Sis von Anfang an fest in ihr Herz geschlossen. Dann gibt's einen Schmatzer für ihren Sohn und zu guter Letzt ... »Reid, mein Junge. Du bekommst immer mehr Muskeln, ist das nicht ungesund?« Tadelnd wirft Mira mir einen Blick zu und ich zwinkere sie an.

»Aber, aber. Die Ladys lieben das doch«, scherze ich und nehme sie ebenfalls fest in den Arm.

»Gut, gut, dann kommt mal mit ins Esszimmer, ich habe schon alles vorbereitet und muss nur den Braten aus dem Ofen holen. Brandon, Schatz. Die Kinder sind da.«

Wir gehen den Flur entlang und auf direktem Wege hinein ins Getümmel. Der inzwischen eineinhalb Jahre alte Vincent flitzt auf einem kleinen Laufauto um den Tisch, der Lutscher Chester sitzt neben Brandon und schaut in die Zeitung. Noch immer wie ein süßer Chihuahua, der nach Aufmerksamkeit lechzt. Und Creeds Schwestern Melissa und Beatrix sitzen ebenfalls schon am gedeckten Tisch und unterhalten sich.

»Junge«, freut sich Brandon, steht vom Stuhl auf und umarmt seinen Sohn. Auch Lexie drückt er herzlich und ich werde mit einem Handschlag begrüßt. »Los, setzt euch. Das Essen müsste jede Minute so weit sein. Cognac? Whiskey? Reid, auf dich kann ich doch zählen, oder?«

Schelmisch grinsend lehne ich mich zurück und schwinge einen Arm um die Lehne des Stuhls neben mir. »Natürlich kannst du das, Brandon. Such was Hübsches davon aus.«

»Zum Essen?«, echauffiert sich Creeds Mom, die einen Schmortopf in die Mitte des Tisches stellt. »Weißt du, ich finde ja, du trinkst ganz schön oft. Unser Sohn erzählt gerne von euren Feiern und dass du mal einen über den Durst kippst. Das ist nicht gut, Reid Marshall. Wie sollst du denn eine Frau finden?«

Fast hätte ich mich an meiner Spucke verschluckt, die angesichts des duftenden Fleischs vor meiner Nase beinahe aus meinem Mundwinkel getropft wäre. Langsam drehe ich meinen Kopf zu meinem sogenannten besten Freund und am liebsten würde ich das Messer nehmen, und es ihm ins Bein stechen. »Soso, was erzählt unser Creed denn sonst noch?«

»Ach, dies und das«, redet er seiner Mom dazwischen. *Feigling!*

Mira setzt sich auf ihren Platz, ihr Mann kommt nun auch wieder zurück und schenkt mir einen Whiskey ein.

»Danke, Brandon«, freue ich mich und nehme sofort das Glas in die Hand. Gierig trinke ich einen Schluck der bernsteinfarbenen Flüssigkeit und stelle es wieder ab. Erst dann wird mir bewusst, dass alle Augen auf mich gerichtet sind. Argwöhnisch schaue ich mich um. »Was?«

»Reid ...« Mira räuspert sich, schneidet geschäftig den Braten an. »Ich habe da ganz wundervolle Freundinnen, die Töchter in deinem Alter haben. Und wie es der Zufall will, habe ich gerade gestern erfahren, dass eine dieser Töchter sich getrennt hat. Ich finde, du solltest sie etwas aufheitern. Geh doch mit ihr ins Kino oder an den Strand? Macht ihr jungen Leute das nicht heutzutage?«

Ich weiß ehrlich gesagt nicht, was ich denken soll. Am liebsten will ich mich mit der Bratensauce ersaufen.

Oder den Whiskey aus der Flasche trinken. Ich könnte mir auch vorstellen, eine Verletzung vorzutäuschen, um das Haus zu verlassen.

Ich räuspere mich, sehe zu meinem Freund, der sich nur schwer das Lachen verkneifen kann und die Faust vor den Mund schiebt. »Das ist sehr nett, Mira, aber ich habe zurzeit so viel zutun, ich bin gar nicht in der Lage, einer Frau die Zeit zu schenken, die sie verdient.«

Ein Hauch Bedauern legt sich über ihre Augen und das tut mir doch leid. Moms darf man eigentlich nie enttäuschen. »Na gut«, seufzt sie und lehnt sich im Stuhl zurück. »Aber sobald dein Job es zulässt, sagst du mir Bescheid, ja? Ich habe ganz wundervolle Mädchen für dich, die werden dir guttun. Nicht immer diese Betthasen, die aussehen, als wenn sie aus Plastik sind.« Kopfschüttelnd wendet sie sich den anderen zu. »So, ihr Lieben. Lasst uns anfangen.«

Die Hausherrin hat gesprochen und jeder weiß, am Tisch der Colemanns herrscht striktes Redeverbot während des Essens. Also schlucke ich einen sarkastischen Kommentar hinunter und werde mich ganz sicher nicht zu irgendwelchen Dates mit Landmiezen treffen. Auch mein Schwanz hat Ansprüche! Dann warte ich lieber, bis ich in Dallas bin. Denn dort werde ich auf alle Fälle ein paar Betthasen finden. So ist es immer. So wird es auch immer sein.

Mein Blick gleitet zu Creed und meiner Schwester, die sich anhimmeln. Egal, was auch passieren mag, solange ich diese zwei Menschen in meinem Leben habe, schaffe ich alles. Und solange diese zwei Turteltauben sich haben, bin ich glücklich.

DANK-SAGUNG

Puh … was gibt es zu sagen? Einige erahnen es ja jetzt schon, wenn ihr zu diesem Punkt gekommen seid. Reid, er bekommt seine eigene Geschichte. Und das war eigentlich gar nicht geplant :D Am Anfang unserer Reise ins Never Regret, war er für uns einfach der Halbbruder von Lexie. Doch plötzlich entwickelte dieser Kerl sich zu einem absoluten Favoriten. Wir lieben seine Art, seinen Charme und seine kleine aber feine dunkle Seite. Wir sehen uns also schon bald wieder … im Never Forget.

Eine Danksagung gilt ja vor allem in erster Linie den Menschen zu huldigen, ohne die das alles nicht möglich gewesen wäre.

Angefangen bei Denise, unserer Lektorin. Du bist wirklich ein Goldschatz in so vielen Belangen. Rockst das Ding mit uns in so kurzer Zeit und dafür sind wir dir auf ewig dankbar! Selbstverständlich haben uns deine Kommentare super zum Lachen gebracht und angespornt.

Bianca, dein Cover. Wir mussten es damals bei dir kaufen und das, ohne zu ahnen, wie weit wir bereit waren, uns mit der Story aus der Komfortzone hinauszuwagen. Deine Arbeit ist wirklich der Wahnsinn. Chapeau.

Fatoş und Jane S. Wonda, ihr wundervollen Menschen. Habt uns durch das WonderVersum wirklich im wahrsten Sinne des Wortes den Arsch gerettet. Und wir sind euch ebenfalls so dankbar, dass ihr Wiebke geschickt habt. Denn du, Wiebke, bist eine Granate! Eine absolute Korrekturfee und bei Gott, genau das, was wir brauchten :D So viel von deinen Tipps aufgesaugt wie einen Schwamm. Beschte!

Natürlich sind auch Testleser so so wichtig. Dort habt ihr, Nadine und Ela uns großartig unterstützt. Auch dafür einen fetten Knutscher an euch!

Zu guter Letzt, danke an unsere fabelhaften, gigantisch geilen Blogger und euch Leser da draußen. Ihr seid mit Lexie ins Never Regret gegangen, habt gesündigt, genossen und gefühlt. Am Ende jedoch, seid ihr mit Alexandra hinausgegangen und habt euer Herz verschenkt.

Wir sehen uns in Dallas und mit Reid.
Danke!
Eure Daphne & Kerrin

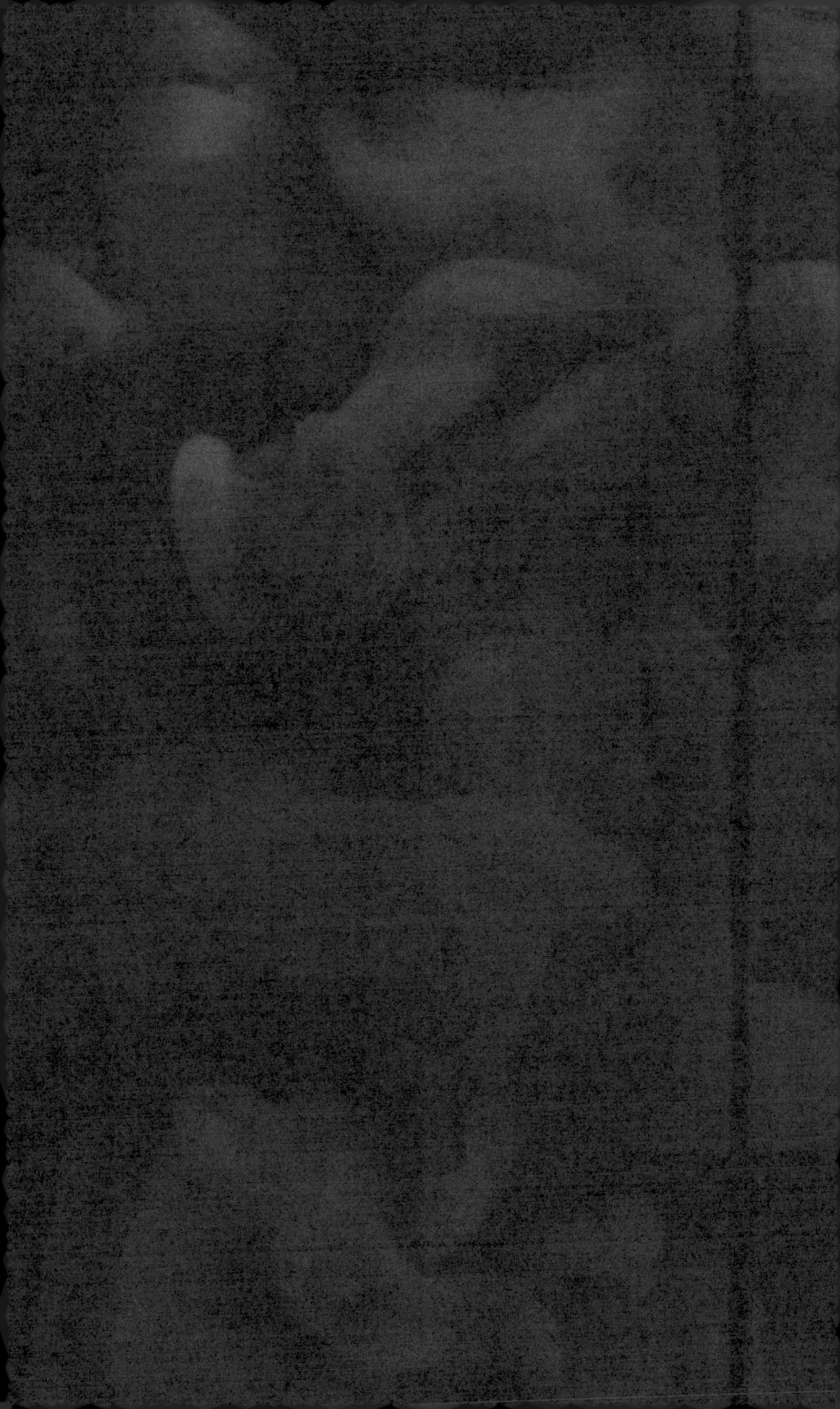

Die Autorinnen

Daphne Bühner und Kerrin Gossow leben und
arbeiten auf der schönen Nordseeinsel Sylt.
Seit dem Babyalter vereint, schreiben sie jedoch
erst seit 2019 gemeinsam Romane.
Sie betiteln sich selbst als „Pinky & the Brain", da
sie sich in so vielen Belangen perfekt ergänzen.
In ihren Büchern geht es um Freundschaft, Liebe,
sinnliche & spicy Romance, Drama und Humor.